BESTSELLER

Erin A. Craig siempre ha amado contar historias. Tras licenciarse en Diseño y Producción Teatral en la Universidad de Michigan, fue directora de escena de óperas trágicas llenas de jorobados, sesiones espiritistas y payasos asesinos, y luego decidió que quería escribir libros que fueran igual de escalofriantes. Lectora voraz, apasionada del bordado, fan feroz del baloncesto y coleccionista de máquinas de escribir, Erin tiene su hogar en el oeste de Michigan con su marido y su hijo. Su novela debut, *Casa de sal y lágrimas*, ha vendido más de 125.000 ejemplares desde su publicación y su segundo libro, *Small Favors*, entró directamente en la lista de best sellers de *The New York Times*.

Para más información, puedes consultar la página web de la autora:

www.erinacraig.com

También puedes seguir a Erin A. Craig en Facebook, X e Instagram:

🅵 Penchant4Words

🆇 @Penchant4Words

🅾 @penchant4words

ERIN A. CRAIG

Casa de sal y lágrimas

Traducción de
Carlos Abreu Fetter

DEBOLS!LLO

Papel certificado por el Forest Stewardship Council®

Título original: *House of Salt and Sorrows*

Primera edición en Debolsillo: enero de 2025

© 2019 by Erin A. Craig
Esta edición se ha publicado por mediación de Sterling Lord Literistic y MB Agencia Literaria
© 2023, 2025, Penguin Random House Grupo Editorial, S. A. U.
Travessera de Gràcia, 47-49. 08021 Barcelona
© 2023, Carlos Abreu Fetter, por la traducción
Diseño de la cubierta: Adaptación de la cubierta original de Alison Impey /
Penguin Random House Grupo Editorial
Imagen de la cubierta: © Vault49

Printed in Spain – Impreso en España

ISBN: 978-84-663-7238-1
Depósito legal: B-19.159-2024

Compuesto en Comptex&Ass., S. L.
Impreso en Black Print CPI Ibérica
Sant Andreu de la Barca (Barcelona)

P 3 7 2 3 8 1

Con todo mi amor para mis abuelos Phoebe y Walter,
que siempre me consideraron capaz de escribir un libro.
Me alegro mucho de que tuvierais razón

1

La luz de las velas se reflejaba en el ancla grabada en el colgante de plata de mi hermana. Era una joya muy fea, algo que Eulalie jamás habría elegido para sí. Le gustaban las sencillas cadenas de oro y los ostentosos collares de diamantes. Pero eso... no. Sin duda papá lo había escogido para ella. Intenté desabrocharme el collar de perlas negras para ofrecerle algo más elegante, pero el batallón de portadores colocó la tapa del féretro antes de que yo lograra abrir el cierre.

—Nosotros, el pueblo de la Sal, devolvemos este cuerpo al mar —salmodió el Alto Navegante mientras la caja de madera se deslizaba hacia las entrañas de la cripta.

Intenté no fijarme en los líquenes que salpicaban el interior de aquellas fauces abiertas de par en par para engullirla entera. Intenté no pensar que mi hermana —que solo unos días antes estaba viva, desprendía calor y respiraba— descendía hacia su reposo eterno. Intenté no imaginar el delgado fondo del ataúd, cubriéndose de condensación e impregnándose de agua salada antes de partirse y arrojar el cuerpo de Eulalie a las acuosas profundidades situadas debajo de nuestro mausoleo familiar.

En vez de ello, intenté llorar.

Sabía que eso era lo que se esperaba de mí, pero también que era poco probable que afloraran las lágrimas. Brotarían más tarde, seguramente esa misma noche, cuando pasara frente a su alcoba y viera los espejos de la pared cubiertos de velos negros. Eulalie tenía muchos espejos.

Eulalie.

Era la más bonita de mis hermanas. Sus sonrosados labios siempre estaban curvados en una sonrisa. Disfrutaba una buena broma como nadie y siempre tenía un guiño fugaz preparado en los ojos verde esmeralda. Decenas de pretendientes se disputaban su atención ya antes de que se convirtiera en la hija mayor de los Thaumas, destinada a heredar toda la fortuna de papá.

—De la Sal venimos, de la Sal vivimos y a la Sal volvemos —prosiguió el Alto Navegante.

—A la Sal —repitieron los dolientes.

Cuando papá dio un paso al frente para colocar dos monedas de oro al pie de la cripta —el pago a Ponto por transportar a mi hermana de vuelta al Piélago—, me atreví a desplazar la mirada en torno al mausoleo. El lugar estaba abarrotado de invitados engalanados con sus mejores prendas negras de lana y crepé, muchos de los cuales habían cortejado a Eulalie. A ella le habría complacido ver a tantos jóvenes desconsolados llorando su pérdida a cara descubierta.

—Annaleigh —susurró Camille, dándome un empujoncito con el codo.

—A la Sal —murmuré y me llevé un pañuelo a los ojos, fingiendo que me enjugaba las lágrimas.

La tajante desaprobación de nuestro padre me ardía en el corazón. Con los ojos húmedos y la orgullosa nariz enrojecida, contempló como el Alto Navegante avanzaba con un cáliz recubierto de concha de abulón y lleno de agua de mar. Lo introdujo en la cripta y vertió el agua sobre el féretro de Eulalie, con lo que daba inicio de manera simbólica a su descomposición. Cuando apagó las velas que flanqueaban la entrada de piedra, la ceremonia llegó a su fin.

Papá se volvió hacia la multitud. Un mechón blanco le dividía en dos la negra cabellera. ¿Ya lo tenía el día anterior?

—Gracias por venir a honrar la memoria de mi hija Eulalie. —Su voz, por lo general sonora y firme, acostumbrada a dirigirse a los lores en la corte, se entrecortaba con inseguridad—. Ahora, mi familia y yo os invitamos a Highmoor para conmemorar su vida. Habrá comida, bebida y... —Se aclaró la garganta, algo más propio de un funcionario titubeante que del decimonoveno duque de las islas de Salann—. Sé lo mucho que significaría para Eulalie que asistierais.

Asintió una vez, dando por terminado el discurso, con el rostro convertido en una máscara inexpresiva. Yo ansiaba abrazarlo para aliviar su dolor, pero Morella, mi madrastra, ya se encontraba a su lado, con la mano entrelazada con la suya. Se habían casado solo unos meses antes y aún habrían debido estar en la etapa embriagadora y feliz de su vida en común.

Era la primera visita de Morella al mausoleo de los Thaumas. ¿Se sentía incómoda bajo la vigilante mirada de la estatua funeraria de mi madre? El escultor usó como referencia el retrato nupcial de mamá, por lo que logró insuflar frescor juvenil al frío y gris mármol. Aunque su cuerpo retornó al mar hace muchos años, yo aún visitaba su sepulcro casi cada semana para hablarle de mis días y fingir que ella me escuchaba.

Su estatua se erguía sobre todos los demás elementos del mausoleo, incluidas las sepulturas de mis hermanas. La de Ava estaba bordeada de rosas, su flor favorita. Crecían gordas y rosadas en los meses estivales, como las pústulas de la peste que le arrebató la vida cuando contaba solo dieciocho años.

Octavia fue la siguiente, un año después. Descubrieron su cuerpo al pie de la alta escala de una biblioteca, hecha un amasijo de extremidades torcidas en ángulos poco naturales. Un libro abierto adornaba su tumba, junto con una cita grabada en vaipaniano, lengua que nunca aprendí a leer.

Como la tragedia no dejaba de cebarse en nuestra familia, la muerte de Elizabeth pareció casi inevitable. La hallaron flotando en la bañera como un trozo de madera de deriva en el mar, empapada y descolorida. Se propagaron rumores desde Highmoor a las aldeas de las islas vecinas, que las fregonas contaban en susurros a los mozos de cuadra y los pescaderos transmitían a sus esposas, que a su vez los repetían como advertencias a sus hijos traviesos. Algunos aseguraban que había sido un suicidio, pero eran más los que creían que estábamos malditos.

La estatua de Elizabeth representaba un pájaro. Se suponía que era una paloma, pero las proporciones no eran correctas, por lo que más bien parecía una gaviota. Era un homenaje apropiado para ella, que siempre había deseado con todas sus fuerzas remontar el vuelo y marcharse muy lejos.

¿Cuál sería la escultura de Eulalie?

Al principio, éramos doce: la Docena de Thaumas. Ahora, mientras mis hermanas y yo formábamos una pequeña fila, no pude evitar preguntarme si no habría algo de cierto en aquellas lúgubres especulaciones. ¿Habíamos enfurecido a los dioses por alguna razón? ¿Se había abatido una oscuridad sobre nosotros para eliminarnos una por una? ¿O se trataba solo de una serie de coincidencias terribles y desafortunadas?

Después de la ceremonia, la multitud se disolvió y comenzó a arremolinarse en torno a nosotros. Me percaté de que, cuando los invitados musitaban sus forzadas condolencias, procuraban no acercarse demasiado. ¿Era por deferencia a nuestro rango, o por temor a contagiarse? Yo quería atribuirlo a una superstición del populacho, pero cuando una tía lejana se aproximó, con una débil sonrisa en los delgados labios, la misma pregunta le titiló en los ojos, justo por debajo de la superficie, imposible de pasar por alto.

¿Cuál de nosotras sería la siguiente?

2

Cuando todos se marcharon al velatorio, yo me quedé en el mausoleo, pues quería despedirme de Eulalie a solas, libre de miradas curiosas. Tras haber prestado sus servicios, el Alto Navegante recogió el cáliz, los candeleros, el agua salada y las dos monedas de mi padre. Antes de echar a andar por el pequeño sendero que descendía hasta la costa para volver a su ermita, en la punta septentrional de la isla de Selkirk, se detuvo un momento frente a mí. Yo estaba mirando cómo los mozos sellaban la entrada de la tumba, apilando mampuestos embadurnados con argamasa arenosa sobre la cripta y ocultando a la vista los turbulentos remolinos que se formaban bajo nuestros pies.

El Alto Navegante alzó la mano como para impartirme su bendición, aunque la curvatura de sus dedos más bien parecía sugerir un gesto de protección.

Hacia sí mismo.

Contra mí.

Sin el agolpamiento de personas en la cripta, el aire se notaba más fresco y me envolvía como un segundo manto. El empalagoso aroma a incienso aún flotaba en el interior de la cámara, pero no tapaba del todo el olor penetrante de la sal. En todos los rincones de la isla se percibía el sabor del mar.

Con un gruñido, los empleados levantaron el último bloque y lo colocaron en su sitio, acallando por completo el rumor del mar.

Y por fin me quedé sola.

La cripta no era más que una cueva común y corriente, salvo por una característica peculiar: el ancho río que discurría por debajo, llevando agua dulce —y los cuerpos de los Thaumas fallecidos— al mar. Cada generación había añadido su toque particular al lugar, como una labor de cantería en torno a las sepulturas o un mural del cielo nocturno en la bóveda. Todos los niños Thaumas aprendían a leer las constelaciones antes de abrir un libro con letras. Mi tatarabuelo construyó los primeros sepulcros.

Durante el funeral de Elizabeth —aún más tétrico que el de Eulalie, en el que el Alto Navegante había manifestado una repulsa poco disimulada hacia el suicidio—, conté las placas y las estatuas que salpicaban la caverna, para pasar el rato. ¿Cuánto tardarían los sepulcros en abarrotar aquel espacio sagrado de modo que no quedara ni un hueco para los vivos? Yo no quería que erigieran un monumento en mi honor cuando expirara. ¿Acaso la tía abuela Clarette disfrutaba más de su eterno descanso por saber que su busto sería contemplado por generaciones de Thaumas?

Gracias, pero no. Que me tiren al mar y me devuelvan a la Sal.

—Había muchos hombres jóvenes aquí hoy —dije, arrodillándome ante la mampostería mojada.

La verdad es que me sorprendía que se tomaran la molestia de tapar el boquete con mampuestos. ¿Cuánto tardarían en tener que volver a abrir uno entre las piedras a golpes de piqueta para meter a otra de mis hermanas?

—Sebastian y Stephan, los hermanos Fitzgerald. Henry. El capataz de Vasa. Y también Edgar.

Me parecía antinatural mantener una conversación tan unidireccional con Eulalie, que por lo general dominaba todo aquello en lo que participaba. Cautivaba a su público con la extravagancia y el ingenio hiperbólico de sus anécdotas.

—Creo que sus lágrimas eran más grandes que las de los otros dolientes. ¿Te habías escabullido esa noche para encontrarte con uno de ellos?

Hice una pausa para imaginarme a Eulalie en el paseo que bordeaba el acantilado, con un ondulante camisón de encaje y cintas, y la tez blanca como una azucena teñida de azul por la luna llena. Sin duda se habría asegurado de estar especialmente deslumbrante para su encuentro secreto con un pretendiente.

Cuando los pescadores encontraron su cuerpo destrozado contra las rocas, al pie del acantilado, al principio la confundieron con un delfín varado. Yo esperaba que, si de verdad existía una vida después de la muerte, Eulalie no se enterara de eso. Su vanidad nunca se recuperaría de un golpe así.

—¿Tropezaste y te precipitaste al vacío? —Mis palabras resonaron en la cripta—. ¿Te empujó alguien?

La pregunta brotó de mis labios antes de que pudiera pararme a reflexionar sobre ella. Yo sabía sin asomo de duda cómo habían perecido mis otras hermanas: Ava estaba enferma, la propensión de Octavia a sufrir accidentes era bien conocida, e incluso Elizabeth... Con una breve inspiración, hundí los dedos en la gruesa, áspera y negra lana de mi falda. Ella había quedado muy abatida tras la muerte de Octavia. Todas lamentábamos las pérdidas, pero no de una forma tan profunda como Elizabeth.

Pero nadie se encontraba presente cuando Eulalie murió. Nadie vio lo que ocurrió, solo su brutal resultado.

Una gota de agua me cayó en la nariz y otra en la mejilla mientras unos riachuelos diminutos penetraban en la cripta. Debía de estar lloviendo. Hasta el cielo lloraba por Eulalie ese día.

—Te echaré de menos. —Me mordí el labio inferior. Fue entonces cuando las lágrimas me acudieron a los ojos con una ligera sensación de pinchazo antes de fluir a raudales. Con el dedo, tracé una elaborada letra E sobre las piedras, deseando decir muchas cosas más, dar rienda suelta al dolor, la impotencia y la rabia que me embargaban. Pero nada de eso la haría volver.

—Te... te quiero, Eulalie. —Mi voz había quedado reducida a un susurro mientras huía de la lóbrega caverna.

Fuera bramaba una tormenta que levantaba olas coronadas de blanca espuma. La cueva estaba situada en el extremo más alejado de la Punta, una península en Salten que se adentraba en el mar. Me encontraba a por lo menos un kilómetro y medio de casa, y a nadie se le había ocurrido dejar un carruaje para mí. Hice a un lado mi velo negro y eché a andar.

—¿No olvida usted algo? —preguntó Hanna, nuestra criada, cuando me disponía a dirigirme hacia la sala donde se celebraba el velatorio.

Me detuve un momento al notar en la espalda el peso de la mirada maternal de la mujer mayor. Había tenido que cambiarme de ropa en cuanto había llegado. Estaba empapada por la tormenta y, tanto si la maldición era real como si no, no quería fallecer a causa de un resfriado.

Hanna me tendió una larga cinta negra con cara de expectación. Suspirando, dejé que me enrollara la estrecha banda en torno a la muñeca, como había hecho tantas veces. Cuando la muerte visitaba a una familia, había que llevar una cinta negra para no correr la misma suerte que el ser querido. Hasta tal punto parecía perseguirnos la mala suerte que la servidumbre ataba tiras luctuosas al cuello de nuestros gatos, caballos y gallinas.

Remató el nudo con un lazo que habría quedado bonito en cualquier otro color. Mi guardarropa ya no constaba más que de ropa de luto, y cada vestido era de un tono más oscuro que el anterior. Las prendas más claras que me había puesto en los seis años transcurridos desde el fallecimiento de mamá eran de color carbón.

Hanna había escogido un brazalete de raso en vez de uno de aquellos de fustán como el que yo había llevado al funeral de Elizabeth. Picaban una barbaridad y nos dejaban verdugones en la muñeca que escocían durante días.

Me arreglé el puño de la manga.

—Si he de serte sincera, preferiría quedarme aquí arriba contigo. Nunca sé qué decir en estas situaciones.

Hanna me dio unas palmaditas en la mejilla.

—Cuanto antes llegue usted ahí, antes se lo quitará de encima. —Me sonrió con cariño, alzando hacia mí sus ojos castaños—. Tendrá una tetera con infusión de canela esperándola para antes de acostarse.

—Gracias, Hanna —dije, dándole un apretón en el hombro antes de cruzar la puerta.

Cuando entré en el salón Azul, Morella fue derecha hacia mí.

—¿Te sientas conmigo? Casi no conozco a nadie aquí —reconoció, tirando de mí hacia un sofá situado cerca de las altas ventanas de gruesos cristales. Pese a estar moteadas de gotas de lluvia, ofrecían una vista espectacular de los acantilados. Me parecía un error celebrar el velatorio en esta estancia, desde donde se divisaba el lugar preciso donde se despeñó Eulalie.

Yo quería estar con mis hermanas, pero Morella me miraba con ojos grandes y suplicantes. En momentos como aquel, me costaba olvidar que su edad estaba mucho más próxima a la mía que a la de papá.

Nadie se sorprendió cuando él se casó de nuevo. Hacía mucho tiempo que mamá nos había dejado, y todas sabíamos que nuestro padre deseaba tener un hijo varón tarde o temprano. Conoció a Morella en Suseally, en tierra firme. Regresó del viaje con ella del brazo, perdidamente enamorado.

Honor, Mercy y Verity —las tres Gracias, como las conocíamos colectivamente, todas tan pequeñas cuando mamá falleció— estaban encantadas de contar con aquella nueva figura materna en su vida. Ella, que había sido institutriz, les cobró afecto a las chiquillas enseguida. Las trillizas —Rosalie, Ligeia y Lenore— y yo nos alegramos por papá, pero Camille se ponía tensa cada vez que alguien tomaba a Morella por un miembro de la Docena de Thaumas.

Contemplé el cuadro que dominaba la pared del fondo. Mostraba un buque arrastrado hacia el abismo azul por un kraken, con los ojos desorbitados por la furia. El salón Azul contenía numerosos tesoros del mar: una familia de espinosos erizos sobre una repisa, un ancla incrustada de percebes sobre una peana, en un rincón, y especímenes de la colección de conchas de las Gracias sobre cualquier superficie situada a una altura que estuviera a su alcance.

—¿Son siempre así los oficios? —preguntó Morella, extendiendo la falda sobre los cojines de terciopelo azul marino—. ¿Tan solemnes y sombríos?

No pude reprimir una expresión entre divertida y perpleja.

—Bueno, era un funeral.

Se colocó un mechón rubio detrás de la oreja, con una sonrisa nerviosa.

—Claro, lo que quiero decir es… ¿por qué el agua? No entiendo por qué no simplemente enterráis a la gente, como en tierra firme.

Avisté a papá. Él habría querido que yo fuera amable y explicara nuestras costumbres. Intenté permitir que unas gotas de compasión hacia ella me entraran en el corazón.

—El Alto Navegante dice que Ponto creó nuestras islas y a sus habitantes. Recogió la sal que dejaba la marea para infundirles vigor. La mezcló con la astucia del tiburón sarda y la belleza de la medusa luna. Añadió la lealtad del caballo de mar y la curiosidad de la marsopa. Una vez moldeada su creación con dos brazos, dos piernas, cabeza y corazón, Ponto insufló en ella parte de su alma para crear al primer pueblo de la Sal. Por eso, cuando morimos, no nos entierran. Nos deslizamos hasta el agua de la que provenimos, que es nuestro hogar.

Esta explicación pareció satisfacerla.

—¿Ves? Que se hablara de eso en el funeral habría sido precioso. Pero se hacía demasiado hincapié en… la muerte.

Le dediqué una sonrisa.

—Bueno…, ha sido el primero para ti. Ya te acostumbrarás.

Morella alargó el brazo y posó su mano sobre la mía, con la carita muy seria.

—Lamento mucho que hayas tenido que pasar por esto tantas veces. Eres demasiado joven para haber padecido tanto dolor y aflicción.

La lluvia arreció y sumió Highmoor en grises nebulosos. Impulsadas por el mar, las peñas de la base de los acantilados se agitaban de un lado a otro como canicas en el bolsillo de un niño, y el estruendo de sus colisiones, que ascendía por las rocosas paredes rivalizaba con el de los truenos.

—¿Y ahora qué?

Parpadeé y le devolví mi atención a Morella.

—¿A qué te refieres?

Se mordió el labio.

—Ahora que ella… ha vuelto a la Sal… —titubeó, atrancándose con palabras que le resultaban extrañas—, ¿qué se supone que debemos hacer?

—Ya está. Nos hemos despedido. Después de este velatorio, todo habrá terminado.

Movía los dedos con inquieta frustración.

—Pero no habrá terminado del todo. Tu padre dice que debemos llevar luto durante semanas.

—Meses, de hecho. Vestimos de negro durante seis, y de tonos oscuros de gris durante seis más.

—¿Un año? —jadeó—. ¿Se supone que debo llevar esta ropa durante un año entero? —Las personas que se encontraban cerca del sofá volvieron la cabeza hacia nosotras al oír sus aspavientos. Al menos tuvo la decencia de ponerse roja de vergüenza—. Lo digo porque… Ortun acaba de comprarme el ajuar de novia. No incluye nada negro. —Camille le había prestado un vestido para el funeral, pero no le quedaba bien. Se alisó el borde del canesú—. No es solo por la ropa. ¿Qué sucede con Camille y contigo? Las dos deberíais presentaros en sociedad, conocer a hombres jóvenes, enamoraros…

Ladeé la cabeza, preguntándome si hablaba en serio.

—Mi hermana acaba de morir. No ardo en deseos de bailar precisamente.

El estampido de un trueno nos sobresaltó. Morella me apretó la mano, lo que me llevó a mirarla a la cara.

—Perdóname, Annaleigh, hoy no doy una a derechas. Es decir…, después de tanta tragedia, esta familia merece volver a ser feliz. Habéis estado de duelo toda una vida. ¿Por qué seguir envueltas en la desolación? Mercy, Honor y la pequeña Verity deberían estar jugando con muñecas en el jardín, no recibiendo condolencias ni intercambiando banalidades con invitados. En cuanto a Rosalie y a Ligeia… y también Lenore…, míralas.

Las trillizas estaban apretujadas en un confidente en el que solo cabían dos personas. Tomadas del brazo, ofrecían el aspecto de una araña gorda mientras sollozaban contra sus velos. Nadie se atrevía a acercarse a aquel despliegue de aflicción concentrada.

—Me parte el alma ver a todo el mundo así.

Liberé mi mano de la suya con disimulo.

—Pero es lo que hay que hacer cuando alguien muere. No podemos cambiar las tradiciones solo porque no nos gusten.

—Pero ¿y si hubiera un motivo de alegría, algo que debería celebrarse en vez de ocultarse? ¿No deberían prevalecer las buenas noticias?

Se acercó un sirviente que ofrecía copas de vino. Cogí una, pero Morella lo rechazó con un ensayado movimiento de la cabeza. Se había instalado enseguida en su papel de señora de Highmoor.

—Supongo —respondí vacilante. Otro trueno retumbó en el aire—. Pero hoy no parece haber mucho que celebrar.

—Yo creo que sí. —Morella se inclinó hacia mí y bajó la voz hasta un susurro conspirador—. Una nueva vida. —Se llevó con discreción una mano protectora al vientre.

Me tragué el vino que tenía en la boca y por poco me atraganto de la sorpresa.

—¿Estás encinta? —Por toda respuesta, desplegó una sonrisa radiante—. ¿Lo sabe papá?

—Aún no. Iba a decírselo cuando nos interrumpieron los pescadores que encontraron a Eulalie.

—Se pondrá muy contento. ¿Sabes de cuántos meses estás?

—De tres, creo. —Se deslizó los dedos por el cabello—. ¿De verdad crees que Ortun se alegrará? Haría prácticamente cualquier cosa por verlo sonreír de nuevo.

Volví de nuevo la mirada hacia mi padre, que estaba rodeado de amigos pero demasiado absorto en sus recuerdos de Eulalie para participar en la conversación. Asentí.

—Estoy segura de ello.

Respiró hondo.

—Entonces más vale no seguir demorando la feliz noticia, ¿verdad?

Antes de que yo pudiera responder, Morella se dirigió hacia el piano de cola que estaba en el centro de la sala. Cogió una campanilla que descansaba sobre la tapa y, al agitarla, consiguió que se hiciera el silencio en la estancia.

Se me resecó la boca cuando comprendí lo que estaba a punto de hacer.

—Ortun —llamó. Su voz, aguda y cristalina como el tintineo de la campanilla que sujetaba, arrancó a mi padre de sus pensamientos.

Esa campana había pertenecido a mi madre. Camille y yo la habíamos encontrado años atrás, cuando jugábamos a arreglarnos en el desván. Como nos había encantado su timbre argénteo, se la habíamos llevado a mamá, que estaba ya demasiado débil para hacer llegar su voz a todos los rincones de la casa. Ahora, cada vez que oía sus tañidos, los recuerdos de su último embarazo me acometían con la fuerza de una ola gélida que rompía contra mi pecho.

—Ortun y yo queremos daros las gracias a todos por venir —prosiguió Morella cuando él se colocó a su lado—. Los últimos días han sido una noche de interminable oscuridad, pero vuestra presencia aquí en estos momentos es como los primeros cálidos rayos de una hermosa alborada que empieza a extenderse por el firmamento.

Aunque resultaba evidente que había escogido las palabras con cuidado, estas fluían con soltura. Entorné los ojos. Ella había practicado ese discurso.

—Vuestras remembranzas de nuestra hermosa y bienamada Eulalie nos colman el corazón de dicha y lo rescatan de la melancolía. Y estamos gozosos, incluso alborozados, pues esta esplendorosa mañana se abre un nuevo capítulo en la historia de la Casa de Thaumas.

Camille, que había estado conversando con un tío nuestro en el otro extremo de la sala, me lanzó una mirada inquieta. Hasta las trillizas rompieron su sólida cadena; Lenore estaba junto al confidente, hundiendo los dedos en el acolchado brazo del mueble.

Morella tomó a papá de la mano y se posó la otra sobre el plano vientre, desplegando una ancha sonrisa, encantada de haberse convertido en el foco de atención.

—Y, del mismo modo que el brillo del amanecer ahuyenta la noche, las tinieblas de la aflicción se disiparán con la llegada de nuestro hijo.

3

—¡Esa mujer! —espetó Hanna mientras terminaba de desabrocharme los diminutos botones de azabache en la espalda del vestido. Tras ayudarme a sacar las piernas de él, la doncella echó hacia atrás sus entrecanos rizos con un gesto de rabia—. Mira que aprovechar un acto en memoria de Eulalie para hacer un anuncio tan inesperado. ¡Qué descaro!

Camille se dejó caer de espaldas sobre mi cama, junto a Ligeia, de modo que la colcha bordada se arrugó.

—¡No la soporto! —Aflautó la voz para remedar a Morella—: «Y, al igual que Vaipany, el dios de la luz, con su sol, mi hijo será un reluciente y soleado rayo de sol, como el sol, mi hijo, sol de mis entrañas». —Camille amortiguó una carcajada contra la almohada.

—Habría podido escoger un momento más oportuno —reconoció Rosalie, recostándose contra un pilar del lecho y retorciéndose la punta de una trenza rojiza. Las trillizas, idénticas en todos los sentidos, tenían el cabello de un color caoba que me producía envidia, muy distinto del de las demás. De todas mis hermanas, Eulalie había sido la de pelo más claro, casi rubio, aunque no del todo. El mío era el más oscuro, del mismo tono que la arena negra de Salann, que solo existía en las playas de la cadena de islas.

Emití un murmullo de conformidad mientras me soltaba las ligas que me ceñían los muslos. Aunque me alegraba por papá y por ella, me parecía evidente que habría debido comunicar la noticia en una fecha posterior. Mientras me bajaba las anodinas y oscuras medias, me pregunté qué incluiría el ajuar de Morella. ¿Lo había colmado papá de medias de seda blancas, cintas y encajes, con la esperanza de que una nueva esposa pusiera fin a su mala fortuna? Me puse un camisón de gasa negra, intentando desterrar de mi mente las imágenes de enaguas de raso y batas en tonos de pedrería.

—¿Qué implicaría para nosotras que fuera un varón? —preguntó Lenore desde el asiento de la ventana—. ¿Se convertiría en el heredero?

Camille se incorporó. Aunque tenía el rostro hinchado de llorar, una expresión severa y malhumorada asomó a sus ojos color ámbar.

—Yo lo heredaré todo. Y luego Annaleigh, cuando la maldición se me lleve a mí.

—No hay tal maldición —repuse con brusquedad—. Eso es una solemne majadería.

—Madame Morella no lo cree así —dijo Hanna, poniéndose de puntillas para colgar mi vestido en el armario. Ver la fila de prendas de idéntica coloración me deprimió.

—¿Que estemos malditas? —preguntó Rosalie.

—Que seáis las primeras en heredar. He oído cómo le contaba toda entusiasmada a vuestra tía Lysbette que la criatura que lleva en el vientre será el próximo duque.

Camille puso cara de exasperación.

—A lo mejor en tierra firme las cosas funcionan así, pero aquí no. Me encantaría ver la cara que pondrá cuando papá la saque de su error.

Me hundí en el diván y me cubrí los hombros con un chal ligero. No había acabado de entrar en calor tras mi caminata bajo la lluvia, y el anuncio de Morella me había helado aún más el corazón.

Ligeia lanzaba un almohadón de un lado a otro.

—¿O sea que tu marido será nombrado vigésimo duque de Salann?

—Si yo quisiera, sí —respondió Camille—. También podría

proclamarme duquesa por derecho propio. Seguro que Berta te enseñó todo esto hace siglos.

Ligeia se encogió de hombros.

—Intento olvidar todo lo que dicen las institutrices. Son de lo más deprimentes. Además, soy la octava de las hermanas. No albergo muchas esperanzas de heredar nada.

Como yo había nacido la sexta, la entendía muy bien. Aunque en un principio era la mediana, me había convertido en la segunda en la línea sucesoria. La noche posterior a la muerte de Eulalie me costó conciliar el sueño, agobiada por las nuevas responsabilidades cuyo peso me oprimía el pecho. El emblema de los Thaumas —un pulpo plateado con los tentáculos en aspa, empuñando un tridente, un cetro y una pluma— estaba presente en elementos arquitectónicos de todas las habitaciones de Highmoor. El que tenía frente a mi cama miraba hacia abajo con un aire de importancia en el que no me había fijado antes. ¿Y si le ocurría algo a Camille y de pronto todo recaía sobre mí? Lamenté no haber dedicado más tiempo a estudiar historia y menos a practicar el piano.

Camille me enseñó a tocar. Ella y yo éramos las hermanas con la menor diferencia de edad, exceptuando a las trillizas. Yo nací diez meses después que ella, y crecimos como buenas amigas. Me sumaba con entusiasmo a todo lo que ella hacía. Cuando cumplió seis años, mamá le dio clases con el viejo piano vertical que tenía en el salón de sus aposentos. Camille era una buena alumna y me enseñaba todo lo que aprendía. Mamá nos proporcionaba versiones para cuatro manos de sus piezas favoritas, y pronto nos consideró dignas de utilizar el piano de cola del salón Azul.

Nuestro hogar siempre estaba lleno de música y risas, con mis hermanas haciendo piruetas por la casa y danzando al ritmo de las melodías que tocábamos. Pasé muchas tardes en aquel banco acolchado, muy pegada a Camille, con nuestras manos desplazándose arriba y abajo sobre las teclas de marfil. Yo aún prefería interpretar un dúo con ella que la composición más perfecta en solitario. Sin Camille a mi lado, me parecía que la música perdía la mitad de su fuerza.

—¿Señorita Annaleigh?

Arrancada de mi ensimismamiento, alcé la vista y advertí que Hanna me miraba a los ojos.

—¿Ha dicho de cuánto tiempo está?

—¿Morella? Cree que de tres meses, o tal vez un poco más.

—¿Más? —preguntó Camille con una sonrisita—. Si solo llevan casados cuatro.

Lenore se apartó de la ventana y se acomodó junto a mí en el diván.

—¿Por qué te molesta tanto, Camille? Yo me alegro de que esté aquí. Las Gracias están encantadas de volver a tener una madre.

—No es su madre. Ni la nuestra. Ni nada remotamente parecido.

—Lo intenta —reconoció Lenore—. Se ha ofrecido voluntaria para ayudarnos a organizar nuestro baile. Sería una buena oportunidad para celebrar nuestra puesta de largo, ya que no se nos permite ir a la corte durante el duelo.

—Tampoco se os permite organizar bailes —le recordó Camille.

—¡Pero vamos a cumplir dieciséis! —Rosalie se incorporó con el rostro afeado por un mohín—. ¿Por qué hay que aplazar todo lo divertido un año entero? Estoy harta del duelo.

—¡Y seguro que tus hermanas están hartas de estar muertas, pero así son las cosas! —estalló Camille, empujándose con los brazos para levantarse de la cama. Salió de la habitación y dio un portazo antes de que ninguna de nosotras pudiera detenerla.

Rosalie parpadeó.

—¿Qué bicho le ha picado?

Me mordisqueé el labio, con la sensación de que debía ir tras ella, pero demasiado cansada para afrontar la discusión que eso desencadenaría.

—Añora a Eulalie.

—Todas la añoramos —señaló Rosalie.

Un manto de silencio descendió sobre nosotras mientras nuestros pensamientos vagaban de nuevo hacia Eulalie. Hanna recorría la alcoba, encendiendo las velas de los apliques antes de apagar las lámparas de gas. Los candelabros proyectaban sombras oscilantes en los rincones de la habitación.

Lenore me robó parte de mi colcha y se arrebujó debajo de ella.

—¿Tan mal os parecería secundar el plan de Morella y celebrar un baile? Solo cumplimos los dieciséis una vez… No es culpa nuestra que a todo el mundo le haya dado por morirse.

—No creo que esté mal que queráis hacer una celebración, pero pensad en cómo se siente Camille. Ninguna de nosotras tuvo puesta de largo. Tampoco Elizabeth ni Eulalie.

—¡Pues celebradla con nosotras! —propuso Rosalie—. Podría ser una fiesta por todo lo alto, para demostrar al mundo que las hermanas Thaumas no estamos malditas y que todo marcha bien.

—Además, faltan tres semanas para que cumplamos los dieciséis. Podríamos guardar luto hasta entonces y luego… dejarlo —razonó Ligeia.

—No sé por qué intentáis convencerme a mí. Quien tiene que dar su aprobación es papá.

—Dirá que sí si Morella se lo pide —aseveró Rosalie con una sonrisa maliciosa—. En la cama.

Las trillizas prorrumpieron en carcajadas. En cuanto se oyeron unos golpes en mi puerta, todas callamos, convencidas de que se trataba de nuestro padre, que estaba ahí para reprendernos por armar tanto alboroto. Pero era Verity, sofocada en medio del pasillo, con un camisón oscuro dos tallas más grande. Estaba despeinada, y brillantes regueros de lágrimas le surcaban las mejillas.

—¿Verity?

Por toda respuesta, abrió los brazos, como suplicando que alguien la aupara. La levanté en vilo y, al estrecharla contra mí, percibí el dulce aroma de la niñez. Aunque sudada por estar recién levantada, tenía la carne de gallina en los brazos desnudos y se me acurrucó contra el cuello, buscando consuelo.

—¿Qué sucede, pequeña? —Le froté la espalda con movimientos circulares para tranquilizarla. Sentía su cabello contra la mejilla, suave como el plumaje de una cría de petirrojo.

—¿Puedo quedarme aquí esta noche? Eulalie me está molestando.

Las trillizas intercambiaron miradas de preocupación.

—Claro que puedes, pero ¿te acuerdas de lo que hablamos antes del funeral? Sabes que Eulalie ya no está con nosotras. Ahora se encuentra con mamá y Elizabeth, en el Piélago.

Noté que asentía con la cabeza.

—Pero no deja de destaparme en la cama. —Sus bracitos se me aferraron al cuello con más fuerza que una estrella de mar durante la pleamar.

—Lenore, ve a ver qué hacen Mercy y Honor, ¿quieres?

Le plantó un beso en la coronilla a Verity antes de salir de la habitación.

—Seguro que estaban tomándote el pelo. No es más que un juego.

—Pues no es divertido.

—No —convine y la llevé hasta la cama—. Puedes quedarte aquí esta noche. Aquí estarás a salvo. Duérmete.

Verity soltó un quejido, pero cerró los ojos y se acomodó bajo las mantas.

—Deberíamos irnos también —susurró Rosalie, levantándose de la cama con sigilo—. Papá pronto vendrá a vernos.

—¿Las acompaño al primer piso? —se ofreció Hanna, tendiéndoles un par de bujías a Rosalie y Ligeia.

Rosalie negó con un gesto, pero aceptó un abrazo y la vela antes de salir de la alcoba.

—Piensa en lo que hemos hablado —añadió Ligeia, besándome en la mejilla—. Poner fin al duelo nos haría bien a todas. —Tras darle un abrazo de buenas noches a Hanna, se alejó por el pasillo a paso veloz.

Las trillizas se negaban a tener cada una su propia habitación, pues aseguraban que dormían mejor juntas.

Hanna centró su atención en mí.

—¿Se irá usted también a la cama, señorita Annaleigh?

Me volví un momento hacia Verity, que yacía hecha un ovillo entre mis almohadas.

—Aún no. Tengo la cabeza demasiado revuelta para dormir.

Mientras ella se dirigía hacia una mesilla, yo me encaminé con lentitud hacia el diván, plegando y desplegando la colcha contra mi regazo. Hanna regresó con tazas de infusión de canela y se sentó a mi lado. Algo en su forma de moverse me retrotrajo a la noche del funeral de mamá, seis años atrás.

Hanna estaba sentada exactamente en el mismo sitio, pero yo me encontraba en el suelo, con la cabeza apoyada en su falda mientras ella consolaba a todas las hermanas que podía. Camille, a mi lado, tenía los ojos hinchados y ribeteados de rojo. Elizabeth y Eulalie, arrodilladas cerca de nosotras, se habían fundido en un abrazo con las sollozantes trillizas. Ava y Octavia flanqueaban a Hanna, cada una con una Gracia dormida en los brazos. Solo faltaba Verity, que había nacido hacía solo unos días y estaba con su ama de cría.

Ninguna de nosotras quería estar sola esa noche.

—Ha sido un funeral precioso —comentó Hanna, haciendo girar su cucharilla entre los dedos y devolviéndome al presente—. Con tantos hombres jóvenes, tantas lágrimas… No me cabe duda de que Eulalie estará complacida.

Tomé un pequeño sorbo y dejé que las especias reposaran en mi lengua antes de asentir.

—Has estado muy callada esta noche —me tanteó cuando el silencio se prolongó más de la cuenta.

—No dejo de pensar en lo extraño que me ha parecido el día. Lo extraño que me parece todo desde que… la encontraron. —Las palabras se me resistían, como si la idea que había detrás fuera demasiado intrincada para descomponerla en frases precisas—. Hay algo en su muerte que cuesta asimilar, ¿no?

Hanna me observaba.

—Siempre cuesta asimilar cuando una persona joven muere, sobre todo si es tan hermosa y prometedora como Eulalie.

—Pero no se trata solo de eso. Las muertes anteriores me resultan comprensibles. Cada una de ellas fue trágica y triste, pero tenía una causa clara. En cambio, la de Eulalie... Para empezar, ¿qué hacía ahí fuera, sola en la oscuridad?

—Sabe tan bien como yo que no iba a estar sola mucho tiempo.

Me vinieron a la memoria todos aquellos rostros arrasados en lágrimas.

—Pero ¿por qué había quedado en verse con alguien ahí? No le gustaba ir a los acantilados, ni siquiera en pleno día. Tenía miedo a las alturas. Esto no tiene ni pies ni cabeza para mí.

Chasqueando la lengua, Hanna dejó su taza a un lado antes de estrecharme entre sus brazos. En ese momento, percibí el ligero aroma a leche y miel del jabón con que ella se lavaba. Era una mujer demasiado práctica para utilizar perfumes o aceites de baño, pero aquel olor sencillo y formal me resultó reconfortante. Lo aspiré, con la cabeza apoyada en su hombro.

Lo noté más blando, más acogedor, y la piel que asomaba por encima del cuello de su blusa camisera era rugosa y fina como el crepé. Ella había sido la niñera en Highmoor desde que nació Ava, y siempre estaba ahí para curar rodillas peladas y aplacar orgullos heridos. Su hijo Fisher, tres años mayor que yo, se crio con nosotras. Hanna nos anudó los cordones de nuestros primeros corsés y nos ayudaba a recogernos el cabello con horquillas, enjugándonos las lágrimas cuando los rizos inexpertos se negaban a cooperar. Estuvo presente en todas las etapas de nuestra infancia, siempre a mano para darnos un abrazo cariñoso o un beso de buenas noches.

—¿Le abriste la cama esa noche? —pregunté, incorporándome. Hanna seguramente había sido una de las últimas personas en ver a Eulalie—. ¿Notaste algo extraño?

La mujer sacudió la cabeza.

—Que yo recuerde, no. Pero no estuve mucho rato con ella. A Mercy le dolía el estómago. Entró para pedirme una tisana de menta.

—Pero... ¿y después? Tú ayudaste a... preparar su cuerpo, ¿verdad?

—Por supuesto. Me he ocupado de todas sus hermanas. Y de su madre.

—¿Qué aspecto tenía?

Hanna tragó saliva e hizo la señal de protección sobre su pecho.

—No se debe hablar de esas cosas.

Fruncí el ceño.

—Me imagino que... su estado debía de ser espantoso, pero ¿había algo... fuera de lugar?

Ella entornó los ojos con escepticismo.

—Se precipitó desde un acantilado de más de treinta metros de altura y cayó sobre las rocas. Eso estuvo bastante fuera de lugar.

—Lo siento —dije, desalentada. Ansiaba preguntarle si alguien más la había ayudado a preparar el cuerpo para devolverlo a la Sal, pero Hanna no quería hablar más del tema.

—Está usted cansada, querida —dijo—. ¿Por qué no se acuesta? Quizá mañana se encuentre mejor. —Me besó en la parte superior de la cabeza antes de marcharse. La puerta se cerró tras ella con un suave chasquido.

Después de comprobar que Verity dormía de verdad, me dirigí hacia la ventana, impulsada por una extraña inquietud. Desde mi alcoba se dominaban los jardines de la cara sur de la casa, tres pisos más abajo. Una amplia fuente, coronada por un clíper de mármol, se alzaba en el centro del césped, muy cerca de un laberinto ornamental de setos.

Verity se dio la vuelta, murmurando incoherencias a causa de algún sueño. Yo había cerrado a medias las pesadas cortinas cuando el parpadeo de una luz captó mi atención. Aunque la lluvia había cesado, el cielo estaba encapotado de oscuros nubarrones que ocultaban las estrellas.

Procedía de un farol que avanzaba entre las hileras de árboles esculpidos en forma de ballenas jorobadas. Cuando la luz salió de la espesura, vislumbré dos figuras. La de menor estatura portaba el farol y lo depositó a un lado antes de sentarse en el reborde redondeado de la fuente. El brillo de la vela iluminó el mechón blanco en el cabello de papá.

¿Qué hacía en los jardines a altas horas de la noche, el día del funeral de su hija? Nos había enviado a la cama temprano, instándonos a aprovechar ese tiempo para elevar oraciones solemnes a Ponto, el dios del mar, suplicándole que le concediera a nuestra hermana eterno descanso en el Piélago.

La otra figura se echó hacia atrás la capucha del manto, dejando al descubierto una cabellera de rizos color sangre. Morella. Dio unas palmaditas a su lado, y nuestro padre se sentó. Al cabo de un momento, empezaron a temblarle los hombros. Estaba llorando.

Morella se inclinó contra él, le rodeó la espalda con el brazo y lo atrajo hacia sí. Desvié la vista cuando alzó la mano para acariciarle la mejilla. No me hacía falta oír lo que decía para saber que sus palabras consolaban a papá como un bálsamo. Aunque tal vez ella no entendía nuestras costumbres isleñas, de pronto me alegré de su presencia en Highmoor. Nadie debía sobrellevar un dolor tan intenso solo.

Tras apartarme de la ventana, me metí en la cama y me acurruqué junto a Verity. Dejé que su respiración acompasada me arrullara hasta que me dormí.

4

Cuando me dirigía hacia la mesa del desayuno, lo primero que me llamó la atención fue el vestido de raso azul de Morella. Pliegues de organdí blanco le rodeaban los codos, y una gargantilla de perlas le adornaba el cuello. Resaltaba como un colibrí en una estancia repleta de cuadros tapados y coronas de crepé.

Alzó la vista de la mesa auxiliar, donde estaba eligiendo comida de distintas bandejas. En Highmoor, por las mañanas se seguía una rutina tranquila. Todos entraban y salían del comedor, sirviéndose el desayuno.

—Buenos días, Annaleigh. —Morella se puso un bollo de jengibre en el plato, y le untó mantequilla—. ¿Has dormido bien?

A decir verdad, no. Verity no paraba de moverse y lanzaba coces como una mula cada vez que se daba la vuelta. Además, Eulalie y el paseo del acantilado me volvían una y otra vez a la mente, demasiado agitada para permitirme conciliar el sueño. No se me cerraron los ojos hasta bien pasada la medianoche.

—Hola, amor —dijo en voz muy alta papá, desde la puerta.

Tanto Morella como yo volvimos la cabeza, cada una suponiendo que el saludo era para ella, pero él se acercó a su esposa para darle un beso de buenos días. Aunque llevaba una levita oscura, era de color carbón sucio y no del negro profundo al que me había acostumbrado.

—Estás preciosa —dijo, haciéndola girar sobre sí misma para admirar la hinchazón apenas perceptible de su vientre.

—Creo que el embarazo me sienta bien.

Lo cierto era que su rostro encendido irradiaba felicidad. Los embarazos de mamá siempre traían consigo terribles náuseas matinales y largos reposos en cama prescritos mucho antes del periodo habitual de descanso. Cuando juzgaron que yo era lo bastante mayor, Ava y Octavia me dejaron ayudar en sus cuidados y me enseñaron cuáles eran los mejores aceites y lociones para aliviarle los dolores.

—¿Tú qué opinas, Annaleigh? —preguntó Morella.

Supongo que pretendía incluirme en la conversación como un gesto de amabilidad.

Estudié el brillante satén de color azul ultramarino. La favorecía mucho, pero no era una prenda adecuada para alguien que había dicho adiós a una de sus hijastras el día anterior.

—¿Los vestidos de Eulalie se te han quedado pequeños?

—¿Hummm? Ah, sí, desde luego. —Aprovechó el momento para acariciarse la barriga con satisfacción.

—De hecho —interrumpió papá, alargando el brazo para añadir unos arenques ahumados a su plato—, justamente queremos hablar con todas vosotras de algo relacionado con ese tema. Annaleigh, ¿puedes ir a buscar a tus hermanas?

—¿Ahora? —Contemplé los huevos que acababa de servirme. No tardarían en enfriarse.

—Por favor.

Tras dejar mi plato a medio componer en el centro de la mesa a propósito, subí las escaleras con paso cansino. Yo era madrugadora, pero no todas mis hermanas compartían mis hábitos matutinos. Mercy y Rosalie eran auténticos lirones por las mañanas.

Decidí probar primero con Camille.

Ella había descorrido las cortinas, de modo que una luz débil y grisácea entraba por la ventana y jugueteaba con el mobiliario de color ciruela cálida. Me sorprendió encontrarla frente a su tocador, clavándose una horquilla en un mechón de pelo. Aunque tenía limpios los labios y las mejillas, había tarros de colorete y frascos de perfume de cristal tallado dispersos sobre la superficie del mueble. Un velo negro de crepé, idéntico al que cubría mi espejo, yacía arrugado a sus pies. Me pregunté cuándo lo había tirado ahí.

—¿Ya has terminado de desayunar? —preguntó.

—Papá quiere que bajemos todas. Tiene algo que decirnos.

Su mano se detuvo sobre un joyero antes de elegir de mala gana un pendiente negro azabache.

—¿Ha especificado qué?

Me senté a su lado en el banco y me atusé el moño con los dedos. Hacía casi una semana que no veía mi reflejo.

—El vestido azul de Morella ha sido bastante elocuente. A Eulalie le daría un soponcio si pudiera ver lo que pasa. ¿Recuerdas que, después de fallecer Octavia, Eulalie quería ir a ver..., no sé, un circo ambulante o algo así... y papá no nos dejó salir de casa? Dijo... —Bajé el tono de voz para imitar la suya—: «Un dolor como el nuestro no debe exhibirse en público». ¡Y hacía meses que Octavia nos había dejado!

—Eulalie se pasó semanas enfurruñada.

—Y ahora honramos su memoria vistiendo de luto durante... ¿qué, cinco días? Papá hoy va de gris. Eso no está bien.

Mi hermana abrió un tarro y examinó el tinte para labios de color vino que contenía.

—Estoy de acuerdo.

—¿De veras? —pregunté, dirigiendo una mirada significativa al espejo. Le arrebaté el tarro, de modo que se derramó un poco del carmín. Al escurrirse entre mis dedos, parecía sangre.

Se alisó un rizo rebelde.

—Nunca se me ha dado bien peinarme sin espejo.

—Yo te habría ayudado. ¿Y si Eulalie...?

Camille puso cara de exasperación.

—El espíritu de Eulalie no quedará atrapado aquí por ver una superficie reluciente. Si a duras penas soportaba esta casa cuando estaba viva, ¿qué te hace pensar que querrá quedarse después de muerta?

Dejé el carmín sobre la cómoda, sin saber con qué limpiarme los dedos.

—Estás de mal humor.

Me ofreció un pañuelo.

—He dormido mal. No podía sacarme de la cabeza el estúpido comentario de Ligeia. —Eligió un tono baya y se aplicó un ligero brillo en los labios. La culpa se le reflejaba en el semblante—. Jamás conseguiré marido si no cambio mi manera de ser.

—Eso no es verdad —protesté—. Sería un honor para cualquier hombre tenerte a su lado. Eres astuta, y tu encanto no le va en absoluto a la zaga al de Eulalie.

Ella sonrió con amargura.

—Nadie se puede comparar con Eulalie. Pero si me quedo encerrada en esta casa sombría, enterrada bajo capas y capas de crepé y fustán, nunca encontraré a nadie. No quiero faltarle al respeto a la memoria de Eulalie ni de ninguna de nuestras hermanas, pero si hemos de seguir a rajatabla todas las etapas del duelo cada vez que alguien se muere, nosotras mismas estaremos muertas antes de terminar. Así que… estoy lista para pasar página. Y no pienso cambiar de idea, por más miradas avergonzadas que me lances.

Recogí del suelo el velo del espejo y hundí los dedos en la oscura tela. No estaba molesta con Camille. Ella merecía ser feliz. Todas lo merecíamos. Todas soñábamos con algo mejor. Claro que mis hermanas habrían preferido salir, alternar en la corte, asistir a conciertos y bailes. Querían ser prometidas, esposas, madres. Sería una monstruosidad por mi parte negarles todo eso.

Aun así, me aferré al velo.

—¡Papá quiere que bajemos! —gritó Rosalie, interrumpiendo nuestro momento. Las trillizas estaban apiñadas en el vano de la puerta, mirándonos. Bajo la extraña luz de la mañana, su reflejo semejaba una grotesca masa de extremidades y trenzas. Por un momento, parecían ser una única entidad, en vez de tres hermanas individuales.

Cuando Lenore se separó del racimo, borró de mi mente aquella extraña visión.

—¿Me atas esto? —Me tendió su cinta negra—. Rosalie me lo aprieta demasiado.

Se arrodilló junto a Camille, alzando su pesada trenza para dejar al descubierto el pálido cuello en toda su extensión. Las trillizas llevaban el lazo a modo de gargantilla. Cuando éramos pequeñas, Octavia disfrutaba contándonos historias morbosas y terroríficas a la hora de dormir. Inventaba relatos de damiselas que languidecían de amor, fantasmas y trasgos, truhanes y precursores, y los necios que trataban con unos y con otros. Más tarde, sabedoras de que seguíamos encogidas de miedo bajo las mantas, Eulalie y ella entraban con sigilo en nuestras habitaciones y nos destapaban de golpe.

Una de sus narraciones favoritas era sobre una joven que siempre llevaba un lazo verde al cuello. Nadie la había visto nunca sin él, ni en la escuela, ni en la iglesia, ni siquiera el día de su boda. A todos los invitados les parecía una novia hermosa, pero se preguntaban por qué se había inclinado por llevar un collar tan sencillo. En su luna de miel, su esposo le regaló una gargantilla de diamantes que centelleaba como el fuego bajo el cielo iluminado por las estrellas. Quería que ella llevara puesta esa gargantilla, y nada más, cuando se metiera en la cama con él esa noche. Como su esposa se negó, el hombre se alejó con paso furioso. Más tarde, cuando regresó, la encontró dormida en su gran lecho, desnuda salvo por los diamantes y la cinta verde. Se acurrucó a su lado y, con un movimiento furtivo, le quitó la cinta, lo que ocasionó que la cabeza se le desprendiera del cuerpo, cortada limpiamente por el cuello.

Las trillizas, encantadas con tan truculenta historia, le pedían que se la relatara una y otra vez. Cuando Octavia murió, se envolvieron el cuello en crepé negro con macabra afectación.

Una vez que el lazo quedó firme, Lenore lo torció para colocarlo en un ángulo más desenfadado.

—Las Gracias ya están abajo. Las hemos despertado antes de nada.

Camille se levantó del banco. Cuando le ofrecí el velo, lo tiró a un lado, dejando el espejo descubierto y reluciente.

Mercy, Honor y Verity estaban sentadas a la mesa del comedor, en el extremo más alejado. Las hermanas mayores desayunaban huevos con arenques. Verity tenía un cuenco de fresas con nata, pero jugueteaba con ellas en vez de comérselas. Advertí que se había sentado lo más lejos de Honor y Mercy que podía sin cambiar de silla. Al parecer, aún no las había perdonado por su broma nocturna.

Las demás no nos molestamos en servirnos nada. Papá se encontraba en la cabecera de la mesa, visiblemente ansioso por comunicarnos la noticia.

Comenzó sin preámbulos.

—Después del desayuno, os espera a todas una sorpresa maravillosa en el salón Dorado.

Dicho salón era un espacio reducido y formal, que se usaba solo para recibir a invitados importantes, como miembros de la corte o el Alto Navegante. Muchos años atrás, el rey y su familia se alojaron con nosotros en una etapa de su gira estival, y la reina Adelaide lo utilizó como sala de estar particular. Como alabó las cortinas de damasco, nuestra madre juró que nunca las cambiaría.

—¿De qué se trata, papá? —preguntó Camille.

—Tras una profunda reflexión, he decidido que el periodo de tristeza de nuestra familia debe terminar. Highmoor ha pasado demasiados años en la oscuridad. Declaro finalizado el duelo.

—Enterramos a Eulalie ayer —recordé a los presentes, cruzando los brazos—. Ayer mismo.

Mi pierna se vio proyectada hacia atrás cuando alguien me propinó una patada por debajo de la mesa. Aunque no habría podido demostrarlo, habría apostado a que Rosalie era la culpable.

Nuestro padre me miró, arqueando una ceja.

—Sé que puede parecer prematuro, pero...

—Muy prematuro —lo interrumpí, lo que me valió otro puntapié. Esta vez no me cupo duda de que había sido Ligeia.

Papá se pellizcó el caballete de la nariz como para intentar prevenir una migraña.

—¿Hay algo que quieras decirnos, Annaleigh?

—¿Cómo se te ha podido ocurrir algo así? No está bien.

—Hemos guardado luto durante demasiados años de nuestra vida. Es el momento de volver a empezar, y no puedo consentir que nuestro nuevo comienzo quede empañado por la pena.

—*Vuestro* nuevo comienzo. Tuyo y de Morella. Nada de esto estaría sucediendo de no ser por su embarazo.

Las trillizas soltaron un grito ahogado, acongojadas. Vislumbré un destello de resentimiento en los ojos de Morella, pero me mantuve en mis trece. Al cuerno los sentimientos: lo que estaba en juego era demasiado importante.

—Ella ha dicho que es un niño, y por eso estás moviendo cielo y tierra por complacerla. Estás dispuesto a olvidarte por completo de tu primera familia. Tu familia maldita. —La palabra, negra y fea, quedó flotando en el aire.

Verity emitió un sonido a medio camino entre un chillido y un sollozo.

—No hay ninguna maldición —me espetó Lenore, corriendo a consolarla—. Dile que no la hay.

—No quiero morir —gimió Verity, tirando al suelo el cuenco con nata.

—No te vas a morir —aseguró papá, agarrándose a los brazos de su silla con tanta fuerza que me extrañó que no saltaran astillas—. Annaleigh, te estás pasando de la raya. Pídele perdón de inmediato.

Tras levantarme y arrodillarme junto a Verity, la abracé y le acaricié el suave cabello.

—Lo siento. No quería asustarte. En realidad, no hay ninguna maldición.

—No me refería a Verity —dijo mi padre con voz fría y apagada.

Apreté los labios en un gesto de mudo desafío. Aunque me flaqueaban las rodillas, me obligué a sostenerle la mirada.

—Annaleigh —me advirtió.

Conté los segundos que marcaba el tictac del reloj plateado que descansaba sobre la repisa. Cuando habían transcurrido doce, Camille se aclaró la garganta para llamar la atención de papá.

—¿Decías que había algo en el salón?

Él se rascó la barba, con aspecto de haber envejecido muchos años de golpe.

—Sí. De hecho, fue idea de Morella. Una sorpresa para todas. —Suspiró—. Para celebrar el fin de nuestro duelo, hemos hecho venir a modistas para que confeccionen nuevos vestidos. También a sombrereros y zapateros.

Todas mis hermanas prorrumpieron en chillidos de alegría, y Rosalie se abalanzó sobre papá y luego sobre Morella para echarles los brazos al cuello.

—¡Gracias, gracias!

Después de plantarle un beso en la coronilla a Verity, me erguí con la intención de regresar a mi habitación. No quería ropa nueva. No pensaba dejarme sobornar con unas fruslerías y sedas brillantes para renegar de las antiguas costumbres.

—Annaleigh —me llamó mi padre, por lo que detuve mis pasos—. ¿Adónde te diriges?

—Como no necesito prendas nuevas, os las dejo todas para vosotros.

Sacudió la cabeza.

—Todos vamos a abandonar el luto, incluida tú. No toleraré que lleves una indumentaria lúgubre mientras los demás seguimos adelante con nuestra vida.

Respiré hondo, pero no fui capaz de morderme la lengua para no lanzar un dardo envenenado.

—Estoy segura de que Eulalie también desearía poder seguir adelante con su vida.

Mi padre atravesó la sala con tres zancadas rápidas. Aunque no era un hombre violento, en ese momento me temí de verdad que fuera a golpearme. Me agarró del brazo y me llevó hasta el pasillo.

—Tienes que deponer esa actitud en este mismo instante.

Negué con la cabeza y, demostrando un temple que no era consciente de poseer, le planté cara sin titubear.

—Adelante, pasa página, si tan empeñado estás en empezar una vida nueva. Pero deja que llore a mis hermanas como considere oportuno.

—¡Nadie puede pasar página si vagas por casa vestida de negro y no les dejas olvidar! —Se volvió hacia la ventana, maldiciendo de frustración. Cuando me miró de nuevo, unas arrugas profundas le surcaban la frente—. No quiero discutir, Annaleigh. Añoro a Eulalie tanto como tú. También a Elizabeth, Octavia y Ava. Y, por encima de todo, a tu madre. ¿Crees que me llena de dicha haber devuelto a la Sal a la mitad de mi familia?

Se dejó caer en un pequeño confidente. Era demasiado bajo para él, por lo que se le doblaron las rodillas hasta el pecho. Al cabo de un momento, me indicó por señas que me sentara a su lado.

—Sé que la mayoría de los hombres quieren hijos jóvenes y fornidos que sigan sus pasos, se hagan cargo de su patrimonio y transmitan su apellido, pero yo siempre he estado orgulloso de tener tantas hijas. Uno de mis mejores recuerdos es de cuando tu madre y yo jugábamos con vosotras once a ponernos elegantes o a elegir muñecas. Me encantaban esos momentos. Y cuando Cecilia se quedó embarazada de Verity… fue una sorpresa maravillosa. Tras su fallecimiento, creí que nunca volvería a experimentar una felicidad como esa. —Una lágrima le resbaló hasta la punta de la nariz. Se la enjugó, con la vista fija en las baldosas que teníamos bajo los pies. Las esquirlas de cristal marino componían un mosaico de olas que rompían a lo largo del pasillo—. Después de tantos años de tragedia y tristeza, se me presenta la oportunidad de vivir de nuevo esa felicidad. No será tan completa (¿cómo iba a serlo, con tantas ausencias?), pero necesito aprovecharla mientras pueda.

La cinta que llevaba en la muñeca ya estaba deshilachada, y jugueteé con los flecos de las puntas, invadida por una sensación de *déjà vu*. ¿No había mantenido una conversación sobre exactamente el mismo tema con Camille?

—Supongo que esos modistas tendrán sedas de un tono gris claro, ¿no? —aventuré, dándome por vencida.

—Cecilia opinaba que te favorecía mucho el verde —me reveló, chocando con suavidad su hombro contra el mío—. Por eso utilizó todo ese jade para decorar tu habitación. Decía que tus ojos le recordaban el mar justo antes de una gran tormenta.

—Iré a ver qué tienen —dije, aceptando la mano que me ofrecía para ayudarme a levantarme—. Pero no esperes verme vestida de rosa.

—¡Fijaos en este raso! ¡Es el tono de rosa más delicioso que he visto nunca! —exclamó Rosalie, sujetando la tela fruncida por encima de su cabeza.

El salón Dorado era un maremágnum de tejidos y ribetes. Había arcones abiertos, como cofres del tesoro, rebosantes de lazos y encajes. Apenas quedaban superficies despejadas. Yo ya había tropezado con tres cajas de botones.

Camille se acercó al rostro una muestra color azafrán.

—¿Qué te parece este tono, Annaleigh?

—Te sienta de maravilla —terció Morella. Se encontraba en medio del caos, recostada en un diván con botones, como una abeja reina mimada. No se había dignado mirarme desde el incidente en el comedor. Yo tenía que encontrar la manera de disculparme.

—El azul realzaría más tus ojos —dije, alzando un rollo de tela color cerúleo—. ¿Lo ves? Además, resalta tu tez; te da un aspecto más sonrosado. ¿No te parece, Morella?

Ella asintió ligeramente, pero se volvió para examinar una cinta brillante que Mercy había sacado de un arcón.

—Esta gasa es ideal para milady —dijo una costurera, irrumpiendo en la conversación—. ¿Ha visto estos bocetos? —Le mostró a Camille un puñado de diseños—. Podemos confeccionar cualquiera de estos vestidos con esa tela.

Camille cogió los dibujos y se sentó en un taburete blando cubierto de relucientes damascos de tonos pastel. La costurera se arrodilló a su lado para tomar notas.

En un perchero cercano a mí, telas de lino color crema y bellas sedas verdes pendían de colgadores acolchados. Elegí tres patrones de vestidos largos y sueltos. A pesar de mis recelos, el tul de espuma de mar —salpicado de lentejuelas plateadas que centelleaban como estrellas— me produjo una ilusión embriagadora. De ahí saldría un vestido magnífico.

Lenore abrió un arca decorada.

—¡Vaya! ¡Fíjate en esto!

Anidadas en el forro de terciopelo del interior había un par de zapatillas. La piel plateada parecía suave como la mantequilla y relucía al sol de la tarde. Tenían cintas de seda cosidas a los lados para atarlas en torno a los tobillos.

Era un calzado especial para bailar.

Verity agarró una, fascinada, y se la acercó a los ojos para examinar el bordado con cuentas que tenía en la punta.

—¡Zapatos de hadas!

—Impresionante —comentó Morella, admirando la otra.

Reynold Gerver, el zapatero, tomó la palabra:

—Elaborar cada par me lleva semanas. Las suelas están acolchadas para mayor comodidad. Podría usted bailar con ellas toda la noche, sin notar la menor molestia en los pies por la mañana.

Rosalie le arrebató la zapatilla a Verity.

—Quiero un par para nuestro baile.

—¡No, yo las he visto primero! —protestó Lenore—. Las quiero yo.

—Todas deberíamos contar con un par —dijo Ligeia, y se sentó junto a Morella en el diván, toqueteando las cintas—. Solo se cumplen dieciséis años una vez.

Camille alzó la vista de los diseños.

—¿Se pueden confeccionar en otros colores? Me encantaría tener unas en oro rosa, para que hicieran juego con mi vestido.

Gerver asintió.

—He traído muestras de todas mis pieles. —Sacó un libro de debajo de la tela amarilla descartada. Hizo una pausa, observando a Morella—. Como estas zapatillas son tan especiales… pueden salir un poco caras.

—¿Un poco caras? —atronó la voz de papá desde la puerta—. Dejo solas a mis chicas durante una hora y ahora estoy en la ruina más absoluta, ¿verdad?

Rosalie sostuvo en alto la relumbrante zapatilla.

—¡Papá, mira esto! ¡Estos zapatos serían perfectos para nuestro baile! ¿Podemos comprarlos, por favor?

Desplazó la vista por los rostros esperanzados de mis hermanas.

—Supongo que todas queréis un par, ¿no?

—¿Nosotras también? —preguntó Honor, que se había puesto de puntillas para mirar por encima de una pila de sombrereras.

Él mantuvo una expresión neutra.

—Antes tengo que verlos. Una de las reglas más importantes del comercio es que nunca hay que cerrar un trato sin antes inspeccionar la mercancía.

Rosalie le devolvió la zapatilla a Verity y la empujó con suavidad hacia delante. La pequeña avanzó, sujetando la pieza con dedos regordetes y reverentes.

—Son zapatos de hadas, papá.

El hombre le dio vueltas y vueltas entre las manos con interés teatral.

—¿Zapatos de hadas, dices? —A la chiquilla le brillaron los redondos ojos, del mismo tono de verde que los míos—. Parecen demasiado delicadas. Poco sólidas.

El zapatero se le acercó.

—En absoluto. Le aseguro que aguantarán una temporada entera de bailes. Fabrico mis suelas con el mejor cuero del reino, flexible pero resistente.

Esto no pareció convencer del todo a nuestro padre.

—¿Cuánto me costarían ocho pares? —Morella, desde el diván, se sorbió la nariz—. Nueve pares —rectificó papá—. Nueve pares, para fin de mes. Mis hijas van a celebrar un baile. Es esencial que las zapatillas estén listas para entonces.

Gerver silbó entre dientes.

—No es mucho tiempo. Necesitaré más mano de obra…

—¿Cuánto?

Después de hacer cuentas con los dedos, Gerver se subió los anteojos dorados que descansaban sobre la punta de su nariz.

—Cada par vale ciento setenta y cinco floretes de oro, pero si he de confeccionar nueve pares en solo tres semanas..., no puedo cobrar menos de tres mil.

La alegría que reinaba en el ambiente se disipó. Era imposible que papá accediera a semejante despilfarro. Yo no quería ni calcular cuánto le estaban costando ya la lencería y los vestidos nuevos.

—No nos quedaremos en la calle por nueve pares de zapatillas, Ortun —lo animó Morella con una sonrisa adorable.

Verity clavó la vista en papá, llena de expectación. Él se arrodilló a su lado.

—¿De verdad crees que esas zapatillas valen tanto, hija? —Después de volver la mirada hacia nosotras, ella asintió. Una sonrisa inesperada se dibujó en los labios del hombre—. Está bien. Ve y escoge las tuyas. ¡Zapatos de hadas para todas!

5

Con un último golpe de remos, impulsé mi bote hacia el interior de la dársena de Selkirk y me deslicé a lo largo del muelle descolorido por el sol mientras la claridad del amanecer se extendía sobre el horizonte. En el velatorio de Eulalie, Morella había mencionado que había estado a punto de revelarle a papá que estaba embarazada, pero que la habían interrumpido los pescadores que habían llevado a casa el cuerpo de mi hermana. Tal vez habían visto algo, un pequeño detalle que habían olvidado contarle a mi padre, pues creían que la caída había sido un accidente.

Tras pasar la amarra por una argolla y anudar el cabo sobrante, me aupé al embarcadero.

Tenía que encontrar a esos pescadores.

Las cinco islas de Salann estaban distribuidas por el mar Kaleico como los dijes de un collar.

Selkirk, la situada más al nordeste, estaba habitada por pescaderos, capitanes y marineros. En su concurrido puerto se comerciaba con el pescado y el marisco que se descargaban a diario de los barcos.

La siguiente isla de la cadena, y la más poblada, era Astrea. En su rocosa costa proliferaban tiendas, mercados y tabernas que componían una rutilante y próspera ciudad comercial. Las trillizas la visitaban casi todos los días desde que se había anunciado su baile para recorrer los establecimientos en busca de pequeños tesoros, como un par adicional de medias o un nuevo tono de carmín. Morella se las ingenió para convencer a papá de que se trataba de necesidades básicas para unas jóvenes que estaban a punto de presentarse en sociedad.

Nosotros vivíamos en el centro de la cadena, en Salten.

Vasa era larga y delgada como una anguila, tenía puertos en los litorales norte y sur. Nuestro padre supervisaba el enorme astillero que ocupaba toda la isla. Casi todos los navíos de la armada real habían sido construidos en Vasa. Alguien en la corte había oído al rey jactarse de que los barcos de Salann eran los más veloces de sus fuerzas navales, y papá había estado radiante de orgullo durante meses.

La última isla era la más pequeña, pero también la más importante. Hesperus figuraba entre los principales puestos defensivos de Arcannia. Su faro, conocido por el cariñoso sobrenombre de Vieja Maude, era el más alto del país. No solo guiaba a las embarcaciones que arribaban a puerto o partían de él, sino que constituía una magnífica atalaya para divisar naves enemigas.

Yo le tenía un gran cariño al faro. Era como un segundo hogar para mí. De niña, me ofrecía voluntaria para fregar las ventanas de Highmoor hasta que quedaban relucientes, pues me imaginaba que limpiaba la galería del faro. Subía a las colinas más altas y me figuraba que me encontraba en lo alto de la Vieja Maude, oteando navíos extranjeros —que en realidad eran barcos pesqueros que habían salido a faenar— y anotando todos los detalles pertinentes en un gran libro de registro, como había visto hacer a Silas.

Silas era el farero desde tiempos inmemoriales. Se había criado en el faro y había aprendido su funcionamiento de su padre. Cuando se hizo evidente que Silas nunca tendría hijos, papá comprendió que habría que elegir a un aprendiz para que lo sustituyera a la larga. Yo le rezaba a Ponto todas las noches para que me designaran a mí.

Sin embargo, el elegido fue Fisher, el hijo de Hanna. Aunque trabajaba en los muelles, mi padre decía que estaba destinado a grandes cosas. Cuando Camille y yo éramos pequeñas, lo seguíamos por toda Salten, fascinadas con todo lo que hacía y perdidamente enamoradas de él. Cuando partió para iniciar su aprendizaje, me pasé una semana llorando todas las noches hasta que me quedaba dormida.

Ahora, al tender la vista sobre el muelle de Selkirk y vislumbrar el destello casi imperceptible del faro, me pregunté qué estaría haciendo Fisher. Seguramente limpiando ventanas. Silas era un fanático de las ventanas.

Avancé por el embarcadero y me detuve ante el primer barco que encontré, para preguntarle al capitán si sabía algo de unos hombres que habían descubierto un cadáver cerca de Salten. Me ahuyentó con grandes aspavientos, alegando que traía mala suerte que una mujer se acercara a las embarcaciones. Otros dos marineros me trataron de igual manera hasta que encontré a un estibador dispuesto a hablar conmigo.

—¿La hija del duque? —preguntó con la boca llena de tabaco de mascar. El jugo se le escurría de los labios, manchándole la barba de amarillo—. ¿Hace un par de semanas?

Asentí enérgicamente, ávida de información.

—Deberías hablar con Billups… —Desplazó la mirada por el muelle—. Pero su barco ya ha salido.

—¿Sabe cuándo volverá? —Como todos estaban ocupados con los preparativos para la fiesta, podía pasar casi toda la tarde fuera sin que me echaran en falta.

—Hoy no —respondió, lo que echó por tierra mi plan—. Tampoco mañana. Quiere realizar una pesca cuantiosa antes de que empiece la Remoción. —Alzó la mano para sentir la brisa—. ¿Notas ese frío repentino en el aire? Ya no falta mucho.

Intenté disimular la decepción forzando una sonrisa de agradecimiento.

—¿No iba Ekher con él? —preguntó el compañero del estibador, que había oído la conversación mientras enrollaba una larga maroma.

—Ah, ¿sí? Creía que no había salido del puerto estos días.

El segundo hombre soltó un gruñido, y entre los dos dieron la vuelta al rollo para colocarlo en posición vertical.

—El viejo redero está un par de embarcaderos más allá. No tiene pérdida.

Recorrí el laberinto de muelles conectados entre sí, buscando a alguien que estuviera manipulando redes. Tres embarcaderos más adelante, di con él.

Ekher estaba sentado en un banco, rodeado de carretes de cordel de color cobalto y añil. Décadas de trabajo en el puerto le habían dejado la piel morena y correosa, surcada de profundas arrugas. Sus dedos nervudos sujetaban una siniestra aguja curva con la que cosía las redes. Al verlo palpar un montón de cordeles que tenía al lado para encontrar la pieza adecuada, comprendí que no los veía.

Era ciego.

Me quedé callada, preguntándome qué hacer a continuación. Resultaba evidente que ese hombre no podría proporcionarme detalles sobre el hallazgo de Eulalie; Billups debía de ser quien la había descubierto. Me disponía a marcharme cuando Ekher dejó a un lado su red, despacio, y posó en mí sus pupilas lechosas e inservibles.

—Si piensas pasarte toda la mañana comiéndote a un viejo con los ojos, por lo menos acércate y hazle compañía. —Extendió el brazo y me hizo señas con unos dedos como garras.

Reprimiendo una risa nerviosa, me aproximé a su banco.

—No sabía que podía verme —me disculpé, alisándome la falda de lino.

—Claro que no te veo. Soy ciego —replicó.

Ladeé la cabeza.

—Entonces ¿cómo...?

—Por tu perfume. O jabón. O lo que sea que uséis las chicas jóvenes. Lo he olido a cien pasos de distancia.

—Ah. —Sentí una extraña desilusión, descorazonada por aquella respuesta tan pragmática.

—¿Qué quieres de este viejo redero, a todo esto?

—Me han dicho que estaba usted con los pescadores que descubrieron el cuerpo...

—Voy a cumplir noventa y ocho años el martes que viene,

criatura. Ha habido muchos cuerpos en mi vida. Tendrás que concretar un poco.

—Eulalie Thaumas. La hija del duque.

El hombre bajó la aguja.

—Ah. Ella. Qué cosa tan terrible.

—¿Su amigo…, Billups, piensa que hay algo raro en ello?

—No es muy frecuente que las señoritas guapas se despeñen por acantilados, ¿no? ¿Te refieres a eso?

Me dejé caer en el banco, a su lado.

—¿O sea que creen que fue un accidente?

Ekher se llevó dos nudosos dedos al pecho, como para protegerse contra espíritus malignos.

—¿Qué si no? Ella no tenía motivos para saltar. Vimos el relicario.

—¿El relicario? —repetí. Nunca había visto a Eulalie con un relicario.

Él asintió.

—La cadena quedó destrozada, pero aun así se alcanzaba a leer la inscripción.

Antes de que yo pudiera hacerle más preguntas, él se puso rígido y me agarró la mano. Me clavó los dedos en la palma, lo que me arrancó un grito de sorpresa y de dolor. Me sujetaba con demasiada firmeza para zafarme.

—Algo se acerca —dijo con la voz ronca de pánico.

Me llevé la otra mano a los ojos, para protegerlos del sol radiante. El embarcadero rebosaba de actividad, con sus ritmos y sonidos habituales. Las gaviotas chillaban en lo alto, conspirando para afanarles trozos de cebo a los pescadores desprevenidos. Los capitanes gritaban órdenes y en ocasiones palabrotas a los estibadores, muchachos rebeldes aquejados de un dolor de cabeza que sin duda era consecuencia del desenfreno de la noche anterior en la taberna.

—No veo nada.

Me apretó la muñeca con más fuerza; saltaba a la vista que tenía miedo.

—¿No lo notas?

—¿El qué?

—Estrellas. Estrellas fugaces.

Dudosa, alcé la mirada al cielo de la mañana, teñido de intensos tonos melocotón y ámbar. Ni siquiera la Diadema de Versia, la constelación más brillante, bautizada en honor a la Reina de la Noche, resultaba visible.

—¿Qué ocurrió con el relicario? —inquirí, intentando desviar su atención de las estrellas invisibles hacia el asunto que nos ocupaba—. ¿Lo entregaron ustedes junto con el cuerpo?

Fijó en mí los blanquecinos ojos, visiblemente ofendido.

—No soy un ladrón.

Rememoré el funeral de Eulalie y me vino al pensamiento ese horrible colgante que llevaba. Nunca se lo había visto antes. ¿Se trataba del relicario?

Exhalé un suspiro de frustración. Las exequias se habían celebrado hacía más de dos semanas. Sin duda el ataúd se habría partido ya, y Eulalie había vuelto a la Sal, con collar y todo.

—¿Recuerda qué decía la inscripción?

Ekher asintió.

—Billups la leyó en voz alta. Se nos saltaron las lágrimas a los dos. —Se aclaró la garganta como preparándose para recitar un poema—. «Yo vivía solo / en un mundo hosco, / mi alma era un mar frío y gris, / hasta que Eulalie, azorada, me dio el sí».

Me quedé boquiabierta.

—¿Le dio el sí? Eulalie no estaba prometida con nadie.

Encogiéndose de hombros, Ekher se dispuso a hincar de nuevo la aguja curva en la malla, pero se le fue hacia un lado y se la clavó en la arrugada yema del pulgar. No dio muestras de dolor. La sangre oscura manchó de negro la red de color añil.

—Se ha hecho daño.

Su estado de ánimo sufrió otra alteración repentina al tiempo que la herida seguía sangrando y él se frotaba los dedos.

—¡Lárgate antes de que me quede sin dedo, chiquilla tonta! —Arrugando la nariz, escupió.

Me aparté de un salto y me alejé corriendo por el muelle, sin dejar de mirar hacia atrás al oír las maldiciones que me lanzaba.

Nunca había visto a alguien cambiar de humor con tanta brusquedad. ¿Le habían trastornado la mente todos esos años bajo el sol? Cuando volví la cabeza para dirigirle una última mirada, choqué con alguien y estuve a punto de caer al suelo.

—Lo siento mucho —exclamé, abriendo los brazos para recuperar el equilibrio. El desconocido tenía justo detrás el sol naciente, que lo envolvía en un halo luminoso que me deslumbraba. Unas manchas de color azul oscuro y blanco incandescente danzaban ante mis ojos.

Como las estrellas del viejo.

—Esto es tuyo, ¿verdad? —dijo el extraño, dando un paso hacia mí con el brazo extendido. Resguardada del fulgor del sol, alcancé a distinguir unos ojos azules de expresión amable que me miraban con preocupación.

Me sentí como una enana frente a ese hombre, pues apenas le llegaba a los hombros. Me quedé contemplando su anchura durante más tiempo del que se habría considerado apropiado. Supuse que sería un capitán de barco al intuir los músculos que se ocultaban bajo aquella fina chaqueta de lana. No costaba imaginarlo tirando una y otra vez de la driza para levantar una pesada vela.

Como llevaba el cabello más largo de lo que se estilaba, sus oscuros rizos caían justo encima de la mandíbula. Uno de ellos, movido por una brisa pasajera, le rozó la comisura de la boca, y me invadió el súbito y horripilante deseo de apartárselo con la mano, solo para notar su suavidad.

Se aclaró la garganta y se me encendieron las mejillas, pues me aterraba que se las hubiera ingeniado de algún modo para leerme el pensamiento. Mientras yo lo miraba embobada, con la cabeza bullendo de ideas absurdas, él tendía hacia mí una moneda que sujetaba entre los dedos.

—Se te ha caído esto. —Me tomó de la mano y me depositó la pieza de cobre en la palma.

Aunque este gesto tan sencillo, realizado a diario por mercaderes y tenderos, no habría debido producir una sensación de intimidad tan intensa, me estremecí al notar su contacto. Me acarició el centro de la mano con el pulgar y, una vez que la moneda quedó en mi poder, lo retiró, dejándome un hormigueo en la piel. Se me cortó la respiración al preguntarme qué sentiría si él deslizara el dedo así contra mi cuello, mis mejillas, mis labios...

—Gracias —murmuré cuando recuperé la voz—. Ha sido muy amable. Cualquier otro se la habría guardado.

—Jamás se me ocurriría apropiarme de algo que no me pertenece. —Me dio la impresión de que iba a sonreír—. Además, no es más que un florete de cobre. Prefiero renunciar al dinero y aprovechar la ocasión para charlar con su bonita propietaria.

Abrí la boca, ansiosa por decir algo, lo que fuera, pero no me salían las palabras.

Dio otro paso hacia mí mientras un par de pescadores avanzaba a toda prisa por el embarcadero, acarreando entre los dos una pesada caja.

—Ahora que lo pienso, tal vez podría usted ayudarme.

Me puse en guardia al instante. Papá siempre nos advertía que tuviéramos cuidado con los carteristas y ladrones cuando saliéramos de Highmoor. Tal vez el acto de devolverme la moneda no era más que una artimaña para despojarme de sumas más elevadas.

—Soy nuevo aquí y estaba buscando al capitán.

Entorné los ojos con recelo, atenta a sus manos. Mi padre aseguraba que muchos dominaban hasta tal punto el arte del hurto que eran capaces de quitarte los anillos de los dedos sin que te percataras de ello.

—Es un embarcadero muy grande —declaré, señalando con un gesto las decenas de embarcaciones que nos rodeaban—. Hay muchos capitanes.

Me sonrió sin malicia, aunque sus mejillas delataban un ligero desencanto, lo que me llevó a pensar que tal vez sus intenciones eran puras.

—Sí, claro. Busco al capitán Corum. Walter Corum.

Me encogí de hombros, deseando que la luz de sus ojos no me aturullara. Había pasado tantos años recluida en Highmoor que apenas había tratado con hombres. El mero hecho de intercambiar un par de frases con Roland, el ayuda de cámara de papá, me dejaba reducida a un manojo de nervios ruborizado y tartamudo.

Señalé el mercado, situado más adelante en el muelle.

—Ahí habrá alguien que lo sepa.

El brillo en los ojos del desconocido se atenuó, poniendo de manifiesto su decepción.

—¿Y usted no?

—No soy de Selkirk.

Dio media vuelta para marcharse.

—¿Va a navegar con él? —pregunté en voz más alta de lo que pretendía—. ¿Con el capitán Corum?

Movió la cabeza de un lado a otro.

—Está enfermo. De escarlatina. He venido a cuidar de él.

—¿Se encuentra grave?

Se encogió de hombros.

—Supongo que no tardaré en averiguarlo.

Recordé cómo todos se reunieron en torno al lecho de Ava cuando cayó enferma. Mantenían la habitación a oscuras, con las cortinas bien cerradas para no dejar pasar el sol. Como los sanadores dijeron que había que expulsar el mal de su cuerpo por medio de calor, papá mandó avivar el fuego al máximo dentro de los límites de la prudencia, por lo que el ambiente resultaba sofocante. Aun así, a Ava le castañeteaban los dientes tan fuerte que temí que se le fueran a romper en pedazos y a caer de entre sus labios ensangrentados como piedras de granizo.

Sin embargo, el desconocido no parecía un sanador. Más bien parecía destinado a navegar en un barco, encaramado en la cofa, muy por encima del mar, a medio camino de las estrellas. Me imaginaba sus rizos morenos agitados por el viento mientras oteaba el horizonte en busca de aventuras.

—Espero que se mejore pronto —le deseé, retorciéndome las manos al no saber muy bien qué hacer con ellas—. Esta noche rezaré a Ponto para pedirle su rápida recuperación.

—Es usted muy amable… —Dejó la frase en el aire, claramente con la esperanza de que le revelara mi nombre.

—Annaleigh.

Sus labios se curvaron en una sonrisa, y yo me quedé sin aliento mientras sentía que algo me revoloteaba en el estómago.

—Annaleigh —repitió, y, al oír mi nombre salir de su boca, me pareció más sonoro y elevado, como un verso o un himno.

—Thaumas —añadí, aunque él no me lo había pedido. Estaba quedando como una bobalicona balbuciente y deseaba que me tragara el mar.

Se le iluminó la mirada, como si hubiera reconocido mi apellido, y me pregunté si conocía a mi padre.

—Annaleigh... Thaumas. —Se le ensanchó la sonrisa—. Qué bonito. —Ejecutó una profunda reverencia, con el brazo extendido como un cortesano galante—. Espero que nuestros caminos vuelvan a cruzarse.

Antes de que yo pudiera expresar mi sorpresa, él se había alejado por el concurrido muelle, esquivando a los portadores de otra caja.

—¡Espere! —grité, y él se detuvo y miró hacia atrás.

Una satisfacción inesperada se le dibujó en el rostro mientras esperaba a que yo continuara.

Aunque me ardían las mejillas, me acerqué a él.

—Puedo guiarlo hasta el mercado..., si quiere.

Dirigió la vista hacia los puestos cubiertos que se divisaban a unos pocos embarcaderos de distancia.

—¿Ese mercado de ahí?

Aunque su tono despreocupado indicaba que me estaba tomando el pelo, se me retorció el estómago de vergüenza. Me obligué a sonreír.

—Sí, bueno, no me cabe duda de que podrá encontrarlo sin ayuda. —Asentí—. Buenos días... —Como no sabía cómo se llamaba, la despedida quedó inconclusa—. Señor —agregué, con dos segundos de retraso.

Emprendí la retirada hacia mi bote, con el rostro al rojo vivo. De pronto, una mano me agarró de la muñeca con suavidad y me hizo girar de modo que me vi de nuevo frente al desconocido. Por alguna razón me pareció más alto, y reparé en que tenía una fina cicatriz en forma de media luna en la sien. Al percatarse de que lo miraba con fijeza, retrocedió dos pasos para dejar un espacio apropiado entre ambos.

—Cassius —me informó—. Me llamo Cassius.

—Ah.

Me ofreció el brazo.

—Le agradecería mucho que me ayudara a encontrar el mercado. Es mi primera vez en Selkirk, y no quisiera perderme.

—Es un puerto muy grande —dije, desplazando la mirada por la dársena como si hubiera triplicado su tamaño.

—Entonces ¿me ayudará usted, señorita Thaumas? —Le bailaban los ojos y parecía a punto de desplegar otra sonrisa.

—Supongo que sería lo correcto.

Me llevó por otro muelle, torció a la izquierda, luego a la derecha y de nuevo a la izquierda, alargando lo que habría sido un breve paseo.

—¿Así que es usted sanador? —pregunté, sorteando un rollo de cuerda. Los muelles estaban llenándose rápidamente de pescadores que se preparaban para salir a faenar—. Como ha dicho que viene a cuidar de su amigo...

—Mi padre —aclaró—. Y no, carezco de formación especializada. Estoy aquí por lealtad familiar... Por obligación familiar, en realidad. —Se le congeló la sonrisa—. De hecho, esta será la primera vez que nos veamos las caras. —Se agachó hacia mí para eludir unas trampas para langostas que estaban izando desde un barco cercano, con sus presas dentro. Al inclinarse, me susurró en tono confidencial—: Verá, señorita Thaumas: soy un bastardo.

Pretendía escandalizarme con su osado descaro.

—Eso da igual —respondí con sinceridad—. No importa lo que hayan hecho sus padres, sino lo que haga usted como individuo.

—Es usted muy generosa. Ojalá más personas compartieran su opinión.

Tras doblar una última esquina, dejamos el embarcadero y llegamos al mercado. Había mesas y puestos colocados bajo unos toldos improvisados que resguardaban la pesca fresca de los implacables rayos del sol. Aunque una ligera brisa mantenía a raya buena parte de los malos olores, se percibía un penetrante hedor subyacente a pescado destripado que ningún viento sería capaz de erradicar.

—Bueno... —Señalé los tenderetes con un gesto—. Aquí lo tiene. Seguro que cualquiera de los pescaderos podrá indicarle dónde vive. Es una comunidad pequeña. Todos se conocen entre sí.

Cuando estas palabras salieron de mis labios, caí en la cuenta de lo ciertas que eran. En cuanto nos adentramos en la multitud, todos volvieron la mirada hacia nosotros y me reconocieron de inmediato como la hija del duque. Aunque la mayoría de los mercaderes tuvo la delicadeza de llevarse la mano a la boca con discreción al cuchichear, alcancé a oír las acusaciones que susurraban.

—Es la hija de Thaumas.

—Qué lástima lo de...

—... no hace ni un mes que murió...

—... están malditas...

Se me erizó el vello de la nuca al oír mencionar la maldición. Era un rumor absurdo, pero los rumores tendían a inflarse y ponerse feos. No sabía si Cassius se había fijado en que estaba demasiado avergonzada para mirarlo a los ojos.

—¿Qué ropa lleva? Ni siquiera es gris...

—... echarla de aquí...

—... nos contagiará la mala suerte...

—¡Eh, tú! —bramó una voz por encima del murmullo del gentío—. ¡No deberías estar aquí!

—Tengo que irme —dije, soltándole el brazo. El ansia por huir de los cuchicheos prevaleció sobre mis ganas de permanecer a su lado—. ¡Espero que encuentre a su padre y que se recupere pronto!

—¡Pero..., Annaleigh!

Antes de que pudiera detenerme, giré sobre los talones y arranqué a correr hacia la seguridad de mi bote. Necesitaba adentrarme en el mar, refugiarme entre las olas. Necesitaba que la brisa marina alejara de mí el pánico que crecía en mi interior, que el vaivén rítmico del oleaje pusiera orden en mis pensamientos.

No estábamos malditas.

Al saltar a mi barca, intenté ahuyentar de mi mente los susurros de la gente. Sin embargo, lejos de acallarse, resonaban en mi cabeza cada vez con mayor intensidad, hasta que el puñado de pescaderos se convirtió en una muchedumbre vociferante y luego en una turba armada con antorchas y cuchillos.

Me puse de puntillas para echar un vistazo por encima del embarcadero y comprobar si alguien me había seguido. Una pequeña parte de mí deseaba que Cassius hubiera ido en pos de mí, pero aquella zona de la dársena estaba desierta. Sin duda estaba en el mercado, escuchando toda clase de habladurías sobre las hermanas Thaumas. Se me cayó el alma a los pies al imaginar su radiante sonrisa desvaneciéndose ante el relato de los macabros sucesos de Highmoor.

A pesar de que el único testigo de mi ridícula actitud fue un cangrejo violinista, me ruboricé. Aunque no conocía a Cassius, no soportaba la idea de que pensara mal de mí.

—No seas tonta. —Me apresuré a soltar amarras y apartar el bote del muelle—. Él no es más que un galanteador avezado, y tú tienes cosas más importantes de qué preocuparte.

¿Qué significaba la inscripción del relicario? ¿Eulalie, una novia azorada?

Era absurdo. Aunque ella tenía muchos pretendientes, ninguno de ellos le había propuesto matrimonio.

¿O tal vez sí?

Con el ceño fruncido, batí los remos contra las olas. Si era verdad que Eulalie tenía un prometido y no nos había hablado de él, solo había dos explicaciones posibles.

O bien se trataba de alguien que jamás contaría con la aprobación de papá...

O que no contaba con la de Eulalie.

Mi imaginación, desatada, reconstruyó la fatídica última noche de mi hermana. Sin duda se había reunido con su cortejador y había rechazado sus requerimientos amorosos, alegando que jamás podrían estar juntos. Habían discutido y los ánimos se habían exaltado hasta tal punto que él la había tirado por el acantilado de un empujón. ¿Había arrojado después el relicario para borrar las pruebas de su pasión no correspondida? La imaginé precipitándose al vacío, con una expresión en la que la perplejidad cedía el paso al horror conforme comprendía que no había vuelta atrás, no había manera de retroceder para arreglar las cosas. ¿Había gritado antes de estrellarse contra las rocas?

Volví al presente con un jadeo cuando una ola golpeó el costado del bote. Aunque no eran más que conjeturas, tenía la sensación de que iba bien encaminada.

La muerte de mi hermana no había sido un accidente, ni consecuencia de una siniestra maldición.

La habían asesinado.

Y yo iba a demostrarlo.

6

Cric.

Cric.

Criiic.

Yo tenía los dedos sobre el tirador del cajón del secreter de Eulalie cuando oí crujir las tablas del suelo del pasillo y me quedé paralizada, con el corazón en la garganta, convencida de que estaban a punto de pillarme. Aunque en realidad no había ninguna regla que nos prohibiera entrar en las habitaciones de nuestras hermanas fallecidas, prefería que nadie se enterara de ello. Un torrente de posibles excusas me inundó la cabeza como un maremoto, pero todas me parecían inconsistentes y poco creíbles.

Como pasó un rato sin que nadie irrumpiera en el dormitorio y me acusara de meterme donde no debía, me acerqué de puntillas a la puerta y me asomé al pasillo.

No había nadie.

Con un suspiro de alivio, cerré la puerta sin hacer ruido y paseé la vista por la alcoba de Eulalie, preguntándome dónde mirar a continuación.

Al regresar de Selkirk, me había encontrado la casa casi vacía. Morella se había llevado de nuevo a las trillizas a Astrea, y las Gracias aún estaban en clase con Berta. Se oían notas erróneas procedentes del piano del salón Azul, que Camille aporreaba mientras practicaba un nuevo solo. Como todos estaban distraídos, era el momento ideal para colarme en la habitación de Eulalie en busca de algo que demostrara mi teoría de un amante desdeñado.

En su ausencia, todo había sido dispuesto con un orden y un esmero que ella habría detestado en vida. Los libros ya no estaban desparramados a los pies de su diván, sino apilados en pulcras torres sobre su secreter. Sorprendentemente, no había ropa en el suelo, y unas telas blancas cubrían casi todos los muebles.

Vagué por la habitación sin saber muy bien qué buscaba hasta que reparé en el alto pedestal situado cerca de la ventana. Sobre él languidecía un helecho, mustio y muy necesitado de cuidados, que ocultaba un cajón secreto. Recordaba que Ava lo había mencionado en cierta ocasión. Eulalie guardaba en él sus tesoros más preciados.

Después de palpar y hurgar durante un rato, encontré una palanca y, al accionarla, descubrí un escondrijo repleto de cosas. Saqué tres libros delgados, con la esperanza de que fueran diarios con relatos detallados de sus días y sus secretos. Al echar una ojeada a las primeras páginas comprobé que se trataba de novelas que papá le había prohibido leer, pues contenían pasajes demasiado explícitos para una jovencita. Dejé los volúmenes a un lado, con la extraña satisfacción de saber que ella los leía de todos modos.

Al fondo del cajón había un surtido de cintas para el cabello, alhajas y un bonito reloj de bolsillo. Al abrirlo, encontré un mechón de pelo sujeto por un alambre de cobre. Lo retorcí entre los dedos, extrañada por su color. Tras el fallecimiento de mamá y de nuestras hermanas, todas recibimos recortes de su pelo para que lo conserváramos en cuadernos de recuerdos o lo trenzáramos para confeccionar joyas de luto, pero este mechón era de un rubio pálido, casi platino, demasiado claro para proceder de la cabeza de una Thaumas. Me lo guardé en el bolsillo para reflexionar sobre ello más tarde.

También había un frasco de perfume y un pañuelo demasiado pobre en bordados y puntillas para formar parte de la colección de Eulalie. Su olor, como de un tabaco de pipa especialmente fuerte, me ardía en la nariz.

—¿Qué haces? —preguntó una voz.

Sobresaltada, di un respingo y el pañuelo se me cayó de las manos, revoloteando hasta el suelo como una mariposa aterida por la primera helada. Con el corazón desbocado, volví la cabeza hacia la puerta. Allí estaba Verity, cuaderno de bocetos en mano. Llevaba los cortos rizos castaños recogidos hacia atrás con un gran lazo, y el delantal cubierto de polvo de pastel. Exhalé un suspiro, aliviada de que mi padre no me hubiera sorprendido ahí.

—Nada. ¿No deberías estar en clase?

Ella se encogió de hombros.

—Honor y Mercy están ayudando a la cocinera a preparar pastelitos de mazapán para el baile. Berta no quería darme clase solo a mí. —Inclinó la cabeza hacia la habitación de las trillizas, al otro lado del pasillo—. Iba a pedirle a Lenore que posara para un retrato.

—Han salido con Morella, para hacerles los últimos ajustes a sus vestidos. —Cambié de posición, cerrando la puerta del pedestal con la espalda.

Me escudriñó el rostro, frunciendo los labios de modo que semejaban un capullo de rosa.

—Creo que a Eulalie no le gustaría verte ahí dentro.

—Eulalie ya no está, Verity.

Parpadeó una vez.

—¿Por qué no vas a preguntarle a la cocinera si necesita más ayuda? —sugerí—. A lo mejor te deja probar el glaseado.

—¿Estás tomando algo prestado?

—No exactamente. —Me enderecé de modo que mi falda ocultara el pañuelo.

—¿Has venido a llorar?

—¿Qué?

Se encogió de hombros.

—Papá lo hace a veces. En el cuarto de Ava. Cree que nadie lo sabe, pero yo lo oigo por las noches.

La alcoba de Ava se encontraba en el tercer piso, justo encima de la de Verity.

Se inclinó hacia el interior de la habitación y paseó la mirada con curiosidad, pero sin la menor intención de entrar.

—Si has venido para eso, no se lo contaré a nadie.

—No estaba llorando.

Alargó los brazos hacia mí y me hizo señas de que me acercara. Dejé el pañuelo en el suelo, esperando que ella no lo viera. Verity deslizó la punta del dedo por mi mejilla y pareció decepcionarle que la tuviera seca.

—Yo aún la echo de menos.

—Eso es muy normal.

—Pero nadie más la añora. Ya nadie se acuerda de ella. No hablan más que del baile.

Le di un apretón en los hombros.

—No la hemos olvidado. Tenemos que seguir adelante con nuestra vida, pero eso no quiere decir que no la echemos de menos o no la queramos.

—Ella no piensa lo mismo.

Arrugué el entrecejo.

—¿A qué te refieres?

—Cree que todo el mundo está demasiado ocupado con sus cosas para acordarse de ella. —Se volvió de nuevo hacia el pasillo como si le preocupara que alguien escuchara nuestra conversación—. Elizabeth opina lo mismo. Dice que todas estamos cambiadas. Aunque ella no.

—¿Es lo que te dice cuando te acuerdas de ella?

Negó con un gesto.

—Lo dice cuando la veo.

—En tus recuerdos —insistí.

Al cabo de unos instantes, me tendió su cuaderno.

Antes de que pudiera cogerlo, Rosalie y Ligeia irrumpieron en tromba por el pasillo, cargadas con una pila de cajas marcadas con los nombres de varias tiendas de Astrea.

—¡Ah, qué bien que estéis las dos aquí! —dijo Rosalie, forcejeando para abrir la puerta de su habitación—. ¡Tenemos que ir todas abajo, ahora mismo!

—¿Por qué? —preguntó Verity, tensando de pronto los hombros, con una clara expresión de ansiedad—. ¿Se ha muerto alguien más?

Torcí el gesto. ¿Cuántos niños de seis años pensaban automáticamente en la muerte cuando se anunciaba una noticia?

—¡Claro que no! —dijo Ligeia, depositando sus tesoros a los pies de su cama—. ¡Han llegado los zapatos de hadas! ¡Hemos pasado por el taller del zapatero, que estaba cosiendo las últimas cintas!

A Verity le brillaron los ojos. Se olvidó al instante del cuaderno de bocetos.

—¿Ya están aquí?

—¡Venid a verlos! —Rosalie arrancó a correr por el pasillo, gritándole a Camille, que estaba en el piso de arriba, que bajara enseguida. Debía de haberse retirado a su habitación después de la sesión de práctica. Ligeia se lanzó en pos de Rosalie, y los fuertes pasos de ambas resonaron desde la escalera trasera.

—Deberíamos bajar —dije.

—No te olvides el pañuelo de Eulalie —dijo Verity, alejándose por el pasillo dando saltitos antes de que pudiera detenerla.

Pestañeé unos momentos antes de darme la vuelta para recogerlo del suelo. Cuando salí, la puerta se cerró de golpe detrás de mí, como empujada por manos invisibles.

Volvía a llover. Era un aguacero frío que refrescaba el ambiente por más chimeneas encendidas que hubiera. Las gotas de lluvia resbalaban por las ventanas, empañando la vista de los acantilados y las olas que rompían más abajo. El salón Azul olía a humedad con un ligero rastro de moho.

Morella, sentada en el sofá más próximo al hogar, se frotaba la espalda con el rostro crispado en una mueca de incomodidad. Sentí lástima por ella. Ser la organizadora y anfitriona de un evento de esa magnitud habría costado mucho esfuerzo incluso en circunstancias ideales, pero estando embarazada debía de resultar agotador. Y saltaba a la vista que las trillizas la habían dejado sin fuerzas.

—Lenore, ¿podrías ir a buscar a tu padre? Estoy segura de que le gustará ver los zapatos. Los tobillos se me han hinchado de mala manera a causa de la tormenta.

Saqué un taburete bajo y acolchado de debajo del piano.

—Deberías poner los pies en alto, Morella. Mamá sufría bastante de hinchazón cuando estaba embarazada. Mantenía los pies elevados siempre que podía. —Le coloqué el taburete debajo de las piernas, intentando que estuviera cómoda—. Además, tenía una loción de algas laminarias y aceite de linaza. Le dábamos friegas en los tobillos cada mañana antes de que se vistiera.

—Algas laminarias y aceite de linaza —repitió con una débil sonrisa de agradecimiento.

Me quedé callada un momento, pues se me había ocurrido una forma de ayudarla y de compensarla por mi arrebato de la mañana siguiente al funeral de Eulalie.

—Si quieres te preparo un poco. Tal vez te alivie.

—Eso estaría muy bien... ¿Ha llegado ya tu vestido?

Era la primera vez que mostraba interés por el atuendo que yo iba a llevar al baile. Estaba esforzándose también, a su manera.

—Todavía no. Camille y yo nos haremos la última prueba el miércoles. Si te sientes con ánimos, ¿nos acompañas?

Se le iluminó la mirada.

—Eso me gustaría. Podríamos almorzar en la ciudad y aprovechar la tarde. ¿Me recuerdas de qué color es?

—Verde mar.

Guardó silencio, pensativa.

—Vuestro padre mencionó algo sobre un joyero que perteneció a Cecilia. Tal vez ahí haya algo que te venga bien. Recuerdo haber visto un retrato de ella adornada con turmalinas verdes.

Sabía exactamente a qué cuadro se refería. Se encontraba en la pared de un estudio del tercer piso donde mamá había encajonado un pequeño secreter en un rincón soleado. En los días despejados, se alcanzaba a divisar el faro. Papá colgó el retrato ahí después de su muerte.

—Me encantaría llevar algo suyo en el baile. Y seguro que a Camille también.

—¡Y a mí! —terció Verity, ansiosa por participar también en aquello.

—Por supuesto —dijo Morella con una sonrisa—. Habrá que echarle un buen vistazo.

Mercy y Honor entraron a todo correr, jadeando y pegajosas por los dulces que habían comido.

—Rosalie nos ha dicho que han llegado los zapatos de hadas. ¿Es verdad? —preguntó Mercy, y al momento localizó las cajas.

Todas nos habíamos acostumbrado a llamarlos zapatos de hadas. Aunque yo sabía que no eran más que unas pequeñas zapatillas de piel —zapatillas con un diseño y un teñido preciosos—, les atribuíamos una cualidad mágica. Ese calzado podía marcar el principio de nuestra nueva vida. En cuanto nos lo pusiéramos, nos convertiríamos de forma inevitable en personas distintas.

Morella apartó las manos de Mercy de una palmada.

—Espera a que llegue vuestro padre.

—Y yo —dijo Camille, irrumpiendo en la sala con papá.

Nos apiñamos en torno al sofá, llenas de ilusión.

—¿Cómo sabremos de quién es cada caja? —preguntó él.

—Elegimos un color distinto cada una —explicó Honor.

—Menos nosotras —repuso Rosalie, hablando en nombre de las trillizas—. Las nuestras son todas plateadas.

—Bien, pues veamos si esos zapatos de hadas son dignos de todo este alboroto. —Papá abrió el cierre de una de las cajas, y todas soltamos un grito ahogado cuando levantó la tapa.

Eran las zapatillas de Camille, de un relumbrante oro rosa. Unas motas metálicas engastadas en la piel rosada le conferían un lustre brillante. Nunca había visto algo tan sofisticado y exquisito.

Luego venían las zapatillas de las trillizas. La piel relucía como la valiosa cubertería de plata de la dote de mamá. Las cintas, de distintos tonos de morado, hacían juego con los vestidos de las chicas. Las de Ligeia eran de un lila suave, las de Rosalie, violeta, y las de Lenore, de un color berenjena tan intenso que casi parecía negro.

Las zapatillas de Honor, de un azul marino oscuro, estaban tachonadas de cuentas de plata, como el cielo nocturno.

Mercy había escogido un rosa escarchado porque le recordaba su flor favorita, la rosa Sterling. Incluso les había pedido a los modistas que adornaran su vestido con réplicas en seda.

Morella se había inclinado por un par de zapatillas doradas que resplandecían más que el sol. Miró embelesada a papá cuando él se las tendió con una expresión de admiración tan tierna que no pude evitar sonreír.

Verity se le acercó con disimulo cuando sacó la caja más pequeña. Se apretó contra su pierna para ver sus zapatillas en el mismo instante en que se abriera la caja. Cuando papá retiró la tapa, ella batió palmas, entusiasmada.

—Son unos zapatos de hadas magníficos —opinó él, extrayendo las zapatillas moradas, salpicadas de motas doradas que semejaban polvo de oro.

—¡Vaya, Verity! ¡Son preciosas! —exclamó Camille—. Tal vez sean las más bonitas de todas.

Tras quitarse las botas y calzarse las zapatillas, Verity ejecutó una pirueta de alegría. Todos aplaudimos a nuestra primera bailarina en miniatura.

—Estas deben de ser las de Annaleigh —dijo Lenore, cogiendo la última caja.

Sobre un lecho de terciopelo azul marino descansaban mis zapatillas. Yo había elegido una piel color jade, y el zapatero había añadido espuma de mar brillante y partículas plateadas que se concentraban sobre todo en la punta y disminuían hacia el talón. Combinarían a la perfección con mi vestido.

Sonriente, papá me las alargó.

—Estos no parecen zapatos de hadas en absoluto. Yo diría que más bien resultarían apropiados para una princesa del mar.

Verity frunció el ceño.

—Las sirenas no llevan zapatos, papá.

—¡Es verdad, qué tonto soy! —dijo él, dándole unos toquecitos en la nariz con la punta del dedo—. ¿Estamos todos contentos?

Todas manifestamos nuestra alegría en voz alta, y Morella lo tomó de la mano.

—Con zapatillas como estas, nadie podrá quitarles la vista de encima a nuestras chicas. Antes de que nos demos cuenta, se irán marchando de casa entre baile y baile, Ortun.

Camille se puso rígida.

—¿Marchando de casa? ¿Qué quieres decir con eso?

Morella parpadeó.

—Simplemente que os casaréis y os mudaréis, por supuesto. Tendréis un hogar que dirigir, como yo.

Papá arrugó el entrecejo.

—Este es mi hogar —repuso Camille, con un deje de mordacidad.

—Hasta que te cases —apuntó Morella. Al fijarse en la mirada glacial de Camille, su sonrisa empezó a desvanecerse—. Es así, ¿verdad? —Dirigió la vista hacia nuestro padre, en busca de una aclaración.

—Como heredera de Thaumas, Camille permanecerá en Highmoor incluso después de casarse. Sé que no es agradable pensar en estas cuestiones, amor mío, pero cuando yo muera, ella heredará mis propiedades.

Morella se tiró de uno de sus pendientes de perla en forma de lágrima.

—Solo hasta que... —Se le apagó la voz, y se llevó las manos al vientre, sonrojándose—. ¿No sería mejor que os fuerais a otro sitio, niñas?

Las Gracias se levantaron para marcharse, pero Camille agarró a Mercy del brazo para detenerla.

—Esto les concierne a ellas también. Deberíamos quedarnos todas a escuchar.

Papá parecía incómodo. Se volvió hacia Morella, intentando imprimir un carácter más íntimo a la conversación.

—¿Creías que los hijos que tuviéramos juntos heredarían Highmoor?

Morella asintió.

—Es lo habitual.

—Así funcionan las cosas en tierra firme —admitió él—, pero en las islas, la herencia recae en el primogénito, con independencia de su sexo. Muchas mujeres fuertes han gobernado el archipiélago de Salann. Mi abuela heredó Highmoor al fallecer su padre. Ella duplicó el tamaño del astillero de Vasa y triplicó los beneficios.

Morella, disgustada, apretó los labios, que quedaron reducidos a una línea. Nos miró a una tras otra, contándonos.

—¿De modo que nuestro hijo será el noveno en la línea de sucesión, pese a ser varón? No me habías dicho nada al respecto.

Un surco apareció entre las cejas de nuestro padre.

—No pensaba que fuera necesario.

En su voz se apreciaba un severo tono de advertencia, por lo que Morella sacudió la cabeza y se apresuró a retractarse.

—No estoy molesta, Ortun, solo sorprendida. Había dado por sentado que en Salann se observaban las mismas tradiciones que en el resto de Arcannia, y que las tierras y los títulos nobiliarios pasaban de padre a hijo varón. —Su sonrisa forzada flaqueó—. Debería haberme imaginado que los isleños erais distintos.

Papá se puso de pie con brusquedad. Estaba orgulloso de nuestro legado marinero, y le dolía que nos subestimaran por vivir tan lejos de la capital.

—Ahora tú también eres una isleña —le recordó a Morella antes de salir de la sala con paso airado y dejarnos con nuestro montón de zapatillas.

7

Hice un gesto de dolor cuando los cordones del corsé me ciñeron la cintura con tanta fuerza que se me hundieron en la piel.

La empleada de la tienda emitió un sonido gutural de disculpa.

—Tenga la bondad de respirar hondo una vez más, milady.

La cotilla nueva me apretaba los huesos de las caderas, y el rostro se me crispó en una mueca. La empleada me indicó por señas que levantara los brazos para que ella pudiera pasarme la prenda de seda verde claro por encima de la cabeza. Cuando la larga falda se me asentó en torno a la cintura, Camille se asomó por detrás de un biombo de tela y aplaudió.

—¡Pero bueno, Annaleigh, estás preciosa!

—Tú también —jadeé. El oro rosa hacía resaltar los brillos color bronce de su cabello, y el rubor de sus mejillas le confería un aspecto radiante.

—Qué ganas tengo de que llegue el momento del primer baile.

—¿De verdad crees que conocerás a alguien?

—Papá ha invitado a todos los oficiales de marina que conoce.

Me puse pálida.

—Y a todos esos duques.

Nuestro padre había prometido animar a varios pretendientes potenciales a asistir al baile. Desde que había visto un retrato de Robin Briord, el joven duque de Foresia, Camille mostraba un interés inusitado por aprender todo lo posible sobre aquella boscosa provincia. Se puso a dar vueltas por la tienda, sin duda fantaseando con él.

Pensé en Cassius, el apuesto desconocido de Selkirk. Sin duda se había comportado como un gran lord. Papá había enviado tantas invitaciones que tal vez él figurara entre los destinatarios. Por unos instantes, nos imaginé a los dos moviéndonos alrededor de la sala iluminada por cientos de velas, con su mano aferrada a la mía. Sin dejar de girar me atraía hacia sí y, justo antes de que la música cesara, se inclinaba para besarme...

—Ni siquiera sabría qué decirle a un duque —murmuré, dejando a un lado mis ensoñaciones.

—No te preocupes. Bastará con que seas tú misma para que una cola de pretendientes le pida tu mano a papá.

Una cola de pretendientes. No se me ocurría una situación más humillante.

Mi mayor esperanza era descubrir a alguien con el mismo tono de cabello que el mechón que había encontrado en el reloj de bolsillo de Eulalie. Para ello, observaría con atención a todos los hombres rubios con los que me cruzara.

Morella entró con la señora Drexel, propietaria del establecimiento.

La diseñadora se llevó las manos a la boca con admiración teatral antes de hacerme girar sobre mí misma.

—¡Ay, tesoro! Nunca había confeccionado un vestido para una joven como tú. ¡Estás tan bella como las olas en un cálido día de verano! No me sorprendería que Ponto saliera del Piélago para convertirte en su esposa.

—Ese era el del agua, ¿verdad? —preguntó Morella.

Las demás asentimos, incómodas. No había una manera más rápida de detectar a un habitante de tierra firme que aludir al tema de la religión. En otras regiones de Arcannia se rendía culto a distintas combinaciones de deidades: Vaipany, señor del cielo y el sol; Seland, soberano de la tierra; Versia, reina de la noche, y Arina, diosa del amor. Había decenas de divinidades más —precursores y truhanes— que gobernaban otros aspectos de la vida, pero para el pueblo de la Sal no hacía falta más dios que Ponto, el rey del mar.

—¿Qué le parece el vestido? —preguntó la señora Drexel, cambiando de tema con un tacto estudiado.

Examiné mi reflejo. El intrincado bordado fluía como el oleaje sobre el canesú de seda. Tenía los hombros al aire, aunque unas pequeñas mangas festoneadas me cubrían los brazos. La falda estaba formada por decenas de cortes de gasa de seda y tul. Las capas superiores eran de tonos distintos de verde claro —menta y berilo—, con destellos de cardenillo y un esmeralda más oscuro que se entreveían debajo.

—Me siento como una nereida. —Deslicé la mano por el bordado metálico y el ribete de perlas del generoso escote—. Una nereida muy desnuda.

Las otras mujeres se rieron.

Tiré del borde para intentar subírmelo.

—¿No podríamos coser algo aquí? ¿Una franja de seda o de encaje, tal vez? Es que me siento tan... expuesta...

Morella me apartó la mano, dejando al descubierto mi piel.

—Ay, Annaleigh, ya eres toda una mujer. No puedes ir tapada como una chiquilla. ¿Cómo va a apreciar tus encantos el tal Ponto si los escondes?

La señora Drexel frunció el ceño ante este comentario tan frívolo sobre Ponto, pero asintió a pesar de todo. Tras recorrer la tienda con una mirada rápida, bajó la voz a un susurro furtivo.

—No debería decirles esto, pero el otro día vino una clienta... muy especial. Vio su vestido colgado del perchero y me exigió que le hiciera uno igual.

—¿Quién fue? —Morella se inclinó hacia ella con los ojos muy abiertos, ávida de cotilleos.

La señora Drexel sonrió encantada al percatarse de lo ansiosas que estábamos por saberlo.

—Me es imposible revelarlo. Pero es una clienta muy apreciada. Una mujer verdaderamente hermosa. Su única petición fue que le confeccionara el vestido con la tela del rosa más apasionado que encontrara. Algo que cautivara por completo el corazón de cualquier hombre, ya fuera mortal... o de otra naturaleza.

—¡Arina! —jadeó Camille—. ¿Diseñas vestidos para la diosa de la belleza? —Desplazó la vista por el reducido interior de la tienda como si esperara que Arina apareciera de pronto de detrás de un biombo bordado y nos sorprendiera a todas.

—¿De verdad? —dijo Morella, abriendo la boca de par en par.

La señora Drexel torció los labios de un modo muy elocuente, pero se encogió de hombros con un gesto exagerado.

—No me está permitido hablar de ello. —Por si fuera poco, guiñó un ojo—. Pero lo que quería decir con todo esto es que este vestido es de lo más decente, incluso recatado, en comparación con otros. —Cuando inclinó la cabeza hacia los vestidos de las trillizas, contuve una sonrisa.

—Yo te veo perfecta —dijo Camille—. Como a mamá.

—Me acuerdo de ella —dijo la señora Drexel, arrodillándose para marcar el largo deseado de mi falda con alfileres—. Era un alma de lo más bondadosa. Vino una vez porque quería un vestido con el que asistir a la ceremonia de botadura de uno de los barcos del señor duque.

—Era rojo, ¿verdad? Con una banda ancha sobre el hombro, ¿no? —Camille ilustró sus palabras con mímica—. ¡Yo la acompañé a la prueba final! Le encantaba ese vestido.

—¿Usted era aquella niñita? ¡Hay que ver cómo pasa el tiempo! Apuesto a que su próxima visita será para encargar un vestido de novia.

Camille se ruborizó.

—¡Ojalá tenga razón!

—¿Tiene usted un pretendiente? —preguntó la señora Drexel, pese a tener la boca llena de alfileres.

—Lo que se dice pretendiente, no, pero hay alguien con quien me gustaría coincidir en el baile.

—¡Lleva semanas practicando el foresiano! —reveló Morella con una risita.

La señora Drexel sonrió.

—No me cabe duda de que quedará impresionado. Bien, daré los últimos retoques a estos vestidos esta noche, así que podré llevarlos a Highmoor mañana.

—Se lo agradeceríamos mucho —dijo Morella—. Da la impresión de que nuestra lista de tareas pendientes no hace más que crecer. Y solo falta un día.

Lo divisé mientras cruzaba la calle.

Edgar, el de Eulalie.

Se acercaba por la acera, charlando con otros tres hombres y vestido de negro de la cabeza a los pies. Nuestras miradas se encontraron, y yo incliné la cabeza. Se puso muy pálido y farfulló algo a sus acompañantes antes de empezar a alejarse a toda prisa.

—¡Señor Morris! —lo llamé.

Se paró en seco y se encorvó, resignado. Lo había pillado y no tenía escapatoria.

—¿Señor Morris? —repetí.

Se volvió, con los ojos desorbitados de pánico. Me recorrió con la vista antes de posarla en el dobladillo de mi capa.

—Buenos días, señorita Thaumas. Perdóneme, no esperaba verla tan… fresca.

Su crítica velada me sentó como una bofetada. Me había acostumbrado a la euforia frenética que imperaba en Highmoor. El sol entraba a raudales por las ventanas abiertas y había flores recién cortadas por todas partes. Llegaban vestidos nuevos a diario, y nuestros guardarropas eran una profusión de colores.

No quedaba el menor rastro del luto. Los velos negros que antes cubrían todos los espejos y superficies de cristal estaban apilados en un gran montón en el jardín norte. Las coronas y lazos de fustán, las colgaduras de crepé y nuestras ropas oscuras habían sido arrojadas a una hoguera que había ardido durante tres noches.

Bajé la mirada hacia mi sobretodo azul, frotándome la yema de los dedos con el pulgar, nerviosa.

—Se han producido varios… cambios en Highmoor.

Se fijó en mi colorido atuendo y mi rostro descubierto.

—Eso había oído. Si me disculpa, tengo que dejarla, pues…

—¿Cómo… cómo ha estado? —pregunté sin poder detener las palabras que brotaban de mi boca. La mirada escrutadora de sus oscuros ojos me redujo a una piltrafa balbuciente—. No le habíamos visto desde… —Incapaz de completar la frase, me aferré al primer tema que me vino a la mente—. Dicen que este año ha habido una buena precipitación… ¡Es decir, lluvia! Sobre… el mar. Y que eso ha favorecido la pesca.

Edgar pestañeó, con la confusión pintada en el semblante.

—En realidad, no me dedico a la pesca. Soy aprendiz en el taller del relojero.

Me ardían las mejillas.

—Ah, sí, es verdad. Eulalie nos contó que…

—¿Qué tal se encuentra el señor Averson? —intervino Camille, sacándome con habilidad del jardín en que me había metido.

La expresión de Edgar se tornó severa y desdeñosa cuando reparó en el vestido de organza rosa que ella llevaba.

—Bien, gracias. —Meneó la rodilla adelante y atrás bajo su levita oscura, claramente deseoso de dar por finalizada la conversación.

Camille continuó como si no se hubiera enterado de su incomodidad.

—La primavera pasada nos arregló un reloj de pie que tenemos en casa. A lo mejor lo recuerda usted.

Edgar se ajustó los espejuelos, con las facciones llenas de consternación.

—Sí. ¿El que tenía el péndulo en forma del pulpo de Thaumas y los tentáculos tallados en las pesas?

Ella asintió.

—El mismo. Conforme pasan las horas, los tentáculos descienden sobre su presa.

Él se retorció los dedos hasta que los nudillos se le aguzaron y se le pusieron blancos.

Ella sonrió, al parecer un poco harta de aquel intercambio de cortesías.

—Estaba intentando localizar a mi hermana. Nuestra madrastra nos espera.

—Claro, claro. —Cabeceando, empezó a alejarse incluso antes de quitarse el sombrero para despedirse. Cuando lo hizo, el sol le brilló en la cabeza.

Y en la fina cabellera rubia que la cubría.

—¡Espere! —lo llamé, pero él ya se había escabullido entre la multitud, prácticamente huyendo de nosotras.

Camille enlazó su brazo con el mío y tiró de mí hacia la tetería.

—Qué hombrecillo tan extraño.

Mi corazón se llenó de esperanza.

—¿A ti también te lo ha parecido?

—Era como si estuviera ansioso por poner tierra de por medio. —Su carcajada resonó por toda la plaza del mercado—. Pero no todo el mundo tiene tantas ganas de hablar de las precipitaciones y la pesca como tú, Annaleigh.

8

Subí las escaleras con dificultad, agotada tras una larga tarde en Astrea. Después de almorzar, yo quería regresar corriendo a casa para preguntarle a papá si Edgar alguna vez se había dirigido a él para manifestarle su interés por Eulalie, pero Morella tenía otros planes. Me llevó de tienda en tienda, examinando el género como una urraca a la caza de un tesoro.

Mi intención era dejar las compras en mi habitación antes de ir en busca de papá, pero mientras avanzaba por el pasillo, divisé unas nubes de vapor que salían del baño. Olían a lavanda y madreselva, unas fragancias tan inconfundibles que tuve que detenerme, invadida por recuerdos de Elizabeth. Usaba una mezcla especial de jabones elaborada en Astrea expresamente para ella. No había vuelto a olerla desde el día que habían descubierto su cuerpo. Sin duda, alguna de las Gracias había encontrado un frasco y había decidido probarlo.

En efecto, unas pisadas húmedas sobre la alfombra del pasillo conducían hacia sus habitaciones.

Las seguí, suspirando. Pasaban de largo las alcobas de Honor y Mercy y se detenían frente a la de Verity. Ella estaba despatarrada en el suelo con su cuaderno de dibujo, rodeada de pinturas pastel de colores.

—Tienes suerte de que te haya pillado yo y no papá.

Verity se incorporó y dejó caer una barra pastel azul.

—¿A qué te refieres?

—No te has secado bien y has dejado el pasillo perdido de agua. Sabes cuánto le gusta a él esa alfombra.

Mamá y él la habían comprado en un bazar durante su viaje de novios. Según papá, en cuanto se había descuidado un momento, un comerciante se había abalanzado sobre ellos para mostrarles su mercancía tejida a mano. Mamá había querido comprar una pequeña para su sala de estar, pero su arpegiano era tan deficiente que, cuando la alfombra llegó a Highmoor, resultó que medía quince metros de largo. Le encantaba describir la cara que había puesto nuestro padre al desenrollarla y ver que no se acababa nunca.

—Me baño por la noche. He estado toda la tarde en mi cuarto. ¿Ves? —Verity alzó las manos, que estaban secas y cubiertas de manchas de colores.

—Entonces ¿quién ha sido? ¿Honor o Mercy? Todavía hay vapor en el aire.

Se encogió de hombros.

—Están en el jardín, poniendo cintas en los arbustos de flores.

Volví la mirada hacia el pasillo. Las marcas de pies seguían ahí, apenas visibles. Al estudiarlas con más detenimiento, advertí que eran demasiado grandes para ser de Verity.

—¿Han estado aquí arriba las trillizas?

—No.

—Pues alguien ha dejado un rastro de agua que lleva directo a tu habitación.

Verity cerró su cuaderno.

—A mi habitación, no. —Gesticuló en dirección al pasillo, a la puerta situada justo enfrente de la suya.

La de Elizabeth.

—Sé que has estado usando su jabón. El baño olía a madreselva.

—Yo no he sido.

—Entonces ¿quién?

Lanzó otra mirada elocuente a la habitación de Elizabeth.

—Ahí no hay nadie.

—Eso no lo sabes.

Me senté en el suelo, junto a ella.

—¿A qué te refieres? ¿Quién podría estar en la habitación de Elizabeth?

Verity me escudriñó el rostro durante largo rato. Saltaba a la vista que estaba dándole vueltas en la cabeza a algo. Al fin, abrió de nuevo el cuaderno y pasó las páginas hasta encontrar el dibujo que buscaba.

Era un retrato de Elizabeth. La fecha estaba garabateada en una esquina ensombrecida. Verity lo había dibujado hacía poco tiempo.

—¿Has vuelto a tener pesadillas? ¿Has soñado con Elizabeth?

Verity sufría a menudo terrores nocturnos espantosos. Gritaba tan fuerte que incluso papá subía corriendo desde su estudio en el ala este. Cuando le preguntábamos qué había soñado, ella era incapaz de recordarlo.

—Esto no es un sueño —susurró.

Contuve un escalofrío.

—No hay nadie ahí dentro. Ven, te lo demostraré.

Verity sacudió la cabeza, de modo que sus rizos castaños saltaron como serpientes.

Apoyé la mano en el suelo y me levanté, revoleando la falda con frustración.

—Entonces iré yo sola.

Las huellas prácticamente habían desaparecido de la alfombra. Si hubiera subido las escaleras solo un minuto más tarde, no las habría visto. Cuando cerré los dedos en torno al pomo de la puerta —un caballito de mar bruñido que sobresalía del oscuro nogal—, oí un ruido suave detrás de mí. Desde el vano de su habitación, Verity me miraba con ojos desorbitados y suplicantes.

—No entres.

Algo en la manera en que sus deditos se clavaban en la jamba me produjo una sensación gélida en el pecho. El vello de la nuca se me erizó como para protegerme de algún horror invisible. Aunque resultaba absurdo, no conseguía sacarme de la cabeza la expresión aterrada de Verity.

Abrí la puerta con determinación, pero no pasé al interior.

Se respiraba un aire enrarecido y polvoriento. Después del funeral de Elizabeth, las doncellas habían retirado la ropa de cama y habían tapado los muebles con telas finas y vaporosas. Desde entonces, no habían vuelto para limpiar la habitación.

Tras echar una ojeada rápida alrededor, me volví hacia Verity.

—Aquí no hay nadie.

Alzó los verdes ojos al techo.

—A veces visita a Octavia.

La alcoba de Octavia, otro santuario enlutado e intacto, estaba en el tercer piso, entre los aposentos de papá y la sala de estar de Morella.

Un estremecimiento involuntario me arrancó del inquietante trance en que me había hecho entrar Verity.

—¿Quién, Verity? Quiero que lo digas en voz alta para que te des cuenta de lo absurdo que suena.

Juntó las cejas, dolida.

—Elizabeth.

—Elizabeth está muerta. También Octavia. No pueden visitarse la una a la otra, porque están muertas, y los muertos no hacen visitas.

—¡Te equivocas! —Entró corriendo en su cuarto, recogió el cuaderno y me lo tendió, reacia a salir al pasillo.

Lo hojeé, buscando la prueba que ella creía que se encontraba entre aquellos dibujos.

—¿Qué es lo que quieres que vea aquí?

Abrió el cuaderno por una página que mostraba una escena en pastel negro y gris. En ella, Verity aparecía encogida de miedo contra sus almohadas mientras Eulalie, entre sombras, arrancaba las sábanas de la cama. Tenía la cabeza echada hacia atrás en un ángulo antinatural. No me quedaba claro si se estaba riendo como una maniaca o si esta extraña posición era consecuencia de su caída del acantilado.

Inspiré con brusquedad, horrorizada.

—¿Lo dibujaste tú?

Ella asintió.

Fijé la vista en mi hermana menor.

—Cuando los pescadores trajeron a Eulalie, ¿tú la viste?

—No. —Pasó a la página siguiente. Elizabeth, blanca como la tiza, flotaba sobre un tajo de tinta roja, y Verity, en bata y preparada para su baño de la noche, la contemplaba con asombro.

Volvió otra página. Octavia, hecha un ovillo en una silla de la biblioteca, al parecer sin haberse percatado de que tenía la mitad de la cara destrozada y el brazo demasiado fracturado para sujetar bien un libro. Verity también estaba ahí: una silueta diminuta y asustada que miraba desde detrás de la puerta.

Pasó otra página.

Le arrebaté el cuaderno, con los ojos clavados en Ava. Solo teníamos un retrato de ella en Highmoor. En él se la veía pequeña, de unos nueve años, con el cabello rizado corto y el rostro salpicado de pecas. El dibujo de Verity... no se parecía en absoluto a ese cuadro.

—No eres lo bastante mayor para acordarte de Ava —murmuré, incapaz de apartar la mirada de las bubas purulentas o de las zonas negras de piel infectada que tenía en el cuello. Lo más perturbador era su sonrisa; dulce y cálida, como antes de que contrajera la peste. Verity contaba solo dos años cuando esto ocurrió. Era imposible que supiera cómo era Ava en aquella época.

En la página siguiente había un dibujo de las cuatro, colgadas de sendas sogas, contemplando a Verity mientras dormía. Asqueada, dejé caer el cuaderno, y varias hojas sueltas —decenas de bosquejos de mis hermanas— salieron despedidas de él y se dispersaron por el pasillo como un confeti macabro. En los dibujos aparecían realizando tareas cotidianas, cosas que las había visto hacer durante toda la vida, pero en cada uno de ellos estaban terrible e inconfundiblemente muertas.

—¿Cuándo has dibujado esto?

Verity se encogió de hombros.

—Cada vez que las he visto.

—¿Por qué? —Me atreví a volverme hacia la habitación que parecía vacía—. ¿Elizabeth está aquí ahora mismo?

Verity recorrió la alcoba con la vista antes de posarla de nuevo en mí.

—¿Tú la ves?

Se me erizó el vello del brazo.

—Nunca he visto a ninguna de ellas.

Recogió el cuaderno y se retiró a su cuarto.

—Pues… a partir de ahora tendrás que estar atenta.

9

—Era Ava, lo juro por el tridente de Ponto.

Hanna levantó una cesta de ranúnculos violeta para depositarla sobre una mesa auxiliar. Tenía los mofletes colorados como manzanas. Incluso a ella la habían reclutado ese día para que echara una mano.

—¿Me está diciendo que Verity ve fantasmas? ¿Los fantasmas de sus hermanas?

Yo había estado siguiendo a la criada por el comedor, contándole los horrores que había encontrado en el cuaderno de Verity. El día del baile de las trillizas había amanecido gris y nublado. Un manto de niebla espeso y turbio cubría la isla. Aunque pasaba de mediodía, las lámparas de gas resplandecían, iluminando al ejército de trabajadores que se afanaban por ultimar los preparativos antes de que llegaran los invitados.

—Sí. —Me resistía a creer que fuera posible, pero el grado de detalle con que Verity había dibujado a Ava me conmovió en lo más hondo.

—Hay que poner eso en la enramada del vestíbulo —indicó Hanna a dos hombres subidos a una escalera.

Estaban colgando lágrimas de cristal tallado morado de la araña de luces mientras los criados trajinaban en torno a ellos, dando los últimos toques al cubierto de cada comensal. Junto a los platos con bordes plateados, decenas de candelabros de vidrio azogado cubrían la mesa del banquete; conforme avanzara la cena, la cera morada de las velas trucadas iría goteando sobre el cristal, para deleite de los invitados. Dejé mi cesta repleta de las tétricas bujías sobre la silla que me señaló Roland.

—Los fantasmas no existen. Sus hermanas disfrutan del sueño eterno, en las profundidades de la Sal. Es imposible que anden por aquí. Verity tiene una imaginación desbocada, como usted bien sabe.

Se me cayó el alma a los pies. Camille había reaccionado de forma parecida la noche anterior, cuando yo le había hablado de los dibujos. Luego me había echado de su habitación con cajas destempladas, alegando que necesitaba descansar un buen rato antes de la fiesta. Había cerrado la puerta sin ofrecerme siquiera una vela, por lo que me había visto obligada a recorrer el pasillo oscuro a paso veloz, convencida de que Elizabeth saldría de su cuarto y me agarraría.

Hanna se encaminó hacia el invernadero situado en la parte trasera de la casa.

—Las chicas dicen que quieren por lo menos cien cirios aquí —les señaló a los sirvientes ocultos bajo palmeras descomunales y orquídeas exóticas—. Procurad colocarlos a intervalos regulares y, por el amor de Ponto, ¡no los pongáis demasiado cerca de las plantas! Solo nos faltaría que se declarara un incendio esta noche. —Se volvió de nuevo hacia el pasillo y topó conmigo—. ¿No tiene usted cosas que hacer en otro sitio? —preguntó, exasperada.

—Sé que estás ocupada, pero te ruego que me escuches. Verity no sabía cómo era Ava. Era muy pequeña cuando murió.

Hanna me aferró por los hombros y me atrajo hacia sí de modo que quedamos cara a cara.

—Todas ustedes se parecen, querida. Cualquier cuadro en blanco y negro de una de sus hermanas podría pasar por un retrato de usted. Creo que está viendo lo que quiere ver.

Abrí la boca de par en par, dolida.

—¿Por qué iba a querer ver algo así? Esos dibujos son espeluznantes. —Un escalofrío de repugnancia me atravesó al recordar los espantosos ángulos en que se encontraban distintas partes de sus cuerpos—. Y ella ni siquiera sabía que Eulalie se había roto el cuello.

—La chica se despeñó en el paseo del acantilado, desde una altura de treinta metros. ¿Cómo le iba a quedar el cuello después de eso?

Se oyó un estrépito procedente de la cocina, y Hanna aprovechó el momento para apartarme de un empujón.

—Annaleigh, hija, me está usted volviendo tarumba. Ya no recuerdo si se supone que debería estar sacando brillo a la ropa de cama o doblando la cubertería de plata. Además, Fisher llegará en cualquier momento. Y usted misma tiene que acabar de arreglarse arriba. Ya hablaremos de Verity más tarde, se lo prometo. Pero, por ahora, le ruego que se quite de en medio.

Mi mente, en la que se arremolinaban bosquejos truculentos y fantasmas, se despejó de golpe al oír sus palabras.

—¿Va a venir Fisher? —Sonreí por primera vez ese día.

Se le iluminó el rostro mientras asentía.

—El duque lo invitó al baile. Quiere presentárselo a los capitanes y los lores. Está muy orgulloso. —Me arreó un manotazo—. ¡Y ahora, largo! Dentro de un rato me pasaré por su habitación para poner manos a la obra con su peinado.

Subí por la escalera de atrás, tan estrecha y acaracolada como la concha de un nautilo. Al llegar a la primera planta, oí a las trillizas discutiendo por los mejores espejos y sobre quién le había robado el carmín a quién. Cuando Rosalie le gritó a una doncella que la ayudara a buscar un par de peines para pelo rebelde, me alejé a toda prisa.

Una vez en mi alcoba, abrí la cómoda con la intención de preparar las prendas interiores que iba a ponerme. Un sobre gastado remetido al fondo del cajón captó mi atención.

Era una carta que Fisher había escrito años atrás, después de su partida a Hesperus para ejercer como aprendiz. Acaricié con las yemas de los dedos aquella letra que conocía tan bien.

La verdad es que ni siquiera debería escribirte, después del berrinche que pillaste cuando lord Thaumas me eligió a mí como el siguiente farero, pero, según mi madre, debo seguir el camino más virtuoso. Una tontería, en mi opinión, porque no hay caminos en Salten, y menos aún en Hesperus.

Todo es muy tranquilo aquí, y Silas me despierta a las tantas de la noche para que limpie las ventanas de la Vieja Maude. Es un fastidio. Me imagino que saberlo te animará un poco, por lo menos. Y si no, da igual. Te he escrito, como me ha recomendado mi madre. Pues ya está.

Responde a mi carta, Pececillo. Echo de menos mi tierra más de lo que me imaginaba. A ti, sobre todo.

Atentamente,

EL TERRIBLE TRAIDOR ANTES CONOCIDO COMO FISHER

—¿Vas a bañarte o no? —Camille me sobresaltó al irrumpir en mi habitación. Escondí la carta bajo unas mallas de lana—. He estado esperando toda la tarde.

Cogí un par de medias y deslicé la mano por la seda, como para cerciorarme de que no tuvieran carreras.

—Pues no esperes más.

—¿Te has bañado ya?

Tiré las medias a un lado.

—No. Ni siquiera sé si lo voy a hacer.

Torció el gesto en una mueca.

—¿Es por los dibujos de Verity? Elizabeth no va a ahogarte en la bañera, pero tal vez yo sí si se me hace tarde por tu culpa. Métete ahí o te tiraré yo misma.

—Báñate y déjame en paz, Camille.

—No pienso permitir que no estés arrebatadora esta noche. Las dos tenemos que encontrar pretendiente. —Descolgó mi bata de una percha y me la arrojó.

—Creía que habías dicho que debía ser yo misma —farfullé malhumorada, enfilando el pasillo con paso cansino. Camille me siguió, presumiblemente para asegurarse de que entrara en el baño.

—La mejor versión de ti misma. La limpia —puntualizó.

Le di con la puerta en las narices, no sin cierta satisfacción, y me apresuré a echar el cerrojo antes de que ella pudiera entrar por la fuerza para seguir dictándome órdenes. Contemplé la bañera con aprensión. Qué situación tan absurda. Me había bañado ahí muchas veces después de la muerte de Elizabeth.

Abrí las llaves de latón y, mientras esperaba a que saliera el agua, las tuberías chirriaban y traqueteaban, como ecos de los gritos de Eulalie cuando descubrió el cadáver de Elizabeth.

Tras espolvorear un poco de jabón, me despojé del vestido informal y me miré en el espejo de cuerpo entero. Unas marcas oscuras que se extendían desde los bordes biselados empañaban el reflejo. ¿Habían penetrado unas gotas de la sangre de Elizabeth en el cristal, manchándolo para siempre?

Traté de dejar que el agua caliente me aliviara la tensión de los músculos, pero fue inútil. Aún tenía la imaginación demasiado activa. Los ruidos de la casa se habían convertido en señales de que mis difuntas hermanas andaban por ahí, acechando, deseosas de que me uniera a ellas. Cuando una pastilla de jabón me tocó el muslo, por poco pegué un chillido.

—Estás reaccionando de forma muy ridícula —me reprendí a mí misma antes de frotarme el cabello. El jabón olía a jacintos y, cuando aspiré su aroma, noté que mi cuerpo se relajaba, olvidándose de sus preocupaciones.

Fisher iba a venir.

Hacía años que no lo veía, desde el funeral de Ava. Durante el duelo no nos dejaban salir de la finca, y Silas lo mantenía demasiado ocupado para que nos visitara con frecuencia. Sin embargo, había formado parte integrante de mi infancia, siempre ansioso por jugar a complicadas versiones del escondite o de salir a pescar en el pequeño esquife en el que papá nos dejaba navegar cuando hacía buen tiempo.

Ya había cumplido veintiún años. Por más que me esforzaba, no conseguía imaginarlo como un adulto. Siempre había sido larguirucho como un espárrago, con una mata de cabello entre castaño y rubio y ojos centelleantes, siempre listo para cometer alguna diablura. Me hacía mucha ilusión volver a verlo.

—¿Sigues ahí dentro? ¡Date prisa!

—¡Solo me falta aclararme el cabello! —le grité a Camille.

Soltó un gruñido y se alejó dando pisotones.

Me sumergí y me di un golpe en la cabeza contra la pared de la bañera que me dejó sin aliento. Me incorporé con un chillido de dolor y, cuando dejé de ver las estrellas, proferí un alarido.

El agua se había teñido de un morado oscuro, casi negro. Una salmuera turbia, acre y amarga me ardía en los orificios nasales. Pugné por salir de la bañera, pero el fondo, recubierto de una viscosidad brillante, estaba resbaladizo. Cuando intenté ponerme de pie, me patinaron los pies y me pegué un sonoro batacazo, salpicando todo el suelo. Al frotarme la cadera, noté que ya empezaba a salirme un moretón.

Traté de llamar a Camille a gritos, pero de pronto una fuerza invisible me arrastró bajo el agua. El oscuro líquido me entró en la boca, llenándola de un sabor salado y penetrante mientras barbotaba intentando pedir ayuda. Apoyada en los brazos, levanté la parte superior del cuerpo, sufriendo arcadas a causa de aquel fuerte regusto a pescado.

Sorprendentemente, me resultaba familiar. Uno de los platos que más le gustaba preparar a nuestra cocinera en verano era un risotto negro con abundantes almejas, chalotas y langostinos. La tinta de calamar le confería al arroz un exótico tono obsidiana.

¡Tinta! La bañera, contra toda lógica, estaba llena de tinta.

Sin previo aviso, un tentáculo emergió del agua, se enrolló en torno a mi torso y me estrechó con fuerza. Estaba moteado de rojo y morado, y provisto de filas de ventosas de color naranja que se pegaban a mí. Otro tentáculo me sujetó la pierna con una ferocidad subyugante. Por más que me retorcía y pataleaba, no lograba liberarme del agarre de la bestia.

La bulbosa cabeza de un pulpo asomó a la superficie, y unos ojos ambarinos de pupilas alargadas se posaron en mí, con un brillo de inteligencia. Les lancé una patada con el pie que tenía libre, rezando porque me soltara.

La criatura se empinó, de modo que pude ver su musculosa parte inferior. Decenas de ventosas señalaban directamente a su negra y torvamente afilada boca. Se abrió una, dos veces, como preguntándose qué parte de mi cuerpo atacaría primero.

Se abalanzó sobre mí y, justo antes de sentir cómo me hundía el pico en el muslo, me desperté. El corazón me martilleaba en el pecho y el pulso me latía acelerado en la garganta mientras boqueaba, luchando por respirar.

Me había quedado dormida.

Había sido un sueño.

Un sueño espantoso, terrorífico.

Exhalando un suspiro de alivio, me recosté de nuevo en el agua cada vez más fría, pero me incorporé de golpe porque alguien estaba aporreando la puerta.

—¡Annaleigh, te juro que, como me hagas llegar tarde, te mato!

—¡Ya voy!

Me levanté de la bañera, preguntándome cuánto rato había estado dormitando. Al mirar la porcelana blanca mientras me secaba, no acertaba a recordar por qué me había asustado tanto. No era más que una bañera. Que Elizabeth hubiera muerto ahí no cambiaba nada.

De pie frente al espejo, me recogí el cabello mojado hacia arriba y advertí que tenía algo en la espalda. Unas marcas rojas me bajaban por el espinazo, casi como si alguien me hubiera arañado.

—¿Camille? —Descorrí el pestillo.

—¡Ya era hora! —Irrumpió cargada de toallas, jabones y aceites.

—¿Puedes echarle un vistazo a esto? —Me di la vuelta para mostrarle la espalda desnuda—. ¿Qué impresión te da? No alcanzo a verlo bien en el espejo.

Sentí el tacto frío de sus dedos en la piel de la zona sensible.

—Te has rascado con demasiada fuerza.

—Pero no es así.

—¿Hum?

—No me he rascado.

Se volvió de nuevo hacia mí, con el rostro inexpresivo.

—Entonces habrá sido Elizabeth.

—¡Camille!

—Bueno, ¿qué quieres que te diga? Es un arañazo. A mí me pasa continuamente. Te lo habrás hecho mientras te enjabonabas.

—Hizo una pausa mientras se quitaba la enagua por encima de la cabeza—. Porque… te has enjabonado, ¿no?

Se me escapó un bufido burlón. Yo no era Verity.

—¡Claro!

Camille reparó en que la bañera estaba llena.

—¡No la has vaciado!

Cuando se agachó para quitar el tapón, una mano emergió, la agarró del cuello y tiró de ella hacia abajo. Elizabeth salió a la superficie del agua turbulenta con los ojos cubiertos de una nauseabunda película verde.

—¡Camille! —chillé, haciendo añicos la espeluznante imagen. Ella se apartó bruscamente de la bañera con un suspiro de exasperación.

—¿Y ahora qué?

Parpadeé para aclararme la vista. Esta vez no había ocurrido lo mismo que con el monstruo de los tentáculos. No me había dormido. Había visto un fantasma, ahora que estaba atenta, tal como me había dicho Verity.

—Pues… —Camille me había dejado meridianamente claro que no quería saber nada de las visiones de nuestra hermana menor.

Dio un pisotón de impaciencia.

—¿Y entonces? Anda, vete. Tengo que bañarme. Y tú tienes que pillar a Hanna antes de que se ponga a peinar a las trillizas. Sabes que Rosalie cambiará de idea por lo menos tres veces.

Apenas tuve tiempo de ponerme la bata antes de que Camille me echara a empujones. Al fondo del pasillo había dos grandes espejos plateados. Cuando éramos más pequeñas, Camille y yo nos colocábamos entre uno y otro para contemplar nuestra imagen reflejada hasta el infinito y reírnos hasta marearnos.

Aproveché el doble reflejo para bajarme la espalda de la bata. Camille se equivocaba. Las señales rojas no eran arañazos, sino unas marcas perfectamente circulares, como si unos dedos me hubieran apretado con fuerza para llamar mi atención.

Me subí la bata, me dirigí a mi habitación a toda prisa y cerré de un portazo.

10

Bajo el amplio vuelo de la falda de tul, flexioné los pies, alegrándome de que los zapatos de hadas tuvieran la suela plana y acolchada. Tenía la sensación de que llevábamos horas de pie en la fila de recepción. Si hubiera llevado tacones, más tarde tendría que ir cojeando al comedor. Camille me clavó su aguzado codo en las costillas.

—Presta atención —articuló solo con los labios.

—Les presento a Morella, mi esposa, y a Camille y Annaleigh, mis hijas mayores —dijo papá tras recibir a otra pareja. Le estrechó la mano al caballero y le besó la punta de los dedos a la mujer—. Y a las chicas del cumpleaños, Rosalie, Ligeia y Lenore.

Dedicándoles otra ronda de sonrisas, los saludamos en voz baja y les dimos las gracias por asistir.

Rosalie abrió su abanico con un movimiento impaciente de la muñeca y echó un vistazo a la fila de recepción que se extendía detrás de mi padre.

—A este paso, nunca comenzará el baile —siseó.

Al pasear la mirada por el salón, esperé que algunas visitas se hubieran aventurado a explorar otras partes de la mansión. ¿No habíamos saludado a más de las que había allí? La estancia, en la que cabían holgadamente trescientas personas, parecía medio vacía. La música de una orquesta de cámara que sonaba por debajo del murmullo de la gente hacía que el ambiente pareciera más animado de lo que estaba en realidad.

¿Se habían quedado varados en tierra algunos invitados a causa de la niebla, tal vez?

Por lo menos el salón de baile no decepcionaba. Unas cortinas de terciopelo azul marino con detalles plateados, colgadas en puntos estratégicos, creaban espacios privados ideales para encuentros románticos. Exuberantes flores moradas adornaban las columnas estriadas. La araña de luces resplandecía y centelleaba, y sus retorcidos brazos, de los que pendían lágrimas de cristal, formaban los tentáculos del pulpo de Thaumas. El centro de la lámpara, que constituía el cuerpo, refractaba el fulgor de mil velas encendidas. La gigantesca bestia abarcaba medio techo.

Sin embargo, lo más espectacular era la vidriera que ocupaba toda una pared. Llevaba años oculta tras unas cortinas negras, como si su mera presencia despertara una alegría impropia de una casa en duelo. Los azulejos de vidrio azules y verdes cedían el paso más arriba a otros de color turquesa y aguamarina, y los coronaba una franja de cristal esmerilado blanco, lo que convertía una pared del salón en un auténtico tsunami. La luz procedente de decenas de altos braseros instalados en el patio la iluminaban como una rutilante joya que proyectaba reflejos cerúleos y color berilo sobre los asistentes.

Avisté a las Gracias, que corrían entre la multitud en persecución del minúsculo caniche de tía Lysbette, riendo con un regocijo desenfrenado.

Camille se inclinó hacia mí.

—Esos eran los últimos invitados, gracias a Ponto —susurró—. Me muero de hambre.

—¿Recuerdas el nombre de alguna de estas personas? —pregunté mientras nos encaminábamos hacia el comedor.

—¿Aparte de los parientes? Solo de ese. —Señaló con un discreto movimiento de cabeza a Robin Briord. Se encontraba de pie en un grupo de jóvenes que contemplaban la araña de luces. Camille tenía las mejillas coloradas y una mirada hambrienta que nada tenía que ver con la inminente cena—. ¿Cuándo crees que debería ir a hablar con él?

Alguien nos tocó el hombro.

—¿Así que yo no merezco un recibimiento por todo lo alto?

Al volverme, no pude contener un chillido de alegría.

—¡Fisher! ¿De verdad eres tú?

Los años de trabajo en Hesperus lo habían cambiado. Había crecido tanto en altura como en corpulencia y se había convertido en un hombre, con líneas de expresión en torno a los afectuosos y familiares ojos castaños. Cuando me estrechó en un abrazo fraternal, percibí la fuerza latente bajo su nueva musculatura.

—¡No sabía que ibas a venir! —dijo Camille—. Annaleigh, ¿tú lo sabías?

—Hanna me lo ha comentado esta mañana, pero había olvidado decírtelo.

Me miró, arqueando una ceja con picardía. De pequeñas, las dos habíamos estado perdidamente enamoradas de Fisher y lo seguíamos a todas partes con el ansia desesperada de quien profesa un amor no correspondido. Era lo único por lo que habíamos reñido de verdad.

—Me parece un olvido bastante gordo. Pero seguro que no lo has hecho con mala intención. —Aunque su tono era de burla, había un deje sombrío en sus palabras—. ¿Cuánto tiempo estarás aquí? —preguntó, devolviendo su atención a Fisher—. Hacía mucho que no te veíamos. Hanna debe de estar feliz de tenerte en casa.

Él asintió.

—Vuestro padre me pidió que me quedara hasta la Remoción. Quería estar seguro de que no faltara a la cena de la Primera Noche.

Solo quedaban unas semanas para la Primera Noche, que marcaba el inicio de la festividad de la Remoción, la cual celebraba el cambio de estación en la que Ponto removía los océanos con su tridente. El agua fría de abajo se mezclaba con el aire frío de arriba. Como los peces descendían a las profundidades para pasar el invierno en un estado de semihibernación, los habitantes del pueblo aprovechaban esas fechas para carenar sus barcos, reparar sus redes y pasar tiempo con los suyos. Las festividades duraban diez días y se desmadraban cada vez más. Papá invitaba a las familias de sus mejores capitanes a dar la bienvenida a este cambio en el mar con un banquete en Highmoor. Era la única celebración que observábamos siempre, incluso en medio del duelo más profundo.

Camille estaba radiante.

—Estupendo. Estoy deseando que nos relates todas tus aventuras en la Vieja Maude. Pero antes, tengo una misión que cumplir por mi cuenta. —Se alejó a paso veloz, describiendo una amplia curva hacia Briord, pendiente de todos y cada uno de sus movimientos.

Fisher me tomó de la mano y me hizo girar sobre mí misma.

—Estás muy guapa esta noche, Pececillo. Se te ve muy crecida. ¿Me reservas un hueco en tu carnet de baile? ¿O ya está demasiado lleno? Mi madre siempre dice que soy muy lento de reflejos.

Desplegué mi bonito abanico de papel y se lo tendí. También hacía las veces de carnet de baile, aunque los espacios entre las varillas estaban sorprendentemente vacíos. Después de mucha insistencia por parte de tía Lysbette, tío Wilhelm se había ofrecido a ser mi pareja en el primer *two-step*, y un primo lejano me había pedido que bailara con él un foxtrot. Supuse que, después la cena, el carnet se llenaría. Al fin y al cabo, era hermana de una de las invitadas de honor.

—Qué suerte tengo —dijo Fisher al fijarse en los espacios en blanco—. Si me permite el atrevimiento, me gustaría que me concediera un vals. —Garabateó su nombre con una floritura.

—Te los concedo todos —dije, solo medio en broma. Mis hermanas y yo estábamos bien instruidas en el arte de la danza (Berta nos hacía bailar el vals en el salón, y Camille siempre me obligaba a llevarla a ella), pero no se me daban bien las bromas ingeniosas ni los flirteos sutiles. La mera idea de pasar toda una velada de cháchara forzada me provocaba un sudor frío.

Fisher estudió el carnet antes de decidirse por una polca.

—Me temo que es todo cuanto puedo ofrecerte, Pececillo. Ya les he prometido un baile a Honor y a cada una de las trillizas.

—Bueno, es su cumpleaños —admití con una sonrisa—. Hacía años que nadie me llamaba así.

—Me da la impresión de que te has convertido en una dama

demasiado distinguida para quedarte en paños menores y nadar en pozas de marea. —Al cabo de un momento, se puso serio—. Me apenó mucho enterarme de lo de Eulalie... Quería venir al funeral, pero se desató aquella tormenta. Silas no quería tener que enfrentarse a ella solo.

Asentí. Sería agradable tener a alguien con quien recordar a Eulalie, pero no esa noche.

—¿En qué parte de la mesa te han sentado? —pregunté, desviando la conversación hacia temas más alegres y frívolos.

—Aún no he tenido ocasión de fisgar las tarjetas de los comensales.

Lo agarré por la parte interior del codo y lo guie hacia el fondo de la sala.

—¿Echamos un vistazo?

Mercy se dejó caer en la silla contigua a la mía con una larga exhalación. Sus rizos, sujetos a los lados de la cabeza por medio de pasadores de plata en forma de rosa, parecían mustios. Aunque intentó disimular tapándose la boca con la mano, la pillé bostezando.

—¿Por qué no te vas a la cama? —le pregunté—. Es casi medianoche. Me sorprende que no os hayan mandado ya a dormir a las tres.

—Papá dice que esta noche no tenemos que ser niñas pequeñas. ¡Además, no quiero perderme la fiesta! Si os morís Camille o tú, ya nunca volveremos a celebrar una.

—¡Mercy!

Puso mala cara.

—¿Qué pasa? Podría ocurrir.

Su falta de tacto me arrancó un suspiro.

—¿Con quién bailabas?

—Con Hansel, el hijo de lord Asterby. Tiene doce años —recalcó, concediéndole una gran importancia al número.

—Me ha parecido que os divertíais.

Juntó las cejas.

—No hablaba más que de sus caballos y de sus antepasados de hasta cinco generaciones atrás. Me ha dicho que no le apetecía nada bailar, pero que sus padres lo han obligado.

—Me da la impresión de que Hansel Asterby necesita algunas lecciones de urbanidad. Siento que no hayas congeniado con él.

—¿Son así de sosos todos los chicos?

Me encogí de hombros. Cassius no se encontraba entre los invitados, lo que no me sorprendió demasiado. Esto me llevaba a valorar un poco menos a todos los demás hombres.

—Tú no has bailado mucho —observó—. Y a Camille se la ve fastidiada.

Seguí la dirección de su mirada hasta Camille, que se encontraba cerca del grupo que rodeaba a lord Briord.

Tenía el rostro demacrado y se reía demasiado fuerte.

—Él aún no se ha presentado.

Mercy apoyó el mentón en su mano. Si la orquesta hubiera estado interpretando una melodía más suave, ella se habría quedado dormida al instante.

—Deberíamos preguntarle por qué remolonea tanto. Creo que no ha hablado con nadie de la familia aparte de papá. Es una grosería. Aunque Camille no le guste, es el cumpleaños de las trillizas. Como mínimo debería desearles que cumplan muchos más.

Yo también me había percatado de ello. Además, era consciente de que mi carnet de baile no se había llenado. De no ser por el amable gesto de Fisher, habría quedado como una solterona amargada.

—Alguien debería obligarlo. —Mercy le lanzó una mirada hostil por encima del borde de su taza.

Lenore se sentó con nosotras, y su falda de amplio vuelo se derramó sobre los brazos de la silla como una cascada color ciruela. Apuró una copa de champaña de un trago.

—El velatorio de Octavia estuvo más animado que esto.

—¿Tú tampoco has bailado? —aventuré.

—Solo con Fisher. Es mi cumpleaños. ¿No puedo insistirle a alguien para que me saque a bailar?

Mercy me miró con complicidad.

—No lo entiendo —dijo Lenore—. Todas estamos preciosas.

—En efecto —convine.

—Todas somos educadas y poseemos numerosas cualidades positivas y admirables —añadió, imitando el acento pomposo de un arcanniano de tierra firme.

—Mmm.

—Somos ricas —espetó, y concebí la sospecha de que no era su primera copa de champaña. Ni la segunda.

—Sí que lo somos.

—Entonces ¿qué hacemos sentadas en un rincón sin parejas de baile? —Dejó la copa en la mesa con violencia. Se volcó, pero no se rompió.

—¡Eso es precisamente lo que pienso preguntarle a lord Briord! —Antes de que pudiéramos detenerla, Mercy echó a andar a través de la pista de baile, sorteando a las parejas con justa indignación.

—Deberíamos ir tras ella. —Lenore no hizo el menor esfuerzo por levantarse—. Va a ponerse en ridículo.

—Va a poner en ridículo a Camille —vaticiné.

—Va a ser divertido, ¿a que sí?

Lenore detuvo a un sirviente que portaba una bandeja con copas de champaña helado. Cogió dos y me alargó la segunda. La rechacé con un gesto.

—¡Casi estaría dispuesta a invocar a un truhan ahora mismo solo para tener a alguien con quien bailar! —gruñó antes de despachar su bebida.

—No deberías decir esas cosas —le advertí—. Bastantes rumores circulan ya sobre nuestra familia. Además, como te pille papá, te caerá una buena. —Como si nos hubieran oído, nuestro padre y Morella pasaron por nuestro lado bailando un vals, intercambiando sonrisas radiantes. Costaba creer que hubieran asistido al funeral de Eulalie solo unas semanas antes.

Lenore dejó a un lado la copa vacía y se apoderó de la que había agarrado para mí.

—¿Qué pasa? —preguntó al reparar en mi expresión sardónica—. Es mi cumpleaños. Si no voy a bailar, al menos puedo ponerme morada de champaña. Mira —agregó, señalando—. Hasta Camille está de acuerdo conmigo.

Me volví hacia la pista de baile a tiempo para ver a Camille echarse una copa de valor líquido entre pecho y espalda. Respirando hondo, se pellizcó las mejillas para darse un toque de color en la cara. Se le movían los labios, lo que revelaba que estaba practicando el discurso que iba a pronunciar ante lord Briord.

Al contemplar cómo se abría paso hacia él, me pareció más bella que nunca.

Cuando llegó al borde exterior del círculo de personas que lo rodeaban, se detuvo un momento y ladeó la cabeza para oír mejor su conversación. Pasaron unos segundos, luego otros más, y el tono sonrosado de sus mejillas se desvaneció. Se llevó la mano a la boca, y temí que fuera a devolver.

Se apartó del grupo, tambaleándose hacia atrás, hasta chocar con una pareja de bailarines.

—¿Qué le sucede? —preguntó Lenore.

—Perdón. Mil perdones —se disculpó Camille con los danzantes antes de regresar a nuestro lado. Me forzó a ponerme de pie y me llevó a rastras como a un nadador atrapado en la estela de un barco—. ¡Tenemos que largarnos!

—¿Qué ha pasado?

—¡Vamos, Annaleigh, por favor!

Camille no se detuvo hasta que llegamos al jardín. Miles de pequeñas velas punteaban las cornisas ocultas tras los arbustos recortados. Las minúsculas llamas producían un extraño juego de sombras en la bruma, materializando figuras espectrales que aparecían y desaparecían al momento siguiente.

—Tranquilízate, Camille. —Me senté en el reborde de la fuente.

Blandió el puño en dirección a la casa.

—¡Eso no es más que una estúpida farsa!

—No entiendo qué ocurre. ¡Explícame qué ha pasado!

Me abracé el torso, con la carne de gallina en toda la piel que llevaba al aire. Hacía demasiado frío para estar en el exterior, pero la baja temperatura parecía aguzar los sentidos de Camille. Por lo menos había dejado de andar de un lado para otro.

Contempló Highmoor en silencio. El salón de baile, pese a estar tan iluminado, apenas resultaba visible. La música de la orquesta resonaba de manera inquietante en la niebla.

—¿Con cuántos hombres has bailado esta noche?

Suspiré.

—¿Cuándo dejaréis de darme la murga con eso?

—¿Con cuántos? —Giró en redondo y me aferró por los hombros. Sus ojos despedían un brillo extraño. Bajo el brumoso resplandor de las velas, Camille parecía medio desquiciada. Me zafé de sus manos y me froté las zonas donde me había clavado los dedos.

—Tres.

—¿Tres? ¿En toda la noche?

—Bueno, sí, pero...

Asintió como si ya lo supiera.

—Todos parientes, ¿verdad? Y encima han sido pocos.

—Supongo. —Me empezaron a castañetear los dientes—. He visto que has intentado hablar con Briord. Por favor, cuéntame qué ha dicho. Pillaremos una pulmonía doble aquí fuera.

Soltó un resoplido.

—La maldición ataca de nuevo.

Me levanté.

—No existe tal maldición. Me voy dentro.

—¡Espera! —Me agarró, hincándome las uñas en la tierna carne del brazo—. Me he pasado toda la noche esperando a que se me presentara, pero no lo ha hecho. Así que... he decidido tomar yo la iniciativa y pedirle que bailara conmigo.

—Ay, Camille.

Frunció el ceño.

—He oído sin querer la conversación que mantenía con uno de sus hermanos menores. Este le insistía en que sacara a bailar a Ligeia. Briord se negaba. El hermano le ha preguntado por qué, con lo encantadora que es.

—¿Y qué le ha contestado?

Camille exhaló, con el aliento entrecortado.

—Le ha dicho que sí, que Ligeia es encantadora. Tan encantadora como un ramo de belladonas.

Como la palabra no me resultaba familiar, intenté descomponerla en vocablos que sí conocía.

—¿Mujeres bonitas?

—Es una planta venenosa. Cree que estamos malditas, que la maldición caerá sobre todo aquel que se nos acerque. ¡Por eso nadie ha querido bailar con nosotras!

—Esa no es la...

—¡Claro que lo es, Annaleigh! Piénsalo bien. Sea o no real la maldición, la gente cree en ella. La opinión pública nos ha juzgado y condenado. Nada les hará cambiar de opinión, por más fiestas que organice papá. Estamos malditas, y nadie creerá jamás lo contrario.

Mientras volvía a sentarme despacio, recordé las murmuraciones que había oído en el mercado de Selkirk. Las especulaciones que pronto habían degenerado en abucheos.

—Es tan injusto...

Ella asintió.

—Y te aseguro que el árbol genealógico de los Briord no es perfecto ni mucho menos. Al estudiar su historia familiar, descubrí varios primos carnales que se profesaban demasiado cariño... No me extraña que tenga las orejas tan grandes.

Sonreí, pues sabía muy bien que solo una hora antes, Camille había cifrado sus ilusiones en esas orejas que, en efecto, eran demasiado grandes.

—Eso no significa que debamos perder la esperanza. Hay otros hombres, otros duques, en otras provincias donde nunca han oído hablar de la Docena de Thaumas. Arcannia es muy grande.

Con un gruñido de indignación, Camille se sentó a mi lado en la fuente. Notaba su cadera contra la mía, como cuando tocábamos juntas el piano. Añoraba esa época.

—Aunque pudiéramos localizar a esos duques de lugares remotos, en cuanto pusieran un pie aquí se enterarían del rumor.

Todos estarían ansiosos por contárselo para llevarse el mérito de haber salvado a Su Excelencia de un matrimonio funesto.

—Entonces tal vez podríamos ir nosotras a buscarlos.

—Papá nunca daría el visto bueno a esa idea. —Me rodeó la mano con la suya y me apretó los dedos ateridos, infundiéndoles una chispa de vida—. Por lo menos siempre nos tendremos la una a la otra. Seremos hermanas y amigas hasta el final. Prométemelo.

—Te lo prometo.

Se nos acercó una silueta de tamaño imposible recortada contra el manto de niebla, con una capa ondeando a los lados de su cuerpo. El repiqueteo de unos tacones sobre las baldosas del jardín sonaba cada vez más fuerte. Por un momento creí que era papá, que nos buscaba, pero la figura se transformó en una mujer con amplias faldas. Aunque una cortina de niebla se arremolinaba en torno a nosotras, demasiado espesa para ver a través de ella, oí una risa despreocupada y alegre.

Era Eulalie. Me habría jugado la vida a que era ella.

Se me secó la boca al imaginarla como un fantasma condenado a recorrer eternamente el camino a los acantilados donde había encontrado la muerte. Cuando el banco de bruma se disipó, en el jardín no había nadie más que Camille y yo.

Le apretaba la mano con tanta fuerza que se me habían puesto los nudillos blancos. En adelante, ella tendría que tomarse en serio los dibujos de Verity.

—La has visto, ¿verdad?

—¿El qué?

—La sombra. La risa… era idéntica a la de Eulalie, ¿no crees?

Camille me miró, arqueando una ceja con un gesto inquisitivo.

—Has bebido demasiado champaña. —Tras dar media vuelta con un frufrú de faldas, se encaminó hacia la casa dejándome sola en la niebla.

Aunque el jardín estaba desierto, oí un taconeo a mi espalda. Salí a toda prisa en pos de Camille.

11

Abrí los ojos y parpadeé para sacudirme las legañas que se me habían formado en las comisuras mientras dormía. Tenía la sensación de que era demasiado temprano para despertarme. La fiesta había terminado pasadas las tres, en perfecta sincronía con las mareas para que los invitados pudieran regresar a Astrea. El puerto estaba iluminado por boyas de vidrio tintado llenas de algas luminiscentes que ofrecían a los asistentes una visión cautivadora mientras se alejaban de Highmoor tan deprisa como se lo permitía su calzado cortesano.

Después de la conversación con Camille en el jardín, me había resultado imposible pasar por alto sus palabras. Había presenciado como una hermana tras otra intentaban alternar con algunos invitados y no recibían más que medias sonrisas y miradas vidriosas. Papá y Morella no parecían percatarse de ello.

Me di la vuelta con un gruñido, deseando refugiarme en la calidez de las mantas. De pronto, un destello en el tocador captó mi atención.

El reloj de bolsillo de Eulalie.

Hacía días que quería mostrárselo a papá, pero se me había olvidado por completo al ver el cuaderno de dibujo de Verity.

Tras sacar el mechón de pelo del reloj, lo hice girar entre los dedos, examinando las hebras doradas. Al principio, el alambre me había desconcertado —siempre había visto que se usaban cintas o cordones para sujetar los cabellos—, pero al observar el mecanismo del reloj, de pronto cobró sentido.

Edgar era aprendiz de relojero.

Trabajaba con bobinas de alambre y resortes.

¿Se había cortado un mechón como ofrenda de amor a Eulalie? Fruncí el ceño. El asesino de Eulalie era sin duda un pretendiente rechazado, alguien que no había visto correspondido su afecto. Si mi hermana había mantenido el reloj con el mechón guardado en un lugar secreto, cabía suponer que compartía sus sentimientos. ¿Por qué si no habría de conservarlo?

Por otro lado, Edgar rebosaba angustia y nerviosismo cuando lo había abordado en la plaza del mercado. Parecía desesperado por alejarse de nosotras.

Sabía algo, sin duda.

Jugueteé con el reloj de bolsillo mientras cavilaba sobre qué hacer a continuación. Era evidente que debía hablar con él, pero ¿qué le diría? Era un dilema demasiado grande para afrontarlo sola. Cerré el reloj con un gesto decidido y bajé las escaleras para reunirme con mi padre.

En cuanto irrumpí en el comedor, advertí que no había elegido un buen momento.

Camille desmenuzaba sus arenques en trocitos minúsculos con el tenedor que empuñaba con dedos cadavéricos hasta tal punto que, más que un desayuno, aquello parecía una masacre. Rosalie, con aire huraño, sujetaba una taza de té con ambas manos, mientras Ligeia, cargada de ansiedad, se mordisqueaba las uñas pintadas de plateado. Lenore seguía en la cama, seguramente durmiendo para intentar aliviar el dolor de cabeza que se había ganado a fuerza de champaña.

Papá estaba sentado a la cabecera de la mesa, con la mandíbula apretada y señales de tensión y cansancio en torno a los ojos.

—Fue vuestro primer acto social. Tal vez el hecho de que os presentara a todas a la vez causó cierto malestar entre la gente.

Camille arrugó el entrecejo, con los labios reducidos a una línea blanquecina.

—Tienes razón, papá. Las malditas hermanas Thaumas causaron malestar entre la gente. —Hizo chirriar el tenedor contra el plato de porcelana antes de empujarlo hacia un lado.

Sin duda había puesto a nuestro padre al corriente de todo lo que había oído la víspera.

Suspirando, él rechazó su acusación con un movimiento de la mano.

—Nadie cree en las maldiciones salvo esos ridículos campesinos del pueblo.

Ella descargó un puñetazo furioso sobre la mesa.

—¡Robin Briord no es precisamente un pescadero, y se lo oí decir a él! ¡Ninguna de nosotras encontrará pareja en la vida! Estamos marcadas por la muerte de nuestras hermanas.

Rosalie tenía los ojos llorosos.

—¿De verdad dijo eso?

Camille asintió.

—Supongo que deberíamos estar agradecidas por nuestra buena fortuna. Siempre nos quedará Highmoor. Cuando papá mu... Cuando yo sea la duquesa, siempre tendréis aquí un hogar. —Soltó un resoplido, con expresión sombría y taciturna—. La Casa de las Solteronas Malditas.

Oí un ligero ruido a mi lado. Morella había entrado discretamente, aún en bata. No sé qué porción de la conversación había oído, pero había bastado para que se quedara horrorizada y muy pálida. Le dediqué una leve sonrisa, pero ella se apartó, con las manos en el vientre.

—¿Afectará también a mi hijo esa maldición? —preguntó con un brillo de desesperación en los ojos y un tono atiplado. Sus palabras quedaron flotando encima de la mesa del desayuno.

Mi padre se apresuró a levantarse.

—Amor mío, deberías seguir durmiendo. Después de una noche con tantas emociones, necesitas descansar.

—Papá, hay algo de lo que quiero hablar contigo —anuncié cuando recuperé la voz mientras él se acercaba a nosotras.

—Ahora no, Annaleigh.

—Es importante. Se trata de...

—¡Te digo que ahora no! Estoy harto de que me vengáis todas con noticias importantes esta mañana. —Lanzó una mirada amenazadora a Camille antes de acompañar a Morella hacia la puerta.

Exhalé con brusquedad cuando se marcharon. Me metí el reloj en el bolsillo. Aún no habían retirado los centros de mesa con flores moradas, y el olor a lilas marchitas me revolvió el estómago. Me serví una taza de café al que no añadí leche, y volví a sentarme con un suspiro.

—Qué dramática —masculló Camille.

Deslicé el dedo por el asa de la taza.

—A nadie le gusta nuestra situación, pero no hace falta que la mortifiquemos con eso.

Camille arremetió contra mí:

—¿Desde cuándo la defiendes? Tú también la odiabas.

Rosalie y Ligeia se volvieron hacia la puerta, como sopesando sus posibilidades de salir indemnes del comedor.

—Nunca la he odiado. Está gestando a nuestro nuevo hermano o hermana y cada vez lo pasa peor. ¿No deberíamos mostrarle un poco de consideración?

—¿Cuánta consideración mostraría ella hacia nosotras si su pequeño dios del sol heredara Highmoor? ¿De verdad crees que brindaría techo y sustento a ocho solteronas? Saldríamos despedidas de aquí más raudas que las flechas de Céfiro.

Verity apareció, bajando el último escalón de un saltito.

—¿Quién es más raudo que Céfiro? ¡Nadie supera en velocidad al dios del viento!

Miré a Camille con una expresión de advertencia. Más valía que las Gracias no supieran nada de nuestras desavenencias con Morella.

—Seguro que tú sí, con esas zapatillas —exclamé al ver que los zapatos de hadas asomaban por debajo de su bata. Se los había puesto todos los días desde que los habíamos recibido. No me habría extrañado que durmiera con ellos.

Verity sonrió, girando para mostrarlos con orgullo, antes de correr hacia el bufé y ponerse de puntillas para inspeccionar la repostería. Camille la ayudó a servirse un plato. Le puso una ración generosa de arenques antes de añadir la tartaleta de moras que Verity le señaló.

—Tengo ganas de volver a la cama —reconoció Rosalie, extendiendo los brazos sobre la mesa y bajando la cabeza—. Pasar toda la noche sin bailar me dejó agotada.

—¡No es justo! ¡Yo no me salvo de las clases! —protestó Verity. Se encaramó a su silla y esperó a que Camille le llevara el plato.

—Primero el pescado.

Verity la fulminó con la mirada.

—Tú no te has comido el que tienes en tu plato.

—Soy la mayor —replicó Camille.

Verity sacó la lengua, pero acabó por hincarle el diente a su comida.

—¿Qué vas a hacer esta mañana, Annaleigh?

El reloj me ardía en el bolsillo, pero no podía tocar el tema en ese momento en que se estaba fraguando una pelea justo bajo la superficie.

—Debería ir a la playa a buscar más algas laminarias. A Morella casi se le ha acabado la loción.

—¿A la playa? —Todas nos volvimos para ver a Fisher de pie bajo el arco de entrada—. ¿Te apetece un poco de compañía? Puedo llevarte en barca hasta ese pequeño islote donde hay muchas pozas de marea. Ahí seguro que encuentras lo que necesitas.

Aunque noté los ojos de Camille clavados en mí, asentí, sonriéndole a Fisher.

—¿Después del desayuno?

Me devolvió la sonrisa.

Papá entró dando grandes zancadas.

—Tenemos que hablar. —Desplazó la mirada por la sala hasta que avistó a Verity—. Cariño, ¿por qué no te subes el desayuno a tu habitación? Hoy puedes darte ese capricho.

A la chiquilla le brillaron los ojos.

—¿Se han metido en un lío? Camille no se ha comido sus arenques.

—Ah, ¿no? A lo mejor le pido explicaciones por eso.

Complacida, Verity salió pitando del comedor con la tartaleta en la mano y dejando el pescado en la mesa.

—¿Nos disculpas, Fisher? Tengo que hablar con mis hijas. En privado.

Fisher se esfumó por el pasillo.

Papá aguardó un momento antes de empezar a reñirnos.

—Morella está muy disgustada —dijo—. Inconsolable.

Camille se encrespó, claramente sin la menor intención de dar el brazo a torcer.

—Pues imagínate cómo nos sentimos nosotras, que somos las que corremos el peligro de ir cayendo como moscas mucho antes de que nazca ese bebé.

El hombre suspiró.

—Nadie está cayendo como moscas.

—Entonces ella no tiene nada de qué preocuparse, ¿no? —Se dejó caer en la silla—. Supongo que quieres que le pida disculpas por mantener una conversación que no era sobre ella y que decidió escuchar a escondidas, ¿verdad?

Papá se pasó los dedos por el pelo.

—Solo os pido que no volváis a mencionar el tema, ni delante de ella ni entre vosotras. Declaro una moratoria sobre la maldición. Que no existe —agregó—. Bien, esta tarde tengo que partir hacia la capital. Estaré fuera por lo menos una semana, tal vez más. Hay un feo asunto sobre el que el rey Alderon quiere consultar a su consejo privado. —Suspiró—. Morella está más cansada de lo que quiere reconocer, y le vendría bien que cuidarais un poco de ella durante mi ausencia. Que la mimarais, incluso. ¿Me he explicado bien?

Rosalie, Ligeia y yo asentimos. Tras un rato elocuentemente largo, Camille asintió también.

—Bien —dijo él y salió de la estancia con paso decidido sin mirar atrás ni una vez.

Me entraron ganas de correr tras él para mostrarle el reloj, pero estaba tan malhumorado que no me escucharía. Me contestaría con brusquedad y yo me quedaría sin posibilidades de ser tomada en serio. Contemplé las profundidades de mi taza de café, preguntándome qué hacer.

Fisher asomó la cabeza desde el pasillo.

—Annaleigh, ¿estás lista?

Aparté la taza a un lado.

—¡Voy!

12

El cielo era un enorme vacío azul cuando pusimos rumbo al islote situado en la otra punta de Salten. Llevábamos más de una semana sin ver el sol, que ahora brillaba en todo su esplendor, como disculpándose por su larga ausencia.

Mientras Fisher manejaba la pequeña embarcación, yo tendí la vista sobre aquella extensión de aguas abiertas para contar las tortugas marinas. Las gigantescas bestias eran mi debilidad. En primavera, las hembras salían a la arena de las playas para poner sus huevos. Me encantaba ver a las crías salir del cascarón. Con sus poderosas aletas pectorales y sus ojos enormes y sabios, eran réplicas exactas en miniatura de sus padres. Una vez libres, descendían poco a poco por la playa, atraídas ya por el mar, igual que el pueblo de la Sal.

—¡Mira! —señalé una joroba correosa que hendía la superficie a unos metros de distancia—. ¡Con esa son doce!

Fisher aprovechó ese momento para bajar los remos y descansar.

—Y es la más grande que hemos visto hasta ahora. ¡Fíjate en el tamaño de ese caparazón!

La observamos tomar una gran bocanada de aire antes de sumergirse de nuevo. El viento le alborotaba el cabello a Fisher, lo que hacía resaltar las mechas decoloradas por el sol, y de nuevo me impactó lo mucho que había cambiado desde que se había marchado de Highmoor. Me miró a los ojos con una sonrisa torcida.

—Es preciosa, ¿a que sí? —Alzó la barbilla en dirección a la isla que se encontraba a mi espalda.

Volví la vista hacia Highmoor. Sus cuatro plantas se elevaban abruptas desde lo alto de los rocosos acantilados. Un bonito motivo formado por tejas azules y verdes adornaba el tejado a dos aguas, que resplandecía como la joya principal de la corona de una sirena.

Mis ojos se desviaron hacia el paseo del acantilado.

—Parece mentira que puedan ocurrir cosas malas ahí, ¿no crees?

Asintió con el entrecejo arrugado.

—Me he sentido muy fuera de lugar en tu casa antes.

—Ya somos dos.

Su silencio parecía una petición sutil de más información.

—Quería hablar de algo con mi padre, pero estaba enzarzado en un rifirrafe con Camille por la tontería esa de la maldición, así que no he tenido ocasión de plantearle el asunto. Y ahora ha salido para la capital, y vete tú a saber cuándo volverá.

—¿Tan urgente es lo que quieres decirle?

—Esta mañana me lo parecía.

—¿Y ahora?

Me encogí de hombros.

—Da igual. Tanto si lo es como si no, tendrá que esperar.

Fisher deslizó los dedos sobre los remos, pero no hizo ademán de seguir bogando.

—Puedes contármelo a mí, sea lo que sea. A lo mejor podría ayudarte...

Acaricié el reloj de bolsillo, pero no lo saqué.

—Creo... creo que tal vez alguien asesinó a Eulalie.

Entornó los ojos, y el ámbar del iris se oscureció.

—Mi madre dice que cayó del acantilado.

Hice un gesto afirmativo mientras me colocaba unos mechones sueltos detrás de la oreja.

—Así es.

—No crees que se tratara de un accidente —adivinó.

Me atreví a alzar la vista hacia sus ojos.

—No lo fue.

Los dos nos sobresaltamos cuando una ola golpeó con fuerza el costado del bote.

—¿Por qué no se lo has dicho a Ortun? Antes siempre acudías corriendo a él en cuanto tenías algún problema.

—Quería hacerlo, pero... ahora las cosas son distintas. Él ha cambiado. Ahora está presionado desde varios flancos —dije, más para mí que para que me oyera Fisher—. Ya no es un viudo con una mansión atestada de hijas. Vuelve a ser un marido. Ojalá...

—Continúa —me animó cuando resultó evidente que no iba a terminar la frase.

Mis labios se curvaron en una sonrisa que no reflejaba lo que sentía.

—Ojalá pudiera dejarlo en sus manos. Me parece un peso demasiado grande para cargar yo sola con él.

Sonrió.

—¿Sabes? Es una pena que no podamos preguntarle a Eulalie qué le pasó. No era precisamente parca en palabras, ¿no?

—No mucho —convine.

Cuando nuestras miradas se encontraron, una chispa de intimidad compartida me reconfortó. Resultaba agradable hablar de Eulalie con alguien que la conocía bien. Con todos los preparativos para el baile, parecía que los demás la hubieran olvidado.

—¿Te acuerdas de aquella vez que...? —Me interrumpí, pues de pronto me atraganté con las lágrimas.

—Ay, Annaleigh —dijo Fisher, estrechándome entre sus brazos sin vacilar.

Con el rostro apoyado contra su pecho, me dejé acunar junto con mis penas. Me acarició la parte posterior del cuello, describiendo círculos relajantes con los dedos, y algo que no tenía nada que ver con la tristeza se despertó en mi interior. Su corazón, muy cerca de mi oído, aceleró hasta palpitar al mismo ritmo que el mío. Permanecí así, contando los latidos, preguntándome qué ocurriría si permitía que él diera el siguiente paso. Pero el sonoro chasquido de desaprobación de Hanna resonó en mi mente, así que me aparté.

Me escudriñó el rostro en silencio durante un rato largo antes de empuñar de nuevo los remos. Maniobró con ellos contra las olas hasta poner de nuevo la proa hacia el islote.

Me mordisqueé la comisura del labio, ansiosa por renovar el aire entre nosotros, que de pronto se me antojaba demasiado opresivo, cargado de sobreentendidos.

—Fisher, ¿tú crees en los fantasmas?

Las palabras escaparon de mi boca antes de que pudiera meditarlas, y aunque temí que me tomara por loca, arrugó los ojos, risueño.

—¿Te refieres a fantasmas del tipo…? —Agitó los dedos con aire siniestro.

—No, a fantasmas de verdad. Espíritus.

—Ah, esos.

El agua que nos rodeaba se oscureció cuando dejamos atrás la pared escarpada. Las gaviotas se posaban en los recovecos del islote y planeaban sobre nosotros, buscando alimento para sus crías.

—Creía en ellos cuando era niño. Me divertía mucho inventar historias para asustar a los más pequeños en las cocinas. Una vez le conté un relato tan terrorífico a la hija de la cocinera que tuvo pesadillas durante una semana hasta que al final se chivó de mí. A mi madre no le hizo maldita la gracia.

—¿Y ahora?

—No lo sé. Creo que llega un momento en la vida en que los fantasmas dejan de ser divertidos. Cuando mueren seres queridos…, como mi padre, tu madre y tus hermanas…, la idea de que podrían estar atrapados aquí… resulta insoportable, ¿no? No me imagino un destino peor que el de estar rodeado de personas que no te ven ni te oyen, y cada día se acuerdan menos de ti. Yo me volvería loco, ¿tú no? —Dejó de remar—. Llevo bastante tiempo fuera, pero reconozco esa cara. Algo te preocupa. No solo lo de Eulalie. Otra cosa. —Alargó el brazo hacia mí y me dio un apretón en la rodilla—. Sabes que puedes contarme lo que sea.

—Verity ha estado viendo fantasmas. —La frase salió despedida de mis labios, como un río al precipitarse desde el borde de un barranco—. Los de Ava y Elizabeth, Octavia y ahora también Eulalie.

Fisher inspiró con brusquedad.

—¿En serio?

Agité la mano como para dar por finalizada la conversación.

—Ya, ya sé que parece absurdo.

—No, no lo parece. Pero... ¿qué aspecto tienen?

Le hablé del cuaderno de dibujo, de las pústulas de peste y los cuellos rotos, las extremidades muy abiertas y las muñecas ensangrentadas.

—Pobre Verity —suspiró—. Qué horror.

Fruncí el entrecejo.

—Y el caso es que, ahora que me lo ha dicho, estoy convencida de que un día entraré en el baño y me encontraré a Elizabeth flotando boca abajo en la bañera llena de sangre, o toparé con el cuerpo quebrantado de Octavia en el estudio. No consigo sacarme esos dibujos de la cabeza. Veo a mis hermanas por todas partes.

Me trazó un cariñoso círculo en la rodilla con el pulgar.

—Debe de ser espantoso. Pero, en fin... —Hizo una pausa—. No las ves de verdad.

—No me crees. —Crucé los brazos sobre el pecho, pues de pronto me había dado frío, a pesar del sol radiante.

—Creo que estás alterada... y con toda razón; no tienes por qué avergonzarte de ello. Pero en el fondo no crees que Verity vea apariciones..., ¿o sí?

—No sé qué pensar. Si no son reales, ¿por qué dibuja esas cosas tan espeluznantes?

Se encogió de hombros.

—Tal vez a ella no le parezcan espeluznantes. Piénsalo bien. Ha estado de luto desde el día que nació. ¿No ha vivido siempre rodeada de dolor? —Fisher se apartó el despeinado cabello de los ojos—. Eso tiene que dejar marcada a una persona, ¿no crees?

—Supongo.

Me apretó la pierna de nuevo.

—Yo no le daría más vueltas. Seguro que no es más que una fase. Todos hemos atravesado algunas bastante extrañas.

—Ya me acuerdo de la tuya —dije, y una sonrisa inesperada se me dibujó en los labios.

Soltó un quejido, impulsando los remos contra la fuerza del oleaje.

—No me lo recuerdes, no me lo recuerdes.

—Nunca se me olvidarán los gritos que pegabas. —Sonrió, pero solo unos instantes, y me asaltó la extraña sensación de que no sabía de qué le estaba hablando—. La serpiente marina —apunté, arqueando las cejas.

A Fisher se le iluminó la mirada.

—Ah, eso. No tiene nada de malo gritar cuando ves una serpiente tan grande. Es puro instinto de supervivencia.

—¡Pero si no era más que un trozo de cuerda! —exclamé y solté una carcajada al recordarlo. Estábamos peinando la playa en busca de conchas cuando la corriente llevó hasta la orilla los restos de una red. Fisher me agarró de la mano, aullando algo sobre serpientes venenosas y nuestro inminente final. Las chicas nos pasamos el resto del verano dejando cabos de soga por ahí para que Fisher los encontrara.

—Cuerda, serpiente, tanto monta —dijo él, riéndose conmigo.

La barca embarrancó en las arenas negras del islote con un golpe sordo que nos distrajo de la conversación. Bajé de un salto y ayudé a Fisher a sacar el bote a la playa. Más adelante, cerca de los afloramientos rocosos, había una serie de pozas de marea. Durante la pleamar, la minúscula isla quedaba totalmente sumergida, pero cuando las aguas se retiraban, dejaban toda clase de tesoros atrapados en el basalto. Siempre podían encontrarse estrellas de mar y anémonas irisadas, a veces incluso caballitos de mar que quedaban aprisionados allí hasta que volvía a subir la marea. A menudo largos cúmulos de algas laminarias se enredaban en los bordes serrados. Las pozas de marea eran lugares ideales para aprovisionarse de ellas.

—¿Lo pasaste bien anoche, en el baile? —pregunté mientras buscábamos.

—Fue sin duda la velada más glamurosa a la que he asistido. ¿Y tú?

—Te agradezco mucho que estuvieras ahí. De lo contrario, ninguna de nosotras habría bailado.

Entonces pareció caer en la cuenta.

—Has dicho que tu padre y Camille discutían sobre la maldición. ¿De verdad cree en eso la gente?

—Por lo visto, sí.

—Tu familia ha tenido una terrible racha de mala suerte, pero eso no significa que... —Le asestó un manotazo a un cangrejo violinista con el que estaba forcejeando por unas algas—. Lo siento.

—A mí no me afecta tanto, pero Camille es la heredera ahora. Se espera de ella que contraiga un matrimonio ventajoso, y le preocupa no poder encontrar marido si en todos los bailes a los que va se queda sentada en un rincón.

Ladeó la cabeza, pensativo.

—Ojalá hubiera una manera de sacaros a todas de la isla..., de llevaros a un lugar lo bastante alejado de Salann adonde no hayan llegado las habladurías sobre la maldición de las Thaumas.

—¡Eso mismo dije yo anoche! Pero ella cree que es imposible.

Fisher tendió la vista al mar y escrutó la costa de Salten, como intentando recuperar un recuerdo enterrado.

—Me pregunto si... —Se encogió de hombros, riendo para sí—. Seguro que no es más que otro rumor. Olvídalo, no he dicho nada.

—¿Qué rumor? —pregunté, acercándome para descargar las algas que había recogido.

—Cuando te crías en las cocinas, oyes un montón de historias. Y seguramente no se trate más que de eso.

—Fisher —lo espoleé.

Suspiró.

—Te parecerá una locura, pero recuerdo haber oído algo sobre un pasadizo, una puerta secreta. Para los dioses.

—¿Los dioses? ¿Qué se les ha perdido a los dioses en Highmoor?

—Hace mucho mucho tiempo, intervenían bastante más a

menudo en los asuntos de los mortales. Les gustaba que los consultaran sobre todo tipo de cuestiones, desde el arte hasta la política. A algunos todavía les gusta. Sabes que Arina se deja ver mucho en la ópera y los teatros de la capital. Dice que es una musa importante.

Asentí.

Se frotó el cogote.

—Pues bien, no pueden subir sin más a un carruaje para venir desde el Sagrario, ¿sabes? Necesitan un medio para acceder a nuestro mundo. Por eso existen esas puertas. Recuerdo que un lacayo comentó que hay una, en algún lugar de Salten, que Ponto utiliza cuando viaja. Basta con decir unas palabras mágicas para que las puertas te transporten a sitios remotos, así de rápido. —Chasqueó los dedos—. Pero solo es un cuento.

Una puerta sin duda estaría marcada como algo especial, y desde luego yo nunca había visto algo así en Salten. Seguramente no era más que una paparrucha. Aunque…

—¿Mencionó alguna vez ese lacayo dónde estaba la puerta de Ponto? —pregunté y al momento torcí el gesto por la esperanza que destilaba mi voz.

Fisher negó con la cabeza.

—Olvídalo, Annaleigh. —Levantó la cesta y sacudió su contenido—. ¿Crees que con esto hay suficiente?

—De sobra, gracias. Morella lo agradecerá, estoy segura.

Empujamos el bote playa abajo hasta que entró en el agua. El sol, desde lo alto, lo calentaba todo envuelto en un resplandor dorado. Posé los ojos en Fisher. Al contemplar el modo en que flexionaba los antebrazos mientras remaba a través de la bahía, me atreví a recordar lo que había sentido cuando me había estrechado entre ellos.

Algo que chapoteaba por delante de nosotros me despertó de mi ensoñación. Una aleta verde captó mi atención.

¡Una tortuga marina!

Fisher se estremeció al otear las aguas ante nosotros.

—Annaleigh, no mires.

Un tentáculo rojo emergió de golpe y se agitó con agresividad. La sonrisa se me borró de la cara. Con esa coloración solo podía tratarse de un calamar, y parecía enorme.

Cuando la barca pasó por su lado, me entraron ganas de llorar. La tortuga marina luchaba por sobrevivir. Estaba envuelta en los tentáculos, que se retorcían y hacían fuerza intentando partir en dos el caparazón. Los calamares, por muy grandes que fueran, no comían tortugas.

La había atacado por pura maldad.

13

Mis dedos se arrastraban a lo largo del teclado, desgranando una serie de notas. Era una pieza complicada, llena de ligados y ritmos vertiginosos que requerían una concentración absoluta. Lamentablemente, mi cabeza no estaba del todo por la labor, y hasta a mí me producían dentera los sonidos que arrancaba del piano.

Papá llevaba más de una semana fuera. Como no notificó su llegada de inmediato, una inquietud que rayaba en el pánico se apoderó de Morella, convencida de que la maldición se había cobrado otra víctima. Cuando por fin recibimos una carta y se la llevaron en una bandeja de plata, ella la agarró con brusquedad y subió corriendo las escaleras para leer sus palabras en privado.

Se le había empezado a notar un pequeño abultamiento en el vientre que no tardó en convertirse en una curva prominente. El bebé crecía demasiado deprisa. Mandamos llamar a una comadrona de Astrea. Cuando salió de la alcoba de Morella, tenía el rostro ensombrecido de preocupación.

—Son gemelos —anunció—. Y bastante inquietos.

Me proporcionó ungüento con el que debía darle friegas en la tripa a Morella dos veces al día, y recomendó que guardara todo el reposo posible con los pies en alto y evitara las emociones fuertes.

Tras otra retahíla de notas equivocadas, concluí la pieza con un acorde disonante y me apresuré a hojear la partitura para estudiar lo que debería haber tocado.

Una doncella asomó la cabeza al salón Azul.

—¿Señorita Annaleigh? —preguntó con una ligera reverencia—. Ha venido un cierto señor Edgar Morris.

Se me cortó la respiración. ¿Edgar había ido a Highmoor?

—¿Para verme a mí?

—Y a la señorita Camille.

—No la he visto desde el desayuno, pero creo que está en su habitación. —Después del baile, se había enclaustrado allí y recibía con un exabrupto a todo aquel que osara molestarla.

Me apreté los dedos temblorosos contra la falda. Después de la excursión en barca con Fisher, le había escrito una docena de cartas a papá para intentar explicarle mis sospechas y suplicarle que regresara a casa lo antes posible para ayudarme. Todas habían acabado en las llamas del hogar, como las cavilaciones de una demente. Una carta. ¿Cómo iba a expresar con meras palabras la oscura sensación que empezaba a adueñarse de mi estómago?

—Hola, señorita Thaumas —dijo Edgar al entrar en la estancia. De nuevo iba vestido todo de negro, en observancia del luto más riguroso.

Me giré sobre el banco y observé como inspeccionaba la sala, desprovista de cualquier elemento luctuoso. Los espejos relumbraban bajo el brillo de los apliques y, a pesar de que el día había amanecido nublado, el salón ofrecía un aspecto mucho más alegre que la última vez que él lo había visto.

—Señor Morris.

Aunque era el colmo de la descortesía, me quedé sentada en el banco del piano, demasiado sorprendida para moverme. Como si lo viera por primera vez, percibí detalles en los que nunca me había fijado. Tenía una pequeña cicatriz justo encima del labio superior, esos labios que Eulalie seguramente había besado. Y esas eran las manos que sin duda Eulalie había tomado entre las suyas mientras él le proponía matrimonio a escondidas. ¿Había deslizado ella los dedos por su cabello rubio claro? ¿Le había quitado los anteojos de carey para contemplar sus ojos de miope color avellana?

¿Qué secretos guardaba ese hombre sobre ella?

—Señor Morris, qué visita tan inesperada. —Oímos la voz de Camille antes de que entrara. Edgar permanecía cerca del umbral, sin saber muy bien qué se suponía que debía hacer—. Annaleigh, ¿has pedido que traigan el té?

Sacudí la cabeza.

—No se preocupe, señorita Thaumas, no es mi intención quedarme mucho tiempo —titubeó él, alzando la mano como para detenerla.

—Martha —llamó Camille, sin hacerle el menor caso—. Dile a la cocinera que necesitaremos té y tal vez un plato de esas galletas de limón que horneó ayer.

—Sí, señorita.

—Tome asiento, por favor, señor Morris. Annaleigh…

—¿Qué? —pregunté, resistiéndome con terquedad a levantarme del banco.

—Nos acompañarás, ¿verdad?

Tras una larga pausa, me puse de pie.

—Claro.

Martha entró empujando un carrito de servicio con un juego de té. Como era la mayor, Camille puso manos a la obra para servir y repartir las tazas. Cuando terminó, se enderezó y miró a nuestro invitado.

—¿Cuál es el motivo de su visita, señor Morris?

Él bebió un sorbo de té, con el fin de tomar fuerzas para la conversación que se avecinaba.

—Quería disculparme por mi comportamiento en la plaza del mercado. Me temo que no me encontraba en mi mejor momento. Me extrañó mucho verlas a las dos en público, y con un aspecto tan… —Apretó la mandíbula—. Bueno…, el rostro de ambas me recordó a Eulalie. Eso me pilló con la guardia baja. Por otro lado…, quería hablar con ustedes. Sobre… esa noche.

Si sus palabras sorprendieron a Camille, supo disimularlo mucho mejor que yo.

—¿Qué pasa con ella? —preguntó, removiendo el té con tanta suavidad que la cucharilla no tintineó ni una vez.

Él se retorció, incómodo.

—Supongo que ahora puedo reconocerlo. Estuve aquí... la noche en que sucedió.

—Lo sé —murmuré en voz tan baja que no estaba del todo segura de haber hablado.

Edgar arqueó las cejas, estupefacto.

—¿Eulalie le habló de mí?

Moví la cabeza de un lado a otro.

—La inscripción en el relicario...

Se enjugó la frente con un pañuelo que, por cierto, también era negro.

—Me sorprendió ver que lo llevaba en el funeral. Nunca se lo puso en vida. Era nuestro secreto.

—Debía de llevarlo puesto el día que se despeñó, pero supongo que nadie se fijó en ello... Los pescadores que la encontraron leyeron las palabras grabadas en él. De lo contrario, nunca me habría enterado de que Eulalie estaba prometida.

—¡Prometida! —resopló Camille—. No digas tonterías. Eulalie no estaba prometida.

Edgar se deslizó hacia el borde del asiento, concentrándose en mí con una mirada tan intensa que me puso nerviosa.

—¿Cómo supo que el pretendiente era yo? Nos conducíamos con la mayor discreción.

—Descubrí el reloj de bolsillo que ella había escondido, con el mechón. No me percaté de que usted encajaba a la perfección con el perfil hasta que se quitó el sombrero en el mercado.

—¿Descubrió el reloj?

—¿Qué reloj? Annaleigh, ¿qué pasa aquí?

Por primera vez durante su visita, Edgar desplegó una sonrisa sincera.

—Estaba convencido de que se había perdido en las profundidades de la Sal. Le di ese relicario en vez de un anillo.

Camille se quedó boquiabierta.

—¿Un anillo?

Me froté la frente.

—La noche en que Eulalie…, ella había salido de Highmoor para fugarse con Edgar.

Mi hermana rompió a reír.

—¿Se trata de una broma?

Edgar negó con un gesto.

—No me lo creo. Eulalie era la heredera de Highmoor. Jamás habría renunciado a eso. Tenía una responsabilidad que asumir aquí.

—No quería. Nunca quiso ser la heredera.

El hombre no mentía. Nuestro padre prácticamente tenía que llevarla a rastras a visitar los astilleros de Vasa y coaccionarla para que estudiara los libros mayores y las cuentas. ¿Cuántas veces había visto desde el banco del piano como ella se quedaba dormida mientras papá le impartía una de sus lecciones de historia de la familia?

—Aunque eso fuera cierto, ella nunca se habría casado con un humilde aprendiz de relojero. Aspiraba a algo mejor en la vida.

—¡Camille!

Me hizo callar con una mirada tan mortífera como un puñal.

Edgar pasó por alto el insulto.

—Estábamos enamorados.

Camille soltó una risotada.

—En ese caso, no habría intentado huir con usted. Habría celebrado una boda como es debido.

—Tenía miedo.

—¿De qué? —espetó ella.

Él se encogió de hombros.

—Esperaba que ustedes lo supieran. Habíamos acordado vernos en lo alto del paseo del acantilado a medianoche. Esperé durante horas, pero ella no se presentó. Decidí marcharme, con la intención de regresar allí por la mañana. Cuando impulsaba mi barca para alejarme del acantilado… —Crispó las facciones al reprimir un sollozo—. Nunca olvidaré ese sonido mientras viva… Fue como el chasquido de un trozo de carne al caer sobre la tabla de cortar. —Se secó de nuevo la frente, con lágrimas resbalándole por la cara—. No consigo sacármelo de la cabeza. Me resuena en los oídos, incluso en este momento. Temo que me haga perder el juicio.

—¿La vio usted caer? —pregunté horrorizada, con los ojos desorbitados y un escalofrío de espanto bajándome por el espinazo.

Asintió, abatido.

—Estaba remando junto a las rocas cuando se estrelló contra ellas. —Se sonó la nariz con un trompetazo—. Al principio, creí que había resbalado. Estaba oscuro, pues era luna nueva. Tal vez no veía bien el sendero. Pero cuando alcé la mirada… divisé una sombra que oteaba los acantilados. En cuanto vio mi barca, se apresuró a ocultarse en la maleza.

—¡Una sombra! —exclamé.

Camille tomó un largo trago de té, sin inmutarse ante aquel trágico relato.

—¿Y luego qué pasó?

Edgar apartó la vista.

—Me fui —dijo con un hilillo de voz.

—Dejaste el cuerpo de nuestra hermana tirado en las rocas.

—No sabía qué hacer. Ya no podía salvarla. Murió al instante. Es lo más probable.

En ese momento, Camille perdió el control, con los ojos llameantes de rabia.

—¿No lo comprobaste?

Extendí la mano para tranquilizarla.

—Camille, nadie habría podido sobrevivir a esa caída. Lo sabes. —Me volví hacia Edgar—. ¿Cree que esa figura en sombras la empujó?

—Sí.

—¿Era un hombre? ¿Una mujer? ¿Alcanzó a distinguir algún rasgo suyo?

—No estoy seguro. Me encontraba demasiado cerca del acantilado, y el oleaje empujaba mi bote de un lado a otro. No veía con claridad. Pero jamás olvidaré la expresión en los ojos de Eulalie el último día que la vi con vida. Estaba muy asustada. Me dijo que había descubierto algo que no debía y que tenía que huir. En aquel momento, me pareció que no era más que un pretexto dramático para precipitar nuestra fuga (siempre tenía una de esas desgastadas novelas románticas entre las manos, como bien saben), pero ahora me da que pensar... —Se quitó las gafas para limpiarlas una, dos, tres veces con el pañuelo.

Los labios de Camille desaparecieron en una línea fina, y me costó reconocer su mirada.

—¡Cómo te atreves a venir a nuestro hogar a insinuar que nuestra hermana, cuya pérdida aún lloramos, fue asesinada!

—¿Que lloráis su pérdida? —Enfurecido, señaló en torno suyo con un gesto desdeñoso—. Sí, veo pruebas de eso por todas partes. Flores frescas y galletas de limón. Espejos bruñidos y bailes. ¡Sin duda ese vestido tan alegre te levanta los ánimos, pues de lo contrario estarías sumida en una profunda desesperación!

—¡Fuera de aquí! —Se puso de pie tan de golpe que su taza cayó al suelo. El té derramado caló el afelpado tejido de la alfombra y dejó una mancha roja, como de sangre.

—Annaleigh. —Edgar se volvió hacia mí, implorante—. ¡Seguro que tú sabes algo!

Me armé de valor para mirarlo a los ojos, llenos de aflicción, pero Camille se interpuso entre él y yo.

—¡Roland! —gritó.

A Edgar se le desorbitaron los ojos.

—¡No, él no! ¡Él no!

Fisher, que claramente había oído el alboroto, irrumpió en la sala.

—¿Camille? ¿Estás bien?

—¡Ay, Fisher, gracias a Ponto que has venido! —respondió ella, abalanzándose hacia él—. Por favor, acompaña al señor Morris a la salida. Nos ha alterado mucho a las dos.

Edgar me agarró de las manos con dedos sudados y temblorosos. Me puse rígida ante aquella inesperada invasión de mi espacio.

Roland apareció y entró en acción de inmediato.

—Venga conmigo, señor. —Aferró a Edgar por la cintura.

—Tranquilo —dijo Fisher, intentando llevarse a Edgar por la fuerza.

—¡Quitadme las manos de encima! —espetó él—. ¡Annaleigh!

Sacudiendo la cabeza, me hundí más en el sillón para evitar que me golpearan los brazos y piernas que Edgar agitaba con violencia. Sus gritos se convirtieron en improperios mientras lo sacaban de la sala a pulso. Tras unos instantes de caos en el vestíbulo, la puerta principal se cerró de golpe.

Fisher regresó con la camisa fuera del pantalón y la manga desgarrada.

—¿Qué demonios ha pasado aquí? ¿Quién era ese?

—El prometido de Eulalie, según él. Pero yo no me lo creo —dijo Camille, recogiendo la taza que se le había caído.

Fisher se sentó en la silla desde la que había saltado Edgar y aceptó el té que le ofreció Camille.

—¿Lo denunciamos a las autoridades? ¿Os ha hecho daño a alguna de las dos?

—No creo que sea necesario —contestó ella—. Seguramente cometerá alguna estupidez garrafal y acudirá a ellas él mismo. —Se volvió hacia mí—. ¿Te encuentras bien, Annaleigh? Te has puesto muy pálida.

Sentía como si estuviera clavada al sillón, incapaz de moverme. Nunca había visto a alguien sufrir un arrebato de dolor e ira como aquel.

—Ya se me pasará, pero… ¿quién crees que era la sombra?

Se le escapó un bufido.

—No había ninguna sombra. Nadie empujó a Eulalie desde lo alto del acantilado. —Suspiró, jugueteando con la taza de té—. Me parece increíble la desfachatez de ese hombre. Mira que venir a mentirnos a la cara…

Fisher arrugó el entrecejo, intentando atar cabos.

—¿Ha mentido? ¿Sobre una sombra?

—Sobre la intención de Eulalie de fugarse con él. Ella nunca habría huido, y menos aún con él. Tenía muchos pretendientes infinitamente mejores.

Fisher tomó un ruidoso sorbo de té mientras cogía dos galletas de la bandeja. Camille seguía sus movimientos con la mirada. Sin decir palabra, levantó un plato para postre y se lo tendió.

Una sonrisa le arrugó los ojos a Fisher.

—Supongo que mis modales de Hesperus ya no son apropiados para comer en presencia de unas damas tan refinadas.

—No he dicho nada.

Él le propinó un empujoncito con familiaridad fraternal.

—No ha hecho falta, Camille. Nunca hace falta que digas nada.

Sentía que mi mente era como un tarro de miel volcado. Aunque tenía ganas de unirme a sus pullas, no dejaba de darle vueltas a la teoría de Edgar. No conseguía sacármela de la cabeza.

—¿Ella mencionó alguna vez haber visto u oído algo que no debía?

Camille frunció el ceño, y el brillo de sus ojos se desvaneció.

—No. Y sabes que nos lo contaba todo. Ese relojero se ha dado cuenta de que perdió a un muy buen partido y está intentando meterse en nuestra vida a ver qué rasca.

—Qué barbaridades dices. Es evidente que la quería.

Soltó una carcajada áspera y mordaz.

—Nadie nos querrá jamás por nosotras mismas. Eso quedó más que claro en el baile. Si alguien muestra interés, es por nuestro dinero y nuestra posición. Por lo que pueden obtener de nosotras.

—Me asombra que creas eso.

—Lo asombroso es que tú no lo creas. Edgar simplemente fue lo bastante codicioso para pasar por alto la maldición.

Fisher se quedó paralizado a medio masticar, alternando la mirada entre Camille y yo, sin saber qué hacer. Le hice señas de que se retirara, como concediéndole permiso para abandonar la sala. No convenía que presenciara la discusión que estaba a punto de estallar. Con una sonrisa de agradecimiento, dejó su plato y se escabulló por la puerta.

—¿Qué pasa? —saltó ella cuando nos quedamos a solas—. ¿Crees que estoy equivocada?

Me acerqué al piano para recoger mis partituras.

—Desde luego espero que lo estés.

La oí sorberse la nariz detrás de mí. Cuando me volví, tenía el rostro crispado y pugnaba por contener las ardientes lágrimas de rabia.

—Supongo que al menos ella tenía a alguien. Es un hombre apocado y triste, pero un hombre al fin y al cabo.

Al cabo de unos instantes, volví a dejar las partituras sobre el piano y me aproximé a ella, notando que mi belicosidad se diluía.

—Ay, Camille. Encontrarás a alguien. No me cabe la menor duda de ello.

—¿Cómo? Soy un caso perdido. Moriré siendo una vieja solterona, sin haber conocido el amor o la pasión. Ni siquiera me han besado nunca. —Prorrumpió en sollozos.

Acariciándole el cabello, escuché sus quejas. En el fondo sabía que no le faltaba razón. ¿Aparecería algún día un hombre lo bastante valiente para hacer caso omiso de las habladurías? Deseé poder pronunciar unas palabras mágicas que lo arreglaran todo, pero no sabía ni por dónde empezar.

De pronto, se me ocurrió una idea.

Palabras mágicas.

Palabras mágicas para una puerta mágica. La puerta que había mencionado Fisher. Aunque no fuera más que un cuento absurdo, distraería a Camille de sus preocupaciones, al menos durante una tarde.

—¿Has oído algo acerca de la puerta de Ponto?

Con la nariz enrojecida y la cara churretosa, se secó las comisuras de los ojos.

—¿De qué hablas?

—Fisher dice que, según cuentan, en algún lugar de Salten hay una puerta que los dioses utilizan para desplazarse con rapidez por el reino. Para recorrer distancias muy muy grandes... —Dejé la frase en el aire con expresión significativa.

Juntó las cejas.

—Qué cosa tan absurda.

—Bueno, sí, parece absurdo. Pero ¿no sería divertido que fuera verdad? Podríamos ir a cualquier lugar que nos diera la gana, hacer lo que quisiéramos y regresar antes de la cena.

Camille se apartó un mechón del rostro.

—¿Fisher cree que es verdad?

—Me lo ha contado él. —No había por qué mencionar que lo había tachado de paparrucha.

—¿Dónde se supone que está?

Me encogí de hombros.

—No lo sabe.

Echó un vistazo al reloj de pie, y una sonrisa desenfadada le surcó los labios. Hacía días que no la veía tan contenta.

—Las Gracias pronto saldrán de clase. Podemos preguntarles si les apetece embarcarse en una búsqueda del tesoro.

Sonreí de oreja a oreja.

—Voy a buscar a las trillizas.

Cuando salí al pasillo, oí a Camille soltar una risotada desde el sofá.

—Diecinueve años, y heme aquí, a la caza de una puerta mágica. —Alzó la vista hacia mí—. Al menos a las Gracias les hará ilusión.

14

—¿Una puerta mágica? —repitió Honor con incredulidad tras oír mi explicación. Desvió la mirada hacia Camille.

Las ocho estábamos en el invernadero, disfrutando de una merienda improvisada con el té y las pastas que había llevado Fisher. Habíamos encontrado a las trillizas ahí, reclinadas en divanes de mimbre, leyendo poemas y desternillándose. Alcancé a escuchar los últimos dos versos, y deduje que habían encontrado más libros prohibidos de Eulalie. Al ver aparecer a las Gracias, Rosalie se escondió el volumen bajo la falda.

Mercy, que mordisqueaba una galleta, manifestó el mismo escepticismo que su hermana. Su oscura cabellera, recogida hacia atrás con un lazo, le colgaba hacia un lado como una tela de seda.

—¿Como en los cuentos de hadas?

—Sí, pero para uso de los dioses —dijo Camille—. Podría estar en cualquier parte, así que tendremos que buscar a conciencia.

—¿Qué pinta tiene? —preguntó Verity. Incluso ella parecía poco convencida.

Yo había dado por sentado que costaría más convencer a las trillizas y que en cambio tendríamos que refrenar el entusiasmo de las Gracias.

—¡Será divertido! —prometió Fisher—. ¿O preferís quedaros aquí con Berta? Estoy seguro de que se le ocurrirán frases nuevas para que las repitáis mientras estamos fuera.

Las tres cambiaron de parecer al instante y despacharon su té con avidez.

—¿Por dónde empezamos? —inquirió Rosalie, ayudando a Lenore y a Ligeia a levantarse—. ¿Dónde tendría su puerta un dios?

—Has dicho que Ponto la utiliza para celebrar reuniones sobre cuestiones importantes. ¿En el despacho de papá, tal vez? —aventuró Mercy.

Lenore arrugó la nariz.

—Siempre lo cierra con llave. No podríamos entrar.

—¿Y en la cala de la otra punta de la isla? —sugirió Ligeia—. A lo mejor sale directamente del mar.

Honor puso los ojos en blanco.

—Hace demasiado frío para meternos en el agua. Además, en cuanto la puerta se abriera, se inundaría.

Fisher asintió.

—Bien pensado, Honor.

Camille acarició el borde de su taza con los dedos.

—Debe de estar oculta de alguna manera…, de lo contrario, ya la habríamos visto.

A Rosalie se le iluminó el rostro.

—¡Creo que ya sé dónde está! —Al cabo de un momento, se alejaba a toda prisa por el sendero, abriéndose paso entre hojas de helecho y enredaderas que colgaban a baja altura.

Los demás la seguimos a un ritmo más tranquilo. Había demasiada humedad en el invernadero para correr.

—Vamos, vamos —nos incitó desde lo alto de las escaleras—. ¡Necesitaremos nuestros mantos!

—¡Hace un frío que pela! —chilló Verity, aferrando las solapas de su manto para arrebujarse en él.

Una repentina ráfaga de viento golpeó Salten, lanzando al aire la salmuera del mar. Las altas hierbas estaban amarillas y secas, y una fina capa de hielo crujía en la fuente. Faltaba poco para la Remoción.

—¿Adónde vamos, Rosalie? —preguntó Camille en voz muy alta para hacerse oír por encima del vendaval.

—¡Seguidme!

Avanzamos con dificultad tras ella en fila india, hacia donde las rachas soplaban con más fuerza. Me resultaba más fácil mantener la cabeza gacha y seguir el rastro que dejaban quienes iban delante de mí. La hierba cedió el paso a unas rocas negras. Las motas de tierra y sal que arrastraba el aire me picaban en los ojos.

Cuando me atreví a levantar la mirada, vi que nos dirigíamos hacia la Gruta. Un sendero angosto que arrancaba del paseo del acantilado descendía más y más hasta una pequeña cueva excavada en el peñasco. Dentro se encontraba el santuario familiar consagrado a Ponto. Cuatro veces al año, con cada cambio de estación, llevábamos ofrendas de pescado y perlas que dejábamos ante el altar de plata.

Yo detestaba esas excursiones.

El camino era poco seguro. Un paso en falso, y uno podía acabar precipitándose hacia la espuma de las olas.

De pronto, nuestra pequeña diversión me pareció un terrible error.

Posé los ojos en una formación rocosa que emergía del mar como un puño airado. Era allí donde habían encontrado el cuerpo de Eulalie. Si el testimonio de Edgar era creíble, alguien la había empujado desde el acantilado no muy lejos de donde nos encontrábamos en aquel momento, y su asesino aún andaba suelto.

Una vez dentro de la cueva, exhalé un suspiro de alivio. No teníamos más que registrar el altar y emprender el regreso. Aún debía de haber claridad suficiente para ver el camino. Después podríamos continuar la búsqueda en Highmoor, sin el menor peligro, hasta que todos se cansaran del juego.

—¿Por dónde empezamos? —preguntó Rosalie. Nos había guiado hasta ahí con un aplomo triunfal, pero al verse en aquel espacio abarrotado, la duda asomó a su semblante.

No había puerta alguna.

—Has dicho que seguramente estaría escondida, ¿no? —dijo Fisher al notar que los ánimos decaían—. Echemos un vistazo por aquí. A lo mejor hay alguna piedra extraña, o un símbolo o... algo.

La pared del fondo de la cueva, detrás del altar, estaba revestida de cristales marinos que formaban una ola coronada por una estatua de Ponto. Fundida en oro y más alta incluso que Fisher, la efigie del dios del mar empuñaba el tridente por encima de su cabeza, como si se dispusiera a atacar. Presentaba en su mayor parte el aspecto de un hombre. Tenía el pecho ancho y musculoso, aunque su mitad inferior era un lío de tentáculos.

Los retorcidos apéndices me recordaron el espeluznante sueño de la bañera que había tenido el día del baile de las trillizas. Incluso en ese momento noté a lo largo de las piernas la succión y el agarre de las hileras de ventosas. Con un escalofrío, volví la espalda a la estatua dorada.

—¿Alguien ve algo? —inquirí, devolviendo la atención a mis hermanas.

Verity y Mercy estaban agachadas a los lados de los bancos de piedra. Honor se arrodilló junto a ellas y deslizó los dedos sobre las conchas que adornaban los soportes.

—Todavía no.

Rosalie sacudió la cabeza. Camille y ella tentaban las paredes rocosas en busca de pestillos o bisagras ocultas. Ligeia, en la boca de la cueva, oteaba los acantilados que rodeaban la entrada. Fisher permanecía cerca, preparado para sujetarla si perdía el equilibrio.

Me acerqué a Lenore, que estaba frente al altar, acariciando la parte superior de plata.

—¿Dónde podría estar, si no? —pregunté—. ¿En la galería, tal vez? Ahí está el cuadro del Piélago. ¿O quizá en el baño del tercer piso? La bañera es una almeja gigante. A lo mejor Ponto instaló la puerta allí.

—Yo estaba convencida de que encontraríamos algo aquí —dijo Rosalie. Ladeó la cabeza y, entornando los párpados, desplazó la mirada por el interior de la pequeña cueva—. ¿Alguien ha probado con la estatua? —La rodeó, examinándola desde todos los ángulos—. ¿Es cosa mía o da la impresión de que el tridente se puede mover? ¿Veis el espacio entre los dedos?

Fisher era el único lo bastante alto para inspeccionarla bien.

—Pues parece que tienes razón... —Se puso de puntillas y agarró la vara de metal. Con un chirrido como de hierro oxidado, el tridente giró de modo que las puntas, adornadas con piedras preciosas, quedaron orientadas hacia la parte de atrás del altar.

De repente, la pared comenzó a cambiar.

Al principio parecía un truco, pues los cristales de mar relucían y centelleaban a la luz moribunda del atardecer. Pero en realidad estaban moviéndose, dando vueltas en torno a ejes invisibles. Giraron y giraron hasta que se desprendieron de la pared y se desparramaron sobre el suelo rocoso con una lluvia de chispas, revelando la entrada de un túnel.

Contemplamos la transformación en un silencio atónito hasta que Verity corrió hacia delante y se inclinó y apoyó la mano en el suelo.

—¡Está mojado! —exclamó—. ¡El cristal marino se ha convertido en agua!

—Eso es imposible —repuso Fisher acercándose. Palpó la zona en torno a Verity. Cuando alzó la vista, tenía los ojos castaños muy abiertos de asombro—. ¿Qué está pasando?

—Era verdad que había una puerta —susurró Camille antes de desplegar una sonrisa—. ¡Hemos encontrado la puerta!

—Hemos encontrado *una* puerta —puntualicé, mirando las fauces que se habían abierto ante nosotros—. Pero ¿adónde conduce?

Honor dio unos pasos hacia ella y escudriñó el interior del túnel.

—Hay antorchas...

Hablaba con voz monótona, casi como si hubiera entrado en trance. Siguió aproximándose a la entrada, pero Fisher la levantó en volandas para detenerla.

—No tan deprisa, pequeña. —La llevó hasta donde estaban las trillizas y la dejó en sus protectores brazos—. Creo que yo debería entrar primero. Por si acaso.

Echó a andar hacia delante, apretando los puños. Respiraba de forma irregular y, por unos instantes, vislumbré su aliento en el aire, como si hiciera mucho más frío en el túnel que en el santuario. Volvió la vista hacia nosotras.

—¿Debo pensar en algún lugar al cruzar la puerta?

Aunque Camille asintió, parecía horrorizada y asqueada por las consecuencias de su deseo.

—Supongo...

Tras dirigirnos una última mirada, Fisher se internó en el túnel, agachado a causa de la baja altura del techo.

—¡Oh! —lo oímos jadear con la voz pastosa de estupefacción.

Y entonces desapareció.

Verity escudriñó el pasadizo, acercándose lo máximo posible sin penetrar en él.

—¡No está!

Todas nos abalanzamos hacia allí para comprobarlo por nosotras mismas, pero ella estaba en lo cierto. El túnel parecía extenderse a lo largo de kilómetros a través de las entrañas de los acantilados. Había antorchas colgadas a los lados, en las que ardían llamas luminosas y parpadeantes, pero no se veía el menor rastro de Fisher.

—¿Qué hemos hecho? —murmuró Lenore, llevándose la mano al pecho. Estaba muy pálida y con los ojos desorbitados. Retrocedió tambaleándose hasta uno de los bancos del santuario—. ¿Dónde está?

—Seguro que vuelve enseguida —dijo Camille.

—¡No puedes saberlo! ¿Y si no regresa jamás? —Verity rompió a sollozar. Se apretó contra mi falda, temblando—. ¿Y si lo hemos matado?

Extendí al máximo el brazo hacia el interior del túnel, con dedos trémulos. Un grito de espanto se me atascó en la garganta cuando mi mano se esfumó ante mis ojos. El brazo estaba ahí, el codo, pero mi existencia llegaba a su fin más allá de la muñeca. Agité los dedos y noté la sensación inconfundible de estar moviéndolos, pero no veía nada.

Al advertir que me faltaba la mano, Honor pegó un chillido y corrió a abrazarse a Ligeia. Retiré el brazo con brusquedad, presa del repentino temor de que algo tirara de mí hacia el otro lado. Durante un momento aterrador, contemplé mis dedos doblados como si pertenecieran a una persona desconocida.

—¿Te encuentras bien, Annaleigh? —Ligeia le dio la vuelta a Honor para mostrarle mi mano intacta.

—Creo que sí... —Aunque estaba entera, sentía un hormigueo extraño.

—¿Dónde está Fisher? ¿Por qué no ha vuelto? —preguntó Rosalie, caminando de un lado para otro frente a la entrada mientras pasaban los minutos—. Alguien debería ir a buscarlo. —Desplazó los ojos por la cueva, posándolos en cada una de nosotras—. ¿No os parece?

Se impuso un silencio incómodo. Le acaricié los rizos a Verity, avergonzada por no ser lo bastante valiente para ofrecerme voluntaria.

—Está bien, iré yo —gruñó Rosalie y cruzó la abertura antes de que las demás pudiéramos impedírselo.

Al igual que Fisher, se desvaneció en el acto.

—¡Rosalie! —gritó Ligeia, abalanzándose hacia el túnel.

Desapareció en un abrir y cerrar de ojos, y Lenore profirió un aullido. Camille la agarró antes de que ella se precipitara también en lo desconocido. Sus alaridos de desesperación resonaban por todo el santuario.

—Hace frío, mucho frío —gimió Lenore con un castañeteo de dientes.

Las trillizas aseguraban a menudo que cada una sentía exactamente lo mismo que las demás, por muy separadas que estuvieran. Casi toda la familia se burlaba de lo que no consideraba más que una ocurrencia infantil, pero yo recordaba que, un día, cuando estaba enseñándole escalas en el salón Azul a Ligeia, ella de pronto se agarró un dedo, sorprendida. Rosalie se había ido de pesca con papá y había destripado su primera presa con tanto entusiasmo que se había hecho un corte en el meñique.

Camille le tocó la frente a Lenore con la muñeca.

—Se encuentra bien.

—¿Dónde están? —siguió lamentándose la aludida—. Tienen

que regresar enseguida. Algo no va bien. ¡Lo noto! Algo va muy pero que muy…

—¿Qué os pasa? —la interrumpió Rosalie, materializándose de repente con una sonrisa sardónica en la cara—. ¡Cualquiera diría que es la primera vez que veis una puerta mágica!

A continuación apareció Ligeia, con Fisher pisándole los talones. Ambos parecían aturdidos pero contentos.

—¿Dónde os habéis metido? —exigió saber Lenore, levantándose de un salto para estrechar a sus hermanas en un abrazo de pánico—. No sentía vuestra presencia. ¡Hacía un frío gélido!

—Al principio, sí —admitió Ligeia—, pero al mismo tiempo todo era… maravilloso.

—¿Adónde habéis ido? —preguntó Camille, acercándose a la entrada con cautela, como si quisiera echar una ojeada también.

—Os lo mostraremos. ¡Esta noche! —respondió Rosalie radiante.

—¿Esta noche? —repetí yo.

Se llevó la mano al bolsillo y sacó un fajo de sobres plateados que procedió a repartir.

—¡Sí! En el baile. Estamos todas invitadas.

—¿Baile? —Camille le dio la vuelta a su sobre y metió los dedos por debajo de la solapa. Examinó el papel grueso y color crema que contenía. El dorado de los bordes titilaba. Ella alzó las cejas de golpe—. ¿Esto es real?

—Tan real como que yo estoy aquí de pie frente a ti —dijo Fisher con una amplia sonrisa—. ¡Ha funcionado! Como decías que querías encontrar un galán, en cuanto he cruzado la puerta he intentado pensar en un baile elegante: la música, los vestidos, las danzas… Al abrir los ojos, me encontraba en medio del patio de un palacio, el más suntuoso que había visto jamás, y estaban preparándolo para una fiesta.

—¡Y yo he conseguido que nos inviten! —presumió Rosalie, riéndose de nuestras expresiones de pasmo—. ¡Bueno, vamos! ¡Tenemos que arreglarnos! ¡No pienso perderme el primer vals!

15

Mientras el reloj del vestíbulo daba las once, me calcé los zapatos de hadas sin usar las manos. La piel aún estaba reluciente, como nueva.

—No combinan mucho con el resto, ¿no? —preguntó Camille, ladeando la cabeza para estudiar la impresión general que producía mi conjunto.

—No tengo nada más que ponerme. Mis otros zapatos son botas —dije, asomando la punta de la zapatilla por debajo del dobladillo de la falda—. Nadie las verá, ¿o sí?

Camille frunció los labios.

—Seguro que tienes razón. Además, ese vestido te sienta como un guante. Eso es lo que importa.

Giré despacio, contemplándome en el espejo de su habitación. Como no queríamos que Hanna se enterara de que íbamos a escabullirnos de la casa, estábamos ayudándonos unas a otras a vestirnos. Las trillizas ya estaban al final del pasillo, abrochándoles los vestidos a las Gracias y prendiéndoles las alas de cartón pintado.

Una vez de vuelta en Highmoor, habíamos subido corriendo al desván para saquear las cajas llenas de ropa vieja de mamá. Había decenas para elegir. Las Gracias habían encontrado unos vestidos de cuando Ava y Octavia eran pequeñas, y habían hurgado entre ellos con avidez, buscando sus colores favoritos.

Cuando yo había desenterrado del fondo del cofre aquella catarata de satén, se me había escapado un chillido al ver su elegancia. Aunque el cuello era alto y recatado, tenía un pronunciado escote en V en la espalda que me dejaba al descubierto la piel y me salvaría de llevar corsé esa noche. Una galaxia olvidada de estrellas de oro y plata, bordada con abalorios e hilo metálico, tachonaba el canesú y se derramaba sobre la falda con cola, lo que me recordaba las primeras palabras de la invitación.

Cogí la tarjeta, que estaba sobre el tocador, y volví a echar una ojeada al texto en relieve:

Bañados por la luz de las estrellas y la luna,
los soñadores irán al castillo, todos a una.
Con la medianoche, llegará el desenfreno
y revelaremos dulces o crueles anhelos.
Muéstrame hermosos ensueños o pesadillas perversas.
Ven, no como eres, sino como quieres que te vean.

—Es un baile temático —había anunciado Camille mientras leíamos y releíamos las invitaciones, analizando las rimas en busca de un significado—. «Ensueños y pesadillas».

Verity había arrugado el entrecejo.

—¿Tenemos que disfrazarnos para dar miedo?

Me asaltaron imágenes de su cuaderno de dibujo, así que me apresuré a intervenir para disipar sus temores.

—¡No! Habrá quien vaya así, pero fíjate en esto: «Hermosos ensueños». Podemos vestirnos de cosas alegres también.

—¿De hadas? ¿Como nuestros zapatos?

Asentí, y Mercy y Honor metieron baza de inmediato para decir que también querían vestirse de hadas.

—¿Y tú de qué irás? —inquirió Verity, observando dudosa el vestido que yo sostenía entre las manos.

Me lo sujeté contra los hombros y dejé que el satén azul danzara sobre mi figura.

—De noche de verano, con el cielo lleno de brillantes estrellas y luciérnagas.

Aunque me había parecido una idea estupenda ahí, en el desván, ahora que me había puesto el vestido no estaba tan segura. Al deslizar las manos por la lustrosa tela, me había chocado notar en los dedos cada curva y concavidad de mi cintura. Ya había llevado vestidos de tarde con corsé para adolescentes, pero eran de encajes gruesos y sedas plisadas, muy distintos de aquella prenda de satén cortada al bies. Se ceñía a mi cuerpo como los brazos de un amante.

—¿Crees que la gente lo pillará? —preguntó Camille, dándose los últimos toques y desplegando su abanico con un floreo. Había encontrado el vestido que la señora Drexel había mencionado en nuestra última prueba. Aunque el corte era un poco anticuado, el satén rojo sangre era tan deslumbrante que nadie se fijaría. Una amplia banda descendía desde el hombro de Camille hasta la maraña de rosetas y cintas que adornaban el polisón. Se rodeó el cuello con una gargantilla de rubíes y la movió adelante y atrás para admirar cómo jugaba con ella la luz de las velas.

Camille tenía pavor a los incendios desde que éramos niñas. En otoño, las islas de Salann se veían azotadas por violentas tormentas y, aunque Highmoor estaba protegido con varios pararrayos —todos con la figura del pulpo de Thaumas—, no era del todo inmune a los relámpagos. Años atrás, durante una borrasca especialmente implacable, se declaró un incendio en el cuarto de juegos. Aunque éramos demasiado pequeñas para que se nos quedara grabado en la memoria, Camille aseguraba recordar el olor a ozono y madera chamuscada.

—A lo mejor podrías simular llamas con un poco de maquillaje.

Se le iluminaron los ojos.

—¡Es una idea genial!

Mientras se dirigió hacia su tocador, las trillizas correteaban por el pasillo con unas combinaciones de georgette color lavanda escandalosamente traslúcidas. Según ellas, eran nereidas, y de pronto me alegré de que papá no estuviera allí. Si nos hubiera pillado, ya nunca más nos habría permitido salir de Highmoor.

Volví a inspeccionar la espalda de mi vestido en el espejo.

—Tal vez debería ponerme el vestido verde.

—Pero ¿qué dices? Ni hablar, estás preciosa. —Se trazó unas líneas de purpurina naranja de los ojos hacia arriba—. Y no consentiré que nos hagas llegar tarde.

—Es que es tan… —Deslicé una vez más los dedos sobre la tela.

Los dientes de Camille titilaron desde una sonrisa perversa.

—Carnal.

—Exacto.

Se oyeron unos golpecitos en la puerta.

—¿Camille? ¿Annaleigh?

Camille se acercó a toda prisa.

—No puedes estar aquí arriba —le siseó a Fisher.

Él retrocedió un paso, sin atreverse a cruzar el umbral.

—Lo sé, lo sé, pero quería traeros algo. —Alzó las manos, en las que sostenía un par de baratijas centelleantes.

—¿Antifaces? —preguntó Camille cogiendo uno.

—Los vendían delante del palacio. El baile de esta noche será una mascarada, así que los necesitaremos para entrar.

—¡Ah! Gracias, Fisher. —Eligió el antifaz negro, ribeteado de lentejuelas plateadas y adornado en un lado con plumas de pavo real.

Se contempló en el espejo.

—¡Queda perfecto!

Él llevaba el mismo traje que en el baile de las trillizas, pero Rosalie le había enrollado una tela de color verde metálico en la manga de la chaqueta. Se percibía la mano de Verity en la cara de serpiente que llevaba pintada en el rostro.

—Te has decidido por una pesadilla —señalé al reconocer su miedo de la infancia.

Él se volvió, sonriente, y de pronto inspiró con brusquedad.

—Oh, Annaleigh… —Me sonrojé en el acto al sentir su mirada puesta en mí—. Estás… —Tragando saliva, me tendió un antifaz—. ¿Te servirá este?

Era una reluciente cinta de tul espolvoreada de purpurina, justo lo bastante grande para cubrirme la zona de los ojos y los pómulos. Camille se acercó y me sujetó los extremos al cabello con unas horquillas. La tela me rozaba la piel como una promesa susurrada en las sombras.

—Creo que estamos listas —dijo.

Fisher echó un vistazo al pasillo por si aparecía algún criado.

—Hay algo más. —Se alejó a paso veloz por el corredor y regresó con tres copas de vino—. Las he birlado en la cocina; he pensado que nos vendría bien un poco de valor. —Alzó su copa—. Por las fiestas de medianoche.

—Y los vestidos de satén —añadió Camille, sosteniendo en alto su vino.

Los dos se volvieron hacia mí, expectantes.

—Y el baile. ¡Siempre por el baile!

La media luna, gigantesca y azul, nos alumbraba el camino a través del jardín y colina abajo. Estaba tan baja en el cielo que yo sentía su atracción sobre el agua, las olas e incluso sobre nosotros. Cien mil estrellas titilaban en lo alto, como si temblaran de emoción por la fiesta que se avecinaba.

Los sorbos de vino que había tomado me habían envalentonado, habían infundido seguridad a mis pasos y me habían animado a dejar a un lado mis preocupaciones.

Una vez en el interior de la Gruta, Fisher giró el tridente de Ponto y observamos como la pared de las olas se torcía y se desvanecía, dejando al descubierto la entrada del túnel.

—No olvidéis que tenéis que aferraros a un pensamiento cuando entréis —nos advirtió Fisher—. Pensad en el baile, en la invitación. El túnel os conducirá hasta ahí, pero quién sabe dónde acabaríais si se os colara alguna otra idea en la mente.

—Tal vez deberíamos entrar juntos —dije, mirando la boca del pasadizo como si fuera una bestia a punto de devorarnos a todos—. Tomados de las manos. Solo por si acaso.

Las Gracias asintieron, con los ojos muy abiertos como florecillas plateadas tras los antifaces de encaje y bisutería.

—Ve tú en cabeza, Fisher —razonó Camille—, para asegurarte de que avancemos hacia el lugar adecuado.

Fisher le tendió la mano a Rosalie, que tomó la de Ligeia. Lenore fue la siguiente, y luego Honor y Camille. Esta agarró a Mercy, que a su vez le cogió la mano a Verity. Mi hermanita menor alzó la vista hacia mí antes de darme un apretón en los dedos.

—¡Estamos listas! —anunció.

Fisher entró en el túnel, agachado, y desapareció de inmediato. Contemplé como, una tras otra, mis hermanas se internaban en el pasadizo y se desvanecían ante mí. Cuando Verity se esfumó con un gritito de gusto, me quedé paralizada. Al cabo de unos instantes, me tiró de la mano y me arrastró hacia lo desconocido.

Fue como si las puntas de miles de dedos me danzaran sobre la piel, haciéndome cosquillas, clavándose en mí, pinchándome y agitándose. Seguí adelante, con los ojos cerrados para protegerme de esta invasión. Cuando cesó, me encontraba en un bosque de árboles deslumbrantes. Se erguían cual centinelas silenciosos, y los elevados troncos se subdividían en ramas muy por encima de nuestras cabezas. La corteza, salpicada de dorado y plata, se escamaba en espirales que parecían de papel, como la del abedul; bajo las copas se divisaban corazones de color oro rosa. El susurro de las hojas metálicas sonaba igual que un tintineo de campanillas movidas por la brisa.

—¿Algo ha salido mal? —pregunté. Era un bosque hermoso, desde luego, pero no tenía nada que ver con el baile que habíamos previsto.

Fisher miró alrededor, escrutando la espesura iluminada por la luna. La mullida alfombra de musgo esmeralda cedía el paso a un sendero de guijarros.

—Vayamos por ahí.

Las Gracias echaron a correr por el camino saltando, haciendo cabriolas y riendo exultantes bajo el cielo estrellado. Su alborozo era contagioso, y las demás salimos en su persecución, con las sedosas faldas ondeando tras nosotras. Yo no tenía idea de cuán lejos estábamos de casa ni de cuándo podríamos regresar, pero en aquel momento de alegría embriagadora, me daba igual. La euforia era tangible; la saboreaba en el aire, su dulzor me inundaba la boca y se me subía a la cabeza como el champaña. Lenore y yo entrelazamos los brazos y giramos en círculos, riendo cada vez más fuerte a medida que nos mareábamos.

Los árboles se hacían más escasos conforme nos aproximábamos a un lago que reflejaba la luna. Las olas que lamían la orilla traían consigo una intensa fragancia a algas verdes. En la ribera opuesta, en lo alto de una colina, se alzaba un castillo de diseño tan perfecto que parecía salido de un cuento de hadas. Banderines de color escarlata serpenteaban con la brisa bajo el estallido de brillantes fuegos artificiales. Desde el otro lado del lago nos llegaban murmullos de admiración y los sonidos de una orquesta que estaba afinando.

—¡Ahí está! —exclamó Rosalie—. Es el sitio donde estuvimos esta tarde.

—¿Se supone que debemos ir a pie hasta ahí? —preguntó Camille, valorando la distancia con los párpados entornados—. Para cuando lleguemos, el baile habrá terminado.

Lenore soltó un grito ahogado.

—¡No, mirad!

Señaló unas luces que se aproximaban por el agua. Se trataba de una pequeña hilera de barcas, cada una del tamaño justo para llevar un pasajero. Semejaban cisnes gigantescos, impulsados por arte de encantamiento, sin nadie que los condujera. Las trillizas embarcaron de inmediato entre carcajadas que casi se convirtieron en chillidos cuando las grandes aves se escoraron peligrosamente a uno y otro lado.

Fisher ayudó a Camille y a las Gracias a subir a los cuatro botes siguientes.

—¡Daos prisa, vosotros dos! —gritó Ligeia. Se encontraban ya en mitad del lago.

Fisher se dio la vuelta, riéndose de lo inverosímil de la situación.

—¡No puedo creer que esté haciendo esto! ¿Vamos allá? —preguntó tendiéndome la mano.

Me acarició la palma con el pulgar, lo que me provocó una sensación de desazón en el estómago. Aunque su sonrisa irradiaba júbilo, sus ojos despedían un brillo ardiente. En aquella espléndida noche, me apetecía bailar bajo las estrellas y beber champaña, no atender a la promesa muda que encerraba la mirada de Fisher.

—¡Te echo una carrera! —lo reté, acomodándome entre las alas descomunales.

Como si me hubiera oído, el cisne dio una sacudida y se apartó del embarcadero a una velocidad considerable. Aunque no había remos, timón ni ningún otro elemento con el que dirigir el bote, este parecía saber con exactitud el rumbo que debía seguir. En Salten esto me habría aterrorizado, pero allí, cerca de un bosquecillo de árboles plateados y con un antifaz destellante en la cara, me resultaba de lo más excitante.

Llegamos a la otra orilla en un momento. El castillo se elevaba sobre nosotros en la cima del risco. Una escalera que arrancaba directamente del muelle ascendía en zigzag por la colina hasta las puertas del palacio. Nos paramos a contemplar la subida que nos esperaba antes de acometer a paso veloz los escalones de mármol.

—Doscientos diecinueve, doscientos veinte… —decía Mercy, contando cada peldaño para pasar el rato. Cuando llegó a trescientos, las trillizas le suplicaron que no siguiera—. Trescientos cuarenta y ocho, trescientos cuarenta y nueveee… —Arrastrando la sílaba, remontó el último escalón con un resoplido—. ¡Trescientos cincuenta!

Una vez reunidas frente a la verja principal, nos dimos aire con los abanicos mientras recuperábamos el aliento. El palacio, construido con sillares de obsidiana, tenía siete pisos y, en cada esquina, una torrecilla rematada por puntas irregulares. Unos braseros altos iluminaban la alfombra carmesí que conducía a la entrada. La fachada reflejaba las danzantes llamas, parpadeando como si también estuviera ardiendo.

En torno al lago se alzaban montañas coronadas de nieve y cubiertas de densos bosques. Sobre el agua flotaba una neblina que envolvía la escena en un tenue halo de misterio.

—¿Dónde diablos estamos? —preguntó Fisher, de pie junto

al parapeto de piedra, aspirando el fresco aire nocturno. Era el único que no parecía cansado tras el ascenso. Me pregunté cuántas veces al día tenía que subir corriendo la escalera de caracol de la Vieja Maude.

—Nunca me había sentido tan lejos de casa —confesó Camille, colocándose a su lado.

—Eso es porque nunca habíamos ido más allá de Astrea —dijo Ligeia.

—¿Nunca? —Él se volvió hacia nosotras, risueño—. Pues menuda aventura será para vosotras vuestro primer viaje al continente.

Una pesada campana sonó con tal fuerza que me vibró el pecho.

—¡Es casi medianoche! —exclamó Rosalie—. ¡Tenemos que entrar ya, o nos lo perderemos todo!

Tras sacarnos las invitaciones del bolsillo del manto, nos incorporamos a la cola de rezagados que querían asistir al evento. Todos iban vestidos en tonos de pedrería y negros brillantes. Había toda clase de máscaras, desde sencillos antifaces hasta elaboradas obras de arte con plumas y piedras preciosas. Algunos llevaban el rostro pintado de modo que parecía que lucían una sonrisa lasciva y misteriosa o un mohín de labios fruncidos. Había cuernos y escamas, llamas y purpurina. Todos parecían competir por eclipsar el esplendor del palacio.

En el interior, los pasillos estaban engalanados con pendones escarlatas que llevaban bordada la figura de un lobo aullando. No estaba familiarizada con este blasón, así que tomé nota de investigarlo cuando regresáramos a Highmoor. Me sentía perdida y fuera de mi elemento al recorrer los imponentes pasillos de color ónice. Hasta el aire, perfumado en exceso con resina negra, almizcle e incienso, parecía más oscuro. Las chicas Thaumas nunca habíamos estado en un lugar tan señorial.

—Eres hija de un duque —susurré para mí—. Perteneces a este ambiente.

Lenore, que me había oído, me dio unas palmaditas en la mano.

—Yo también tengo miedo —reconoció, esbozando una sonrisa.

Seguimos a la multitud por corredores flanqueados por armaduras completas. Los inmóviles caballeros estaban equipados con penachos rojos y sobrecogedoras espadas. Me pregunté cuánto retumbarían mis gritos si de repente uno de ellos cobrara vida. Mercy extendió el brazo para tocar unas botas antes de retirar la mano con morboso regocijo.

A nuestra izquierda sonaba una música cada vez más fuerte. La orquesta se preparaba para el primer número. Al doblar la esquina, desembocamos en un amplio salón con una serie de arcos rematados en punta a un lado que delimitaba la pista de baile.

Una muchedumbre se arremolinaba en el lugar, charlando y riendo. Todos parecían conocerse entre sí, y nadie reparó en nuestra presencia. Intercambiamos miradas de emoción. Aunque había llegado el momento con el que todas habíamos soñado, ninguna de nosotras hizo ademán de entrar.

—Señorita Camille Thaumas. —Fisher se plantó ante ella con una galante reverencia—. Será un honor para mí que me conceda la primera pieza.

Tras vacilar unos instantes, ella asintió, visiblemente más relajada. Entraron y todas los seguimos a lo largo de la pared para contemplar el inicio del baile.

16

—¿Me concede esta pieza?

Un hombre vestido de azul oscuro le ofreció la mano a Rosalie. Con una sonrisa de ilusión, ella se dejó arrastrar hacia la abarrotada pista de baile. Lenore y Ligeia no tardaron en seguir sus pasos. Sus vestidos revoloteaban mientras evolucionaban bajo el fresco más inquietante que había visto en mi vida.

Representaba un bosque oscuro y espeso. Una manada de lobos corría entre negros árboles, persiguiendo a un ciervo de gran tamaño. Con ojos refulgentes de terror, el animal se empinaba sobre sus patas traseras, luchando por liberarse de una maraña de zarzas. Retorcidas enredaderas de hierro forjado surcaban el techo pintado. Algunas colgaban enroscadas sobre nuestras cabezas. Otras formaban nudos que sujetaban pequeñas esferas que emitían una intensa luz roja.

—Pobre ciervo —comentó Verity al seguir la dirección de mi mirada.

—¿Cómo es posible que la chica más bonita de esta sala no baile? —nos interrumpió Fisher, acercándose desde un lado.

Camille pasó dando vueltas en brazos de un hombre con una máscara de cuero roja que figuraba un fénix surgiendo de las llamas. Combinaba a la perfección con el vestido de mi hermana. Ella lo miraba con la cabeza ladeada, pendiente de cada una de sus palabras. Formaban una pareja magnífica, como un rey y una reina al frente de una corte de fuego.

Fisher agarró a Verity y la guio hasta la pista, haciéndola girar y girar hasta que ella se rio por la nariz. Me guiñó el ojo, como prometiéndome que yo sería la siguiente.

Me abrí paso por el contorno de la pista de baile, asombrada por el espectáculo. Al fondo del salón, una chimenea ocupaba casi todo el ancho de la pared. Un fuego abrasador rugía en el hogar de obsidiana, donde se asaba un cerdo entero en un espetón. Había otras enredaderas metálicas que se enrollaban en las columnas y se internaban por los pasajes abovedados. Esparcidas a lo largo de ellas había flores de un intenso rojo cereza, cada una con una pequeña vela votiva en el centro. Los pétalos estaban minuciosamente tallados en vidrios de colores.

—Toda una proeza de ingeniería, ¿no le parece? —dijo a alguien a mi espalda—. Además, no he visto que se apague una sola vela. La servidumbre debe de ir de cabeza reponiendo las gastadas.

Me volví, y el corazón se me desbocó en el pecho.

—¡Cassius! —Quería gritar para expresar en voz bien alta mi sorpresa por verlo allí, pero el nombre salió de mis labios con tan poca fuerza como un susurro.

Llevaba un traje de lana negrísima, de corte impecablemente ajustado a su figura. Un antifaz oscuro le ocultaba el rostro desde la frente hasta la nariz. Minúsculas cuentas de azabache relucían en el borde.

Me dedicó una breve sonrisa.

—¿Estás segura? Al fin y al cabo, llevo una careta.

Aunque sabía que lo decía en broma, yo habría reconocido esos ojos azules en cualquier parte. Oscuros como el mar, moteados de plata, se me aparecían en sueños todas las noches desde nuestro encuentro en Selkirk.

—¿Qué haces aquí?

—Lo mismo que tú, supongo. Lo mismo que todos ellos. —Realizó un gesto amplio en torno suyo.

—Todos están bailando —señalé. No sabía si era por el anonimato que me brindaba el antifaz o por el influjo suntuoso y seductor del castillo, pero nunca me había sentido tan desinhibida. Prácticamente estaba desafiándolo a sacarme a bailar.

—¿Y nosotros no? —inquirió, bajando la vista a nuestros pies como si le sorprendiera que estuvieran inmóviles—. Eso hay que remediarlo.

Mis dedos se deslizaron sobre su mano tendida como el agua sobre las rocas. Me condujo al centro de la sala al tiempo que la orquesta comenzaba a interpretar otra melodía. Mi brazo libre trepó hasta su hombro, y se me cortó la respiración al notar que su otra mano se posaba sobre mi cintura. Un lazo de deseo se deshizo en mi interior, y me atreví a imaginar qué sentiría si esos dedos me tocaran la piel desnuda.

No tardé en averiguarlo.

La danza era una alegre giga que incluía muchos giros y figuras complicadas. Aunque yo no conocía los pasos, Cassius me guiaba con maestría. Cuando la pieza llegó a su fin, me arrimó tanto contra sí que sentí que el calor de su pecho chamuscaba el delgado satén de mi vestido, antes de inclinarme hacia atrás en un espectacular movimiento final. Su palma abierta sostenía mi peso con elegante destreza. Detrás del antifaz, sus ojos me contemplaban, ardientes.

Mientras el público prorrumpía en aplausos para la orquesta, noté que alguien me tocaba en el hombro.

—¿Lista para ese baile, Pececillo? —me preguntó Fisher—. A menos que hayas hecho planes con...

Respiré hondo y contuve el aliento.

—Fisher, te presento a Cassius. Su padre es capitán en Selkirk. —Me volví de nuevo hacia Cassius—. Fisher es...

—Un amigo de la familia —me atajó. Me tomó del brazo con delicadeza y me atrajo hacia su lado—. Un muy buen amigo.

Se miraron con expresión desafiante e inconfundiblemente masculina. Me producía una sensación extraña verme atrapada entre los dos. Aunque era halagador, no podía evitar sentirme como una bañista acechada por dos tiburones, preguntándose cuál de los dos atacaría primero.

Al cabo de unos instantes, Cassius alzó los ojos hacia mí y relajó el semblante.

—¿Me reservas el siguiente vals?

—Será un placer… —empecé a responder, pero Fisher me apartó de su lado con un giro porque estaba sonando otra canción, y no supe si Cassius me había oído.

Fisher, con su cálida y firme mano en mi cintura, me dirigía con mucho mayor aplomo que en la fiesta de las trillizas. Aunque permanecíamos frente a frente durante casi toda la pieza, en ningún momento me miraba a los ojos, pues mantenía la vista un poco por encima de mis hombros, como si escudriñara la estancia para asegurarse de que Cassius nos observaba.

—Fisher…

Una sonrisilla triunfal se le dibujó en el rostro y, cuando giramos, avisté a Cassius en el momento en que abandonaba el salón de baile.

—¿Qué pasa? —Se rio al reparar en mi ceja arqueada.

—¿A qué ha venido todo eso?

Se encogió de hombros y me hizo dar la vuelta hacia fuera al tiempo que la música entraba en un vertiginoso crescendo.

—¡Fisher!

—No lo sé. Te he visto desde la otra punta de la sala, bailando con él, y no he podido evitar… Sabía que tenía que interponerme.

Me quedé callada unos instantes.

—¿Por qué?

Se le pusieron coloradas las puntas de las orejas, y desvió los ojos.

—No es fácil para mí confesarlo, Annaleigh.

—Siempre nos lo hemos contado todo —repliqué, captando de nuevo su mirada—. ¿O no?

—Pues sí, pero… Es que… —Exhaló un suspiro de frustración—. La verdad es que no me ha gustado nada verte en brazos de otro hombre.

Mis pasos se tornaron vacilantes, y él se frotó el cuello, convertido en la viva imagen del muchacho de doce años del que me había enamorado perdidamente.

—¿Tan raro suena eso? A mí me resulta raro decirlo. Para mí siempre habías sido como una hermana…, una hermana menor a veces irritante, pero siempre muy querida. Sin embargo, cuando al regresar a Salten te vi tan crecida y guapa... Ya no quería considerarte una hermana.

—Ah.

Habría debido decir algo más. Sentía que él me suplicaba en silencio que dijera algo más, pero no me venían las palabras. Se quedó inmóvil en medio de una multitud de parejas que se arremolinaban alrededor. Posó en mí el ámbar de sus preocupados ojos, buscando febrilmente algo en los míos. Al no encontrar lo que quería, salió con brusquedad de la pista de baile.

Eché a andar tras él, con un revoloteo de nervios en el estómago. De niña, había soñado con aquel momento, había rezado con todas mis fuerzas porque llegara, pero, ahora que se había hecho realidad, me había dejado más bien fría. Incluso después de su confesión, yo estaba deseando recorrer la estancia en busca de Cassius, temerosa de que hubiera oído la conversación.

—¡Fisher, espera! —exclamé, siguiéndolo hacia un extremo del salón.

—Olvídalo, Annaleigh. Por favor, olvida todo lo que he dicho.

Lo agarré de la mano para obligarlo a detenerse.

—¿Adónde vas?

Sacudió el brazo para soltarse.

—A cualquier sitio que no sea este. No me sigas.

—Me... has pillado por sorpresa —murmuré con voz débil y poca convicción.

Se pasó los dedos por el cabello.

—Debería haber mantenido la boca cerrada, sobre todo después de todo lo que dijo Camille sobre ese relojero.

—¿Qué pinta Edgar en esto?

Fisher ladeó la cabeza con una marcada expresión de incredulidad.

—Jamás te conformarás con un farero. Lo tengo claro. Pero, al verte esta noche con ese vestido... —Alargó la mano y me colocó un rizo suelto detrás de la oreja—. Me he atrevido a soñar que era posible. —Movió la cabeza de un lado a otro—. Perdóname. He estropeado la velada. Solo… Solo necesito… —Giró sobre los talones y salió del salón a toda prisa.

—¡Fisher! —lo llamé, pero ya se había marchado.

—¿Una discusión entre enamorados? —Un desconocido de estatura y delgadez descomunales se erguía ante mí. Llevaba un frac confeccionado con una hermosa seda esmeralda gruesa. En las solapas lucía bordado un dragón de tres cabezas con las garras en posición de ataque. Aunque bajo la extraña luz de las velas florales parecía que guiñaba los ojos, lo que me desconcertó del todo fue la máscara del hombre. De una resina clara, le cubría por completo el rostro. Tenía pintados unos ojos enormes, con unos agujeros diminutos en los falsos iris, las únicas aberturas por las que el hombre podía ver. Las pinceladas denotaban celos y una rabiosa necesidad.

—No la describiría así.

—Excelente. En ese caso, si no tiene usted otro compromiso… —Alzó un dedo insólitamente largo—. ¿Bailamos?

Dirigí de nuevo la mirada hacia la puerta por la que Fisher había salido corriendo, pero no vislumbré el menor rastro de él. Con la moral por los suelos, acepté el brazo que me ofrecía el extraño.

—Hace una noche estupenda, ¿no le parece? —preguntó el hombre dragón tras bailar en silencio durante un buen rato.

—Las he tenido mejores —admití.

Se rio.

—Vamos, vamos. Anímese. Al fin y al cabo, esto es una fiesta, ¿no?

—Supongo que tiene razón —dije, siguiendo la secuencia de pasos que él marcaba—. ¿Con quién tengo el placer de bailar?

Volvió a levantar el largo dedo y lo agitó con una sonrisa siniestra.

—Quia, quia, quia. La gracia de una velada como esta reside en que le permite a uno abrirse a un completo desconocido, ¿no cree? Revelar sus pensamientos más íntimos, esos que son demasiado oscuros y recónditos para hablar de ellos incluso a plena luz del día, confesar pecados de pasión y placer, tal vez hasta descarriarse, sin que nada de ello importe, porque si no sabe con quién está jugando, ¿qué hay de malo en ello? —Su brazo reptó por mi espalda, ruborosa y expuesta, para atraerme hacia él—. Dígame, bella dama, ¿cuáles son sus secretos más profundos?

Aunque no le veía los ojos, noté que me recorrían todo el cuerpo.

Cuando la pieza concluyó, la cuerda de uno de los violines se reventó, lo que aportó una nota extraña al acorde final. Aproveché el momento para escurrirme de entre los brazos del hombre dragón.

—Lo siento, he de ir en busca de mi amigo —tartamudeé.

Tras un momento tenso, soltó una risita como si hubiera dicho algo gracioso.

—Volveré a por usted más tarde. —Me dio unos golpecitos con el alargado dedo en la muñeca—. Delo por hecho.

Quería seguirlo con la mirada para ver adónde iba y tenerlo controlado, pero había demasiados tonos de verde en la sala, por lo que enseguida se confundió entre el gentío y lo perdí de vista. Los músicos rebuscaron entre las hojas de las partituras hasta elegir un foxtrot alegre.

—¡Por fin te encuentro! —exclamó Cassius, que había aparecido de pronto a mi lado. Me tendió la mano para el siguiente baile.

—¿Podríamos descansar un poco? —Moví mi abanico de encaje adelante y atrás. Los pensamientos se me agolpaban en la cabeza y me sentía demasiado agobiada para bailar.

—¿Preferirías dar un paseo? Recuerdo haber visto un patio al entrar.

Asentí, agradecida.

—Por aquí.

Cassius me guio a través de los enormes arcos que se abrían en un costado del salón de baile y luego por un pasillo más tortuoso de lo que yo recordaba. Al fin, salimos a un patio tranquilo rodeado en tres de sus lados por imponentes pórticos.

Las fuertes rachas de viento me empujaban mechones de cabello sobre la cara. El aire, frío y vivificante, aún olía a otoño;

a agujas de pino, hogueras y hojas en descomposición, a un mundo que moría mientras se preparaba para renacer. Respiré hondo y saboreé aquella penetrante fragancia.

Un grito sobrecogedor rasgó el aire. Se le sumó otro, y luego otro, hasta que de pronto la noche se pobló de aullidos trémulos.

—Los lobos de Pelage —explicó Cassius al notar que me ponía tensa—. Deambulan por los bosques en las horas de oscuridad, siempre a la caza de alguna presa.

Pelage. Estábamos en Pelage. Intenté visualizar el mapa que papá tenía colgado en su estudio y que mostraba todas las regiones de Arcannia. Pelage se encontraba en la zona nororiental del reino, prácticamente en el rincón más alejado posible de Salann.

—Suenan como los cantos de las ballenas en mi tierra. Se alcanzan a oír en las noches de verano, cuando las aguas están en calma. —Al pensar en Salann, me vino de nuevo a la mente la cuestión que estaba evitando desde que me había topado con Cassius. Pero necesitaba conocer la respuesta—. La última vez que te vi, estabas en Selkirk.

Sus ojos centellearon tras el antifaz.

—Lo recuerdo. Eras la chica más guapa del puerto.

Me quedé sin palabras, sorprendida por su galanteo descarado.

—¿Qué demonios estás haciendo aquí?

Alzó la vista al cielo cuando comenzó a sonar otra andanada de aullidos.

—Yo podría señalar que tú también estás muy lejos de casa.

—Es cierto, pero…

—Me trae el mismo motivo que a ti —prosiguió Cassius, moviendo la cabeza en dirección al castillo—. El baile.

—¿El baile? —repetí—. ¿Has recorrido toda esa distancia hasta Pelage para bailar?

—¿Tú no?

Nuestras miradas se encontraron y me dio la clara impresión de que de alguna manera conseguía ver cosas de mí que no debía.

—Te estás sonrojando —murmuró, acariciándome la mejilla por debajo del antifaz de tul—. Eso no me lo esperaba. —Palpó una de las estrellas de mi manga, con curiosidad—. ¿De qué se supone que vas disfrazada?

Deslicé las manos por el vestido, mientras el calor que irradiaban mis mejillas se extendía por todo mi cuerpo.

—Simplemente... me gustaban las estrellas. Me recordaban el cielo de una noche de verano.

Noté el peso de su mirada en la piel.

—Te favorecen mucho.

—¿Y tú? —pregunté señalando su atavío totalmente negro—. ¿Vas disfrazado de miedo a la oscuridad?

—¿Yo? —Bajó la vista—. Soy la más aterradora de todas las pesadillas.

Arqueé las cejas, esperando a que se explicara.

—El arrepentimiento.

Sonreí, aunque no me hacía gracia.

—¿Eso es una pesadilla?

—¿Se te ocurre algo que dé más miedo?

Otro aullido agudo desgarró las tinieblas, seguido de un coro de gruñidos. Los lobos debían de haber captado algún olor. La cacería había comenzado.

Escudriñamos el bosque para intentar localizar a la manada, pero había demasiadas sombras.

Me tocó ligeramente el dorso de la mano con las yemas de los dedos, gesto que, como una pregunta susurrada, me provocó una danza de escalofríos por la espalda. Cuando alcé los ojos, advertí que Cassius me miraba, aunque estaba demasiado oscuro para leer sus intenciones en su semblante. Por un momento, el mundo parecía instarnos a acercarnos más y más. Sentí su aliento en la mejilla y supe que, si daba un pequeño paso hacia él, me besaría.

—¿Sabes cuál sería mi mayor arrepentimiento esta noche, hermosa Annaleigh? —musitó, rozándome la sien con los labios.

Todas las fibras de mi ser se habían puesto de puntillas, deseosas de que él salvara el espacio que nos separaba. Estaba demasiado azorada para responderle de forma coherente y, cuando deslizó su mano sobre la mía, creí que mi corazón estallaría de felicidad.

—No pasarme el resto de la velada bailando contigo.

Me condujo con delicadeza de vuelta al interior y luego al salón de baile. Cuando empezaba a sonar un vals, de pronto caí en la cuenta de que en realidad Cassius no había respondido a mi pregunta de por qué estaba ahí.

17

Desperté gritando y luchando por liberarme de las sábanas enredadas.

Parpadeando deslumbrada por la luz de primera hora de la tarde que se colaba a través de las cortinas cerradas a medias, pugné por incorporarme, con náuseas y ganas de vomitar. El estómago me dio un vuelco. Las sábanas estaban empapadas en sudor, y el camisón se me pegaba al cuerpo como una mortaja húmeda. El hedor acre que impregnaba el ambiente me recubría la boca por dentro y me ahogaba. Me acerqué a la ventana dando traspiés y apreté la encendida mejilla contra el frío cristal, aspirando la brisa salobre a grandes bocanadas hasta que poco a poco volví en mí.

Había tenido la misma pesadilla tres noches consecutivas.

Después de regresar de la fiesta de Pelage y entrar a hurtadillas en Highmoor poco antes de que se levantara el personal de cocina, logré mantenerme despierta hasta el desayuno y luego caí redonda, presa del letargo y el agotamiento. Mientras dormía, Camille y las trillizas regresaron a la Gruta a por invitaciones para el siguiente baile y el de después.

Llevábamos una semana bailando cada noche.

Pero no todas. Las Gracias no podían trasnochar tanto. Tenían clases con Berta, quien, alarmada por las ojeras de las chiquillas, había contagiado su preocupación a Hanna y a Morella. Se quedaban en su habitación, bastante a regañadientes, mientras las demás nos acicalábamos, nos empolvábamos y elegíamos los vestidos de mamá que nos pondríamos en función del tema del baile. La afirmación del zapatero Gerver de que los zapatos de hadas durarían una temporada entera resultó ser exagerada en extremo. Al cabo de una semana de bailes, las costuras empezaban a abrirse, y las suelas estaban muy gastadas. Nos vimos obligadas a embutir nuestros grandes pies en las zapatillas doradas y las sandalias de mamá. La piel envejecida se deterioraba aún más deprisa, de modo que los zapatos raídos empezaron a amontonarse bajo nuestras camas.

Al principio me divertían mucho aquellas veladas, visitar sitios nuevos, conocer gente. Cada vez que entraba en un salón de baile en el que no había estado antes, un escalofrío me bajaba por la espalda, por la esperanza de encontrarme allí con Cassius. Pero eso nunca ocurría, y empezaba a notar los efectos de tantas noches en vela. Me levantaba cada vez más tarde, pero mi reposo se veía turbado por extraños sueños, continuaciones de los propios bailes.

Empezaban de forma bastante normal, con vestidos bonitos y hermosas salas. Un hombre apuesto emergía de la multitud y me tendía la mano.

—¿Me concede esta pieza? —me preguntaba, y nos poníamos a bailar, dando vueltas y siguiendo una serie de pasos.

Sin embargo, conforme avanzaba el sueño, la música adquiría un tono diferente y las notas sonaban cada vez más desafinadas y agrias. Girábamos y girábamos, hasta que aparecía una luz extraña que teñía la estancia de un repugnante tono verdoso. Nadie parecía percatarse de ello aparte de mí. La gente simplemente seguía bailando. Nadie se detenía.

Yo lo intentaba, forzándome a perder impulso, implorándole una tregua a mi pareja, pero mis pies no me escuchaban. Seguían a los suyos sin descanso, por más que me empeñara en detenerlos.

—Baila conmigo —me suplicaba mi acompañante, pero la voz nunca se correspondía con el cuerpo. Era áspera y ronca, como si varias voces pronunciaran las palabras a la vez, intentando fundirse en una sola, pero sin conseguirlo del todo.

Yo me apartaba, negando con la cabeza. Aquello no estaba bien. Algo iba muy pero que muy mal. Quería marcharme del salón de baile sin demora, en ese mismo instante. Entonces era cuando ella me agarraba.

Tenía la piel pálida y moteada, como un hongo demasiado grande y blando. La negra cabellera se arremolinaba en torno a ella, envolviéndola en ingrávidas y ondeantes capas de gasa negra. Lo peor eran sus ojos, oscuros como la noche y hostiles, de los que brotaban lágrimas color azabache que le resbalaban por el rostro, dejando a su paso regueros oleosos que goteaban sobre sus descalzos y grises pies. Sus dientes afilados y puntiagudos destellaron cuando me atrajo hacia sí con una sonrisa taimada.

—Baila conmigo —me susurraba la Mujer Llorosa, y yo me despertaba medio ahogada, pugnando por respirar.

—¿Todavía en camisón? —dijo Hanna, ajetreada, entrando en mi habitación. Llevaba una canasta de ropa remendada y la dejó sobre la cómoda con un resoplido.

—He pasado mala noche.

—Como todas, al parecer. Camille sigue dormida. No sé cómo despertarla sin irrumpir en su cuarto batiendo un par de platillos. —Se volvió hacia la cómoda y comenzó a seleccionar medias de la cesta.

Abrí y cerré los dedos de mis doloridos pies. Había roto el último par de zapatillas de mamá que había cogido, y me ardían las ampollas que me habían salido en los meñiques del pie. Necesitábamos calzado nuevo.

—Su padre vuelve a casa hoy —prosiguió Hanna.

—¿Hoy? —La noticia me levantó la moral. Tal vez regresaría animado de la corte y por fin podría contarle todo lo que había descubierto sobre la última noche de Eulalie.

—La señora Morella recibió anoche una carta, después de la cena. Lleva horas levantada, paseándose por la casa y comunicándole la buena nueva con voz cantarina a todo aquel que se presta a escucharla. —Suspiró—. Como vuelva a oír una vez más lo de esos bebés... ¿Usted cree de verdad que son niños?

Me restregué los ojos para erradicar los últimos rastros de sueño.

—No lo sé. Mamá también creía que todas seríamos varones.

Hanna se dirigió hacia mi guardarropa y sacó un vestido azul.

—Tiene la barriga muy alta. Yo creo que son niñas. Pero ella está tan segura... —Sacudió la cabeza—. Me temo que se va a llevar un buen chasco. —De pronto, pareció recapacitar y me sonrió—. Aunque ninguna de ustedes supuso un chasco, por supuesto.

Me quité el camisón empapado por encima de la cabeza antes de enfundarme el vestido que ella me tendía.

—A propósito de hijos... —Su sonrisa se atenuó, teñida de tristeza—. Ha pasado tiempo con Fisher desde su regreso, ¿verdad?

—Un poco —murmuré, incómoda.

A decir verdad, no había vuelto a hablar con él desde aquella noche en Pelage. Cuando nuestros caminos se cruzaban, él se desviaba de pronto por otro pasillo, haciendo oídos sordos a mis ruegos. Intenté colarme en el ala de la servidumbre para acorralarlo en su habitación, pero era como si me oyera acercarme, pues siempre encontraba su cuarto vacío y a oscuras.

Fisher incluso había dejado de asistir a los bailes, pese a las fervientes súplicas de las trillizas.

Observé en el espejo del tocador la expresión de la doncella mientras me abrochaba el vestido. Su frente parecía tener más arrugas de preocupación de lo habitual.

—¿Va todo bien, Hanna?

—Sí, sí, todo bien. Supongo que era de esperarse. Hacía siglos que el pobre no disponía de un poco de tiempo libre. Era absurdo pensar que querría pasar cada segundo conmigo.

Fruncí el entrecejo. Si no iba a los bailes ni estaba con su madre, ¿dónde se metía durante todas esas horas?

Hanna me deslizó la mano por la espalda para alisar el canesú.

—Pero me olvido de que ya no es un niño. —Me dio una palmadita en la mejilla—. La duquesa fue muy afortunada de tener tantas hijas. Morella debería rezarle a Ponto para que le dé niñas en vez de niños.

—¡Has vuelto! ¡Has vuelto!

Verity, Mercy y Rosalie bajaron corriendo las escaleras y, tropezando unas con otras, se abalanzaron hacia los brazos de papá.

—¿Podemos salir hoy a navegar en el laúd? —preguntó Rosalie a bocajarro.

—No con esta niebla. ¿Es que no habéis salido? —Hizo una pausa mientras examinaba a Rosalie—. Aún vas en camisón. —Se volvió hacia mí—. ¿Está enferma?

Abrí la boca, pero me quedé callada. Se me daba muy mal mentir.

—Solo me ha costado un poco levantarme esta mañana —terció Rosalie.

—¿Esta mañana? Son más de las tres. Por lo menos vosotras dos estáis vestidas —respondió él, agarrando por la faja a las dos pequeñas, que prorrumpieron en chillidos y risitas—. ¿Para qué queréis el laúd?

Rosalie palideció.

—Tenemos que ir a la ciudad a por... provisiones.

—¿Provisiones?

—¡De zapatos! —jadeó Mercy, y pegó un grito cuando él la balanceó en el aire.

Cuando papá las dejó en el suelo, estaban sin aliento.

—¿Zapatos? ¿Para quién?

—¡Para todas! —Verity giró sobre los talones y se alejó a paso veloz por el pasillo, presa de una emoción demasiado grande para un cuerpo tan pequeño. Mercy y Rosalie la siguieron a toda prisa, dejando tras de sí ecos de sus carcajadas.

Alcé la vista hacia el perfil de mi padre, complacida de que nos hubiéramos quedado a solas.

—Papá, quería hablar contigo de una cosa.

Al parecer, le sorprendió advertir que yo aún estaba a su lado.

—No necesitarás zapatos también, ¿verdad?

Retorcí los dedos de los pies descalzos contra las teselas del mosaico.

—Sí, pero no es eso lo que... Se trata de Eulalie...

Se le endureció la expresión. Tendría que andar con pies de plomo. No le gustaría nada lo que iba a decirle.

—¿Qué pasa con ella?

Me clavé las uñas en las palmas de las manos. Sentía la necesidad de soltarlo todo de una vez.

—Sus pretendientes...

—¡Bienvenido a casa, papá! —exclamó Camille, saliendo del salón Azul como si llevara horas practicando con el piano y no acabara de levantarse de la cama precipitadamente.

—Espera un momento, Camille. Papá y yo estábamos hablando de...

—Solo quería saludar. —Se puso de puntillas para darle un abrazo—. ¿Qué tal el viaje? ¿Cómo está el rey? ¿Has...?

—¡Camille! —protesté.

Nuestro padre alzó las manos para poner fin a la discusión antes de que empezara.

—El viaje ha ido bien. El rey Alderon cuenta con que asistas a la próxima reunión del consejo, Camille. Te pondré al corriente de los detalles cuando me haya instalado.

Ella sonrió, contenta de haberse salido con la suya.

Papá se volvió de nuevo hacia mí.

—¿Qué me decías sobre los pretendientes, Annaleigh?

La sonrisa de Camille se desvaneció.

—¿Los pretendientes de quién?

—De Eulalie —respondió él en un tono más sombrío.

Noté el peso abrumador de sus miradas sobre mí.

—¿Te refieres al relojero ese? Ya te dije que no es más que una fantasía ridícula que él se inventó para...

—¿Relojero? —la interrumpió papá.

—No, no estoy hablando de Edgar. Por cierto, ¿podrías dejarnos solos, por favor, Camille? —le rogué, alzando la voz para hacerme oír por encima de la suya.

Aunque ella se marchó al salón Azul con aire ofendido, una esquina de su falda quedó asomando por detrás de la puerta apuntada. Resultaba evidente que quería escuchar a escondidas.

—Sigo dándole vueltas a lo que le sucedió a Eulalie —dije mirando de nuevo a papá—. Creo que alguien estaba con ella en el paseo del acantilado esa noche.

El hombre exhaló un suspiro.

—Cuando alguien muere de forma inesperada, es normal querer culpar a alguien.

—No es eso lo que... No se trata solo del dolor por su pérdida, papá. Creo de verdad que alguien le hizo daño a Eulalie. A propósito. —Me armé de valor, y la historia salió de mis labios en un torrente de palabras—: Eulalie iba a fugarse de casa esa noche. Quería huir con Edgar, el aprendiz de relojero, pero la esperaba alguien más.

Se me cayó el alma al suelo cuando papá reprimió una risotada.

—¿Edgar Morris? ¿El hombrecillo de los espejuelos? —Torció los labios, divertido—. No tiene agallas ni para recoger un florete de cobre tirado en el suelo, mucho menos para fugarse con mi hija mayor.

Se dirigió tan campante hacia el salón Azul para reunirse con mis hermanas.

—¡Papá, escúchame, por favor! —imploré, corriendo tras él—. Edgar le propuso matrimonio a Eulalie y le regaló el relicario que llevaba en su funeral, el que tenía un ancla grabada y un poema en su interior. Según él, cuando llegó para recogerla, divisó una sombra en el acantilado, justo después de la caída. Sin duda alguien la empujó.

—Tonterías. —Agitó la mano, descartando mi teoría con un simple gesto.

—¡No son tonterías! Alguien estuvo ahí. Alguien que no quería que Eulalie se casara con Edgar.

—Podría haber sido cualquiera —intervino Camille—. No se me ocurre un noviazgo más inverosímil.

Con una risita, él se acomodó en su sillón.

—Tienes toda la razón. Si yo hubiera albergado la menor sospecha de que Edgar era capaz de robarnos a Eulalie, lo habría tirado a él desde un acantilado. —Se frotó los ojos—. Déjalo estar, Annaleigh.

—Pero ¿cómo puedes estar tan seguro...?

—He dicho que lo dejes —atajó la conversación, rápido y cortante como una guillotina—. Bueno, ¿qué decíais de unos zapatos?

Todas intercambiamos miradas tensas. Al final, Honor se abrió paso hacia él y se levantó la falda para revelar unas zapatillas muy maltratadas. Las suelas estaban desgastadas, y el tinte azul marino se había decolorado por completo en algunas partes. Casi todas las cuentas plateadas estaban descascarilladas, y las cintas, hechas jirones.

Papá le quitó una zapatilla, perplejo.

—¿Están todas así?

Las trillizas se miraron antes de alzarse la falda.

—El zapatero prometió que aguantarían toda la temporada, pero parece como si las hubierais usado en cien bailes.

Lenore torció la boca, visiblemente incómoda.

—A lo mejor la piel no era buena...

—¿Y no tenéis otros zapatos? —preguntó él con escepticismo manifiesto—. Pagué tres mil floretes de oro por varios pares que no han durado ni un mes.

—Quemaste los demás —le recordó Camille— en la hoguera, junto con la ropa de luto, ¿no te acuerdas?

Suspirando, papá se apretó la frente con la punta de los dedos.

—Supongo que habrá que hacer una excursión a la ciudad, pero tendréis que esperar. Parto para Vasa pasado mañana, al alba. Tienen problemas con el casco de un clíper. No pienso pagar por un trabajo chapucero. —Le echó otro vistazo a la zapatilla de Honor—. Ni en barcos ni en zapatos. Podría acercarme allí a principios de la semana que viene.

—No pretenderás que vayamos descalzas hasta entonces —replicó Rosalie—. ¿Nos dejas llevar el bote? Podríamos ir mañana. Todas sabemos remar.

—Pero no cabéis todas. —Dirigió la vista a un punto situado a nuestra espalda—. Ah, Fisher.

—Bienvenido a casa, señor —dijo Fisher, que aguardaba de pie en el vano de la puerta. Tenía el rostro sucio y el cabello empapado en sudor. Llevaba un grueso jersey azul marino y un cubo lleno de raspadores para limpiar barcos. Sus ojos color ámbar se posaron en mí un momento antes de apartarse.

—¿Estás disfrutando tu estancia? Me imagino que debe de ser agradable descansar un poco de la cocina de Silas —comentó papá, retrepándose en su sillón.

—Desde luego. Y es estupendo poder pasar tanto tiempo con mi madre.

Parpadeé, pues aún tenía fresca en la memoria la tristeza de Hanna.

—Me ha puesto a trabajar hoy —añadió, sosteniendo el cubo en alto.

Papá hizo una mueca de dolor y soltó una carcajada.

—Raspando percebes como un muchachito. Lo siento por ti. —Hizo una pausa—. De hecho, se me ocurre algo para sacarte del apuro. Las chicas necesitan ir mañana a Astrea si se disipa la niebla. ¿Podrías llevarlas en el laúd?

Fisher asintió.

—Será un placer.

—¡Ay, gracias, papá! ¡Gracias, Fisher! —exclamó Ligeia, echándole los brazos al cuello a nuestro padre.

Este alzó el dedo a modo de advertencia para todas.

—No os penséis que voy a compraros un par nuevo cada semana. Elegid modelos resistentes que os duren por lo menos hasta el final del invierno. Se han acabado los zapatos de hadas.

18

—Decídete de una vez, Rosalie. —Honor daba saltitos sobre uno y otro pie, y hablaba en un tono cada vez más irritado. Papá nos había repartido unas botas de marinero que había encontrado en uno de los almacenes próximos a los muelles y nos quedaban grandes incluso a las mayores. Con ellas puestas, las Gracias ofrecían un aspecto de lo más grotesco.

Llevábamos más de una hora en la zapatería. Fisher había entrado cargado de cajas repletas de zapatillas estropeadas y las había vaciado sobre la mesa de Reynold Gerver, exigiéndole explicaciones de por qué habían durado tan poco.

El pobre hombre había examinado sus creaciones y declarado entre balbuceos que no era normal que se hubieran gastado tan deprisa. Nos ofreció calzado nuevo a todas a una fracción de su precio habitual.

—Estos son muy bonitos. —Rosalie cogió un par de zapatos de salón satinados con tacones a la moda.

—Y poco prácticos —terció Fisher, arrebatándoselos—. Vuestro padre me dejó muy claro que no debo permitir que os compréis zapatos delicados y bonitos. Búscate unos como los de tus hermanas.

Cuando nuestras miradas se encontraron, se me cerró la garganta. Yo estaba esperando una oportunidad para llevármelo aparte y suavizar el desastre de Pelage, pero se había desatado un aguacero poco después de que saliéramos de Highmoor. Fisher me había hecho señas para que me apartara, aduciendo su necesidad de concentrarse, mientras la lluvia nos calaba hasta los huesos y nos amargaba la breve travesía hasta Astrea.

Honor se dejó caer en un sillón fingiendo un desvanecimiento con maestría dramática, y Verity estuvo peligrosamente cerca de derribar una columna de cajas apiladas sobre el alféizar de la ventana.

—¿Y si me llevo a las Gracias a tomar un té mientras Rosalie se decide? —propuse.

—¿O un zumo de manzana? —preguntó Verity, dándole toquecitos a Fisher con una sonrisa esperanzada.

Él me entregó las monedas.

—No olvidéis poneros la capucha —les indiqué antes de abrir la puerta de la tienda.

Cruzamos a toda prisa la calle adoquinada, rodeando los charcos de lluvia, hasta guarecernos apiñadas bajo el amplio toldo de la taberna.

—Toma —dije poniéndole el dinero en la mano a Honor—. Tengo que hacer una cosa..., un recado..., así que entrad ahí. Volveré lo antes que pueda.

—¿Adónde vas? —inquirió Verity, claramente ansiosa por acompañarme.

—A un lugar donde no hay zumo de manzana —respondí, empujándola hacia la gran puerta de roble—. Hace frío y llueve. ¡Anda, entra antes de que te congeles!

En cuanto cruzaron corriendo el umbral, salí de nuevo a la tormenta y me encaminé hacia la relojería del señor Averson.

Se me formó un nudo en el estómago a causa de los remordimientos al recordar los malos modos con que habían echado a Edgar de Highmoor. Lamentaba no haberle parado los pies a Camille ni haberme esforzado más por contactar con él. Me avergonzaba la facilidad con que me había distraído.

Los bailes no solo me consumían las noches. Me había pasado mañanas enteras durmiendo. A menudo no nos despertábamos hasta que llegaba la hora de arreglarnos para la siguiente fiesta. Después de años de austeros atuendos negros y comportamientos sobrios, los bailes resultaban estimulantes. Embriagadores. Los antifaces y la bisutería, el frufrú de sedas y tules, la promesa de compañeros de baile apuestos..., todo eso me encandiló hasta cegarme a mi verdadero propósito.

Me había olvidado de Eulalie.

Y, para ser sincera, eso no me había molestado hasta ese momento, en que volvía a sentirme firmemente arraigada a mi hogar, a Salann, a la Sal.

Necesitaba localizar a Edgar y pedirle disculpas. Me daba igual lo que opinara Camille. Me parecía que él decía la verdad sobre la figura en el acantilado, y juntos descubriríamos quién era.

Una campanilla plateada tintineó encima de mi cabeza cuando entré en la tienda y dejé la lluvia atrás.

—¡Ya voy, ya voy! —gritó una voz animada desde el taller. O tal vez procedía de detrás del fajo de manecillas metálicas que había cerca de un rincón. Eran más altas que yo, pues estaban destinadas a los relojes de las torres que se alzaban en las plazas de las ciudades.

Todas las superficies disponibles en el establecimiento estaban cubiertas de engranajes y ruedas dentadas, y había hileras de relojes a lo largo de las paredes. Los tictacs escalonados que marcaban el paso de los segundos se superponían, interpretando una sinfonía de compases. Era un sonido suave y sutil, pero una vez que uno reparaba en él, le resultaba imposible pasarlo por alto.

—¿Qué se le ofrece...? —Edgar salió del taller. En cuanto me vio, se paró en seco y por poco chocó con una vitrina en la que se exhibían relojes de bolsillo y cadenas—. ¿Qué hace aquí? —preguntó en tono agresivo y con el rostro encendido—. ¿Viene a echarme de mi lugar de trabajo? Descubrirá que la influencia de los Thaumas no llega tan lejos. Buenos días.

—¡Edgar, espera! Siento mucho lo que pasó. Debería haberte defendido. Debería haber contenido a Camille. He venido a pedirte disculpas... y también a hablar.

—¿Hablar? —Me fulminó con la mirada a través de sus diminutos anteojos.

—Sobre Eulalie y sobre aquella sombra.

—Ya le conté todo lo que sé. —Alzó la mano para detener la puerta, que seguía oscilando.

—No todo —repuse, agarrándolo cuando se disponía a retirarse—. Vi cómo reaccionaste cuando Camille llamó a Roland.

—Se puso tensó cuando mencioné el nombre del ayuda de cámara—. ¿Por qué?

Se volvió de nuevo hacia mí, con expresión renuente. Se quitó las gafas y las limpió con la esquina de su delantal de lona, tomándose su tiempo.

—¿Podría ser él la sombra? —aventuré.

Entornó los ojos como si aún tuviera las gafas sucias.

—No sé quién era la sombra..., pero debo reconocer que él sería mi primer candidato. —Le temblaron los dedos, como resistiendo el impulso de volver a limpiar los espejuelos—. Cada vez que yo iba a Highmoor, ya fuera para ayudar al señor Averson con ese reloj de pie, para entregar un reloj de bolsillo arreglado o un reloj de repisa, él siempre andaba por ahí, acechando, escuchando. Según Eulalie, estar a mano por si se le necesitaba formaba parte de su trabajo, pero me daba la sensación de que había algo más..., algo como...

—¿Sí? —susurré, inclinándome hacia él.

—Como una obsesión.

Contemplé a través del escaparate la lluvia que empapaba el mercado, reflexionando sobre nuestra vida cotidiana en Highmoor. Era cierto: Roland siempre estaba cerca, listo para servirnos, lo que nunca me había extrañado, pues era uno de los criados en quien más confiaba papá. Aunque apenas conocía a Edgar, habría apostado a que no se había criado en una casa como la nuestra, con más sirvientes que miembros de la familia.

—¿Eulalie llevaba un diario? —preguntó, probando un enfoque distinto—. Descubrió algo que no debía. Tal vez escribió sobre ello.

A diferencia de Lenore y Camille, Eulalie no vertía su corazón sobre el papel. Detestaba las clases de caligrafía cuando éramos niñas, y había que engatusarla para que les escribiera cartas a nuestras tías y primas.

—Nunca la vi con uno entre las manos.

Juntó las pálidas cejas.

—Cuanto más pienso en ello, más convencido estoy de que fue Roland —dijo girando de nuevo hacia mí—. Nunca le he caído bien. Si se enteró de alguna manera de que íbamos a fugarnos...

—¿No habría intentado frenarte a ti, en vez de a Eulalie? —pregunté. La acusación de Edgar no me cuadraba en absoluto. Tenía demasiadas lagunas. Incluso aunque Roland hubiera estado perdidamente enamorado de Eulalie, sin duda sabía que no tenía la menor posibilidad. Ella era la heredera de Highmoor. Nuestro padre jamás habría permitido que la cortejara uno de sus criados.

Además..., era tan viejo...

Uno por uno, los engranajes de los relojes rotaron para dar el cuarto de hora con sus campanas. Aquella cacofonía me provocó dentera y me recordó que llevaba demasiado tiempo allí. Me dirigí hacia la puerta.

—¡Espere, señorita Thaumas! Necesito..., necesito saberlo. Usted me cree, ¿verdad? Me refiero a lo de la sombra. Eulalie no tropezó, y habría sido incapaz de hacerse daño. Usted lo sabe.

Tardé un momento en asentir.

—Quiero averiguar quién le hizo eso. Quién la... asesinó. —Pronunció la palabra con una precisión vehemente, como esforzándose por no tartamudear—. ¿Me ayudará, por favor? —Sus ojos, iluminados de pronto por una ardiente ansia de justicia, me atravesaron como un alfiler a una mariposa clavada en una caja expositora.

—Sí —musité.

Volvió a juguetear con sus anteojos.

—Sé que usted no cree que Roland esté implicado, pero ¿me promete que lo investigará? Pregunte por ahí. Aunque no haya sido él, debe de haber visto algo. Él lo ve todo.

El último reloj sonó con unas notas contundentes que parecían conferir una extraña importancia a la idea de Edgar.

—Sí, lo ve todo —repetí, mostrando mi conformidad.

—Bien. Gracias. ¿Asistirá su familia a alguno de los actos de la Remoción?

Faltaba solo una semana para la festividad. Pronto Highmoor se volvería patas arriba con los preparativos para la celebración de diez días.

—Siempre asistimos al espectáculo después de la Primera Noche.

Una tabla de suelo crujió por encima de nosotros, y acto seguido subimos la mirada al techo. Yo había supuesto que estábamos solos. ¿Había alguien escuchando nuestra conversación?

—¿Qué hay ahí arriba?

—Solo un almacén... ¿Señor Averson? —llamó Edgar.

—¿Sí, Edgar? Solo estaba quitándome la capa —respondió una voz que salía del taller, a nuestra espalda—. No parece que el temporal vaya a amainar pronto.

—Reúnase conmigo aquí antes de la obra —susurró Edgar.

Así se lo prometí.

—Ahora tengo que regresar con mis hermanas.

Edgar se echó el cabello hacia atrás, con una sonrisa que le relajó el semblante.

—Bueno. Me alegro de que... Gracias por creerme, señorita Thaumas.

—Annaleigh —lo corregí, como una pequeña muestra de amistad.

—Annaleigh.

Avancé por la calle a toda prisa, siguiendo el camino más corto hacia la taberna, sin importarme que estuviera lleno de charcos.

Exhalé un suspiro de alivio cuando abrí la puerta y avisté a las Gracias sentadas a una mesa. De pronto, me paré en seco.

No estaban solas.

—¡Annaleigh! —me llamó Honor.

Al oír su saludo, un joven se levantó de la mesa y se volvió. Sus labios se desplegaron en una sonrisa cuando me vio.

—Volvemos a encontrarnos.

Tenía las mejillas sonrosadas por el frío, y sus rizos oscuros sobresalían por debajo de un gorro de punto.

—¿Qué haces tú aquí? —pregunté, pero me arrepentí de inmediato. Mi tono había sido demasiado acusador, demasiado brusco—. ¿Cómo está tu padre? —probé de nuevo, con voz más suave.

—Me temo que igual. De hecho, he venido a Astrea a comprar raíces y hierbas. Hay un sanador en nuestra calle que dice que le harán bien.

—¿Es verdad que si pillas la escarlatina, te sale sangre por los ojos? Por eso la llaman así, ¿verdad? Por el color escarlata —dijo Honor, apoyando las manos en la mesa con morboso entusiasmo.

—¡Honor! —exclamé avergonzada.

Cassius no se inmutó. Se inclinó hacia ella.

—¡Es aún peor! —Enderezó la espalda al fijarse en que yo fruncía el ceño mientras ellas se reían—. He comido un poco aquí y me disponía a marcharme cuando he visto que estas adorables damiselas tenían dificultades para conseguir mesa, así que he pensado en intervenir y ofrecerles mi ayuda.

—No nos veían por encima de la barra —explicó Mercy.

—Ha sido muy amable por tu parte.

—El placer ha sido mío. No tenía idea de que el... ¿Qué es esto que estoy bebiendo?

—¡Jarabe de manzana! —terció Verity.

—De que el jarabe de manzana estuviera tan bueno. A juzgar por tu aspecto, a ti te vendría bien uno —ofreció sacando una moneda.

—¿Puedo pedirlo yo? —preguntó Mercy, intentando coger el dinero antes de que él le diera permiso—. ¡Por favor!

—¡Yo también! —saltó Honor—. Te dejan sentarte en los taburetes grandes mientras esperas.

—¡Y yo! —chilló Verity, para no ser menos.

Se pusieron a pegar brincos de gusto al obtener permiso para realizar una tarea tan propia de adultos.

—¿Cómo estás? —preguntó él cuando las niñas ya no podían

oírnos—. Se te nota el cansancio aquí —añadió, señalando la zona en torno a mis ojos.

Resté importancia a su preocupación.

—Nada que no se arregle durmiendo toda la noche del tirón. ¿Y tú? ¿Cómo se encuentra realmente tu padre?

—No está bien. —Cassius esbozó una media sonrisa—. Será un alivio cuando todo termine. —Se mordió el labio—. Eso no ha sonado bien.

Me vinieron a la mente las últimas horas de Ava, sus estertores, sus súplicas para que el sufrimiento acabara ya.

—No, entiendo a qué te refieres. Mi hermana...

Asintió ante mi silencio.

—Tus hermanas menores son un auténtico encanto. La pequeña..., ¿Verity?..., se te parece mucho.

—No te habrán calentado demasiado la cabeza, ¿no?

—Para nada. He disfrutado mucho en su compañía. Durante las últimas semanas he llevado una existencia bastante solitaria.

Murmuré que yo estaba igual, pero acto seguido me quedé callada. Él no había estado precisamente recluido en Selkirk. Había ido a Pelage, al baile.

—Espero que no hayas pasado todo ese tiempo privado de alegrías.

Cuando sonrió, un brillo titilante danzó en sus ojos de tonos azul profundo.

—Por supuesto que no.

—No sabía si volvería a verte... Esperaba tropezarme de nuevo contigo.

—¿En serio? —Cassius reprimió una sonrisa de satisfacción.

Sin la protección que me brindaba el reluciente antifaz, mis palabras se me antojaron demasiado atrevidas, incluso descaradas, pero entonces recordé lo que él había dicho en el baile, que el arrepentimiento era la más aterradora de las pesadillas.

—De verdad que eso esperaba.

Su media sonrisa se transformó en una sonrisa de oreja a oreja.

—Me alegra oírlo.

Se me encendieron las mejillas de gusto y aparté la vista, demasiado cohibida para mirarlo a los ojos.

En la pared que él tenía detrás había colgado un tapiz muy grande de Arcannia. Cada territorio estaba tejido con hilo de un color distinto.

Lo señalé con el dedo.

—¿Dónde está tu hogar?

Se volvió para estudiar el mapa.

—Un poco aquí, un poco allá. He vivido en casi todas partes.

—¿Marinero? —aventuré.

—Algo así.

—¿Cuál es tu lugar favorito?

Arrimó su silla a la mía de modo que ambos pudiéramos ver mejor el tapiz.

—Todos me han gustado, supongo. —Gesticuló en dirección a una región de color amarillo vivo en el centro del reino—. Eso es Lambent. Viví ahí un tiempo cuando era niño. ¿Has estado alguna vez? —Negué con la cabeza—. Es un desierto extenso y caluroso con dunas que llegan hasta donde alcanza la vista. El sol abrasador lo seca todo.

—¿Cómo puede haber gente que viva así, tan alejada del agua?

—Hay algún que otro oasis con manantiales. Y hay unas bestias enormes llamadas camellos, con grandes jorobas y patas torpes. Caminan así. —Imitó con los dedos el movimiento de un cuadrúpedo que avanzaba por la mesa—. El pueblo de la Luz, que rinde culto a Vaipany, los usa para transportarse a través de las arenas—. Señaló una cordillera bordada con irregulares puntadas rojo sangre—. Cuando tenía ocho años, pasamos una breve temporada en los montes Cardanios.

Se me cortó la respiración.

—Es la morada de los truhanes, ¿verdad?

Asintió.

—Y de Viscardi, dios de los tratos impíos.

Torcí el gesto. La mera mención de ese nombre me provocaba

dolor de cabeza. ¿Lo interpretaría el truhan como una invitación para unirse a nosotros?

—¿Y cómo era?

—Es una comarca pobre. Sus habitantes se ganan la vida recogiendo nixcalima, una planta con flores de un rojo intenso, como los geranios. Solo se da allí, a gran altitud, cerca de la cota de nieve. El aceite que se extrae de ellas es muy preciado por los sanadores, pues se dice que cura casi cualquier enfermedad. Es muy fácil identificar a los cosechadores de flores, porque siempre tienen las manos manchadas del tinte rojizo que segregan las plantas.

—Qué horror —mascullé al imaginar una ciudad repleta de gente con las manos ensangrentadas—. ¿Y cómo se llaman? ¿El pueblo de las Flores?

—El pueblo de los Huesos —me corrigió.

Arrugué la nariz.

—Creo que no me apetece mucho visitar ese sitio. ¿Qué hacías ahí?

Cassius se rio.

—¡No estaba cerrando tratos, si eso es lo que crees! —Bajó la voz—. Mi madre tenía asuntos que atender.

No me imaginaba a mamá llevándonos por todo el reino, buscándose el sustento de forma activa, y al instante me invadió la curiosidad.

—¿A qué se de…?

—Este era mi país favorito —me cortó, levantándose para dar unos golpecitos con el dedo en la región situada más al norte en el mapa—. Los dominios de Céfiro. Hay grupos reducidos de postulantes asentados en los afloramientos rocosos. Adornan sus aldeas con banderines, estandartes y banderas. Decenas de molinos de viento giran durante todo el día, generando una sinfonía de traqueteos con sus aspas.

¿Había interrumpido mi pregunta llevado por el entusiasmo o porque quería eludirla de forma deliberada?

—El pueblo del Vendaval —deduje, escudriñándole el rostro.

—¡Exacto! —Un reloj colgado sobre la barra dio la hora—.

¿De verdad son las tres ya? —preguntó entornando los párpados—. Me temo que debo irme. He venido en el barco de un vecino. Me ha jurado que zarparía sin mí si llegaba tarde.

—Cassius, yo… —Cuando posó sus ojos en los míos, mi mente se vació de pensamientos. Quería saber más sobre él, mucho más, pero mientras se ponía el barbour, me quedé en blanco y sin palabras—. ¿Te gusta el strudel?

Los ojos le chispearon con socarronería, y deseé que me tragara la tierra. ¿Qué mosca me había picado? Me sentía hechizada, como si alguien ajeno a mí controlara mi cuerpo, alguien que no deseaba otra cosa que pasar los dedos por el oscuro cabello de Cassius. Alguien que anhelaba atraer esa rizada cabeza hacia sí para recibir por fin un beso. Alguien que quería… Me ardían las mejillas mientras la mente se me llenaba de imágenes indecentes.

—Pues depende —respondió en tono desenfadado y burlón—. ¿Estás invitándome a salir a tomar un strudel, Annaleigh?

—¡No! —El cuello del vestido me apretaba una barbaridad, y estaba segura de que la cara se me había puesto de color rojo manzana—. Es que… en esta calle hay una pastelería muy conocida por su strudel…, si te gustan esas cosas.

—Me encanta el strudel —confesó él—. Mi favorito es el de cereza, y lo disfruto aún más cuando estoy en buena compañía. Pero de verdad que hoy no puedo. ¿Quedamos ahí mañana?

Abrí la boca, ansiosa por aceptar, pero un alarido me interrumpió. Procedía de fuera, y lo siguieron varios gritos de auxilio.

Cassius se inclinó sobre mí para echar un vistazo por la ventana. Por un breve instante, percibí el olor cálido y ambarino de su colonia. Cuando se apartó, deseé aspirarlo de nuevo.

Salió a toda prisa de la taberna junto con otros clientes. Se oyó otro chillido, y se me heló la sangre. Parecía la voz de Camille. ¿Le había ocurrido algo a alguna de las trillizas? Las Gracias bajaron de un salto de los taburetes e hicieron ademán de salir corriendo a la calle también.

—Quedaos aquí —les indiqué, echándome el manto sobre los hombros—. En la mesa. Vuelvo enseguida.

Se había formado un grupo de personas calle abajo, frente a la relojería. Suspiré aliviada al ver a Camille y las trillizas en la periferia de la multitud. Se aferraban unas a otras con lágrimas en los ojos.

—¿Qué sucede? ¿Qué ha pasado? —pregunté, sin poder contenerme de palparles los brazos para asegurarme de que se encontraban bien.

—Está muerto —sollozó Camille, abrazándome con manos temblorosas—. Está muerto de verdad.

Con el corazón en un puño, recorrí el gentío con la mirada en busca de Fisher.

—¿Dónde está?

Sacudiendo la cabeza, ella se acurrucó de nuevo contra Rosalie, enjugándose las lágrimas.

—¿Fisher? —llamé, abriéndome paso a través de la apretada muchedumbre—. ¡Fisher! —La voz se me entrecortó y se convirtió en un aullido cuando llegué al interior del corro.

—¡Annaleigh, no! —dijo Cassius, que de pronto se encontraba a mi lado, tirando de mí para alejarme del charco de lluvia.

Al bajar la vista, grité.

No era agua.

Edgar yacía sobre una mancha creciente de sangre, con el cuerpo quebrantado y aplastado contra los adoquines. Sus anteojos estaban tirados a cierta distancia, con una lente agrietada. Fisher, arrodillado a su lado con el oído contra su pecho, buscaba señales de vida. Al cabo de un rato largo, alzó la mirada hacia quienes lo rodeaban y sacudió la cabeza con tristeza.

Una mujer se desplomó, presa de un aparatoso desvanecimiento, lo que provocó un revuelo considerable entre sus acompañantes, que se apresuraron a intentar agarrarla antes de que llegara al suelo.

—¿Qué ha pasado?

—Estaba frente a la ventana del primer piso y, de repente…, se ha caído —explicó un hombre que estaba cerca de nosotros, señalando la fachada de la relojería.

Cassius intentó protegerme del caos y me giró de modo que no pudiera ver el cadáver, pero me escurrí entre sus brazos.

—¿Se ha tirado?

El hombre se encogió de hombros.

—No lo sé.

—Dicen que su novia murió hace poco —comentó una mujer próxima a nosotros que había oído nuestra conversación—. El pobre hombre no ha sido capaz de superarlo. —Chasqueó la lengua, apenada, antes de volver a sus asuntos.

Aquello no tenía pies ni cabeza. Acababa de hablar con él. Habíamos acordado vernos la semana siguiente. Él quería averiguar qué le había ocurrido a Eulalie. Descubrir quién la había...

Quién la había matado.

Levanté la vista hacia el empinado tejado del establecimiento y la ventana abierta. Recordé aquel chirrido de una tabla del suelo. Había alguien ahí arriba con él. Edgar no se encontraba solo.

Quien fuera que hubiese empujado a Eulalie por el acantilado había estado con Edgar antes de su caída. No me cabía la menor duda. Tras soltarme de la mano de Cassius, corrí hacia la relojería, haciendo oídos sordos a sus protestas. Si no llegaba al primer piso a tiempo, el asesino se escaparía.

Al rodear el charco en el que yacía Edgar, choqué contra el pecho de Fisher.

—¿Qué haces, Annaleigh? —preguntó, asiéndome de las muñecas para frenarme.

—Necesito entrar ahí y subir. ¡Fisher, tienes que ayudarme!

—¿Ayudarte a qué?

—¡A encontrar al asesino! ¡Están dentro!

—¿El asesino? —repitió, pugnando por sujetarme mientras yo forcejeaba por zafarme—. Annaleigh, no hay ningún asesino. He visto lo que ha pasado. Se ha tirado.

—¡Lo han empujado!

—No, no es verdad.

—¡Suéltame! —chillé, intentando propinarle un pisotón.

Los brazos de Fisher me rodearon hasta inmovilizarme el torso.

—Tranquilízate, Annaleigh. Estás montando una escena.

Cuando me apretó contra su pecho, vi a mis hermanas con

los ojos desorbitados de espanto. Cassius tenía el ceño fruncido de preocupación. Decenas de curiosos que rodeaban el cuerpo de Edgar estaban presenciando mi arrebato. Solté una espiración temblorosa y sentí que me deshinchaba.

Desvié la vista, incapaz de soportar sus miradas. Alcé los ojos suplicantes hacia mi amigo.

—Fisher, sé que estás enfadado conmigo, pero te lo ruego... Te ruego que me acompañes ahí dentro. He visitado a Edgar hace un rato. Oímos crujir una tabla del suelo en la planta de arriba. Alguien andaba ahí. ¡Alguien nos escuchaba! Tengo que saber quién.

—No estoy enfadado contigo, Annaleigh. Me siento... un poco avergonzado por lo ocurrido, pero no enfadado. Jamás podría enfadarme contigo.

—Entonces ayúdame, por favor. Hay que encontrarlos antes de que se esfumen.

Se pasó los dedos por el cabello con un fuerte suspiro.

—Iré a echar un vistazo. Pero te aseguro que frente a la ventana no había nadie más que Edgar. Quédate aquí.

—¡Ten cuidado! —le grité mientras se alejaba.

Al verme sola en los escalones de la entrada, no sabía qué hacer. Unos hombres cubrieron el cuerpo de Edgar con una sábana y apartaron al gentío hacia las aceras. Quería reunirme con mis hermanas y Cassius, pero de pronto me aterraba acercarme demasiado al cadáver. La sábana blanca estaba tiñéndose rápidamente de rojo. Me volví en otra dirección y contemplé los relojes de bolsillo expuestos en el escaparate mientras los ojos se me arrasaban en lágrimas.

No se había tirado. Estaba segura de ello.

Fisher regresó después de unos momentos, y movió la cabeza de un lado a otro con expresión sombría.

—Lo siento, Annaleigh. No había nadie ahí.

19

—Ahí había alguien —repetí horas después, casi gritando de la frustración, mientras Camille, sentada frente a su tocador, hacía pruebas con un nuevo tono de colorete. Movía la brocha en círculos por sus mejillas, tiñéndolas de un melocotón cremoso—. No puedo creer que pretendas ir a bailar esta noche.

—¿Por qué no? ¿Por el suicidio de Edgar? Si apenas pensaba en él cuando estaba vivo, no esperarás que ahora me venga abajo por su muerte.

—Esta tarde estabas llorando. ¡Te he visto!

—Ha sido una experiencia traumática. No estoy acostumbrada a que la gente se tire por la ventana cada vez que voy al mercado.

Le quité el tarro de colorete de entre las manos.

—Por favor, no te vayas. Quédate en casa conmigo.

Arqueó una ceja.

—No me quedaré. Y tú tampoco deberías. Ven con nosotras y olvídate de todo. —Con una sonrisita, se aplicó carmín con generosidad—. Aunque supongo que no quieres olvidar todo el día de hoy, claro. —Me tendió un collar centelleante. El tema de esta noche eran las joyas de la corte, por lo que ella lucía el mismo vestido oro rosa que había llevado al baile de las trillizas—. ¿Me ayudas a abrochármelo? El cierre es minúsculo.

—¿Qué estás insinuando? ¿Qué es lo que no quiero olvidar?

Una sonrisa taimada y maliciosa.

—Te he visto a través de las ventanas de la taberna antes de…
lo de Edgar. Estabas a solas con ese chico.

—Las Gracias estaban sentadas a la barra, tomándose un
zumo de manzana.

Deposité las gemas de bisutería sobre el hueco de la base de
su cuello.

—Pues se te veía muy feliz para estar hablando de zumo de
manzana. ¿Quién era, a todo esto?

—¿Todavía no estáis listas? —preguntó Ligeia, entrando con
paso resuelto—. ¡Nos perderemos la primera cuadrilla!

—Yo estoy lista —dijo Camille, levantándose y girando en
redondo.

—Yo no voy.

A Ligeia se le puso la cara larga.

—¿Por qué no?

Dejé el colorete a un lado.

—Hoy hemos visto morir a un hombre. ¿Cómo podéis tener
ganas de bailar?

—En realidad no lo hemos visto morir. Ya estaba muerto.
Además, por fin hemos conseguido zapatos nuevos.

Jugueteé con un pequeño padrastro que tenía en el dedo anular. Una gruesa gota de sangre brotó cuando me lo arranqué.

—No los habéis domado aún. Os saldrán ampollas.

Camille me alargó un pañuelo.

—Pues nos saldrán ampollas. Tú vete a la cama, aguafiestas.
—Me dio un beso de buenas noches en la mejilla—. Por la mañana te sentirás mejor.

Probé una última táctica.

—Por tu aspecto, diría que también te vendría bien dormir
una noche entera.

A pesar de las notas de color en sus mejillas, tenía unas bolsas
moradas bajo los ojos, manchas oscuras que resaltaban contra su
pálida piel.

—Y eso haré. Mañana.

Camille agarró su ridículo y apagó las lámparas de pared de
su habitación, sumiendo el pasillo en una oscuridad absoluta,

salvo por el brillo de mi vela. Ligeia y ella bajaron con sigilo por la escalera de atrás para reunirse con Rosalie y Lenore en el jardín.

Unas risitas furtivas salían del cuarto de Mercy. Seguro que Honor, Verity y ella se traían entre manos alguna diablura. Me quedé un rato escuchando junto a la puerta, preguntándome si debía interrumpir su diversión. Oía canturreos y carcajadas y a Mercy contando los tiempos en alto.

—Y un, dos, tres. Un, dos, tres. Un, dos, tres, vuelta. Un, dos, tres, vuelta.

Incluso ellas bailarían esa noche.

Después de encender los candelabros situados a los lados de mi cama, colgué mi vestido de noche en el ropero y me puse un camisón limpio. Era de gasa suave, y estaba ribeteado de campanillas de invierno bordadas en el cuello y los puños.

Por pura vanidad personal, saqué un puñado de horquillas y me peiné los mechones encrespados. Mamá aseguraba que cepillarse el cabello antes de irse a dormir no solo lo dejaba radiante sino que además ayudaba a desenredar los pensamientos reprimidos durante el día, lo que garantizaba un sueño plácido y tranquilo. Yo no tenía muy claro cuántas pasadas necesitaría para desenmarañar aquel enredo en particular. Temía que la imagen de los espejuelos rotos de Edgar no se me borrara jamás de la cabeza.

Los reflejos de la luz de las velas en el cepillo plateado que se deslizaba sobre mis oscuros rizos me hipnotizaban a través del espejo. ¿Me equivocaba al no haber acompañado a mis hermanas? Estaba demasiado sola con mi mente. Si hubiera ido al baile, al menos habría estado demasiado distraída para calentarme los cascos.

Alguien pasó corriendo por delante de mi puerta, lo que me arrancó de mis cavilaciones.

Asomé la cabeza para echar un vistazo al pasillo en penumbra. Sonó un estallido de risitas procedente de las escaleras de atrás. Con un suspiro de cansancio, me encaminé hacia allí. Sorprendería a las Gracias en medio del juego en el que estuvieran enfrascadas, las enviaría a la cama y luego yo misma me iría a dormir. No eran horas para esas tonterías.

Avancé por el pasillo a paso veloz con la esperanza de meterlas en cintura antes de que despertaran a toda la casa. Cuando puse el pie en el primer escalón, oí una risotada a mi espalda. Giré sobre los talones y extendí la mano que sujetaba la vela, pero no había nadie. Escudriñé la oscuridad con los ojos entornados, pero las sombras permanecieron quietas.

—¿Verity? —Siempre podía contar con que a ella se le escapara la risa antes que a las demás.

Silencio.

—¿Mercy? ¿Honor? No tiene ninguna gracia.

Unos golpes sordos como de pies descalzos bajando peldaños a toda prisa me llegaron de abajo. ¿Cómo habían vuelto sobre sus pasos hasta las escaleras sin que yo las pillara? Con creciente irritación, empecé a descender a paso acelerado.

Todo parecía en orden cuando llegué a la planta baja. La puerta apuntada que conducía a la cocina estaba flanqueada por unos helechos en maceta. Era imposible que alguien hubiera pasado entre ellos sin ocasionar que las exuberantes hojas se balancearan. Estaban inmóviles. Las Gracias debían de haberse dirigido hacia la parte delantera de la casa.

Mientras recorría el pasillo principal, echando una ojeada al comedor y otra al invernadero, caí en la cuenta de lo poco iluminada que estaba la planta baja. No vislumbraba el brillo delator de las velas de las niñas. Honor le tenía pavor a la oscuridad; era impensable que hubiera bajado sin una luz.

Agucé el oído para intentar determinar por dónde se habían ido. Tenía la sensación de que ellas se habían detenido también y estaban conteniendo la respiración, de puntillas, pugnando por aguantar la risa. Al doblar una esquina, choqué con una figura en sombras. Solté un grito ahogado que resonó por el corredor.

—¡Señorita Thaumas! —exclamó Roland, alargando los brazos hacia mí para tranquilizarme.

Me aparté con brusquedad al recordar de golpe las sospechas que había expresado Edgar.

—Estoy bien —le aseguré—. Lo que pasa es que no esperaba encontrarte aquí.

Pese a la hora que era, presentaba un aspecto impecable, como de costumbre, con el uniforme meticulosamente planchado y abrochado. Hasta el pañuelo que llevaba al cuello estaba anudado con ajustada precisión.

—Es muy tarde para que siga usted levantada —dijo, fijando sus ojos en los míos, con cuidado de no bajarlos hacia mi camisón—. ¿Se le ofrece algo? ¿Un vaso de agua? ¿Leche caliente? La cocinera ya se ha ido a la cama, pero estoy seguro de que yo podría preparar un poco de té. ¿Le apetece una manzanilla? Le ayudará a dormir.

Rechacé sus ofrecimientos con un gesto.

—Estaba buscando a las Gracias. ¿Las has visto?

—¿También están despiertas? —inquirió, echando un vistazo por encima de mi hombro como para pillarlas acercándose por detrás a hurtadillas.

La llama de la bujía osciló a causa de una corriente de aire, de modo que las sombras danzaron de un lado a otro sobre el rostro enjuto y afilado de Roland.

En un momento semejaba una gárgola de expresión lasciva, y al momento siguiente, un leal confidente de la familia.

—Están jugando a algo. Quisiera llevarlas a la cama antes de que se entere mi padre.

—¿Quiere que despierte a la servidumbre para que la ayuden?

Negué con la cabeza.

—No..., no, claro que no. Estoy segura de que andan por aquí cerca.

Volvió a fijar en mí sus ojos claros. Yo sabía que estaba esperando a que le diera permiso para retirarse, pero, por un instante, me pareció que intuía que estaba preocupada por algo más que por las Gracias.

—¿Recuerdas... recuerdas la noche en que Eulalie...?

Juntó las plateadas cejas, adivinando a qué noche me refería.

—Perfectamente, milady.

—¿La viste en algún momento… o notaste algo fuera de lo normal en la casa?

Roland puso cara larga.

—Lamentablemente, no. Me… me tomé la tarde libre porque era el cumpleaños de mi madre. Cumplía ochenta, ¿sabe? Se organizó una pequeña celebración en Astrea. Me marché poco después del mediodía para ayudar con los preparativos. Incluso mi hermano Stamish, que, como sabe, es ayuda de cámara del rey Alderon, se las arregló para asistir. Fue todo un festín. —Torció los labios—. Me siento culpable por la muerte de Eulalie. Si no me hubiera marchado, si hubiera estado aquí, tal vez habría podido disuadirla.

—¿Disuadirla de qué?

Contrajo los alargados dedos a sus costados.

—A diferencia de su padre, no creo que su intención fuera salir a pasear a la luz de la luna… Ya sabe cuánto les gusta chismorrear a las criadas. Estaban convencidas de que iba a escaparse esa noche. A fugarse con alguien —añadió en un susurro tan bajo que apenas lo oí—. Cuando limpiaron la habitación de Eulalie, advertí que faltaba un pequeño bolso de viaje, al igual que algunas prendas de ropa y efectos personales. —Se le ensombreció la mirada—. Iba a huir, señorita Thaumas. Lo sé.

—¿O sea que fue su acompañante quien… la despeñó? —pregunté, con cuidado de no contaminar su teoría con lo que yo sabía.

Roland se aclaró la garganta con un carraspeo repentino que resonó en el pasillo vacío.

—¡Por supuesto que no! Hacía mucho viento esa noche…, demasiado para caminar por los acantilados con un equipaje pesado. Ni siquiera habría debido estar ahí fuera… Es irrespetuoso hablar mal de los difuntos, pero ese relojero de Astrea no tramaba nada bueno. Habría manchado la honra de esta familia, de Eulalie. Tal vez es mejor que optara por… —Dejó el resto de la frase en el aire, sacudiendo la cabeza—. Perdóneme, señorita Thaumas, mis comentarios están fuera de lugar. ¿Cree que deberíamos volver a encender los candelabros de la pared?

—¿Los candelabros? —repetí.

—Para que nos resulte más fácil encontrar a las niñas.

Al parecer, nuestra conversación sobre Eulalie había llegado a su fin.

—Ah…, no. Me imagino que se habrán cansado ya del juego y se habrán ido a acostar. Tal vez deberías seguir su ejemplo, ¿no? —sugerí.

—¿Seguro que no se le ofrece nada más?

Moví la cabeza de un lado a otro.

—Bastante haces ya. Buenas noches, Roland.

—Dulces sueños, señorita Thaumas.

Enfilé otro corredor, como para dirigirme hacia las escaleras, pero me detuve cuando supe que él ya no alcanzaba a ver el resplandor de mi vela.

A pesar de que Edgar estaba convencido de lo contrario, Roland no había estado en Highmoor la noche del asesinato de Eulalie. Me entraron ganas de llorar. No solo no había avanzado un ápice desde la noche de su velatorio, sino que ahora estaba sola y tenía que tomar en cuenta la muerte de Edgar también. ¿Cuál debía ser mi siguiente paso?

Enjugándome los ojos, me aparté de la pared. Necesitaba irme a dormir. Lo vería todo mejor después de una noche de descanso.

Cuando pasaba por la galería, un susurro llamó mi atención.

Por lo visto, las Gracias no habían vuelto arriba, después de todo.

Entré en la estancia alargada. Retratos de familiares lejanos me contemplaban desde sus recargados y pesados marcos. Por más años que transcurrieran, nunca se desvanecería el penetrante olor de las pinturas al óleo y los barnices que me quemaba la nariz. Había estatuas pequeñas dispersas por la sala, bustos de los duques anteriores colocados sobre pedestales.

Al rodear uno especialmente grande, me paré en seco.

—¿Verity?

Como no obtuve respuesta, desplacé la vista por la habitación, preguntándome si Mercy y Honor la habían dejado ahí para sorprenderme.

Estaba sentada en medio de un haz de rayos de luna, trazando un dibujo en el suelo con la punta de los dedos.

—¿Verity? —repetí, con la sangre helada y la repentina certeza de que aquella no era mi hermana. Temía que, cuando por fin llegara junto a ella, me encontraría frente a una desconocida.

Una desconocida con el rostro surcado de lágrimas negras.

Pero era Verity, toda rizos y mofletes.

—¡Mira lo que he dibujado, Annaleigh! —exclamó.

Bajé la vista al suelo. No había hojas de papel ni barras pastel.

—Me parece que has venido dormida hasta aquí, cielo —murmuré con suavidad.

Ella sacudió la cabeza, con los ojos lúcidos y brillantes.

—Ven aquí. —Dio unas palmaditas en el suelo, frente a sí.

Me arrodillé, segura de que Mercy y Honor estaban a punto de abalanzarse sobre mí desde algún rincón para pegarme un susto. Como eso no ocurrió, señalé con un gesto las baldosas blancas y negras que había entre nosotras.

—Háblame de tu dibujo.

—Es Edgar —dijo apuntando con el dedo a un cuadrado blanco, y mi corazón dejó de latir unos instantes.

—¿Qué?

—Mira, aquí es donde cayó… —Delineó un charco de sangre con el dedo.

Negué con la cabeza.

—Tú no lo viste.

—… y aquí están sus anteojos…

—Eso tampoco lo viste.

Levantó la mirada, extrañada.

—No me hizo falta. Eulalie me lo contó todo. —Posó la cálida manita sobre la mía, malinterpretando mi expresión de espanto—. No estés triste por Edgar, Annaleigh. Ahora está con Eulalie. Están juntos.

—¿Eulalie te habló de esto? —dije mientras se me formaban nudos dolorosos en el estómago. Aquello no era normal. No era una fase que estuviera atravesando. A mi hermana menor le estaba ocurriendo algo muy muy grave.

Ella asintió con despreocupación, y de pronto me asaltó un recuerdo. Algo que había dicho Fisher.

«No era precisamente parca en palabras, ¿no?»

—Verity... Cuando Eulalie te visita, ¿cómo hablas con ella? Si quisiéramos preguntarle algo..., ¿podríamos?

—Claro.

—¿Cómo contactas con ella? ¿Tienes que esperar a que aparezca?

—¿Quieres hablar con Eulalie?

Me quedé callada. Aquello era una auténtica locura. No debería fomentarla.

A pesar de todo, hice un gesto afirmativo con la cabeza.

De pronto, los ojos de Verity se apartaron de los míos y se posaron en algo situado detrás de mi hombro.

—Puedes preguntárselo ahora mismo, si quieres.

Se me erizó el vello de la nuca.

—¿Qué dices?

—Están ahí mismo. Los dos.

Miré en la dirección que señalaba su dedo y vislumbré dos siluetas oscuras frente a la ventana antes de volver rápidamente la cabeza hacia Verity. Había sido un efecto de la luz, causado por las largas sombras que proyectaban los pedestales desperdigados por la estancia. No se trataba de Eulalie.

Y entonces lo oí.

El suave frufrú de unas faldas de seda al rozar las baldosas de mármol, acompañado del taconeo de unos zapatos de vestir de hombre.

Los oía cada vez más cerca.

Los pasos se detuvieron detrás de mí y, de súbito, lo noté; percibí su presencia, como un pez que ha aprendido a detectar los movimientos de su cardumen antes incluso de que se produzcan. Una fuerte opresión en el pecho me impedía respirar bien. Verity sonrió a los recién llegados, pero a mí me faltó valor para darme la vuelta e imitarla. No quería ver a mi hermana. No en ese estado. Me incliné hacia delante, sin despegar los ojos del suelo.

—Quiere saber por qué te niegas a mirarla —dijo Verity, con una voz que sonaba tenue y lejana.

—¿Eulalie? —dije en un susurro débil, con la sensación de haber perdido el juicio. Intenté imaginar que me encontraba en la cripta, sentada frente a su estatua. ¿Qué le diría en esas circunstancias?—. Te… te echo mucho de menos.

—Ella a ti también.

—¿Puedes hablarme de lo que ocurrió esa noche, en el paseo del acantilado? Según Edgar, había quedado en verte ahí…, pero había otra persona esperándote.

Con el rabillo del ojo, vi que Verity asentía despacio, con los ojos desorbitados.

—¿Quién era? ¿Quién te asesinó?

Sentí un hormigueo en la piel al percibir que Eulalie se me acercaba aún más. Me invadió la nariz un olor nauseabundo, como el hedor a pescado rancio y podrido que se respira en una lonja al final de un día caluroso.

Cuando un par de manos me agarró del hombro, me mordí el labio inferior y me eché hacia atrás. Tenía las uñas pintadas de un alegre color coral, pero con el borde desgastado e irregular. Además, le faltaban dos, y la carne húmeda de debajo estaba al descubierto. Cerré los ojos con fuerza mientras un gemido lastimero escapaba de mis labios.

—¡Tú! —chilló Eulalie antes de propinarme un empujón tan violento que me golpeé la cabeza contra el mármol del suelo.

Parpadeé hasta disipar las estrellas que me nublaban la vista, lista para coger a Verity en brazos y salir corriendo, pero la sala estaba vacía.

—¡Verity! —grité. Luego bajé la voz—. ¿Eulalie?

Desde el otro extremo de la estancia, donde estaban las ventanas, me llegó de nuevo el susurro de faldas. Sin duda ella había agarrado a Verity y la había hecho desaparecer detrás de las cortinas. Siempre le había gustado mucho jugar al escondite.

Tragando saliva, me aproximé a las colgaduras de terciopelo

grueso. Un torrente de imágenes truculentas acudió a mi mente, adelantándose a lo que me iba a encontrar.

La luz de la luna entraba a raudales, plateada y tan densa que casi podía tocarse. Con las manos temblorosas, descorrí una cortina y luego la otra, pero mis hermanas no estaban ahí.

Un movimiento captó mi atención. Una mariposa casi tan grande como mi mano estaba pegada a uno de los cristales de la ventana. Agitó las alas, que produjeron un suave murmullo al repiquetear contra el cristal.

Una segunda mariposa salió de entre los pliegues de las cortinas y avanzó por la rugosa superficie. En las alas presentaba unas marcas que semejaban pequeñas calaveras de expresión perversa. A continuación, bajó una tercera. Y luego una cuarta. Me aparté de la ventana, y una de ellas se me posó en el hombro. Su peso me sorprendió. Se me enredó en el cabello y comenzó a retorcerse para liberarse. Cuando me pasé los dedos por el pelo con la intención de rescatarla, mi mano rozó algo peludo.

Asqueada, sacudí la melena. El insecto cayó al suelo con un golpe sordo mucho más fuerte del que cabía esperar tratándose de un bicho. Cuando me agaché para examinarlo, contemplé con repugnancia la polilla más grande que había visto jamás. Tenía las alas raídas y como cubiertas de polvo. Se agitaba contra las baldosas, luchando por enderezarse. Sus seis robustas patas se retorcían y contorsionaban de rabia. Unas antenas enormes le coronaban la cabeza, justo por encima de sus abultados ojos negros.

—¿Verity? —grité de nuevo, pero no obtuve respuesta. Mi hermanita no estaba ahí, y empezaba a pensar que no había estado nunca. Sentía la cabeza embotada y aturdida mientras me esforzaba por atar cabos para entender lo que me estaba ocurriendo.

Otra polilla descendió volando y aterrizó junto a la primera. Retrocedí y pisé una. Al notar el crujido de las alas bajo mi pie, entré en pánico y salí disparada de la habitación antes de que alguna de ellas se abalanzara sobre mí.

Cuando me atreví a mirar atrás, vi un enjambre de varios

centenares de polillas, posadas sobre las estatuas, los cuadros, la repisa de la chimenea…, sobre todos los objetos de la sala. Subí a toda velocidad las escaleras hasta el tercer piso.

—¡Papá! ¡Despierta! —exclamé irrumpiendo en sus aposentos.

Al oír los ruidos que provenían de la cama —que por fortuna tenía cerradas las cortinas del dosel—, de pronto comprendí que mi padre no dormía. Los gritos de éxtasis de Morella se convirtieron en un aullido ahogado de frustración.

—Fuera de aquí, Annaleigh —me ordenó con los dientes apretados.

—Pero si hay… —Se me apagó la voz. Un doloroso revoltijo de emociones me atenazaba el pecho. El terror que me había embargado abajo quedó momentáneamente eclipsado por la abrasadora acidez de la vergüenza más absoluta.

Se oyó otro fuerte suspiro, y las sábanas se desenredaron. El rostro de papá asomó por entre las cortinas, congestionado por esfuerzos en los que prefería no pensar.

—¿Qué pasa, hija?

—No encuentro a Verity, y hay polillas, cientos de ellas, por toda la galería.

Se impuso un largo silencio. Intenté no imaginar qué estaba ocurriendo antes de mi violenta entrada, pero no conseguía sacarme esos sonidos de la cabeza. Una mano descorrió las colgaduras, y papá descolgó una bata del pilar de la cama, farfullando algo que no alcancé a oír. Vislumbré una imagen fugaz del blanco cuerpo de Morella antes de que él cerrara de nuevo las cortinas.

—Muéstramelo —me indicó él atándose el cinturón.

Cuando llegamos a la planta baja, la severidad de su expresión me resultaba aterradora. Me detuve frente a las puertas de la galería, demasiado asustada para entrar. No soportaría ver aquellos animalillos peludos pululando por la estancia.

—Annaleigh, explícate.

Reuní el valor para echar un vistazo al interior. La galería estaba vacía. Mi padre encendió varias lámparas de gas para buscar rastros del enjambre, pero no había nada.

—No lo entiendo. —Sacudí las cortinas. Tal vez quedaban algunos insectos escondidos entre los pliegues—. Estaban aquí, por todas partes. He pisado una, justo allí.

Atravesé la sala hasta el hogar. ¿Habían subido todas volando por la chimenea y se habían aferrado a los ladrillos ennegrecidos como murciélagos en una cueva? Alcé la vista, convencida de que me atacaría una multitud de alas grandes y carcomidas.

Estaba limpia.

El hombre miró por la ventana, perfilada por la luz de la luna. Irradiaba ondas de furia tangible.

—No ha tenido ninguna gracia, Annaleigh.

—Pero, papá, te juro que...

—Sé que a las mayores no os entusiasma mi relación con Morella, pero es mi mujer, y no toleraré que vuelvas a interrumpirnos por la noche como has hecho hoy.

Me quedé boquiabierta. ¿De verdad creía que se trataba de una broma de mal gusto?

—Eso no es lo que... Ni siquiera sabía que estabais... —Me interrumpí, con las mejillas encendidas. Por mucho que me remordiera la conciencia, no habría sido capaz de terminar esa frase.

—Vete a dormir, Annaleigh.

—Pero Verity...

—Verity duerme en su habitación. Ya hablaremos de esto cuando regrese de Vasa. —Abrí la boca para protestar, pero él me cortó de inmediato—. Ni una palabra más.

Salí de la estancia arrastrando los pies cuando quedó de manifiesto que ya no iba a escucharme. Se dirigió hacia el vestíbulo, dando un rodeo para evitarme. Se me retorció el estómago mientras lo miraba alejarse.

¿Qué acababa de ocurrir? Primero Verity, luego Eulalie y después las polillas. Me detuve un momento al pie de las escaleras antes de dar media vuelta y regresar a la galería, con la certeza de que la encontraría infestada de aquellos monstruos voladores.

Estaba vacía.

Me marché, masajeándome las sienes con la sensación de no estar del todo ahí. Aunque nunca había sido propensa al sonambulismo, tal vez había soñado aquella espeluznante escena.

Pero me había parecido tan real...

Elizabeth aseguraba percibir señales siniestras antes de aquel fatídico baño: sombras que no existían, malos augurios en hojas de té. En una ocasión se había pasado una tarde entera encerrada en su alcoba, demasiado asustada para salir porque había visto un búho volar en pleno día y lo había interpretado como un presagio de la muerte. Se rumoreaba entre la servidumbre que había enloquecido.

En cuanto llegué al segundo piso, me encaminé hacia la habitación de Verity, segura de que estaría desierta. Sin embargo, tal como había predicho papá, la encontré allí, en la cama y sumida en un profundo sueño.

Contemplé su pecho, que subía y bajaba a un ritmo lento y regular. Llevaba un buen rato durmiendo allí, y no abajo hablando con nuestra hermana muerta. Me froté los ojos, intentando ahuyentar una oleada de pensamientos negativos.

Estaba cansada. Eso era todo. La mente tiende a gastarnos malas pasadas cuando está agotada. Como muestra de ello, se contaban muchas anécdotas sobre marineros soñolientos que habían avistado barcos fantasma o sirenas durante su guardia de medianoche.

Eso era todo.

Me di la vuelta para subir a mi cuarto. Lo vería todo mejor después de una noche de descanso.

20

Oí los gritos antes de despertarme, pero esta vez no era mi pesadilla.

Era Morella.

En la tercera planta, Roland caminaba inquieto frente al dormitorio, impedido de entrar por alguna ridícula norma sobre el lugar que correspondía a los hombres en momentos de crisis femeninas. Mis hermanas rodeaban la cama con dosel, con expresión de impotencia ante los gemidos de la figura que yacía en ella.

—¡Ayúdame! ¡Por favor, Annaleigh, quítame este dolor!

El camisón se le había subido por encima de la barriga de embarazada y se le había enrollado al cuerpo como una anguila mientras ella se retorcía de un lado a otro, presa del dolor. Me senté a su lado en el lecho para intentar aplacar sus convulsiones.

—¿Dónde te duele?

Se frotó el hinchado vientre.

—¡Siento como si se me fuera a desgarrar!

—Chisss —susurré para calmarla, acariciándole la frente—. Tienes que tranquilizarte. El pánico no les hace bien a los bebés. Rosalie, ve a por un cuenco con agua y toallas limpias —indiqué, tomando las riendas de la situación en vista de que nadie más lo hacía—. Lenore, trae loción y aceite de lavanda. Verity y Mercy, id a preguntarle a la cocinera si tiene flor de manzanilla. Honor, consigue un camisón limpio, ¿de acuerdo?

Asintieron y salieron a toda prisa. Camille estaba apoyada en una columna de la cama, con los dedos entrelazados.

—¿Y yo qué hago?

Le quité a Morella la camisa de dormir empapada y se la pasé a Camille, que se la llevó, sujetándola lo más lejos posible de sí como si estuviera contaminada de peste.

—¿Qué ha pasado?

—Me he despertado por el dolor. Al principio notaba que daban patadas, pero luego fue a peor, casi como si se estuvieran peleando. Y siento la piel tirante como la de un tambor. Me están partiendo en dos. —Prorrumpió en sollozos.

Rosalie regresó con una bandeja. Le enjugué la frente a Morella con una toalla, emitiendo sonidos suaves con la boca para aliviarla.

—Algo va mal. Algo debe de ir muy mal —aulló.

Me devané los sesos, intentando dilucidar qué habrían hecho Ava y Octavia de haber estado allí.

—Al parecer están creciendo más deprisa que tu cuerpo —aventuré—. ¿Habéis mandado llamar a una comadrona?

Alguien habría debido pensar en ello..., pero nadie contestó.

—¡Hanna! —llamé. Ella entró a paso veloz en la habitación, con los brazos cargados de ropa de cama limpia—. ¡Dile a Roland que vaya a buscar a una comadrona de inmediato! —La que encontrara tardaría por lo menos medio día en llegar desde Astrea.

Hanna se marchó a todo correr y a punto estuvo de tirar al suelo a Lenore, que entraba en ese momento. Me tendió el frasco de aceite.

—Procura que tenga una toalla fresca en la nuca en todo momento —le indiqué, entregándole el agua. Me puse unas gotas de aceite en las manos y las froté para calentarlo antes de untárselo a Morella en el vientre—. La lavanda te ayudará a relajarte —le aseguré—. Aspira su aroma. ¿No te trae a la mente un bonito día de primavera?

—Cuando era niña, había campos de flores cerca de mi casa —musitó Morella con un asomo de sonrisa en los labios—. Me encantaba corretear entre todos aquellos pétalos.

Mientras le daba friegas con el aceite, noté una brusca patada en la mano, y ella soltó otro gemido.

—¿Están librando un combate a muerte? —preguntó.

—Seguro que no es más que una pequeña disputa por el espacio. Deben de estar muy cómodos y calentitos ahí dentro, ¿no crees?

Se dobló en dos, resollando.

—Chisss, ya está. Ya está. —Continué masajeándola. Algo largo y liso, tal vez una espalda o una pierna, tensó la piel bajo mis dedos, y tuve que ahuyentar de mi mente la idea de que había algo serpenteante ahí dentro.

«Los bebés están sanos, son normales», repetí una y otra vez para mis adentros.

Tras echarme en la mano un generoso pegote de loción, friccioné con él la piel tirante para distenderla y de paso apaciguar a Morella. Verity abrió la puerta y Mercy entró con una bandeja para el té.

—Te hemos traído unos de esos bollos de jengibre que te gustan, Morella —anunció Mercy, depositando la bandeja sobre la mesilla de noche. De la pequeña tetera emanaba un relajante olor a manzanilla—. Hemos pensado que a lo mejor los bebés tenían hambre.

—Sois muy amables las dos —murmuró la mujer, encajando otro movimiento brusco de los gemelos—. Gracias.

Una vez que su abdomen quedó debidamente hidratado, le pusimos un camisón limpio y la trasladamos a la sala de estar para que Hanna y las trillizas pudieran cambiar las sábanas. Morella las observó trabajar mientras mordisqueaba un bollo y Honor le cepillaba la cabellera con pasadas largas y reconfortantes.

Advertí que le brotaban lágrimas de las comisuras de los ojos. Eran gotas grandes que se le aferraban a las pestañas, a diferencia de las lágrimas de dolor que le rodaban por las mejillas antes, ansiosas por ser libres y propagar su sufrimiento.

—Morella, ¿qué sucede?

—Es que habéis sido tan consideradas conmigo... No me lo esperaba.

Le di un apretón en la mano.

—Somos una familia y cuidamos unos de otros. Queremos

ayudarte en estos momentos a que te sientas lo mejor posible. Todas.

Se le cortó la respiración y asintió, desviando la mirada hacia la ventana.

—Ojalá estuviera aquí Ortun.

—Llega mañana, creo.

Cuando había partido para Vasa, habíamos formado una línea en el vestíbulo para desearle un buen viaje. A mí me había pasado de largo, con la mandíbula apretada y tensa.

La aflicción se reflejó en los ojos de Morella.

—Lo siento tan lejos…

—Aunque estuviera en casa, apuesto a que habría ido a esconderse con Roland en el pasillo —le dije—. Todo lo relacionado con el embarazo le produce cierta aprensión. Recuerdo que mamá se metía con él diciéndole que era capaz de enfrentarse a una ola de doce metros a bordo de un bote diminuto, pero que echaba a correr ante el más mínimo episodio de náuseas matinales.

Se alisó el cabello hacia atrás.

—Estoy muy cansada. ¿A alguna de vosotras le importaría ayudarme a volver a la cama?

Rosalie rodeó a nuestra madrastra con los brazos y las dos se encaminaron arrastrando los pies hacia el lecho con dosel. Morella se acurrucó bajo las sábanas limpias y se tapó con la colcha hasta la barbilla.

—Solo necesito descansar —murmuró.

—¿Quieres que nos quedemos contigo hasta que te duermas? —Aunque había recuperado casi todo el color, le brillaban los ojos, y me preocupaba que tuviera fiebre.

Alzó la vista al dosel y la fijó en el gran pulpo que componía el armazón de la cama. Le tembló la mandíbula mientras lo examinaba.

—¿Morella? —apunté.

—No hace falta que os quedéis todas, pero… hay algo que me gustaría pedirte.

Me senté a su lado con cuidado de no tocarle el vientre.

—Lo que sea.

—Faltan pocos días para las festividades de la Remoción. —Apretó los labios—. Quedan muchos preparativos por llevar a cabo. Tenía pensado poner manos a la obra en cuanto me encontrara mejor, pero he estado muy cansada las últimas semanas. Tengo... tengo la sensación de que va a ser un desastre. No sé cómo ocuparme de todo; planear los menús, organizar el entretenimiento... Ni siquiera he asignado habitación a los invitados todavía. —Me tomó la mano entre las suyas—. Annaleigh..., no sé qué hacer.

Oí unos leves chasquidos de lengua procedentes de la puerta. Camille, que había regresado, estaba apoyada contra el marco, escuchando.

—Te ayudaremos, por supuesto. ¿Tienes una lista de invitados? Ella movió la cabeza afirmativamente.

—Está en el secreter.

Honor corrió hasta el mueble y llevó las hojas de papel a la cama.

—La cocinera y yo hemos repasado el menú para la Primera Noche, pero quedan otras comidas que planificar. Me temo que esto me sobrepasa. Nunca había tenido que organizar un evento de esta envergadura. —Morella se rio, pero era una risa débil y triste—. Nunca he asistido a nada parecido. No sé qué se espera. No quiero avergonzar a Ortun.

—No tienes nada de qué preocuparte, mujer —dije, mostrando más seguridad de la que sentía—. Procura descansar. Nosotras iremos abajo y nos encargaremos de todo.

Al instante, Camille giró sobre los talones y se marchó. Una a una, las demás inclinaron la cabeza y le dedicaron unas palabras de aliento a Morella antes de salir. Verity volvió sobre sus pasos hasta el lecho para besarla en la mejilla. Tras recoger los papeles y sus notas, me dirigí hacia la puerta.

Volví la vista atrás y sonreí al ver a Morella cómodamente recostada en la cama, con las manos sobre el abdomen, hablándoles a los bebes. Qué aterrador debía de ser pensar en la posibilidad de perder algo tan valioso.

—Annaleigh —me llamó Verity a mi espalda.

Morella alzó la mirada, sorprendida de descubrir que no estaba sola. Me dedicó una leve sonrisa de despedida.

Después de despojarme de la bata y pasarme el peine a toda prisa, bajé al salón Azul. En las notas de Morella figuraban varios nombres conocidos. Sterland Henricks y Regnard Forth encabezaban la lista.

En ella aparecían dos de los amigos más antiguos de papá, capitanes que navegaban bajo la enseña de los Thaumas. Los tres habían estudiado juntos en la academia naval cuando eran jóvenes. Me alegraría verlos de nuevo. Eran como tíos para nosotras.

Había varios capitanes más que solo conocía de nombre, así como un par de empleados de las oficinas de Vasa. Me preguntaba si serían bienvenidos después del incidente que papá estaba intentando subsanar en aquel momento.

Al deslizar los dedos sobre el último nombre de la lista, me quedé paralizada.

—Capitán Walter Corum.

¡El padre de Cassius! Sin duda había enviado su respuesta antes de caer enfermo. O tal vez los remedios que Cassius había adquirido habían surtido efecto y el hombre estaba en condiciones de viajar la semana siguiente. Tal vez incluso lo acompañaría su hijo en calidad de cuidador.

Recorrí el pasillo con la vista, imaginando que Cassius caminaba a lo largo de él. Que se paseaba por los jardines de Highmoor. Que Cassius y yo nos colábamos en el invernadero para besarnos a hurtadillas al abrigo de las hojas de un helecho enorme...

Aparté estos pensamientos de mi mente. Tenía un fajo de papeles que revisar, y el tiempo apremiaba. Ya me perdería en ensoñaciones febriles más tarde, cuando todo estuviera encarrilado.

Al cruzar el umbral del salón Azul, me paré en seco. Mis

hermanas estaban dispersas por la estancia, como si un retratista hubiera colocado a cada una allí donde la luz más la favorecía.

Todas.

Camille se encontraba de pie junto al piano, con la mano apoyada en la tapa. Rosalie y Ligeia estaban arrellanadas en el confidente, con los brazos confortablemente enlazados tras la espalda. Lenore, erguida detrás de ellas, tenía los dedos posados sobre el hombro de Rosalie. Honor posaba frente a la ventana con un libro abierto en la mano, aunque estaba al revés. Mercy y Verity se encontraban despatarradas cerca del fuego sobre una alfombra gruesa. Parecían enfrascadas en una partida de taba, pero ante ellas no había nada.

Todas levantaron los ojos cuando entré y volvieron la cabeza de forma entrecortada y simultánea. Parpadeé ante aquel movimiento tan antinatural y, durante un terrible segundo, mis otras hermanas se materializaron en la escena. Octavia estaba de pie delante de Honor, leyendo el libro del derecho. Elizabeth, sentada al piano, tocaba una melodía para que Camille la cantara. Eulalie, entre Verity y Mercy, agarraba un puñado de tabas, y Ava, situada cerca de Lenore con las yemas de sus dedos apoyadas en el hombro de Ligeia, completaba aquel escalofriante retablo.

—«Nos encargaremos de todo, Morella» —me imitó Camille, rompiendo el hechizo del momento.

Todo volvió a la normalidad. Solo quedaban siete de mis hermanas en la sala. Entorné los párpados, intentando recrear la monstruosa imagen, pero la visión se había desvanecido.

—Sí que estás metida en tu papel de hija solícita hoy. Cuidas de tu pobre madrastra enferma, te haces cargo de la organización de la Primera Noche… Antes de que nos demos cuenta, estarás ofreciéndote voluntaria para ser el tope de mástil de los Thaumas.

Sin hacer caso de sus pullas, fui a sentarme con las trillizas para revisar las notas sobre la mesa de centro.

—No te he visto muy ansiosa por echar una mano.

—Ni lo estaré —replicó—. Es responsable de su propia desgracia.

—No tiene la culpa de lo que están haciendo los gemelos.

Camille se encogió de hombros.

—Tanta ambición para nada. Soñaba con ponerse al frente de esta heredad cuando ni siquiera soporta la presión que supone preparar la Remoción. No pienso ayudarla. Que fracase, y así papá se percatará de lo despreciable e inútil que es la persona con la que se ha casado.

—¡Camille! —exclamó Rosalie—. Por muy mal que te caiga, esa no es manera de referirte a nuestra madrastra.

—No es mi madre. —Salió del salón con paso airado. Sus pisotones resonaron por el pasillo.

Rosalie sopló para apartarse un mechón de la cara, dirigiendo una mirada furiosa a la puerta.

—¿Qué mosca le ha picado?

—No ha dormido mucho últimamente —murmuró Lenore.

Me sorbí la nariz.

—¿Por los bailes? ¿Por qué no se toma una noche libre?

Lenore se toqueteó la falda.

—Está desesperada por tener un pretendiente. Anoche no paraba de repetir que tú ya habías encontrado a alguien en Astrea y que ella sería una solterona el resto de su vida.

—Ay, Camille. —Me mordisqueé el interior de la boca. En ese momento había asuntos más importantes de los que preocuparse. Pensé en Morella, sola en aquella enorme cama, aguardando a que regresara nuestro padre. Nunca la había visto tan pequeña y perdida. Sacudí la cabeza—. La Remoción comienza la semana que viene. Solo nos quedan seis días para asegurarnos de que todo esté listo para la Primera Noche.

Ligeia se encogió de hombros.

—¿Y qué?

—Tomémonos un respiro de los bailes…

—¿Qué? ¡Ni hablar! —estalló Rosalie.

—Solo esta semana, para que estemos descansadas y podamos concentrarnos en que todo marche sin contratiempos, en la medida de lo posible. Ya has visto lo dolorida que estaba Morella. No puede cargar con el peso de un proyecto tan grande.

—Podemos ocuparnos de eso sin dejar de ir a bailar —alegó Ligeia.

Arqueé una ceja.

—¿De veras? Hoy todas hemos dormido hasta pasado el mediodía. Otra vez.

Hasta Lenore parecía disgustada, con los brazos cruzados sobre el pecho.

—¿Y qué?

—Necesitamos descansar. Todas tenemos ojeras y nos soltamos exabruptos unas a otras. No será el fin del mundo. Solo una semana.

Rosalie entrecerró los ojos.

—¿Y volveremos a ir a bailar después de la Remoción?

Le prometí que así sería.

Las trillizas intercambiaron miradas.

—De acuerdo —dijo Rosalie con un bufido que no me dejó muy convencida de su sinceridad.

—¿Qué quieres que hagamos? —inquirió Lenore.

—Si la Primera Noche ya está planeada, eso significa que hay que organizar nueve cenas más para los invitados, suponiendo que no pasen ninguna noche en Astrea. Tenemos que diseñar los menús. Mercy, Honor, vosotras pasáis mucho tiempo con la cocinera. ¿Podéis encargaros de esto?

Asintieron enérgicamente.

—¿Y yo? —preguntó Verity.

—Puedes ayudarme con el ala este. Nos aseguraremos de que las habitaciones estén preparadas. Los pensamientos de invierno deben de estar floreciendo en el invernadero. Podrías confeccionar unos ramilletes como obsequio de bienvenida para las familias.

—¡También podría dibujarles algo! —exclamó.

Al recordar la última serie de dibujos que había creado, le dediqué una sonrisa de aliento, pero no le prometí nada.

¿Qué más había que hacer? Evoqué recuerdos de Remociones pasadas.

—Habrá que buscar maneras de entretener a los invitados.

Tal vez podríamos organizar paseos a caballo por el bosque, ¿no? Es precioso cuando está nevado. Además, debemos cerciorarnos de que haya embarcaciones y tripulantes disponibles para transportar a la gente a Astrea y de regreso de modo que puedan disfrutar de todas las actividades de la celebración.

En cada Remoción se montaba una obra de teatro en la que Ponto revolvía los océanos con su gran tridente. Los actores simulaban las olas con muchos metros de telas iridiscentes. Un año, una ola se acercó demasiado a las candilejas y se prendió fuego. Ese año, Acacia, una de las hijas de Ponto, había asistido a la Remoción. Invocó una tromba de agua para que descargara toda su furia sobre las llamas. Cuando el incendio se apagó, el escenario estaba hecho un desastre, cubierto de charcos y hollín, pero todos aplaudieron a la diosa por su rápida reacción.

—¿Se te ocurre algo más? —preguntó Lenore.

Le di vueltas al anillo que llevaba en el índice.

—¿Os acordáis de cuando éramos niñas y mamá organizó un concurso de castillos de nieve con motivo de la Remoción?

—¿Castillos de nieve? —saltó Honor, demasiado pequeña para haber participado—. ¿Como castillos de arena?

—Fue en el jardín —dijo Lenore riendo—. Los castillos, las conchas marinas, los adornos..., ¡todo tenía que estar hecho de nieve!

—Por poco se me cayeron las manos al intentar excavar ese foso —rememoró Rosalie—. ¿Os acordáis de que el agua que le echaba no paraba de congelarse?

Ligeia asintió.

—¡Y luego Greigoff chocó contra él y la fortaleza entera se vino abajo!

—¿Quién? —preguntó Verity.

—Greigoff. Era el perro lobo de mamá. Sus patas eran casi tan largas como mis piernas, y se tropezaba todo el rato con aquellos pies monstruosos que tenía —explicó Rosalie con una risita—. Nunca he conocido un perro más torpe.

—¿Qué le pasó?

—Se murió justo antes de que naciera Mercy. Tenía casi quince años, y para entonces se le habían puesto blancos los bigotes y la barba.

El ambiente de la habitación se ensombreció ante aquella mención de otra muerte más.

Verity fue la primera en romper el silencio.

—Me gustaría construir castillos de arena en la nieve.

—A nosotras también —declaró Ligeia, en nombre de las trillizas.

Mercy y Honor hicieron un gesto afirmativo.

Sonreí.

—Bien. ¿Qué os parece si vamos a desayunar y nos ponemos a planificar después?

—¿Creéis que Morella se pondrá bien? —preguntó Honor con la voz constreñida de angustia, clavándose las uñas en la palma de la mano.

—Solo le hace falta descansar. Bastante duro resulta gestar un bebé, y ella lleva dos dentro.

—Es que no quiero que se muera —reconoció ella por lo bajo—. No quiero que muera ninguna de nosotras.

—La comadrona no tardará en llegar —le recordó Lenore—. Seguro que tendrá algo para aliviarle el dolor a Morella. Y las demás estamos bien.

—Eulalie estaba bien hasta que dejó de estarlo.

—Lo de Eulalie fue un accidente. Un accidente desgraciado, terrible, espantoso.

—¿Y lo que les pasó a las demás? —Su voz resonó con aspereza.

Lenore me miró y se encogió de hombros, como pidiéndome ayuda.

Antes de que yo pudiera contestar, Verity bajó la vista a su regazo, retorciéndose las manos hasta que se le enrojecieron los dedos.

—Tal vez debería irme.

Fruncí el entrecejo.

—¿Por qué dices eso?

Cuando levantó los ojos, los tenía brillantes de lágrimas.

—La maldición soy yo. Todo empezó conmigo. Yo maté a mamá.

Las trillizas corrieron hacia ella y se arrodillaron a sus pies.

—No es verdad.

—No fue culpa tuya, mi niña.

—La maldición no existe. No pienses eso.

Se apretó las manos con tanta fuerza que las uñitas se le pusieron blancas.

—Pero si no fuera por mí, aún estaría aquí.

—Eso no lo sabemos —repuse, acariciándole el cabello—. Ponto la llamó para que regresara al mar entonces. Lo habría hecho de todos modos. Y aunque todos estábamos muy tristes por mamá, nos alegramos mucho de conocerte. Papá te levantaba de la cuna y decía: «Mirad qué niña tan contenta, qué sonrisa tan bonita». De no ser por ti, Verity, no tendríamos más que una inmensa tristeza en nuestra vida. Tú nos trajiste júbilo.

Le temblaron los labios, y parecía desesperada por creer mis palabras.

—Me alegro de haber nacido —dijo al fin—. Y me alegro de que seáis mis hermanas.

Todas nos fundimos en un gran abrazo de grupo. Mientras estrechaba a Verity contra mí, cerré los ojos y recé para que no volviera a sucederle nada malo a ninguna de nosotras.

21

La Remoción llegó en medio de una nevisca.

Papá se encontraba en el vestíbulo, esperando a los invitados. Morella estaba arriba, descansando, haciendo acopio de fuerzas para aguantar hasta el final de la cena. Estaba ansiosa por quedar como una anfitriona auténtica y competente, pero los gemelos no se lo ponían fácil.

La comadrona no había encontrado la causa de su problema. Aunque los gemelos parecían venir algo grandes, en efecto, ella lo atribuyó al aire fresco del mar y a nuestra dieta sana. Me enseñó unos estiramientos que Morella debía realizar para aliviar la tensión en la parte inferior de la espalda y me indicó que siguiera aplicándole aceite y loción. Verity nos observaba embelesada y ansiosa por ayudar en lo que pudiera.

Papá pasó revista a la fila de recepción que formábamos, contándonos con expresión ceñuda.

—¿Dónde está Camille?

—Ya voy, ya voy. —La aludida entró tan campante y ocupó su lugar. Tenía el cabello alborotado por el viento y, por más que se esforzaba, no conseguía borrarse la sonrisa de la cara.

La miré arqueando las cejas. ¿Acababa de llegar de la Gruta? Había mantenido una fidelidad inquebrantable a su amenaza de no colaborar en los preparativos de la Remoción. En vez de ello, se iba a bailar todas las noches y dormía cada vez hasta más tarde, en ocasiones hasta bien pasadas las tres. Aunque nuestro padre había estado demasiado ocupado con sus negocios y con

Morella para reparar en su ausencia, a las demás nos había afectado mucho.

La puerta se abrió, dejando entrar una profusión de nieve, y el capitán Morganstin, su esposa Rebecca y sus dos hijas fueron los primeros invitados en cruzar el umbral. Las Gracias acogieron de inmediato a las niñas en su grupo con promesas de que jugarían a las muñecas y la taba por la tarde.

El capitán Bashemk fue el siguiente. Su mujer, en avanzado estado de embarazo, no había podido viajar, pero lo acompañaba Ethan, su primer oficial. Rosalie le hizo ojitos al joven y bajó la mirada con una sonrisa tímida al ver que el oficial se ponía colorado.

Sterland y Regnard llegaron juntos, intercambiando anécdotas y saludando a papá con efusivos abrazos. Tras ellos iba la esposa del segundo, Amelia, que preguntó por Morella.

Dos hombres jóvenes, una vez a cubierto del frío, se quedaron contemplando el majestuoso vestíbulo de Highmoor con admiración indisimulada. Uno era bajo y esbelto, de un rubio casi platino. Le propinó un suave codazo en las costillas a su amigo en cuanto nos avistó a mis hermanas y a mí. El otro era su antítesis: le sacaba varios palmos de estatura, tenía el cabello de color negro azabache y la nariz tan torcida que debía de habérsela roto por lo menos dos veces a lo largo de su vida. Me sorprendió mirándolo, pero, en vez de sonreír, me recorrió el cuerpo con la vista. Sintiendo como si una cucaracha se paseara por mi piel, aparté los ojos.

—¡Jules, Ivor! —exclamó mi padre al recibir a sus empleados—. ¿Conocíais ya a mis hijas? —Cuando desplazó la mirada por la sala en busca de alguien que estuviera disponible para conversar, me escabullí hasta la puerta y fingí supervisar a los criados de librea que descargaban baúles de equipaje. Quería estar libre para cuando llegara el capitán Corum.

Arrugué el entrecejo. No había nadie en los trineos, pues al parecer los invitados ya estaban todos dentro. ¿Había entrado él cuando yo estaba distraída? Me volví de nuevo hacia el vestíbulo y conté las cabezas.

Me acerqué con disimulo a Amelia.

—¿Iba el capitán Corum en el mismo barco que ustedes? —le pregunté. La pobre Lenore estaba atrapada en una conversación con el empleado alto. Me prometí que la rescataría después de saludar a Corum.

Amelia se quitó el sombrero y se pasó los dedos por el cabello entrecano.

—¡Vaya! ¿No te enteraste de la noticia? Falleció hace pocos días.

—¡Oh, no! —Pobre Cassius. Aunque no había conocido a su padre hasta hacía poco tiempo, sin duda le habría dolido su pérdida.

Se inclinó hacia mí con aire confidencial.

—Al parecer, murió de escarlatina —susurró—. Una enfermedad espantosa. Pero su hijo ha venido. Debe de andar por aquí. —Paseó la vista por el vestíbulo—. Ahí está.

Cuando me volví, sentí que mi corazón dejaba de latir.

—Ah.

Era Cassius. Estaba ahí, en Highmoor, hablando con mi padre. Cuando sus ojos se cruzaron con los míos, su rostro se iluminó.

Me inundó una sensación de calidez. Abrí la boca para pronunciar unas palabras de bienvenida dignas de una anfitriona, pero no me salió la voz. Al percatarse de que había enmudecido, papá lo llevó hacia mí para presentarnos.

—Es la segunda mayor de mis hijas…

—Annaleigh —dijeron al unísono.

Papá nos escudriñó con ojo crítico.

—Annaleigh, te presento a Cassius, el hijo del capitán Corum. Estará con nosotros esta semana en sustitución de su padre.

—Nos conocemos —reconocí, lo que sorprendió tanto a mi padre como a Cassius—. Coincidimos en el mercado de Selkirk. Mis condolencias por el fallecimiento de tu padre.

—En efecto —dijo papá, dándole unas palmaditas en el hombro—. Tu padre era un gran hombre y se le echará mucho de menos.

Se volvió hacia el resto de la concurrencia y se aclaró la garganta.

—Damas y caballeros, bienvenidos a Highmoor. Mi familia está encantada de contar con su presencia en esta ocasión señalada. La Primera Noche siempre ha sido una celebración especial para nuestro linaje. Roland, mi ayuda de cámara, los guiará hasta el ala este para que se instalen antes de que dé comienzo el banquete.

Mientras la sala entera se ponía en movimiento, Cassius me tomó del brazo y me apartó del bullicio. Ahora que mi padre no estaba cerca, parecía más relajado.

—Cuando vi el emblema de los Thaumas en el sobre, supe que tenía que venir, aunque solo fuera para volver a verte —me dijo en voz baja y con una cadencia tranquila—. Me dio rabia dejarte así en la plaza del mercado, pero tenía que volver con mi padre. —Tragó saliva—. Y encima no sirvió para nada. Murió pocas horas después de mi llegada.

—Ay, Cassius, cuánto lo siento. Menos mal que estuviste con él en sus últimos momentos.

Alzó la vista, y sus ojos azules buscaron los míos antes de divisar a alguien en el otro extremo de la estancia.

—Es el hombre de la plaza. El que descubrió el cuerpo del relojero.

Al darme la vuelta, vi a Fisher hablando con Camille. Cuando levantó la vista, me pilló observándolo. Sosteniéndome la mirada durante largo rato, le murmuró algo al oído a Camille, que se sonrió con aire de suficiencia.

—Se llama Fisher. Está formándose como aprendiz en el faro de Hesperus.

Cassius lo estudió desde lejos y se fijó en cómo su mano trepaba hasta el hombro de mi hermana.

—Curiosa manera de formarse, tan lejos de un faro.

Se me escapó una sonrisa al recordar el momento de tensión que habían protagonizado en el baile de Pelage.

—¡Cualquiera pensaría que estás celoso!

—En absoluto. ¿Y sabes por qué? —Negué con un gesto—.

Porque yo soy el que está en un rincón cuchicheando con la chica más guapa de la sala.

Y, acto seguido, Cassius saludó a las trillizas antes de seguir escaleras arriba al resto de los presentes. Al llegar al último escalón, se volvió y me sorprendió mirándolo. Tras dirigirme un guiño fugaz, desapareció tras una esquina.

Rosalie, a quien no se le escapaba una, se me acercó a toda prisa.

—¿Quién era? —Ligeia y Lenore estaban detrás de ella, a poca distancia.

—Cassius Corum.

—¿Es uno de los capitanes de papá?

Sacudí la cabeza.

—Su padre lo era.

—Pues desde luego representa una mejora considerable respecto a los empleados que ha invitado papá —murmuró Ligeia una vez que el último huésped había abandonado el vestíbulo—. El pequeñín aquel me llega justo al pecho. Se ha pasado toda la conversación contemplándome el escote.

—No es que haya mucho que contemplar —dijo Rosalie haciéndole cosquillas.

—Pues el otro es aún peor. ¿Ivor, se llamaba? —añadió Lenore—. No hacía más que mirarme con expresión lasciva, como una gárgola. —Simuló un rostro terrorífico y crispó los dedos como garras—. Tenía miedo de que me devorara ahí mismo.

—En cambio, Cassius… —dijo Ligeia—. Cassius sí que tiene potencial.

Rosalie hizo una mueca.

—Paso. A mí dadme un hombre con un bigote grande y poblado como el de ese marinero que ha venido con el capitán Bashemk. ¡Ese sí que es un buen partido! Necesito un hombre que se sienta como en casa en el mar, que sepa manejarse con las ondulaciones y sinuosidades de las olas. —Se deslizó una mano por la curva de la cadera, bajándola con un movimiento teatral y enronqueciendo la voz—. Alguien que sepa entrar con su barco en cualquier puerto, incluso en medio de las borrascas más impetuosas.

Ligeia soltó una risotada y se tapó la boca.

—Un hombre con un palo de mesana largo, grueso y duro.

Las trillizas estallaron en risitas, y yo puse cara de exasperación.

—Como papá te oiga decir esas cosas, confiscará todas tus novelas románticas y las quemará.

—No seas gruñona, Annaleigh. Estamos en Remoción. Se nos permite descararnos un poco, ¿no? —dijo Rosalie—. Además, tal vez estés ahuyentando a tu propio palo de mesana. Cassius no será marinero, pero no está nada mal.

—No creo que...

—No cabe la menor duda de que está interesado en ti —me cortó Ligeia—. No te has percatado porque estabas hablando con Amelia, pero mientras él conversaba con papá, no te quitaba ojo.

—¿Junto a quién se sentará durante la cena?

—Junto a mí —terció Camille, que se había acercado sin que nos diéramos cuenta—. Me imagino que estáis así de alborotadas por el hijo del capitán Corum, ¿no? He visto la distribución de los asientos. Annaleigh me colocó al lado del capitán. No pretenderás que ahora cambiemos de sitio solo porque ha venido el hijo en su lugar, ¿no?

Me miró con una ceja enarcada, como desafiándome a pedírselo, y me entraron ganas de propinarle un buen tirón en la trenza, como cuando éramos niñas. Me daba igual que estuviera cansada. Era culpa suya, y además nos había dejado el trabajo duro a las demás.

—Ni se me pasaría por la cabeza —masculló.

—Estupendo. Aclarado este asunto, tengo que prepararme para la cena. Quiero estar lo más guapa posible. —Subió las escaleras bailoteando y tarareando una cancioncilla.

—No le hagas caso —dijo Lenore—. Se siente culpable por no haber ayudado más.

—No ayudó nada.

Lenore se colocó un mechón rebelde detrás de la oreja.

—Y sabe que, al ser la hija mayor, debería haberlo hecho. Le preocupa quedar mal con papá.

Ligeia asintió mientras llegamos al segundo descansillo.

—¿Quieres prepararte con nosotras, para no tener que verla?

—No. No pienso dejar que me afecte lo que me dice. Además, tengo que asegurarme de que las Gracias se estén preparando también.

—Deberías ponerte el vestido verde —me aconsejó Rosalie.

—¿El que llevé para vuestro baile?

Movió la cabeza afirmativamente.

—Es de un color ideal, y con él pareces una sirena. ¿Qué mejor para celebrar la Remoción?

Con la mente acelerada, pensé en la cara que pondría Cassius si yo entraba con paso desenvuelto en el gran salón enfundada en ese vestido. Noté una sensación cálida en el pecho, y la sangre me subió a las mejillas al recordar cómo me había explorado con los ojos.

—¿No os parece excesivo?

—Para la Primera Noche, no —dijo Ligeia—. Cassius ni siquiera se fijará en Camille cuando aparezca.

—Eso no es lo que... —balbucí.

—Ponte el vestido y calla, Annaleigh —me dijo Lenore, empujándome hacia las escaleras.

22

—Nosotros, el pueblo de la Sal, nos hemos reunido en esta noche especial —salmodió el Alto Navegante— para dar las gracias al poderoso Ponto por su infinita bondad al bendecirnos con una temporada de extraordinaria abundancia. Las redes de nuestros pescadores están llenas a reventar. Disfrutamos de vientos fuertes pero seguros. Y las estrellas claras nos guían con precisión. Ahora él remueve las aguas, y el cambio de estación cede el paso a un periodo de descanso, en el que el mar recuperará sus riquezas. Ponto cuida de nosotros como ha hecho durante miles de años.

—Te damos las gracias, Ponto —respondimos los demás a coro.

Estábamos sentados en torno a la larga mesa de la enorme sala, esperando a que concluyera la ceremonia para que nos sirvieran la cena. Papá y Morella ocupaban la cabecera, mientras que mis hermanas y yo estábamos desperdigadas entre los invitados. Tuve la mala fortuna de que Ivor se sentara a mi izquierda. Ya lo había pillado dos veces mirándome el escote con disimulo.

El Alto Navegante se encontraba de pie frente a su propia mesa. Sobre ella había diversos objetos. Reconocí su cáliz de abulón, que volvía a estar lleno de agua de mar. Una caracola descansaba sobre sus aguzadas puntas, exhibiendo su rosado interior. Había erizos morados y espinosos, así como grandes estrellas de mar, muertas años atrás pero disecadas y pulidas de modo que les brillaban los anaranjados brazos.

—Nosotros, el pueblo de la Sal, nos hemos reunido en esta noche especial para celebrar las almas de aquellos que nos fueron arrebatados demasiado pronto y que ahora reposan entre los poderosos brazos de las olas.

Se refería a los marineros desaparecidos en tormentas o accidentes de pesca, pero cuando dirigí la mirada hacia mi familia, supe que todos pensábamos en nuestras hermanas fallecidas.

—Os celebramos, seres queridos.

—Nosotros, el pueblo de la Sal, nos hemos reunido en esta noche especial —repitió, llevando la oración a su conclusión— para recordar quiénes somos. Quienes hemos establecido nuestro hogar en las islas Salann somos un pueblo orgulloso, gobernado por un dios no menos orgulloso. Nacemos de la sal y de la luz de las estrellas. Ahora, brindemos por ello, para recordar de dónde venimos y adónde volveremos, Ponto mediante.

Aquella era la única parte de la Primera Noche que yo detestaba.

Todos levantaron la pequeña copa discretamente colocada entre los vasos de agua y los cálices de vino. Cassius, sentado enfrente de mí pero a dos asientos de distancia, vaciló unos momentos antes de reaccionar a la invitación del Alto Navegante. Resultaba evidente que no era un isleño.

Me vertí en la boca aquellas gotas de agua de mar y me apresuré a tragar, intentando mantener aquel sabor salobre lo más alejado posible de mi lengua. Sin embargo, me quedó un regusto áspero y penetrante. Cuando Cassius se limpió la boca con una servilleta, me pareció que escupía el agua en ella. Al sorprenderme mirándolo, se llevó rápidamente el dedo a los labios como para pedirme que no revelara su secreto. Estuve a punto de olvidarme de pronunciar la última palabra del rezo.

—Recordamos.

—¡Y ahora, nosotros, el pueblo de la Sal, celebraremos! —exclamó el Alto Navegante.

Con una sincronía perfecta, las puertas se abrieron y entraron cuatro mayordomos sosteniendo entre todos una bandeja por encima de los hombros. Un pez vela de casi tres metros de largo y asado yacía sobre la fuente de plata, apoyado sobre los pectorales. El argentado cuerpo relucía y, por unos instantes, todos se imaginaron a aquel gran depredador en libertad, saltando del agua con atlética elegancia.

La cocinera salió y agradeció los aplausos con una pequeña reverencia. Una vez que papá hubo trinchado el primer filete ceremonial, el capitán Bashemk hizo como que retaba al pescado a un duelo y golpeó su larga espada con el cuchillo para la mantequilla. El vino corrió en abundancia durante toda la cena. Mientras que las mujeres bebían a sorbos comedidos, los hombres empezaban a estar un poco perjudicados, y eso que aún nos faltaban seis platos.

Nuestro padre depositó el filete en el plato de Morella, con una mirada llena de afecto. Ofrecerle el primer corte era una señal de que le tenía más aprecio que a los demás presentes en la sala. Camille sacó el labio inferior en un mohín que rayaba peligrosamente en la rabia. Se volvió hacia Cassius y murmuró algo que le arrancó una carcajada.

La cocinera sirvió las demás raciones mientras todos se deshacían en elogios hacia la belleza del animal. Asar un pez vela entero para un grupo de solo veinticuatro personas constituía un auténtico despilfarro. Sabía que la servidumbre daría buena cuenta de las sobras más tarde, durante su celebración de la Primera Noche, pero al contemplar a la imponente bestia, me apenaba que la hubieran pescado. Su lugar estaba en la Sal, no entre vistosas verduras y frutas.

Cuando el Alto Navegante se sentó a comer, la conversación en torno a la mesa volvió a animarse.

—Algunas de tus hijas celebraron un baile de cumpleaños hace poco, ¿no, Ortun? —preguntó Regnard, haciendo girar su copa de vino con un brío innecesario.

—Mis trillizas —dijo papá—. Fue una bonita fiesta. Lamentamos que te la perdieras.

—Nos pilló una borrasca cuando regresábamos de Antinopally. La condenada tormenta nos desvió del rumbo y nos hizo perder tres días. —Dirigió la vista al otro extremo de la mesa—. ¿Cuántos cumplisteis? ¿Catorce?

—Dieciséis, tío Regnard —lo corrigió Rosalie, sonriéndole.

—¡Dieciséis! ¿Y todavía vivís en Highmoor?

Aunque lo había dicho con un deje socarrón, un hormigueo me bajó por la espalda.

—¿Así que ninguna de ustedes está comprometida? —inquirió Jules, lanzándole una mirada fugaz a Camille.

Ivor alzó las cejas, dándome otro repaso con los ojos.

Sterland soltó una risita.

—¡Ortun, deberías casar a estas bellezas antes de que te arruinen por completo!

—No tienes ni idea, amigo mío. Ni la más remota idea. Lo que me cuesta… ¿Sabéis? Hay una anécdota relacionada con eso.

—Nuestro padre se puso de pie para captar la atención de todos los comensales—. Un misterio, de hecho. —Su voz sonaba distinta por efecto del vino, más relajada que en los últimos días—. Como sabéis, tengo ocho hijas preciosas, adorables y talentosas. Y, sí, cuesta un poco estar al tanto de sus gastos, pero eso nunca me había preocupado. Ponto ha bendecido a nuestra familia con riquezas, y es un privilegio para mí emplearlas en tener a mis chicas contentas y bellas. No obstante, ciertos sucesos recientes me han dado que pensar. Y es que, veréis: hay algún problema con los pies de mis hijas.

—¿Con… sus pies? —preguntó el Alto Navegante, mirando de una en una a mis hermanas.

Los invitados intercambiaron miradas nerviosas, conteniendo las ganas de echar una ojeada por debajo de la mesa para ver qué horrendos espolones ocultábamos bajo las faldas.

—Los zapatos les duran menos que a nadie que haya conocido. Les compré unas zapatillas muy caras justo antes del cumpleaños de las trillizas. Quedaron inservibles. Cada dos días me suplican que las deje ir a la ciudad a comprarse calzado nuevo, y ahora me entero a través de la servidumbre de que las trillizas han estado pidiéndoles prestados a las doncellas sus zapatos de repuesto.

Al instante, volví los ojos hacia Rosalie. Todas habían prometido que no irían a bailar durante la Remoción. Bajó la vista a su regazo para rehuirme la mirada. Incluso las Gracias se comportaban de un modo sospechoso.

—Al principio creí que era porque querían ir siempre a la última moda y adquirir cada vez más pares para sus colecciones, pero no. El cuero está agrietado y desgastado, con las costuras descosidas.

—Qué raro —comentó Amelia—. ¿No será que el zapatero elabora productos defectuosos?

—¡Eso era justo lo que yo pensaba! —exclamó papá después de tomar un generoso trago de vino.

Morella lo agarró para obligarlo a sentarse de nuevo, pero él se retorció hasta soltarse, ansioso por continuar con su relato.

—Hace solo unos días volví de Vasa y de inmediato tuve que viajar hasta Astrea para reprender y ajustarle las cuentas a ese pobre zapatero por haberles vendido zapatos de mala calidad a mis hijas. Pero él no era el responsable. En realidad, la culpa es de ellas.

Todas las miradas se posaron en nosotras. Cassius me observaba con fijeza, rumiando las palabras de papá. Yo bajé la vista mientras el calor me subía por las mejillas. Apreté mi filete de pescado con el tenedor, desmenuzándolo hasta que quedó reducido a un montón de trocitos pequeños.

Los ojos fríos y muertos del pez vela también parecían juzgarme.

—«Ningún otro cliente se ha quejado», me asegura el zapatero. Ni uno. Solo mis hijas. Deben de estar estropeando los zapatos a propósito, pero no tengo ni idea de cómo o por qué. Tal vez vosotros consigáis sonsacarles algo.

—¡Queremos ver esos zapatos! —bramó el capitán Bashemk.

—¡Eso! —suscribió su primer oficial, envalentonado por el alcohol—. ¡Mostradnos los zapatos!

—¿Señoritas? —nos aguijoneó papá.

Nos quedamos mirándolo, perplejas. No era así como debía desarrollarse una celebración de Primera Noche. Agitó el brazo para acuciarnos a ponernos de pie. Tras unos momentos de vacilación, nos apartamos hacia un lado la falda del vestido para dejar al descubierto los zapatos. Yo llevaba mi segundo par de zapatillas de Astrea. No había vuelto a asistir a un baile tras la muerte de Edgar, por lo que la piel seguía firme y libre de rozaduras.

Regnard se agachó para examinar los pies de Lenore.

—Ortun, tienes razón. Estos zapatos están hechos una pena. ¿Cómo te las arreglas para que no se caigan a trozos, criatura?

Lenore se quedó petrificada al verse interpelada delante de tanta gente.

—Papá no quiere comprarnos otros —confesó, con las facciones crispadas de vergüenza.

—Ortun, tienes que estar de broma —dijo Amelia—. Estamos en invierno. No puedes permitir que tus hijas vayan de aquí para allá descalzas sobre la nieve.

Estas palabras, más que irritar a nuestro padre, parecieron hacerle gracia.

—Si descubres qué diablura se traen entre manos, remediaré ese problema. ¡Incluso te compraré un par a ti, Millie! ¡Las zapatillas más bonitas de toda Salann!

Todos se rieron.

—¡No, no, lo digo en serio! —afirmó alegremente—. ¡Os compraré zapatos a todos si conseguís averiguar qué pasa aquí!

—Dudo que me favorezcan unos zapatos tan delicados como los de la señorita Annaleigh —dijo el capitán Morganstin, riendo por lo bajo, mientras se inclinaba para inspeccionármelos—. Pero me parece que exageras, Ortun. Yo los veo en buen estado. No tienen ni un rasguño.

—Cierto, cierto. Annaleigh es la única que no ha acudido a mí para pedirme más —convino papá, con los ojos cada vez más vidriosos. Morella le colocó delante un vaso de agua que él fingió no ver.

—¡Qué curioso! —dijo Amelia—. ¿Cómo haces para que no te pase como a ellas, Annaleigh?

Sintiendo el peso de la mirada de Camille sobre mí, me encogí de hombros, sin reconocer nada.

—¿Lo veis? ¡No consigo que suelten prenda! —Para alivio de Morella, papá se sentó y se acodó sobre la mesa—. Es desesperante. ¡Casi estoy dispuesto a ofrecer mi heredad a quien averigüe qué hay detrás de todo esto!

—¡Oye, me has dado una idea! —exclamó el capitán Bashemk, pinchando a Ethan en las costillas—. ¡Sería como matar dos pájaros de un tiro! ¡Aquel que resuelva el misterio recibe tu bendición para desposarse con una de las chicas! ¡Y creo que todos sabemos quién sería la elegida!

Aunque no le hacía falta inclinar la cabeza hacia la derecha para indicar su preferencia, la inclinó. Camille, como no podía ser de otra manera. Era la más guapa y la más inteligente, además de la hija destinada a heredar la fortuna de nuestro padre. Las islas Salann eran pequeñas pero poderosas, lo que podía suponer un incentivo demasiado grande para pasarlo por alto.

Papá apuró su copa de vino e hizo señas para que se la llenaran de nuevo. Se bebió la mitad de un largo trago. Parpadeó varias veces, esforzándose por atar cabos. Al final, alzó la vista, sonriente.

—Pues no está mal la idea, ¿no?

Volví la mirada hacia las trillizas. Parecían tan desconcertadas como me sentía yo. ¿A qué venía todo aquello? Nuestro padre no podía estar hablando en serio.

—Querido, tal vez sería mejor reservar la idea para otra ocasión —le sugirió Morella en tono desenfadado—. Se supone que estamos celebrando la Primera Noche para venerar a Ponto, ¿no? No quisiera ofender a nuestro apreciado Alto Navegante…

El sacerdote restó importancia a sus objeciones con un gesto, ávido por ver cómo terminaba aquella escena.

—Podríamos enviar un mensaje a los otros señores de Arcannia —dijo papá, que seguía dando vueltas al asunto—, para que ayuden a correr la voz. Cualquier súbdito del reino que quiera podrá venir a probar suerte.

—¿Cualquiera? —preguntó Fisher, dejando su copa de vino sobre la mesa con un golpe seco. Era el único que conocía nuestro secreto—. ¿Aunque carezca de título nobiliario? —Miró a Camille subiendo y bajando las cejas.

Ligeia le pegó un fuerte codazo en las costillas.

Regnard asintió moviendo la cabeza arriba y abajo con sumo cuidado. Amelia le dirigió una mirada de disculpa a Morella. ¿Quedaba en aquella mesa algún hombre que no estuviera borracho? Cassius estaba sentado completamente inmóvil, pero sus ojos saltaban de un lado a otro, siguiendo la conversación con interés.

—¡Se me ocurre algo aún mejor! —dijo el capitán Bashemk con un grito de entusiasmo—. Hay cinco fornidos donceles sentados a esta mesa. ¡Que lo intenten ellos primero!

—Seis —lo corrigió Sterland desde las profundidades de su copa de vino.

—Vamos, Henricks, ¿no está usted demasiado mayor para ir por ahí persiguiendo damiselas? —comentó el capitán Bashemk con una carcajada.

Sterland se reclinó en su silla, con la boca entreabierta por la ebriedad, y nos contempló a una tras otra. Aparté la vista cuando sus ojos se posaron en mí. Aunque no era nuestro tío por consanguinidad, aquello me parecía inapropiado.

—En absoluto. De hecho, si el futuro de Highmoor está en juego, es natural que yo sea el primero en probar fortuna. Eso al menos me lo debes, Ortun.

Regnard se puso serio por un momento y alternó la mirada entre sus amigos.

—Sterland —le advirtió—. Esta noche no.

—¿Que te lo debo? —saltó papá, aferrando con fuerza el pie de su copa—. No te debo nada.

—Ya estamos otra vez —farfulló Regnard.

Pero Sterland no era de los que daban el brazo a torcer.

—De no ser por ti...

—De no ser por mí, ¿qué? —espetó mi padre, subiendo la voz al tiempo que le subía el color de sus mejillas—. De no ser por mí, no tendrías nada. Ni formación, ni trabajo. Mi familia te convirtió en quien eres, ¿y me lo pagas así, importunándome con una supuesta injusticia, viviendo en un pasado ilusorio? ¡Ya estoy harto!

Se le emblanquecieron los nudillos mientras apretaba la copa hasta que esta estalló en mil pedazos centelleantes que llovieron sobre la mesa. La sangre le salpicó el rostro. Uno de los fragmentos despedidos le había provocado un corte profundo la mejilla.

—¡Ortun! —exclamó Morella, mojando su servilleta en agua para intentar limpiar la herida.

—¡Deja de entrometerte en mis asuntos! —rugió, apartándole el brazo con un movimiento brusco con el que tiró de la mesa varios platos pesados que se hicieron añicos en el suelo.

—Lo... lo siento —titubeó ella, hundiéndose en su asiento. De pronto parecía más pequeña y mucho más joven de lo que era.

—Tranquilízate, Ortun —le ordenó Amelia—. Estás ebrio.

—¿Y qué si lo estoy? Esta es mi casa. ¡Mi casa! Si no estáis conformes, podéis largaros a pasar frío. —Señaló a Morella con un dedo vacilante—. Tú también. —Vació su copa con dos tragos—. ¡Más! —exigió.

Mientras un sirviente se apresuraba a satisfacer su deseo, Morella se enjugó los ojos, luchando por tragarse las lágrimas. Aunque no ocurría con frecuencia, papá a veces se entregaba a arranques de furia peligrosos cuando bebía demasiado. Eran como las tormentas en el mar Kaleico que estropeaban algunos días soleados con sus vientos huracanados y sus lluvias torrenciales, pero que amainaban enseguida. Lo sentí mucho por Morella, pero más valía no intervenir y dejar que se le pasara el enfado a mi padre.

Tras un silencio discreto dolorosamente largo, Ethan tomó la palabra, con la voz quebrada y rebosante de bravuconería.

—Si habla usted en serio, milord, me encantaría tratar de esclarecer el misterio.

Esto no me sorprendió. Lo había visto admirar la belleza de Highmoor desde su llegada, con los ojos tan abiertos que por poco se le salían de las órbitas.

—A mí también —terció Ivor, con la voz áspera como la piel de un cocodrilo. Me guiñó un ojo, y me volví en otra dirección.

—¡Magnífico! —La voz pastosa de papá atronó por encima de los invitados.

Jules batió palmas, eufórico.

—¿Cuándo empezamos?

Y así, con la misma rapidez con que lo había perdido, nuestro padre recuperó el buen humor. Le dio unas palmaditas en la espalda a Morella, susurrándole con los ojos llorosos de arrepentimiento. Ella le restañó el corte en la mejilla, y al parecer todo quedó perdonado.

—Ah, hijo, la de riquezas que podrían ser tuyas —dijo el capitán Bashemk, abrazando a Ethan por los hombros en un gesto de complicidad para darle consejo.

Rosalie dejó la copa en la mesa con tanta violencia que se impuso el silencio en el comedor.

—¿Y nosotras no tenemos ni voz ni voto en este asunto?

Nuestro padre entornó los párpados.

—Habéis tenido oportunidad de opinar, pero habéis callado.

—No entiendo por qué estás disgustada —soltó Camille—. Soy yo quien tendrá que casarse con quien gane. ¡Papá, esto no puede ir en serio! Diles que es una broma.

—¿Por qué estás tan segura de que te elegirá a ti? —la interrumpió Ligeia, con un relampagueo de furia en los ojos—. Creo que alguien lo bastante ingenioso para resolver un misterio como este podría estar interesado en cualquiera de nosotras.

Mientras mis hermanas se enzarzaban en una discusión plagada de insultos e indignación, me retrepé en la silla, deseando que el asiento acolchado me tragara entera. La Primera Noche fue un desastre. Las esposas de los capitanes observaban horrorizadas aquel circo mientras sus maridos gritaban y aplaudían. En medio de toda la locura, Ivor se agachó debajo de la mesa para examinar mejor los zapatos. Cuando me rozó el tobillo con la mano y me la deslizó por la pantorrilla, le arreé una fuerte patada sin importarme si lo alcanzaba en el pecho o en la cara.

Papá se echó hacia atrás y rompió a reír. Soltaba carcajadas cada vez más fuertes hasta que su expresión entera parecía la de un trastornado. Morella le posó la mano en el brazo, pero él la apartó de un manotazo y comenzó a pegar palmadas en la mesa.

Verity captó mi mirada, con el desconcierto pintado en el semblante, lo que me impulsó a entrar en acción. Me dirigí a paso veloz al otro extremo de la mesa, donde se encontraban las Gracias y las hijas de Morganstin. No tenían por qué presenciar aquel despliegue de comportamientos absurdos por parte de tantos adultos.

—Vamos, señoritas —dije intentando mantener un tono sereno—. Esta noche tenemos una sorpresa especial.

—¿Qué es? —preguntó Verity, más animada, mientras bajaba de la elevada silla.

—Caramelos en el aula —me inventé, rezando porque a papá y a los comensales no les diera por trasladar su celebración a esa zona de la casa.

—¡Hala! —jadeó Honor con los ojos brillantes—. ¡Vamos, os enseñaré dónde! —Agarró a una de las niñas de la mano y todas salieron corriendo de la sala.

Mientras las seguía, reparé en un mayordomo que se acercaba a toda prisa por el pasillo con una licorera llena de brandi.

Aferraba el cuello de la botella con cierto aire de pánico.

—Se supone que no debe servirse el brandi hasta después de la cena, en la biblioteca —dijo mordiéndose el labio.

—¿Lo ha pedido papá? —Asintió y suspiré. Ya solo faltaba que tomaran un licor, después de todo el vino que se habían metido entre pecho y espalda—. Deja, yo me ocupo —dije, agarrando la botella que tenía entre las manos—. Pídele a la cocinera que prepare café y magdalenas para los invitados. Un café bien cargado.

Regresó con rapidez a la cocina. Me quedé un momento en el pasillo, tamborileando sobre la licorera mientras meditaba mi siguiente paso.

—Has manejado la situación con maestría —dijo una voz a mi espalda. Cassius estaba de pie bajo una ventana en arco—. No irás a marcharte corriendo con eso, ¿verdad? —preguntó señalando el brandi.

Solté una risita desprovista de humor.

—No. Estaba pensando cómo evitar que mi padre repare en su ausencia.

—Lo de ahí dentro ha sido… un mal trago.

Esta vez me reí de verdad.

—¿Crees que a Sterland se le pasará?

Hice un gesto afirmativo.

—Siempre que visita Highmoor ocurre algo parecido.

Cassius me dedicó una sonrisa relajada.

—Me extraña que se atreva a venir.

Imágenes de discusiones anteriores —Sterland con los ojos relampagueantes de ira, papá con el rostro tembloroso de rabia— me vinieron a la memoria.

—Mi padre y él han sido amigos durante mucho tiempo, desde que eran niños. Pero a veces… ocurre lo de hoy. Sterland estuvo comprometido con mi tía Evangeline.

—No sabía que estuviera casado.

—No lo está. Evangeline murió antes de la boda. Él nunca lo ha superado. Highmoor siempre ha sido un segundo hogar para él… Siento todo el numerito del desafío sobre los zapatos.

Le restó importancia con un gesto.

—La gente necesita entretenerse de alguna manera. Hay formas mucho peores de celebrar la Remoción, o al menos eso me han contado.

—¿Es tu primera vez?

Un estallido de carcajadas retumbó en el comedor, y Cassius me guio por el pasillo hasta un banco más alejado del ruido. Me senté y coloqué la botella entre los dos, aunque me arrepentí de inmediato. Sin algo que sujetar, notaba las manos demasiado vacías y no sabía qué hacer con ellas. Observé las suyas, sueltas y relajadas sobre sus rodillas, y coloqué las mías de manera similar. Seguían pareciendo fuera de lugar.

—Sí lo es. Camille me ha dicho que las festividades de verdad empiezan mañana. ¿Es cierto?

—Sí. Iremos a Astrea por la tarde. Allí montan un bazar y competiciones. Muchos puestos de comida. El espectáculo comenzará después del anochecer. Es precioso. Hay marionetas que parecen medusas y grandes ballenas hechas de farolillos de papel que flotan por todo el teatro. Las palabras no le hacen justicia.

—¿Y luego?

—Más celebraciones. No sé cuánto rato querrá quedarse mi padre... La cosa se descontrola un poco, pero es el primer descanso que se toman los pescadores y los marineros desde Ponientes.

—¿Te refieres al inicio de la temporada de pesca?

—Es cuando Céfiro despierta a Ponto con vientos cálidos para derretir el hielo. Este utiliza su tridente para desviar las corrientes templadas de vuelta hacia nosotros. Los peces regresan, y las algas laminarias crecen verdes y abundantes.

Cassius se inclinó hacia mí y su mano topó con la mía.

—La mayoría de la gente llama a eso primavera, ¿sabes?

—En Salann, no —conseguí tartamudear. Cuando volvió a apoyarse la mano en la rodilla, mis nudillos acusaron con intensidad su ausencia.

—Me he percatado de que aquí las cosas se hacen de manera bastante distinta. —Alzó la vista hacia la obra arquitectónica que se extendía sobre nosotros. Al examinar Highmoor, no mostraba el mismo codicioso interés que Ethan—. Camille heredará todo esto, ¿verdad?

De quien menos me apetecía hablar con Cassius en aquel pasillo penumbroso era de Camille.

—¡Al infierno el café y las magdalenas! —atronó la voz de papá—. ¿Dónde está mi brandi? ¡He pedido brandi!

Suspirando para mis adentros, me levanté. No quería poner fin a nuestra conversación, pero tampoco quería que la servidumbre cargara con las culpas de algo que había hecho yo.

—Me parece que me he entretenido demasiado.

Estiró las largas piernas hacia delante.

—Yo voy enseguida.

—¿No has oído suficientes discusiones de zapatos para una noche?

Al ver su sonrisa, sentí ganas de regresar corriendo hacia él.

—¿Cómo es que los tuyos son los únicos que están intactos?

Arqueé una ceja.

—¿Por qué lo preguntas? No estarás pensando en aceptar el reto de mi padre, ¿verdad?

Miró de nuevo al techo.

—Quizá sí. La casa es magnífica.

—Ah.

Fue como un golpe en el estómago para mí. Tendría que haber imaginado que iría a por Camille. Era absurdo creer otra cosa. Yo sabía que existía una atracción entre nosotros, pero no podía competir con la heredad de Highmoor y el título de duque de Salann.

—¿Dónde está el brandi? —bramó papá. Se oyó un repiqueteo seguido de un gran estrépito. Seguramente el pobre mayordomo estaba rodeado de platos rotos empapados de líquido caliente.

—Tengo que irme. —Agarré la licorera de encima del banco y me alejé presurosa por el pasillo.

23

—Las cosas no han salido exactamente como había previsto —reconoció Morella, retorciéndose los dedos sobre el abultado camisón.

Después de la cena, nuestro padre y los capitanes, aún en estado de ebriedad, habían emprendido un recorrido por la casa en busca de pistas que ayudaran a los jóvenes a resolver el misterio de los zapatos. Según un mayordomo, se habían quedado dormidos en el estudio de papá, despatarrados sobre cualquier superficie lo bastante confortable para tumbarse sobre ella.

Me arrodillé junto al diván y dispuse frente a mí la loción y el aceite para las friegas de la noche.

—Para nada.

Se recostó sobre el diván y proyectó el vientre en un ángulo más cómodo. Noté los duros cuerpos de los gemelos bajo su piel tirante y procuré no apretar demasiado. Por el momento, parecían estar dormidos.

—Estoy segura de que por la mañana todo se habrá arreglado.

Mojé los dedos en el frasco de loción y me concentré en sus pantorrillas, pensando cómo tocar el tema del arrebato de papá sin angustiarla más. Tenía las piernas hinchadas como salchichas gordas, hasta tal punto que casi no se apreciaban los tobillos.

—No creo que papá planteara esa competición en serio, ¿tú sí?

Mi reacción inicial fue tomármela a broma. Habría sido una locura considerarlo capaz de regalarle su heredad a quien le revelara que se nos gastaban las zapatillas de tanto bailar. Por otro lado, había cambiado mucho en los últimos meses. Su estado de ánimo pasaba de las cimas más altas a las depresiones más profundas, como un corcho de pesca a merced de olas inmensas.

—Me temo que tú lo conoces mucho mejor que yo.

Su tono me pareció tan triste que alcé la vista para escudriñarle el rostro.

—¿Va todo bien, Morella? Quiero decir, entre vosotros dos. Papá no hablaba en serio cuando dijo que...

No supe cómo continuar para intentar mejorar la situación. Deseé que Octavia estuviera allí. A ella se le daban mucho mejor esas cosas y siempre encontraba las palabras adecuadas.

Morella jugueteaba con la punta de su trenza, enrollándosela entre los dedos.

—Creo que sí. Las cosas no marchan como deberían desde que Eulalie... Ortun no ha vuelto a ser el de siempre. Tiene arranques en los que... dice cosas que en el fondo no piensa. Es su manera de llorar la pérdida, supongo. Nada más. —Sonrió y repitió la última frase en voz baja como para tranquilizarse.

—Si alguna vez quieres hablar de ello... —Le levanté la otra pierna y comencé a masajearle el pie con delicadeza.

—Eres muy buena, Annaleigh. Tan distinta de tus hermanas...

—Ellas no...

—No me refiero a que no sean amables. Casi siempre lo son, pero tú tienes un corazón más bondadoso que cualquiera de ellas. Sé que no somos íntimas, tú y yo, e incluso estoy segura de que hay ocasiones en que ni siquiera te caigo bien, pero... has hecho tantas cosas por mí...; conseguir algas para la loción, darme friegas, planificar los eventos de esta semana cuando se suponía que yo debía encargarme de ello...

—Necesitabas descansar.

Me posó la mano en la cabeza y me acarició el cabello. Por un breve instante, recordé a mi madre haciendo lo mismo, y se me encogió el corazón.

—Gracias.

—Sabía que era importante para ti. Siento que esta noche haya sido un desastre absoluto.

Morella sacudió la cabeza.

—Me imagino que es una de esas anécdotas de las que nos reiremos dentro de muchos años.

—Dentro de muchos muchos años.

Cerró los ojos, hundiéndose más en los cojines mientras yo continuaba friccionándole el pie.

—Ojalá las cosas fueran distintas —confesó en voz baja.

—¿Qué quieres decir?

—Sé que probablemente nunca seré para ti otra cosa que una madrastra, pero me gustaría… Eres la clase de persona a quien elegiría como amiga.

Interrumpí el masaje. Nunca me había parado a pensar en la vida tan solitaria que debía de llevar Morella. Se había casado con papá y se había mudado muy lejos de todos los familiares y amigos que había tenido jamás. Ahora solo le hacían compañía sus doncellas y sus hijastras. Vivíamos demasiado apartados para ir a la ciudad todos los días a tomar el té o cenar, pero, aunque no hubiera sido así, ¿a quién podía visitar ella? Eulalie había fallecido tan poco tiempo después de la llegada de Morella que esta no había tenido oportunidad de hacer amistades en Astrea.

—Somos amigas —dije con la mejor voluntad, pero en realidad no lo éramos. Al menos no el tipo de amiga que ella tanto anhelaba.

Esbozó una sonrisa tensa.

—Me alegro.

Le apliqué y froté unas gotitas de aceite de lavanda en las muñecas, luego en las sienes y después en los pies. Por último, le acerqué las manos ahuecadas a la nariz, tal como me había enseñado la comadrona.

—Inspira —le indiqué.

Realizó tres aspiraciones largas, con los ojos relajados y soñolientos.

—Voy a descansar muy bien esta noche. A lo mejor incluso me levanto para ir a Astrea con el grupo mañana.

Me sorprendió que Morella estuviera dispuesta a emprender ese viaje. No había salido de casa desde el baile de las trillizas, y me daba la impresión de que las actividades de la celebración resultarían agotadoras para ella.

—¿Te ayudo a ir hasta la cama?

—No, creo que me quedaré aquí un rato más. Aún es posible que Ortun suba.

Coloqué los bálsamos sobre la bandeja y la llevé al tocador. Chocó contra un pequeño adorno de cristal, y, con un esfuerzo desesperado, conseguí pillarlo antes de que se hiciera añicos. Era una esfera casi perfecta de vidrio, con un lado rebajado que servía como base. En su interior, suspendida en una lozanía eterna, había una florecilla roja, una borla con pétalos diminutos a modo de flecos.

La hice girar entre las manos.

—Qué bonita.

—Me la regaló mi padre cuando cumplí cinco años. La llevo conmigo a todas partes.

Parecía increíble que el pequeño objeto siguiera intacto. Suseally —el lugar donde había nacido Morella— estaba cientos de kilómetros tierra adentro. Ella había renunciado a todo lo que conocía para seguir a papá hasta Salann, había cambiado los prados con flores y los boscosos zarzales por nuestro oleaje incesante y nuestra costa rocosa. No me imaginaba viviendo tan lejos de mis hermanas, por muy enamorada que estuviera.

Cuando volví a dejar la esfera sobre el tocador, reparé en las alianzas de Morella, que estaban en un plato para anillos. Se le habían hinchado tanto los dedos que había tenido que quitárselas. Di unos golpecitos con el índice en la sortija de pedida.

—¿Cómo supiste que mi padre era el hombre indicado para ti?

La pregunta pareció incomodar a Morella.

—Cuando os conocisteis..., antes de que empezara a hacerte la corte, ¿cómo supiste que estaba interesado en ti?

Sonrió.

—¿Te ha llamado la atención alguno de los caballeros presentes en la cena?

Me encogí de hombros, ahuyentando de mi mente imágenes de la sonrisa de Cassius.

—Puede ser. No sé. Creía que... Esperaba que tuviera interés en mí. O sea, un interés romántico. Pero ahora no lo tengo nada claro.

Apartó las piernas y dio unas palmaditas en el diván para que me sentara a su lado.

—Cuéntame.

Puse cara larga.

—No sé si hay mucho que contar. Me... me dedicó algunos piropos, pero cuando papá anunció la competición...

Sacudió la cabeza, con una sonrisita.

—Esa competición tan tan estúpida.

—Camille es mucho más guapa que yo y, además, heredará el ducado algún día. En cambio, yo solo soy... yo.

Morella me frotó la mano entre las suyas.

—Pues entonces es tonto.

Saber que tenía buena opinión de mí me produjo una extraña satisfacción.

—¿Cómo fue tu noviazgo con papá?

La sonrisa se le congeló en el rostro unos instantes, y temí haberle hecho una pregunta demasiado personal demasiado pronto.

—Bueno, fue bastante poco convencional. Él estuvo muy poco tiempo en Suseally. Todo ocurrió muy deprisa.

Asentí, no muy segura de si me haría más confidencias.

—Pero... antes de todo eso, había un hombre que me gustaba mucho. Cuando nos mirábamos desde extremos opuestos de una sala abarrotada, me bajaban escalofríos por la espalda. Yo era mucho más joven, poco más que una colegiala tímida, de hecho, pero sabía que deseaba estar con él.

Me incliné hacia ella.

—¿Y él correspondía a tus sentimientos?

Movió la cabeza afirmativamente, con un rubor asomándole a las mejillas incluso después de tanto tiempo.

—Seguramente no debería compartir esos detalles con la hija de mi marido.

Me mordí el interior de los carrillos y decidí armarme de valor.

—¿Y si no estuvieras con la hija de tu marido…, sino charlando con una amiga?

Se le iluminó la mirada y me pareció más contenta de lo que la había visto en las últimas semanas.

—Si estuviera charlando con una amiga, le diría que, si quiere algo, ponga todo su empeño en conseguirlo.

Asentí, sonriendo a mi vez.

—Bien. Me aseguraré de decírselo. A tu amiga.

—Ah, Annaleigh —me llamó cuando me disponía a salir de la habitación—. Hay un libro en mi mesilla.

Encontré la novela y se la tendí, pero volvió a ponérmela en las manos.

—Ya la he terminado. Es tan buena que me he pasado horas en vela leyéndola. Te gustará. Si quieres, cuando acabes podríamos comentarla. Me… me ha gustado mucho conversar con mi amiga hoy.

No sabía muy bien qué responder. Después de todos los preparativos para la Remoción y la desafortunada cena de la Primera Noche, estaba agotada y solo me apetecía acurrucarme en la cama y dormir.

Sin embargo, los ojos le brillaban de esperanza. Quería una amiga. Le hacía muchísima falta. Y el libro era una especie de ofrenda de paz. Sin duda podría leer al menos un capítulo completo.

—Eso estaría bien —murmuré—. Que descanses, Morella. —Al cruzar el umbral me volví, convencida de que había dicho algo, pero tenía los ojos cerrados.

24

Soltaron las ballenas antes de que comenzara el espectáculo de la Remoción.

Los farolillos de seda flotantes en forma de orcas y belugas iluminaron el escenario con su resplandor dorado. Entre bastidores, una trompa desafinada emitía notas inquietantemente parecidas al canto de una ballena jorobada. Los actores ataron las cuerdas de los faroles a zonas del escenario pintadas como un arrecife de coral.

A continuación, salieron marionetas de tiburones y peces vela, seguidas de calamares y estrellas marinas elaboradamente articuladas y teñidas de rojo y naranja. Oleadas de peces, cada uno sujeto por un hilo distinto, aparecieron nadando. Los titiriteros, auténticos artistas, hacían que todos los peces cambiaran de dirección a la vez, como un cardumen de verdad. Las centelleantes aletas plateadas reflejaban la luz de los globos de seda suspendidos encima.

El batir de un tambor retumbó con tanta fuerza que temí que el esternón me saltara en pedazos. Un redoble se sumó a otro en un crescendo que culminó en un estentóreo clímax. Advertí que los espectadores desviaban su atención hacia el palco ducal para observar con disimulo la reacción de nuestra familia cuando la última criatura marina saliera al escenario.

Unos tentáculos morados brotaron de una roca pequeña, cada uno de ellos manejado por niños vestidos de negro. La cabeza apareció de golpe, llena de aire caliente y vapor. El pulpo de los Thaumas se desplegó sobre el escenario, ejecutando una compleja danza al ritmo de la música. Al sonar la nota final, se le encendieron los ojos, penetrantes y luminosos.

El público prorrumpió en aplausos. Mientras los titiriteros preparaban la siguiente escena, dirigí la vista hacia las Gracias. Estaban embelesadas, acodadas sobre la barandilla del palco para no perderse detalle.

—Impresionante —susurró Morella, sentada a mi lado.

Nuestros invitados mostraron su aprobación con un murmullo, y me alegró ver que papá le posaba la mano en la rodilla y le daba un cariñoso apretón.

Había sido un día estupendo. Después del desayuno, habíamos zarpado rumbo a Astrea y pasado la tarde disfrutando de los numerosos placeres que ofrecía la festividad. Contemplamos la ofrenda de anzuelos plateados que los pescadores llevaron al altar de Ponto en agradecimiento por una temporada fructífera. A lo largo de la semana, unos artistas elaborarían con esos anzuelos esculturas de temática marítima que se expondrían en las calles durante Remociones posteriores. Por la noche brillaban en la oscuridad, pues estaban recubiertos de algas luminiscentes recogidas en la bahía.

Nos atiborramos de delicias que compramos en los puestos callejeros. En cada esquina vendían cristales marinos de caramelo hilado, pastas de almendra glaseadas en forma de galletas de mar, maíz asado y cuencos de crema de almejas, junto con bocados más exóticos como cangrejos rana rojos, buccinos, cecina de medusa y erizos de mar. Los niños corrían de un lado a otro por la playa con cometas de seda pintadas como rayas venenosas y caballitos de mar. Había esferas de cristal colgadas por toda la plaza que sugerían las redes de burbujas que creaban las ballenas jorobadas.

Al final de la representación, el actor que encarnaba a Ponto dio un paso al frente para anunciar que a medianoche comenzaría un gran espectáculo de fuegos artificiales. Faltaban solo dos horas.

—¿Podemos quedarnos, papá? —preguntó Mercy, revolviéndose en su asiento—. ¿Sí, por favor?

Las otras niñas se unieron a sus súplicas para intentar enga-tusarlo. Sus voces se elevaron en un clamor hasta que nuestro padre alzó las manos y miró a los otros adultos como pidiéndo-les su opinión. Al ver el asentimiento unánime, dedicó una son-risa al grupo.

—Pues no se hable más. ¡Nos quedamos a ver los fuegos ar-tificiales!

—Empieza a refrescar un poco, ¿no crees, Ortun? —pregun-tó Regnard, pegándole una palmada en la espalda—. ¿Qué te parece si matamos el tiempo en esa taberna que he visto un poco más adelante? ¡Una ronda de sirenas enredadas para todos!

Las sirenas enredadas eran bebidas especiales que solo se ser-vían durante la Remoción. Consistían en una mezcla de aguar-dientes y licores amargos, con un toque intenso de algas lamina-rias saladas.

—Mi estómago no tolera esas cosas. Id vosotros, los hom-bres, y poneos las botas —sugirió Amelia—. Señoritas, hay una pastelería no muy lejos de aquí, ¿verdad?

Las niñas protestaron, pues querían permanecer al aire libre el mayor tiempo posible para vivir el ambiente de la Remoción.

Me fijé en la expresión de Morella. Había sido un día largo para ella y, aunque no se había quejado, debían de dolerle los pies.

—He visto un puesto de sorbetes de sabores cerca de las es-culturas del parque. ¿Quién quiere tomar té con pasteles indi-gestos pudiendo elegir un granizado con nata? ¡Invito yo!

Entre chillidos de entusiasmo, las chiquillas arrancaron a co-rrer por una calle lateral. Lenore y Ligeia salieron en pos de ellas para intentar mantener a raya a las cinco. Camille las seguía a varios metros de distancia, más interesada en los luminosos es-caparates de las tiendas que en los festejos. Rosalie le guiñó un ojo a Ethan antes de echar a andar a paso tranquilo, con la espe-ranza de que él fuese tras ella.

—Nos reuniremos con ustedes más tarde —les prometí a las mujeres mayores—. Justo antes de que empiecen los fuegos arti-ficiales.

Morella tomó a Rebecca del brazo mientras se alejaban. Al

recordar lo sola que se había sentido la noche anterior, se me alegró el corazón por ella. Tal vez sí que haría amigos esa semana, después de todo.

Papá me dejó caer una cascada de monedas en la mano.

—Para los sorbetes.

Me quedé boquiabierta.

—Aquí hay suficiente para comprar sorbetes durante años.

—Intenté devolverle los floretes de oro, pero los rechazó con un gesto. Bajo la luz de la luna, su mirada parecía la de un loco.

—Pues gástatelos en otra cosa, tesoro. Estamos de celebración. Es una noche para tirar la casa por la ventana.

Los capitanes y empleados que tenía detrás profirieron una exclamación subida de tono. Papá le pasó un brazo fraternal por los hombros a Sterland y juntos se dirigieron hacia la puerta del establecimiento. Cassius fue el último en entrar. Se detuvo en el umbral y miró hacia atrás.

—¿En qué me estoy metiendo?

Le bailaron los ojos, y habría jurado que me dedicó un guiño. Aunque quería creer que había sido algo más que un efecto de la luz, aún me escocía su comentario del día anterior sobre la competición.

—No dejes que el canto de las sirenas te lleve muy lejos. Dicen que es bastante potente.

Di media vuelta y seguí a toda prisa a mis hermanas. Los gritos de los hombres resonaban por las calles. Aunque no eran los únicos juerguistas esa noche, desde luego eran los más vocingleros.

Habían acondicionado el parque como escenario para un concurso de esculturas de hielo. Las figuras se elevaban en la noche, iluminadas por los haces enfocados de unos faroles. Casi todos emitían una luz blanca suave, pero otros, equipados con filtros de tonos distintos, proyectaban vivos colores sobre las gélidas estatuas.

Encontré a las niñas arracimadas alrededor de un palacio de hielo que se alzaba en el centro del parque, señalando los detalles que les llamaban la atención. Unas banderas heladas giraban movidas por la brisa en torno a sus pequeñas astas de metal. Los bordes de los ladrillos estaban suavemente redondeados, lo que confería a la estructura una sinuosidad onírica.

—¡Mirad esos tridentes en el puente! —dijo una de las hijas de los Morganstin—. ¡Como en la función!

—Es el castillo de Ponto —explicó Mercy—. Lleva un tridente muy grande a todas partes.

—Creía que vivía en el mar. No hay castillos en el mar.

—Vive en el Piélago —tercié yo, acercándome—. Forma parte del Sagrario, donde viven los dioses, que está dividido en varios reinos. Ponto gobierna el Piélago, Vaipany la Corona, Arina el Fervor... ¿No os han enseñado todo esto vuestros padres?

Negaron con la cabeza.

—¡Oooh, mirad! —chilló Verity, señalando algo que estaba detrás de nosotras y poniendo fin a la conversación.

Piezas alargadas de lino azul pendían de un semicírculo de árboles. En medio de aquel bosquecillo, había una anciana con unas curiosas cajas metálicas. Tenían unos agujeros diminutos practicados en los costados, y, cuando ella introducía unas linternas en ellas, se proyectaban imágenes fascinantes sobre las tiras de tela. Al dar un empujoncito a las cajas con el dedo, estas se ponían a girar. Unos delfines saltarines entraban y salían de las olas, unas gaviotas pasaban volando con un batir de alas, y unas ballenas emergían del agua, despidiendo grandes chorros de aire.

La multitud que se había formado en torno a ella aplaudía las ilusiones que creaba. Un poco más lejos en la misma calle, en la terraza de otra taberna, un grupo de pescadores rompió a cantar una alegre saloma.

—Me encanta la Remoción —musitó Rosalie, chocando con suavidad su hombro contra el mío mientras compartíamos aquel momento especial.

Algo en medio de la muchedumbre captó su interés. Seguí la dirección de su mirada. No se trataba de algo, sino de alguien. Ethan la saludaba agitando el brazo desde la esquina, y divisé a Jules y el capitán Morganstin entre el gentío. Debían de haber acudido a averiguar la causa de aquel alboroto.

—Creo que voy un momento a... —Se le apagó la voz, pues no se le ocurrió una excusa creíble para dejarnos.

—Sí... Supongo que deberías —me mofé de ella, echándola a empujoncitos con una sonrisa de complicidad.

Se escabulló entre la multitud y cruzó la calle en un abrir y cerrar de ojos.

Oí unas risitas a mi izquierda y, al volverme, vi a Camille, con la cabeza echada hacia atrás, carcajeándose por algo que había dicho Fisher. Seguramente el también acababa de salir del pub.

Justo detrás de ellos había un hombre de pie, con la delgada figura recortada como una silueta oscura contra el colorido de las luces. Aunque no tenía manera de comprobarlo, sentía que había posado los ojos en mí, pues percibía la presión tangible de su mirada. Mientras lo observaba, un recuerdo emergió del fondo de mi mente.

—Lo conozco —susurré.

—¿Hum? —preguntó Ligeia, apartando su atención del espectáculo de las cajas de luz.

—Ese hombre de ahí. Me suena, pero no recuerdo bien de dónde.

Como intuyendo que estaba hablando de él, alzó la barbilla y me hizo señas para que me acercara.

—¿Qué hombre? Esto está lleno de hombres —dijo Ligeia desplazando la vista por la muchedumbre—. ¡Anda, mira qué olas! —exclamó, centrándose de nuevo en la función.

—Aquí hay demasiada gente para mi gusto —dije poniéndole una de las monedas en la mano—. ¿Puedes vigilar a las niñas? Necesito respirar un poco de aire fresco.

Ella asintió, y yo me abrí paso con dificultad entre los espectadores cada vez más numerosos. Cuando llegué a la zona del parque en la que antes se encontraba el personaje oscuro, este había desaparecido.

Giré en redondo, intentando avistar a alguien con una estatura tan descomunal como la suya. Una sombra pasó por delante de unos árboles a la orilla del parque, y el cabello cano del extraño relució bajo la luz de la luna. Miró hacia atrás una vez, como para asegurarse de que yo lo seguía.

Cuando se volvió, las farolas de gas le iluminaron por un instante la chaqueta y arrancaron destellos a los hilos dorados del bordado que tenía en el hombro derecho.

Un dragón de tres cabezas.

Era el hombre que me había abordado en el primer baile, en Pelage.

¿Qué hacía en Astrea?

Presa de la curiosidad, recorrí un angosto callejón y luego otro, sin saber adónde me dirigía. Cada vez que creía que iba a alcanzar al hombre del dragón, veía su chaqueta desaparecer por otra calle. En medio de la oscuridad y los adornos festivos, no tardé en desorientarme por completo. Pasé por entre las largas ristras de cuentas de cristal marino y de perlas falsas que formaban una cortina frente a la salida de un callejón.

La calle en la que desemboqué no se parecía a las del puerto o la plaza.

Era más lóbrega, más sucia.

Y también más fría y húmeda.

La primera fachada de un establecimiento que vi estaba bañada en un resplandor rosado, y el estómago me dio un vuelco cuando imaginé qué tipo de mercancía se vendía tras una decoración tan chabacana. Varias otras casas de color rosa flanqueaban la calzada. Algunas tenían escaparates en los que había chicas saludando o posando. Otras estaban recubiertas de oropel y bisutería chillona.

El hombre del dragón se había desvanecido sin dejar rastro y, al mirar alrededor, intentando dilucidar dónde me encontraba, me pregunté por qué me había dado por seguirlo, para empezar.

Cuando giré sobre los talones para emprender el regreso, un grupo de mujeres jóvenes salió con paso cansino de una de las casas de color rosa y se detuvo justo enfrente de la callejuela. Iban maquilladas como sirenas. Largos rizos caían en cascada sobre su espalda desnuda. Tenían la piel de gallina, pintada de purpurina plateada y color bronce. Lochas y estrellas de mar les cubrían a duras penas los pechos, y sus vaporosas faldas se componían de unas cintas verdes demasiado escasas. Algunas llevaban zapatos con plataformas de una altura desmesurada. Otras llevaban al hombro sombrillas con apariencia de medusas luminiscentes.

—¡Eh, tú! —gritó una, y al instante noté que me sonrojaba, horrorizada por la posibilidad de que estuviera interpelándome a mí—. ¿Vienes a echar anclas, marinero?

Un trío de risas sonó a mi espalda, y las mujeres rompieron filas para intimar con la mirada a los clientes potenciales. Me apresuré a esconderme en el pasaje, con el corazón latiéndome en la garganta.

—Estás muy lejos del parque, ¿no? —me murmuró una voz al oído.

Pegué un grito del susto, convencida de que el hombre del dragón había vuelto sobre sus pasos para pillarme por sorpresa, pero era Cassius quien estaba en el callejón, con los azules ojos envueltos en las sombras.

—Podría decir lo mismo de ti. Creía que estabas con mi padre.

Se apartó un mechón de la cara, arrugando la nariz pese a su sonrisa.

—Las sirenas enredadas no son lo mío. Ivor y Jules estaban otra vez a vueltas con el misterio de los zapatos, así que me he escapado mientras podía. Al ver que te ibas del parque a toda prisa, he pensado que tal vez necesitabas ayuda.

Eché un vistazo al callejón. El hombre del dragón se había marchado de verdad.

—¿Sabes por dónde queda el parque? Me temo que estoy totalmente perdida.

La sonrisa de Cassius se tornó más cálida.

—Busquemos el camino juntos.

Echamos a andar por el pasaje, huyendo de las casas rosadas. Cuando salimos a la siguiente calle, Cassius pisó una capa de hielo negro y resbaló. Me agarró de forma instintiva y yo intenté impedir que se cayera, pero los dos giramos y fuimos a parar al suelo, hechos una maraña de capas y extremidades.

—¿Todo bien?

Aunque en su voz había un deje de auténtica preocupación, le resté importancia con una risotada. Habíamos estado más ágiles en la pista de baile.

—Yo sí. ¿A ti te duele algo?

—Solo el orgullo.

Me ayudó a ponerme de pie y, con una sonrisa irónica, le ofrecí el brazo como un caballero a una dama. Se frotó la cadera magullada antes de aceptar con un resoplido de risa.

—¿Lo has pasado bien hoy? —le pregunté mientras caminábamos por la calle en busca de la ruta más corta hacia la plaza. Yo apenas me había separado de mis hermanas. Cada vez que miraba con disimulo a Cassius, estaba enfrascado en animada conversación con Regnard o mi padre.

—Muy bien. Es muy distinto de los festejos a los que estoy acostumbrado.

—Nunca te he preguntado cuál es tu… A quién le rindes…

—El pueblo de las Estrellas —me informó con expresión divertida por mis titubeos—. A Versia.

—La Reina de la Noche. —Alcé la vista al firmamento, donde los astros relumbraban por toda aquella extensión de negrura impenetrable—. Da la impresión de que ella también está disfrutando de la celebración.

—Eso parece.

—¿Adónde irás cuando termine la Remoción?

—Todavía tengo tareas pendientes en Selkirk, como acabar de ordenar los papeles de mi padre y despachar sus últimos asuntos, pero no he pensado muy a fondo en lo que haré después. Walter me dejó algo de dinero y su casa. Tal vez me aloje allí y aprenda a navegar, a pescar o…

—Suena maravilloso —lo interrumpí, imaginando una casita con un embarcadero, madrugadas apacibles en las que despertaría antes del alba a fin de preparar las redes para una jornada de trabajo. De trabajo de verdad.

Cassius enarcó una ceja.

—¿Las carnadas apestosas y las trampas para peces?

—Tienes las puertas del mundo entero abiertas ante ti. Eso es maravilloso.

Me escudriñó el rostro.

—¿Cuáles son tus sueños más preciados, Annaleigh? Si pudieras ir a cualquier lugar, hacer cualquier cosa que quisieras, ¿qué elegirías?

—Más al oeste hay un faro. Lo llamamos Vieja Maude. Desde que era pequeña he querido vivir allí, encargarme de la limpieza y del mantenimiento de la lámpara. Cuando quedó vacante el puesto de aprendiz, no te imaginas cuánto me ilusioné y recé porque me lo concedieran a mí. Pero mi padre envió a Fisher en vez de a mí.

—¿Tienes las puertas del mundo entero abiertas ante ti y solo aspiras a irte a unas pocas islas de distancia? —Aunque el objetivo de la pregunta era claramente tomarme el pelo, advertí un brillo de curiosidad sincera en sus ojos.

—No quiero irme lejos del mar. Es mi hogar.

Al doblar la esquina, oímos el murmullo de una multitud. Al final de la calle, un puestecillo vendía chocolate caliente y té. La nube de vapor que se elevaba de la caseta de madera era una imagen grata en aquella noche cada vez más fría.

—¿Te apetece uno? —preguntó Cassius, hurgándose los bolsillos en busca de monedas.

—Sí, gracias.

—No llevará algas o cosas por el estilo, ¿verdad? —bromeó con el vendedor, señalando las ollas de cobre—. Es solo chocolate, ¿no?

—El mejor de todas las islas —alardeó el hombre con una mueca.

—Estupendo. Dos, por favor.

—Gracias —dije, aceptando la taza de hojalata que me ofrecía.

Cassius probó un sorbo y torció el gesto.

—Me sabe salado. ¿Le ponéis sal a todo aquí? —El vendedor se rio, así que Cassius lo intentó de nuevo—. Con el caramelo no queda tan mal, pero es que, por favor... ¡Sal en todas las bebidas!

Fuimos paseando hasta el parque y serpenteamos entre las esculturas de hielo hasta encontrar una zona tranquila con un banco. Al lado había una flotilla de tortugas marinas, de hielo teñido de verde e iluminado por un resplandor azul.

—Esas son las que más me gustan.

—Lo sé —dijo, tomando otro sorbo de chocolate.

Me quedé mirándolo.

—Ah, ¿sí? —Por más que hacía memoria, no recordaba haber mencionado las tortugas marinas en nuestras conversaciones anteriores.

Se le paralizaron las facciones una fracción de segundo antes de distenderse en una sonrisa.

—Me lo ha dicho Verity, esta tarde…, durante la competición de cometas. Está prendada de su hermana mayor, ¿sabes?

Deslicé el dedo por el borde de mi taza, pensativa. ¡Había estado hablando de mí con Verity! Me sentí más halagada de lo que habría estado dispuesta a admitir.

—Yo también le tengo mucho cariño.

—Entiendo por qué. Es encantadora. Todas tus hermanas lo son. Pero he de decirte que… —Alargó el brazo y me dio unos golpecitos en la uña del pulgar. La extraña intimidad de este gesto me atrajo más hacia él—. Creo que tú eres mi preferida.

No pude evitar desplegar una sonrisa azorada mientras sus palabras calaban en mí, me arrastraban y se me clavaban como flechas en el corazón.

—¿De veras? Yo estaba convencida de que… —Dejé la frase en el aire, reacia a confesar mis inquietudes de la noche anterior.

Él asintió, muy serio.

—Ya lo creo. La mejor de todas. —Volvió a darme golpecitos en el pulgar, cavilando unos instantes—. No hay finca, título o tierras capaces de convencerme de lo contrario.

Avergonzada por la facilidad con que me había leído el pensamiento, noté que se me sonrojaban las mejillas.

—Pero anoche dijiste que…

—¡Me sentí fatal por ello! Al ver cómo salivaban los demás por Highmoor, no me resistí a hacer una broma, bastante mala, lo reconozco, pero tú te esfumaste antes de que pudiéramos reírnos juntos.

Bajé la vista a mi regazo, deseando que me tragara la tierra.

—Es que, como hay tantos que aspiran a conseguir exactamente eso, no me costó creer que tú eras uno de ellos.

—Ay, Annaleigh, perdóname, por favor. Siento mucho que te hayas disgustado por algo que dije. —Me posó la mano ahuecada en la mejilla y sus dedos me acariciaron la mandíbula, provocándome un delicioso cosquilleo que me bajó hasta el pecho—. Y más tratándose de una falsedad tan flagrante. Lo de antes te lo he dicho de corazón: eres la mejor de todas.

Como tenía la boca demasiado seca para hablar, incliné la cabeza en señal de que aceptaba sus disculpas.

Se volvió de nuevo hacia las estatuas, sonriendo con despreocupación.

—Bueno, y ahora háblame de las dichosas tortugas.

Rebusqué en mi memoria para desenterrar un recuerdo luminoso y alegre, con todas mis hermanas juntas, contentas y vivas.

—Fue el verano anterior al fallecimiento de mi madre. Ella estaba embarazada de Verity. Nos gustaba ir a la playa a ver como las crías de tortuga marina salían del cascarón y se arrastraban hasta el mar. Ese año, los huevos de un nido no se abrieron al mismo tiempo que los demás. Se había producido una fuerte helada antes de tiempo. Por lo general las recién nacidas van directas hacia el agua, pero el frío debió de desorientarlas. Se encaminaron en dirección opuesta, luchando por remontar la duna. Por más que les dábamos la vuelta, se empeñaban en avanzar playa arriba. El viento nos traspasaba los vestidos. Hacía un tiempo más propio de noviembre que de agosto.

»Ese día éramos nueve las que jugábamos en la playa; Mercy y Honor eran demasiado pequeñas. Las demás echaron a andar de regreso a casa sin mirar atrás, cansadas de intentar ayudar a aquellos seres que no parecían querer salvarse.

»Recogí a las tortugas recién salidas del huevo en la falda, como en una cesta, y me las llevé a casa. Eran muchas y no paraban de intentar tirarse para escapar. Llené una bañera con agua de mar y las puse todas dentro. —Hablaba con aire ausente, absorta en los recuerdos—. Las doncellas se enfadaron mucho cuando las vieron, pero mamá les pidió que me dejaran estar. Había bajado las escaleras para contemplar como chapoteaban y recobraban las fuerzas.

Cassius cambió de posición en el banco para colocarse de cara a mí en vez de hacia el exterior.

—¿Cuánto tiempo las tuviste ahí?

—Casi una semana. Les daba de comer algas y huevas de pescado. Cuando subieron de nuevo las temperaturas, las llevé de vuelta a la playa.

—Y entonces todas corrieron hacia el mar, ¿no? —aventuró.

Yo sabía que no podía quedarme con ellas, que eran salvajes y debían vivir en el mar, pero esperaba que una o dos permanecieran conmigo porque aún me necesitaban.

—Hasta la última de ellas. Estaban tan llenas de vida… —Sonreí al recordar la rapidez con que movían sus pequeñas aletas hacia delante, impacientes por adentrarse en el océano—. Me había pasado horas sentada en la bañera, removiendo el agua en la que nadaban con manos y pies.

Se rio y puso su mano sobre la mía. Fue algo espontáneo, como si aquel contacto tan íntimo resultara lo más natural del mundo.

—¿Por qué?

Tuve que recurrir a toda mi fuerza de voluntad para apartar los ojos de la unión de nuestras manos.

—Tenían que aprender a nadar en el oleaje.

Una chispa de esperanza ardía en lo más profundo de mi ser, encendida por la fricción de su pulgar sobre mi palma, como al chocar un pedernal contra otro sobre un montón de astillas.

—Annaleigh Thaumas, valerosa defensora de las tortugas marinas de todo tamaño —murmuró antes de levantarme el mentón y besarme.

Aunque nunca me habían besado, había fantaseado con lo que se sentía al juntar los labios con los de otra persona. ¿Era como un estallido de fuegos artificiales, o como el rápido aleteo de unas alas invisibles? Estaba convencida de que las novelas románticas de Eulalie exageraban la sensación para atrapar al lector. Seguro que no era más que el roce de piel contra piel, como una palmadita en la espalda o un apretón de manos.

Resultó ser mucho mejor.

Noté su boca cálida sobre la mía, mucho más suave de lo que había imaginado que podía ser la boca de un hombre. Un hormigueo me recorrió la piel cuando me tomó las mejillas entre las manos y me plantó un beso en la frente antes de centrarse de nuevo en mis labios. Me atreví a subir los dedos para explorarle la parte inferior de la mandíbula. Estaba áspera debido a la barba de pocas horas. Tenía un tacto tan distinto de la mía que deslicé las yemas sobre ella para memorizar el contorno.

Al final, me aparté, mareada y sin aliento.

—Te pones muy guapa cuando te sonrojas. —Sonrió y me besó en la mejilla antes de frotarme el rubor sonrosado con los dedos.

—Tú también —murmuré, pero acto seguido sacudí la cabeza, con el rostro aún más encendido—. No era eso lo que quería decir. Perdona, yo…

—¿Te he puesto nerviosa? —me preguntó con aire complacido.

—Un poco —reconocí. Me desplacé hacia un lado en el banco para que el fresco espacio entre nosotros me despejara la mente.

—Ah, mira, han empezado los fuegos artificiales —dijo, tocándome la rodilla con la suya mientras alzaba la vista.

Seguí la dirección de su mirada y escudriñé el cielo, pero seguía oscuro.

—¿Dónde? No veo na…

Y entonces volvió a besarme.

25

Desperté de un susto y me incorporé de golpe. Parpadeé adormilada para apartarme de los ojos el cabello, las mantas y el sueño. Los recuerdos de la noche anterior volvieron flotando a mi cabeza a través de una espesa bruma. Los festejos de la Remoción..., el espectáculo y las esculturas..., los besos de Cassius...

En la travesía de regreso había empezado a nevar, cada vez con más intensidad. El frío nos sirvió a Cassius y a mí como excusa para sentarnos muy cerca el uno del otro, con las rodillas atrevidamente juntas. Cuando arribamos a Salten, se había desatado una furia fría en el cielo que azotaba la isla con un ululante mistral. Antes de acostarme, vi que las olas arremetían como arietes contra los acantilados.

Un alarido me arrancó de mis acalorados pensamientos. A continuación se oyeron unos gritos y después un gemido lastimero, como de un animal atormentado. ¿Qué diablos estaba ocurriendo? Arrebujándome en mi bata gris, salí al pasillo. Los sonidos procedían de abajo. En cuanto reconocí la voz de Lenore en aquellos lamentos, me lancé a la carrera hacia su habitación.

—Ya no están —gritó cuando entré—. ¡Se han ido, Annaleigh!

Camille y Hanna ya estaban ahí, hablando a la vez y con tal vehemencia que no conseguí entender sus palabras. Lenore se arrojó a mis brazos y apretó las mejillas frías y húmedas contra las mías. Su cuerpo era un remolino caótico de cabello suelto y jirones de su camisón desgarrado.

—¿Qué ha pasado? ¿Dónde están Ligeia y Rosalie? —Le acaricié el pelo para intentar tranquilizarla. Mis dedos toparon con algo que estaba enredado entre sus rizos. Cuando logré quitárselo, advertí que era una ramita de color marrón, salpicada de brotes de bayas rojas.

—¿Has estado fuera? —pregunté mostrándosela.

—No lo sé, no lo sé —aulló mientras Hanna salía corriendo en busca de papá—. ¡Pero ya no están!

Conseguí evitar por muy poco que me golpeara con los brazos, que agitaba sin parar.

—Camille, ¿qué ha pasado?

Me ayudó a llevar a Lenore hasta su lecho.

—Por lo que deduzco, se ha despertado y ha visto que Rosalie y Ligeia no estaban en la cama. Ha estado desvariando desde entonces.

—¡Es la maldición! —sollozó Lenore, amortiguando sus gritos con las almohadas.

Le froté la espalda.

—¿No estarán abajo, desayunando? ¿O fuera, dando un paseo matinal? ¿No ha ido nadie a comprobarlo?

Camille sacudió la cabeza.

—No lo sé. No consigo sacarle nada coherente.

—Lenore, tienes que calmarte —dije con voz suave pero firme, disimulando la inquietud que me había provocado su referencia a la maldición. No soportaría perder a más hermanas.

—Están muertas. ¡Lo sé!

—Cuéntanos qué ha pasado. ¿Has visto algo?

Negó con un gesto, desconsolada, y se quitó de encima la colcha con la que yo la había arropado, con un brillo febril en la mirada.

—Yo soy ellas. Ellas son yo. Y ya no están. ¡Lo noto!

Alcé las manos en señal de buena voluntad.

—Tranquila. Las encontraremos. ¿Sabes adónde pueden haber ido?

Lenore enderezó la espalda y miró a Camille a los ojos.

—Ella lo sabe.

La aludida alzó la vista al techo mientras una expresión de rabia le cruzaba el rostro.

—Está histérica.

Le aparté un mechón de la cara a Lenore y le acaricié la mejilla.

—¿Qué has querido decir con eso? Explícamelo, Lenore.

—Se recostó de nuevo, sollozando, y de pronto comprendí a qué se refería. Me volví hacia Camille.

—¿Fuisteis a bailar anoche?

—¿Qué? ¡No! Regresamos muy tarde de Astrea, y además se desató aquella tormenta. Nadie habría querido salir en esas condiciones.

A Lenore le tembló la mandíbula.

—¡Ellas sí!

Mis ojos iban y venían mientras ellas se lanzaban dardos la una a la otra.

—Yo no tuve nada que ver con eso.

—¡Les dijiste dónde iba a celebrarse el baile!

Camille se quedó boquiabierta.

—No es verdad.

—¡Os vi!

Camille se volvió hacia mí.

—Annaleigh, te juro que no sé de qué habla. Anoche me fui directa a la cama.

Papá entró en la habitación, con lo que puso fin a la discusión sobre el baile.

—Esto es una casa de locos. Las doncellas corren de un lado a otro, deshechas en lágrimas, gimoteando por algo relacionado con las trillizas. ¿Qué está pasando? —Reparó en Lenore—. ¿Dónde están tus hermanas?

—Rosalie y Ligeia no estaban en la cama cuando Lenore se ha despertado —intervine para evitar que esta se viniera abajo de nuevo. Me lo llevé aparte, aguantando las ganas de echarme para atrás ante el olor a taberna que aún despedía—. Cree que han desaparecido.

Soltando un gruñido, el hombre se pasó la mano por la frente.

—En algún lugar tienen que estar. Organizaré la búsqueda. Tal vez podrías unirte a nosotros..., después de tomarte un café, ¿no? Las encontraremos enseguida.

Ya me aseguraría yo de ello.

Tras registrar la casa durante horas, seguíamos sin hallar el menor rastro de mis hermanas.

—Hemos recorrido el laberinto entero, milady —informó Jules, tras ponerse a resguardo de la ventisca. Sterland y Fisher lo acompañaban—. No hemos encontrado nada.

A medida que la noticia de la desaparición de mis hermanas se difundía por Highmoor, más invitados se ofrecían voluntarios para participar en la búsqueda.

—¿Dónde se habrán metido? —preguntó Morella. Se había refugiado en el salón Azul para distraer a las más pequeñas al amor de un intenso fuego. Se la veía pálida y demacrada. Temí que las tensiones del día afectaran a su salud y a la de los bebés.

Taché el laberinto de la lista de lugares donde buscar.

—¿Ha echado alguien un vistazo a la cripta?

—Hay más de un palmo de nieve ahí fuera —dijo Sterland—. Habríamos visto sus huellas.

—Tal vez las haya borrado el viento. Creo que deberíamos comprobarlo. Avisadle a mi padre adónde he ido.

Cassius entró en la estancia con los hombros espolvoreados de nieve. Había estado inspeccionando las caballerizas. Tenía las mejillas de un rojo subido, quemadas por el frío y los vientos. La oleada de esperanza que me había invadido se desvaneció al verlo negar con la cabeza.

—¿Has dicho que vas a salir?

Asentí.

—Para ir a la cripta familiar.

—Te acompaño. La tormenta está arreciando. No me quedaría tranquilo si te dejara ir sola. Sería peligroso.

Lo había rehuido durante toda la mañana, intentando no pensar en la noche anterior ni en nuestro beso. Tenía que permanecer centrada. Pero no le faltaba razón. Si salía a la tormenta yo sola, acabarían enviando otra partida de búsqueda por mí.

—Necesito mi manto —dije dirigiéndome a toda prisa hacia las escaleras—. Será solo un momento.

Oí sus pasos a mi espalda. Cuando nuestras miradas se encontraron, me tembló la mandíbula.

—¿Cómo estás?

Su voz baja y cálida amenazaba con derrumbar la fachada de dureza que yo había mantenido toda la mañana. Me quité una lágrima del ojo como si no fuera más que una mota de polvo.

—En un día como hoy eso es lo de menos.

Subió a saltos los escalones que nos separaban.

—Te noto cansada. Deja que yo explore la cripta.

Proseguí el ascenso.

—No sabes cómo entrar ahí.

—Envía a un criado conmigo. Llegaremos en un momento. —Me rozó la parte baja de la espalda con los dedos—. Annaleigh…

Me detuve en el descansillo.

—Tengo que hacerlo, Cassius. No puedo quedarme aquí inspeccionando una y otra vez las mismas habitaciones mientras todos buscáis fuera. Siento que me estoy volviendo loca. Deja que vaya.

—Las encontraremos —me prometió, dándome un apretón en la mano—. Tal vez hayamos pasado por alto alguna estancia, o quizá están gastándonos una broma…

Sacudí la cabeza.

—Ellas no harían algo así. Saben lo que nos imaginaríamos.

Cassius se detuvo a estudiar el retrato colgado frente a mi alcoba. Lo habían pintado antes de que nacieran las trillizas, cuando solo éramos seis.

—Son mis hermanas mayores.

—Ava, Octavia, Elizabeth y Eulalie.

Me quedé sin habla por unos instantes.

—¿Cómo sabes sus nombres?

Se quedó paralizado, con una expresión sombría en los ojos azules, como si lo hubiera pillado en algún renuncio.

—Están en la placa.

Examiné con los ojos entornados el rectángulo de latón que había bajo el marco del cuadro. No alcancé a leer los nombres en la penumbra.

—En un principio éramos doce. Pero hemos ido cayendo una por una. Los habitantes del pueblo creen que pesa una maldición sobre nuestra casa. Así que, como comprenderás, Rosalie y Ligeia jamás nos harían creer que se han perdido. Sería demasiado cruel.

—Cuántas pérdidas —comentó con la vista fija en la pintura.

Aparté la mirada de los ojos de mis hermanas.

—Vaya.

—¿Qué pasa?

Examiné el pomo de la puerta.

—Estoy segura de que había dejado mi puerta cerrada.

Sin embargo, estaba ligeramente entreabierta. La abrí de par en par con la esperanza de que Ligeia y Rosalie estuvieran dentro. Al vislumbrar una figura oscura cerca de mi cómoda, un grito de susto me brotó de la garganta.

Ivor alzó la vista, sorprendido, con el semblante turbio pero teñido de pánico.

—¿Qué haces aquí dentro? —pregunté en tono imperativo, notando que, detrás de mí, Cassius se asomaba al interior.

Ivor cerró el cajón despacio. El pestillo se quedó atascado con una de mis medias de seda.

—Buscaba a las gemelas.

—¿En el tocador de Annaleigh? —En la voz de Cassius había un oscuro deje de advertencia—. Además, son trillizas.

Ivor se encogió de hombros.

—Como todos estaban tan ocupados, he pensado en aprovechar para buscar pistas.

—¿Pistas?

—Sobre los zapatos.

—¿Mis hermanas han desaparecido y a ti solo te preocupan los zapatos? —Me abalancé hacia él, lo así del brazo y lo empujé hacia la puerta con todas mis fuerzas. Fue como intentar mover una montaña—. Esta es mi habitación particular. ¡Fuera de aquí!

Ivor se zafó de mi mano.

—Solo quería ayudar.

—La señorita te ha pedido que salgas de su alcoba —le recordó Cassius, irguiéndose en toda su estatura.

Ivor alternó la mirada entre los dos, alzando una ceja.

—¿Y qué haces tú exactamente en la alcoba de la señorita?

Cassius entornó los ojos y, callado e inmóvil, los clavó en Ivor hasta que este se retiró arrastrando los pies.

—Llevas un objeto en el bolsillo que estoy convencido de que pertenece a la señorita Thaumas —le dijo Cassius—. Devuélvelo.

Sin mirar atrás, Ivor tiró al suelo una de mis cintas para el cabello y la pisó al alejarse. Cassius lo siguió para asegurarse de que no se colara en alguna otra habitación.

Cuando recogí la cinta, me asaltó un recuerdo.

Pelo.

Esa mañana le había desprendido una ramita del pelo a Lenore. Una ramita con bayas. Yo sabía dónde había arbustos con frutos así. Crecían en un matorral en el bosque, no muy lejos de Highmoor. Sin duda Lenore había estado ahí. Y las trillizas nunca hacían nada por separado…

—Creo que ya sé dónde podrían estar —dije cuando Cassius regresó junto a mí.

—¿Dónde?

Bajé las escaleras a toda prisa mientras me enrollaba una bufanda al cuello.

—Sígueme.

26

Aunque seguí el trayecto más corto a través de los jardines, estábamos medio congelados cuando llegamos a la orilla del bosque. A lo largo del camino había mantenido los ojos bien abiertos por si había indicios de que mis hermanas hubieran pasado por ahí, pero los ululantes vientos habían arrasado cualquier rastro que pudieran haber dejado. Intenté ahuyentar los temores crecientes que me oprimían la boca del estómago y minaban mis esperanzas con un pragmatismo lúgubre.

Hacía demasiado frío.

Llevaban demasiado tiempo fuera.

Era imposible que las encontráramos con vida.

¡No!

Me imaginaba a Rosalie y Ligeia acurrucadas en el matorral, ateridas y desorientadas, pero las abrigaríamos con nuestros mantos y las llevaríamos a casa. Entrarían en calor frente a la chimenea, recobrarían los ánimos con tazas de zumo de manzana caliente y una buena comida, y algún día todos nos reiríamos al rememorar este episodio.

Avanzamos por el bosque tan deprisa como nos lo permitía la nieve. Algunos lugares solo estaban espolvoreados de blanco, pero había raíces y enredaderas congeladas que se nos enganchaban en los tobillos. En otros, los ventisqueros me llegaban a las rodillas. Al abrigo de los árboles, el viento soplaba con menos intensidad, por lo que la visibilidad era diez veces mejor.

Cassius esquivó en el último momento una madriguera con la que iba a tropezar.

¿Qué habrían venido a hacer aquí?

Aparté una rama baja, pero volvió a su posición con brusquedad y me dio en toda la cara. Tenía las mejillas demasiado entumecidas para sentir el golpe. Notaba dolor y un hormigueo en los pies, helados a causa de nuestra trabajosa marcha por la nieve espesa.

Más adelante divisamos un destello rojo, el primer toque de color real que veíamos desde que habíamos traspasado el límite de la floresta. ¡Los arbustos de bayas!

Crecían muy juntos, formando una especie de seto circular. Más adelante había un hueco entre los arbustos que daba a un pequeño claro situado en el centro. En los meses de verano, a menudo nos llevábamos la merienda allí y pasábamos tardes enteras en el verde matorral.

Avisté unas huellas en la nieve virgen.

El corazón me dio un brinco, tan lleno de esperanza que creí que iba a reventar. ¡Habían pasado por ahí!

—¡Rosalie! ¡Ligeia!

Cassius, delante de mí, seguía las pisadas que rodeaban el seto. Me entraron ganas de apartarlo de mi camino para correr más rápido, pero los bancos de nieve me tiraban de la falda, por lo que iba varios pasos por detrás.

Conté tres series de huellas.

—¡Mira! ¿Has visto eso? ¡Tal vez aún estén aquí!

Al llegar a la abertura en el matorral, se paró en seco, impidiéndome ver qué había al otro lado. Cuando empecé a rodearlo, intentó agarrarme. Sus dedos resbalaron por un instante sobre los míos, pero eso no bastó para detenerme.

—¡Annaleigh, no!

Me frené de golpe. Todo quedó paralizado excepto mi corazón. Latía cada vez con más fuerza, cada vez más deprisa, hasta que noté las palpitaciones en lo más profundo de la garganta, cortándome la respiración.

Creo que grité, pero no oí nada más que el agudo silbido de un silencio que se había vuelto ensordecedor.

Quería acercarme, pero solo conseguí moverme hacia abajo, cuando me fallaron las rodillas y me desplomé sobre la nieve.

No recuerdo cómo llegué hasta ellas —debí de arrastrarme—, pero de pronto estaba ahí, con mis hermanas, intentando sentir el pulso en sus helados cuellos, en sus lívidas muñecas. Apliqué el oído a su silencioso pecho, desesperada por percibir algún latido, pero no lo había.

—¿Rosalie? —La voz se me quebró en un sollozo cuando le acaricié la mejilla. Las lágrimas me rodaban por el rostro. Estaba fría, tan fría… Habían pasado demasiado tiempo ahí fuera—. ¿Ligeia? Ligeia, Rosalie, por favor, despertad —les supliqué a los fríos cuerpos de mis hermanas antes de estrecharlas entre mis brazos con un alarido.

Yacían boca arriba en el centro del matorral, con los congelados ojos fijos en el cielo. De no ser por el hielo en las pestañas, la escarcha bajo los orificios de la nariz y el tono azulado de sus labios, habría podido parecer que estaban contemplando el paso de las nubes y señalando las figuras graciosas que descubrían en ellas.

Cassius, a mi espalda, intentaba separarme de sus cuerpos. No. Cuerpos no. Rosalie, Ligeia. Mis preciosas y despreocupadas hermanas. No eran cuerpos. No podían haber muerto. No podía ser…

Me dejé envolver por sus brazos, que trataban de absorber mi dolor. El llanto me desgarraba el pecho y amenazaba con partirme en dos el esternón, pero él me abrazó con fuerza, dándome besos en el cabello, acariciándome la espalda, impidiendo que me desmoronara.

Cuando miré de nuevo a mis hermanas, advertí que estaban tomadas de la mano y recordé la historia que a mamá le encantaba contar sobre el día en que nacieron las trillizas. Tras pasarse tanto tiempo apretujadas y apiñadas unas con otras, ninguna de ellas se atrevía a salir sola a la inmensidad de lo desconocido, así que se cogieron de las manos para formar una cadena, un vínculo que no se rompió hasta que la partera las separó. Primero Rosalie, luego Ligeia y por último Lenore.

Ligeia había extendido el brazo libre sobre la nieve buscando la mano de su hermana, buscando a Lenore, ansiosa por abandonar el mundo tal como habían llegado a él. Juntas.

Los ojos se me arrasaron en lágrimas, que me cegaron, y perdí el conocimiento.

27

—Nosotros, el pueblo de la Sal, devolvemos estos cuerpos al mar.

En la voz del Alto Navegante se apreciaba un deje de tristeza que yo no había percibido en los funerales de mis otras hermanas. Hizo una señal con la cabeza a Sterland, Regnard, Fisher y Cassius.

Nuestros portadores improvisados.

En el exterior aún bramaba la tormenta, que impedía el acceso al continente y a cualquier deudo dispuesto a asistir a la ceremonia pese a esta nueva confirmación de la maldición de las Thaumas. La mayoría de los invitados había preferido marcharse de Highmoor cuando habíamos encontrado a mis hermanas. Todos los amigos de papá menos los más antiguos habían partido para Astrea con la intención de esperar a que amainara el temporal lo más lejos posible de nuestro dolor.

Los hombres introdujeron el féretro en la fosa, intentando contener los gemidos de esfuerzo.

Féretro. En singular.

En la cripta solo cabía un ataúd a la vez. Al parecer los Thaumas de otras épocas no fallecían de dos en dos. No quería saber cómo se las habían arreglado para meter a Rosalie y a Ligeia en la misma caja, pero en cierto modo me reconfortaba saber que estaban juntas ahí dentro.

—De la Sal venimos, de la Sal vivimos y a la Sal volvemos —continuó el Alto Navegante.

—A la Sal —repetimos con desgana.

Vació el cáliz de agua salada sobre el féretro, apagó las velas, y eso fue todo.

Esta vez papá no pronunció un discurso. No hubo velatorio. No era un buen momento para conmemorar sus vidas. El duelo nos envolvió de nuevo como una segunda piel.

Hicieron falta tres carruajes para llevarnos a todos de vuelta a Highmoor. Mi padre, Sterland, Regnard y el Alto Navegante abrían la marcha. Yo iba sentada en un coche con Verity, Mercy y Fisher. Nos seguían Camille, Honor y Cassius. Morella se había quedado en casa, pues hacía demasiado frío para salir, y Lenore…

Lenore.

Estaba en cama desde que Cassius y yo habíamos regresado a Highmoor con la triste noticia. Yo no recordaba casi nada del trayecto de vuelta. Nunca me había desmayado antes. No se parecía en nada a lo que había leído en aquellas ridículas novelas románticas que las trillizas se intercambiaban.

Antes.

Cuando Lenore se enteró, inclinó la cabeza una vez en señal de que nuestras palabras confirmaban lo que ella ya sabía, y salió de la habitación con una elegancia inquietante. Hanna salió a toda prisa tras ella, convencida de que pensaba hacerse daño.

Sin embargo, no hubo violencia. Tampoco lágrimas, gritos, lamentos o gemidos. Era como si la chispa de vida que animaba a Lenore se hubiera ido con sus hermanas, dejando tras de sí un cascarón vacío. Se despertaba, dormía, comía y se bañaba, pero en realidad no estaba ahí. Incluso cuando me acurrucaba a su lado por las noches —no soportaba la idea de dejarla sola, pues sabía que su dolor era diez mil veces peor que el que yo sentía—, ella permanecía callada. Yo casi añoraba la angustiosa desesperación en que se había sumido antes. Era terrible presenciar aquel sufrimiento distante y mudo.

—Tú las viste, ¿verdad? —preguntó Verity, devolviéndome a la realidad del traqueteo del carruaje. Pese a que las ventanillas estaban cerradas y tapadas, el aliento se condensaba ante nosotros, e íbamos todos muy juntos bajo gruesas mantas y pieles.

Asentí.

—¿De qué murieron? Papá no nos lo quiere decir. Según Roland, las mató un oso.

—No hay osos en la isla —le recordó Fisher.

—No fue un oso —dije. Notaba la garganta oxidada, corroída por las lágrimas.

—Entonces ¿qué fue? Roland dice que quedaron descuartizadas y había sangre por todas partes.

—Roland se va a quedar sin trabajo. No os debería haber dicho eso. Ni siquiera es cierto. Cuando... las encontramos..., simplemente estaban en el matorral, tendidas boca arriba.

—¿Las envenenaron? —inquirió Mercy.

—¡Claro que no!

—¿Entonces qué les pasó?

Me encogí de hombros.

—Al parecer, salieron durante la tormenta y se enfriaron demasiado. Fue todo muy apacible. Y se encontraban juntas. Creo que no estaban asustadas ni tristes.

—Entonces ¿por qué no regresaron?

Yo me preguntaba lo mismo. Lenore había conseguido volver con vida de la ventisca. Cuando le pedí más detalles para intentar averiguar qué había ocurrido aquella noche, ella fijó en mí su mirada extraña y vacía, y se marchó sin más.

—No lo sé —reconocí—. Hay muchas cosas que simplemente no sé.

—La maldición —dijo Verity con un hilillo de voz.

—No existe esa maldición. Solo la mala suerte.

—¿La mala suerte no puede ser una maldición? —preguntó Mercy.

—No. Son solo casualidades.

—La maldición podría hacerse pasar por casualidades.

—¡No hay ninguna maldición! —grité mucho más alto de lo que pretendía. Las niñas pegaron un brinco de la sorpresa. Aunque no estuvo bien sobresaltarlas, agradecí el silencio que se impuso en el coche durante el resto del trayecto.

Cuando llegamos a Highmoor, Mercy y Verity se apearon de un salto, ansiosas por alejarse de mí, pero Fisher se quedó sentado, con las cejas juntas formando una línea recta.

—¿Qué pasa? —lo azucé cuando quedó patente que tenía algo en la punta de la lengua. Sacudió la cabeza, alargando el brazo hacia la puerta. Le aferré la mano para detenerlo—. Fisher, ¿qué ocurre?

—¿Cassius estaba contigo cuando encontraste a Rosalie y Ligeia?

Sí.

Sus ojos castaños se posaron unos instantes en los míos antes de volverse de nuevo hacia la ventana.

—No es nada.

—Parece evidente que sí es algo.

Su respiración se arremolinaba en torno a él en el aire frío.

—Es solo que… Yo mismo exploré ese bosque. Durante la búsqueda… Sé que mis recuerdos de ese día son confusos, pero tengo la sensación de que habría visto a las niñas cuando pasé junto a los arbustos de bayas.

—¿Qué intentas decirme?

Se frotó la frente como si sus dedos pudieran borrar los pensamientos oscuros que se le agolpaban en la cabeza. Clavó en mí los ojos, penetrantes como tachuelas.

—Intento decirte que no estaban en ese lugar. Que alguien las dejó ahí más tarde.

—¿Alguien las dejó ahí? —repetí. Una sensación fría me atenazó el corazón y me corrió por las venas como agua helada, dejándome paralizada—. ¿Adónde quieres llegar? ¿Crees… crees que las asesinaron?

—¿Tú no? Me dijiste que alguien mató a Eulalie. Aseguraste a gritos delante de mí y de toda Astrea que alguien había empujado a Edgar. ¿Esto no te huele a juego sucio?

Fruncí el entrecejo, horrorizada.

—No… Lo de Eulalie… lo hizo otra persona. Alguien que

estaba celoso de Edgar y… Pero Rosalie y Ligeia… habían ido a bailar. Simplemente las sorprendió la tormenta…

—Ah, ¿sí? —preguntó Fisher en tono brusco pero no agresivo—. Dijiste que había tres rastros de huellas en la nieve…

—El tercero era de Lenore —me apresuré a replicar antes de caer en la cuenta de lo poco convincente que era esa afirmación.

—¿Y cómo es que ella fue la única que volvió? —Fisher se inclinó hacia mí—. Sabes que no habría dejado a sus hermanas.

—Pero la ramita con bayas enredada en su pelo…

—Tal vez se la puso alguien más tarde.

Al imaginar una sombra enorme y aterradora entrando a hurtadillas en la habitación de mi hermana mientras ella dormía y dejando una simple ramita, me estremecí.

—¿Crees que la tercera serie de pisadas pertenecía al asesino? ¿El asesino de Eulalie?

Hizo un gesto afirmativo.

Mi mente trabajaba a toda velocidad, esforzándose por recordar todas las razones por las que creía que a Eulalie la había despeñado un pretendiente no correspondido. Si no había sido así, mi teoría estaba equivocada…

—Si Rosalie y Ligeia fueron de verdad víctimas de un asesinato…, eso significa que ninguna de nosotras está a salvo —musité.

Al volverme hacia la ventanilla, vi a Verity y a Mercy, que escuchaban con toda paciencia la conversación entre papá y el Alto Navegante, y se me cayó el alma a los pies. Tal vez alguien pretendía acabar con ellas. Alguien que…

Cuando el último carruaje se detuvo en el patio, Cassius bajó de él y tendió la mano para ayudar a Camille y Honor. Se quedó mirando nuestro coche un rato largo antes de acompañarlas al interior.

—¿Cuánto sabemos de él en realidad? —preguntó Fisher con amargura—. A ver, tu padre ni siquiera estaba enterado de que Corum tenía un hijo hasta que se presentó aquí. ¿Eso no te parece extraño?

De pronto me había acometido una migraña provocada por el ambiente gélido y las acusaciones que se cernían en el aire.

—Es un poco sospechoso, lo reconozco. Sin embargo, eso no lo convierte en un asesino.

—Tienes razón, pero...

Levanté la mano para interrumpirlo.

—Tengo que preguntarte algo, Fisher... No estás diciendo todo esto porque... porque lo elegí a él en vez de a ti, ¿verdad?

Abrió la boca de par en par.

—¡Claro que no! ¿Cómo puedes pensar siquiera que yo sería capaz de...? —Llevó la mano al pomo de la puerta, dispuesto a abrirla de golpe y dejarme ahí dentro.

—¡Espera! Solo digo que... —Exhalé un largo suspiro, sacudiendo la cabeza—. No sé lo que digo. Lo siento. No he estado durmiendo bien y... Reflexionaré sobre ello, ¿de acuerdo?

Fisher fijó en mí sus ojos llameantes.

—¿Qué? ¿Quieres que lo haga ahora mismo?

Se encogió de hombros.

—¿Hay algo más urgente que reclame tu atención?

Suspirando, intenté rememorar ese día.

—Sterland y tú estabais en el laberinto con Regnard y Ethan, ¿no?

—Durante casi toda la mañana.

Empecé a contar con los dedos a los sospechosos que iba descartando. Ivor se había quedado explorando los pisos superiores en busca de pistas sobre nuestras zapatillas desgastadas. Otro que había que tachar de la lista.

—Jules estaba en las caballerizas con Cassius, creo —dije. Ya en el momento en que pronunciaba la frase, me vino a la mente la imagen de Cassius entrando en casa solo. Tenía las mejillas de un rojo encendido, como si llevara un buen rato a la intemperie.

¿Por qué?

Las cuadras no estaban muy lejos de la casa, y se calentaban con estufas de carbón para que los caballos no pasaran frío.

—¿Estás seguro de que pasaste junto a los arbustos de bayas?

Se me formó un nudo en la garganta. Me sentía como si estuviera al borde de un acantilado, de pie sobre grava y guijarros movedizos. Aunque sabía que estaba a punto de caer, no podía retroceder para salvarme.

Fisher asintió.

—El matorral estaba desierto. Ahí no había nadie.

Eché una ojeada por la ventana, pero no veía más que las mejillas coloradas de Cassius.

Los cristales se iban empañando con nuestro aliento mientras Fisher aguardaba en silencio a que yo asimilara sus palabras.

—Vamos, estarás mejor dentro —dijo al fin, abriendo la portezuela y ayudándome a apearme.

Me quedé parada en el patio, con la mente nublada. Ni siquiera me inmuté cuando el cochero hizo restallar el látigo para que los caballos se pusieran en marcha. Me froté los brazos para entrar en calor, pero no sirvió de nada. Había perdido toda sensibilidad.

—Alguien en esta isla ha matado a mis hermanas.

Con el rostro demudado de tristeza, Fisher me tomó del brazo y me condujo hacia la entrada.

Justo antes de atravesar el pórtico, alcé la mirada y avisté una figura perfectamente enmarcada por una de las ventanas del salón Azul. Cassius nos observaba desde arriba, con la frente surcada por arrugas de preocupación.

28

Hacía calor en la habitación.

Estaba acostada junto a Lenore, incapaz de conciliar el sueño. Las sábanas se me pegaban a las piernas, retorcidas y tirantes. Intentaba alisarlas con el pie, pero solo conseguía enredarlas aún más.

«¿Cuánto sabemos de él en realidad?».

La voz de Fisher, cada vez más fuerte, repetía la pregunta una y otra vez hasta que todas las palabras perdieron su significado y no dejaban más que un eco de consonantes resonándome en la cabeza.

No tenía sentido.

No podía ser.

Por otro lado, tenía las mejillas tan rojas...

Ahuequé la almohada para intentar ponerme más cómoda, pero eso solo sirvió para alterarme aún más los nervios. Le pegué un puñetazo a aquel mullido saco relleno de plumón, deseando que resultara igual de fácil doblegar mis pensamientos.

—Él ni siquiera estaba en Salann cuando Eulalie se despeñó —me recordé a mí misma.

«O, para ser más exactos, no lo conociste sino hasta después de que ella muriera...».

Sacudí la cabeza, ansiosa por acallar aquella vocecita. Cassius no tenía motivos para matar a Rosalie o a Ligeia, y estaba conmigo cuando murió Edgar.

«Sin embargo, en el caso de Eulalie...».

Inspiré con brusquedad al recordar lo que había sucedido frente a la pintura al óleo del pasillo la mañana en que habíamos ido a inspeccionar los arbustos de bayas.

Él conocía el nombre de Eulalie.

Conocía los nombres de todas mis hermanas.

Era imposible que hubiera leído la pequeña y manchada placa que había debajo del cuadro. Así pues ¿cómo lo había sabido?

Con un resoplido de frustración, me di la vuelta. El resplandor de la luna proyectaba un juego de luces y sombras en la habitación. Al vislumbrar las dos camas vacías, me giré de nuevo y quedé frente a frente con Lenore.

Tenía los ojos abiertos y fijos en mí. Era la primera vez que establecíamos contacto visual directo desde que yo había regresado del matorral.

—Estás despierta —comenté de forma innecesaria—. Perdona, no podía dormir. ¿Te he despertado?

Como cabía esperar, no respondió.

—¿Siempre hace tanto calor aquí? —Silencio—. A lo mejor el fuego está demasiado fuerte. —Me incorporé, pugnando por liberarme de las sábanas—. ¿Quieres que te traiga algo? No has bajado a cenar. ¿Qué tal un té? ¿Te apetece un té?

Aunque estaba acostumbrada a las conversaciones unidireccionales con mi madre en el mausoleo, me ponía nerviosa mantener una con alguien que seguía con vida, respiraba y se encontraba a mi lado, pero que no respondía nunca.

Se volvió boca arriba y estudió el dosel. Pasaron los minutos.

Al final, bajé los pies de la cama. El camisón se me adhería al cuerpo, húmedo y agobiante.

—Voy a darme un baño para refrescarme. ¿Te traigo un té luego, por si sigues despierta?

No esperé a que no me contestara.

Aunque habría sido más fácil usar mi propia bañera, en el segundo piso, las cañerías hacían mucho ruido y no quería perturbar el sueño de las Gracias. En cambio, ahí abajo solo me oiría Lenore.

Mientras se llenaba la bañera, me despojé del camisón empapado y lo dejé cerca del lavamanos, hecho un gurruño. Era bien pasada la medianoche —demasiado tarde para lavarme el cabello y confiar en que se secara antes del amanecer—, así que me recogí la trenza hacia arriba y la sujeté con una pinza para que no me cayera sobre los hombros.

En aquel baño, donde predominaban los azulejos de mármol y la porcelana, hacía un frío penetrante en comparación con la alcoba de Lenore. Me sentí aliviada al meterme en el agua calentita. Esa bañera era mucho más grande que la nuestra, hasta tal punto que podía flotar boca arriba sin tocar los lados.

Con los ojos cerrados, escuché como el eco de las últimas gotas que caían del grifo resonaba en la bóveda que se extendía sobre mí.

Plic. Ploc.

Plic. Plic. Ploc.

Aquel ritmo hipnótico me arrullaba y me llenaba de tranquilidad. Por primera vez ese día, sentí que por fin los músculos se me relajaban de verdad, y mi mente quedaba en blanco y en paz.

«¿Cuánto sabemos de él en realidad?».

Abrí los ojos de golpe y, soltando una palabrota, me eché hacia atrás, sobresaltada. Lenore, de pie junto a la bañera, me contemplaba en silencio con los ojos vidriosos.

El agua desbordó los costados y la salpicó, pero ella, lejos de reaccionar, siguió mirándome con expresión vacía pero curiosa. Tenía el rostro sumido en sombras, alargado y macilento, y el pelo, liberado de la trenza que yo le había hecho esa tarde, le caía en mechones desdibujados.

—¿Te has cambiado el camisón? —pregunté al no reconocer los ribetes de encaje—. ¿Qué ocurre? ¿Quieres un té? Te lo traeré cuando salga —prometí antes de sumergirme, colocándome de manera que la mayor parte posible de mi cuerpo quedara cubierta por el agua. Nunca había sentido la necesidad de mostrar recato en presencia de mis hermanas (nos pasábamos la vida cambiándonos delante de las demás), pero algo en su mirada me hizo desear tener a mano una toalla para taparme.

Tras parpadear una vez, dio media vuelta muy despacio y

se tambaleó hacia la puerta, como si se le hubieran dormido ambas piernas.

—¡Lenore! —grité.

Como no regresó, me levanté del agua humeante y me sequé con rapidez. Me puse la bata de cualquier manera y salí a toda prisa tras ella.

Lenore ya estaba en el descansillo de la escalera principal.

—¿Qué haces? Ahora te traigo el té. Deberías estar en la cama.

Se volvió de nuevo hacia mí, pero luego empezó a bajar los escalones, con los mismos movimientos torpes de antes. Con un suspiro, me arrebujé bien en la bata y la seguí.

Cuando llegué a la planta baja, no tenía idea de por dónde se había ido. Eché un vistazo en la cocina, pero estaba vacía, al igual que la despensa.

—¿Lenore?

Al regresar al pasillo principal, vislumbré por un instante un vestido blanco y una cabellera rojiza que lo cruzaban para entrar en la biblioteca. Apreté el paso para alcanzarla, pero la puerta del fondo de la habitación ya se estaba cerrando cuando entré.

—¡Lenore, espérame!

En el corredor, una puerta se cerró con un leve chasquido. Me pareció que era la cristalera del invernadero. ¿Qué diantres estaría haciendo ella allí a esas horas?

Entré en aquel ambiente cargado y húmedo. Cuando éramos pequeñas, nos encantaba pasar las tardes de invierno en el invernadero. Estar sentadas en medio de una selva mientras la nieve se arremolinaba al otro lado de las vidrieras era una sensación mágica.

—¿Lenore? —la llamé de nuevo, avanzando un paso—. ¿Dónde estás?

No obtuve respuesta, pero una hoja de helecho se mecía adelante y atrás. Cerré los ojos y agucé el oído. El murmullo del estanque interior no tapaba del todo el roce de una falda larga sobre los adoquines.

Giré sobre los talones y seguí aquel sonido. A los jardineros les habían dado libre el primer mes de invierno, y las palmeras, que habían crecido de forma descontrolada durante su ausencia, invadían los senderos sin ninguna consideración hacia quien tuviera que pasar por allí. Aparté de mi camino una hoja especialmente grande, pero estuve a punto de tropezar con algo que estaba en medio de la vereda.

Era el cuaderno de dibujo de Verity.

No había vuelto a verlo desde aquel día en la habitación de Elizabeth. ¿Qué hacía ahí, en el invernadero? ¿Lo había llevado Lenore hasta allí?

Como impulsada por una brisa, la cubierta de papel se abrió, revelando el bosquejo de Eulalie arrancándole las mantas a Verity mientras dormía.

Cuando me agaché para recoger la macabra libreta, las páginas empezaron a girar de nuevo, pese a que no noté el menor soplo de viento. Imágenes de mis hermanas terriblemente desfiguradas y descompuestas desfilaban ante mí con rapidez. Esbozos de Eulalie, Ava, Octavia, Elizabeth e incluso Rosalie y Ligeia se sucedían, movidos por manos invisibles. El cuaderno se detuvo de pronto en el último dibujo.

Era yo.

Yacía en medio de un gran salón de baile, rodeada por una multitud de invitados que lanzaban miradas lascivas desde detrás de sus antifaces. La falda de satén, extendida a mi alrededor como un charco, dejaba al descubierto los ángulos antinaturales de mis piernas despatarradas. Todas mis articulaciones estaban torcidas en direcciones extrañas, como las de una marioneta con los hilos cortados.

Con la cabeza echada hacia atrás, miraba algún punto situado fuera del dibujo con ojos sin vida. Tenía la boca abierta, floja y laxa, y la mano extendida y curvada como para incitar al espectador a acercarse.

Reprimiendo un grito de horror, cerré la sórdida libreta y la alejé de mí de una patada.

¿Por qué había dibujado Verity aquella atrocidad?

¿O tal vez no había sido ella?

—¿Lenore? —dije en alto, con la voz entrecortada por el miedo que me oprimía la garganta.

Mi dibujo era distinto de los otros, de un estilo más sutil y pulido. ¿Lo había trazado Lenore? Había estado callada desde que habíamos encontrado a nuestras hermanas. Todas suponíamos que era su forma de llevar el duelo, pero ¿y si nos equivocábamos? ¿Y si se había venido abajo?

Paseé la mirada por las palmeras que me rodeaban. Como me había distraído con el cuaderno, no tenía la menor idea de dónde se había metido. Podía estar en cualquier rincón del invernadero, espiándome, acechándome con esos ojos obsesivos.

Un escalofrío me bajó por el cuello, y corrí por el sendero, zigzagueando entre las plantas para no convertirme en un blanco fácil. Tras doblar una curva, me paré en seco al ver su silueta recortada contra la luz de la luna, frente a la ventana. Tenía la mano contra el cristal, como si intentara agarrar algo que estaba fuera de su alcance por poco. Volvió la vista hacia mí antes de encaminarse hacia la izquierda.

Eché una ojeada al exterior para ver qué había estado mirando. El ala oeste, que se adentraba en el jardín delantero, resultaba bien visible desde ahí. Estaba a oscuras, salvo por una luz en una ventana del primer piso.

La habitación de Lenore.

Se me cortó la respiración y por poco me atraganté al divisar una forma oscura que miraba por la ventana.

Era Lenore.

Me quedé paralizada, con el vello de los brazos erizado. Las palmeras se movieron de nuevo, y el crujido de una falda que no era la de Lenore se me acercó. Con la boca seca de terror, me di la vuelta y no vi a Lenore, sino a Rosalie y a Ligeia, la una al lado de la otra, tomadas de la mano, ambas con los labios lívidos y el cabello escarchado. Sus ojos parecían hechos de mármol blanco.

—¿Rosalie? —me atreví a preguntar.

Ella se balanceaba adelante y atrás, sin dar ninguna muestra de oírme.

—¿Ligeia?

Rosalie extendió el brazo que tenía libre señalándome con el dedo. No, no a mí. A algo que estaba por detrás de mí, por encima de mi hombro. Poco a poco, como si un hilo invisible tirara de ellas, volvieron la cabeza hacia la derecha. A continuación, giraron el cuerpo en la misma dirección y cruzaron la vereda, atraídas por algo que no alcanzaba a ver ni a oír.

Me volví para comprobar si Lenore había avistado a sus hermanas, pero en su ventana no había nadie, y la luz estaba apagada. ¿Estaba bajando en ese momento hacia donde me encontraba? El corazón me dio un vuelco cuando comprendí lo que ocurría.

Eran ellas quienes se dirigían hacia donde se encontraba Lenore.

Me lancé a la carrera, apartando hojas de palmera, con los pies descalzos resbalando sobre las lisas piedras. Me caí una vez y me golpeé la rodilla contra una estatua. La sangre me corría por la pierna y se me escurría entre los dedos del pie, pero me daba igual. Lo único que me importaba era llegar junto a Lenore antes que mis hermanas.

Cada vez que creía ganar terreno, ellas aceleraban, con movimientos discontinuos y borrosos, una nebulosidad vibrante que hacía que me dolieran los ojos. Sus estremecimientos provocaban un zumbido en el aire, y sentí que me iban a reventar los tímpanos.

Mis hermanas llegaron a la puerta. En un momento, estaban en el invernadero conmigo, y al momento siguiente, se hallaban al otro lado de las vidrieras. Sacudí la cabeza, convencida de que se trataba de un efecto de la luz, pero Rosalie colocó la mano contra el cristal y cerró la puerta. El pestillo encajó con un fuerte chasquido.

Giré el pomo, pero me habían encerrado. Aporreé las ventanas con los puños. Cuando empezaron a dolerme, usé las palmas y luego los pies, intentando romper el vidrio.

Ellas me observaban con fría curiosidad. Ligeia ladeó la cabeza para estudiar el reguero de sangre que habían dejado mis nudillos en el cristal. Tocó la mancha escarlata con los dedos.

—Por favor, dejadme salir —supliqué—. ¡No podéis dejarme aquí!

Ligeia le dio un golpecito al rastro de sangre antes de volver a agarrar a Rosalie. En un acto reflejo, extendió la otra mano para tomar la de Lenore, pero ahí no había nada. Bajó la vista al espacio que había a su lado, claramente inquieta por aquella ausencia.

Cuando Rosalie inclinó la cabeza a modo de señal, se alejaron por el pasillo con aquel espantoso movimiento vibratorio, zumbando. Aunque ver desaparecer aquellos semblantes de pesadilla supuso un alivio momentáneo, me acordé de Lenore y me puse a golpear las puertas de nuevo entre gritos de auxilio. Me daba igual si despertaba a toda la casa y me tomaban por loca. Había que detener a los fantasmas de mis hermanas.

Un repiqueteo suave al otro lado de la puerta me arrancó del sueño.

Estaba tumbada contra los cristales, rendida del todo. Tenía las manos ensangrentadas y en carne viva, y me había quedado ronca de tanto gritar. Después de que mis hermanas se esfumaran, los ojos no me funcionaban bien, no conseguían enfocar nada. Había dejado que se me cerraran para que descansaran un momento, tal vez un poco más.

De pronto, la puerta se abrió y me caí, de modo que mi cabeza impactó contra el suelo de madera del pasillo con un golpe seco y doloroso. Cuando alcé la mirada, bizqueando, vi la oscura silueta de Cassius que me contemplaba, sujetando una vela, con la preocupación pintada en el rostro.

—Annaleigh, ¿qué haces aquí abajo? Te has hecho daño —dijo, tomándome las manos entre las suyas.

—¡Apártate de mí! —Me solté con tal brusquedad que rodé por los escalones del invernadero. Todo me daba vueltas y la habitación se escoraba de forma pronunciada hacia la derecha, difuminándose ante mis ojos antes de cobrar una nitidez excesiva, con demasiados colores. El estómago se me revolvió como reacción contra el desequilibrio del entorno. Me agarré de una palmera plantada en una maceta para no acabar cabeza abajo, como ella.

Cassius se enderezó.

—No pretendía asustarte. ¿Te encuentras bien? He oído unos gritos.

—¡No te me acerques!

Conteniendo un gemido, me quité tierra y hojas de la bata. Cada pasada de mis manos hinchadas constituía una tortura, pero no podía permitir que él se percatara de que estaba dolorida.

Ver los fantasmas de mis hermanas me había convencido de que la teoría de Fisher era correcta. Las habían asesinado y ellas habían vuelto para aparecerse ante nosotros hasta que descubriéramos a su asesino. Y aunque me partía el alma pensarlo, Cassius era el principal sospechoso.

Cada uno de sus movimientos me parecía fríamente calculado. Se apreciaba un brillo de dureza maliciosa en sus ojos, que evaluaban la situación con detenimiento, fijándose en cada detalle.

La visión se me desenfocó y aclaró de nuevo, y por un momento me planteé la posibilidad de que hubiera sufrido una conmoción cerebral hasta que advertí que Cassius estaba aprovechando mi distracción para entrar lentamente en el invernadero.

—¿Qué ha pasado, Annaleigh? Tienes las manos muy mal.

—¡Te he dicho que no te acerques!

Se detuvo unos instantes en el último escalón, y yo me pisé sin querer el dobladillo de la bata y fui a parar entre el follaje, dando traspiés. Si Cassius había matado de verdad a mis hermanas, solo cabía suponer que iría también a por mí.

Imágenes espeluznantes se me agolparon en la mente. Verity descubriendo mi cuerpo boca abajo en el estanque. Camille tropezando con mi tobillo medio oculto mientras registraban la casa. Lenore despertando junto a mi cadáver. Otro funeral.

¿Qué harían con mis restos? No cabrían en la cripta mientras Rosalie y Ligeia siguieran ahí. ¿Me tirarían al mar? ¿Acabaría en el Piélago con el resto de mi familia, o quedaría a merced del oleaje para toda la eternidad, como un barco fantasma que nunca arriba a puerto?

La habitación volvió a girar sobre su eje, y me costó no desviar la vista de Cassius.

—Me has envenenado —lo acusé mientras unos puntos negros invadían mi campo visual. Aquello no podía deberse a una conmoción. Me habían narcotizado.

Su rostro era una máscara perfecta de incredulidad.

—¿Envenenado? Pero ¿qué dices? ¡Annaleigh, cuéntame qué ha pasado!

Cuando se abalanzó hacia mí, di media vuelta y me alejé a paso veloz por el sendero. Aunque volqué varias macetas, estatuas pequeñas y demás objetos que encontraba en mi camino para entorpecer su avance, sus pisadas sonaban cada vez más cerca.

Salí de entre los helechos a la zona alicatada próxima al estanque, cogí una mesilla de metal y la interpuse entre nosotros.

—¡Apártate de mí! Sé lo que has hecho.

Incluso mientras le lanzaba esta acusación, caí en la cuenta de que no tenía sentido. ¿Me había envenenado? ¿Cómo? ¿Cuándo? Pero ¿qué otra explicación podía haber para mi desorientación?

Con los ojos desorbitados de perplejidad, Cassius alzó las manos para demostrar que no pretendía hacerme daño.

—¿Qué he hecho? Annaleigh…, ¡no he hecho nada!

—Entonces ¿por qué han muerto mis hermanas?

Una vez pronunciadas estas palabras, no podía retirarlas. Hendieron el aire, más afiladas que una cuchilla, y aún más hirientes.

Nunca olvidaré la expresión horrorizada de Cassius.

—¿Crees que yo maté a tus hermanas? —Soltó una carcajada breve y seca.

—Alguien las mató. Alguien que está en la isla.

Apretó las mandíbulas.

—Así que das por sentado que fui yo, el forastero.

Dio media vuelta para marcharse, y el desaliento se apoderó de mí. ¿Por qué se iba? Un asesino no le daría la espalda a un testigo; por el contrario, se aseguraría de acallarlo para siempre. Cada paso suyo que se alejaba me despertaba una duda tras otra en el corazón.

¿Había vuelto a equivocarme?

—¡Sabías cómo se llamaban mis hermanas! —le grité.

Cassius giró sobre los talones con el rostro crispado de indignación y resentimiento.

—¿Qué te pasa, Annaleigh? ¿Es por el golpe que te has dado en la cabeza al caerte?

—Ava y Eulalie. Octavia y Elizabeth. Nunca te dije cómo se llamaban. Pero las identificaste por su nombre en el retrato.

—¿Y eso me convierte en un asesino?

—No da muy buena espina. Y eso no es todo… Verity nunca te habló de las tortugas marinas —deduje.

—No, pero… —Palideció y perdió la compostura solo unos instantes, pero lo suficiente para que lo notara.

—¿Cuánto tiempo llevas espiando a mi familia?

La mesa se me cayó de las manos con gran estrépito cuando me asaltó un nuevo horror que se propagó por mi mente como una marea roja, emponzoñando todo cuanto tocaba.

—Eulalie no fue la primera, ¿verdad? —Me temblaban los labios—. Elizabeth no se suicidó. Y Octavia no se cayó. —Un sollozo me brotó del pecho—. Tú estás detrás de todas esas muertes.

Caí de rodillas y sentí que las paredes se me echaban encima. La cabeza me daba vueltas sumida en una confusión oscura, palpitando de espanto. Un zumbido bajo, parecido al ruido que emitían los fantasmas de Ligeia y Rosalie, surgía de los rincones del invernadero. Me encogí para protegerme de él, apretándome los oídos con las manos, pero no conseguía amortiguar aquel estruendo. Era cada vez más ensordecedor, y rompí a gritar, a chillar contra aquel caos. Estaba segura de que me iban a estallar los tímpanos.

De pronto, el ruido cesó y no se oían más que los pasos de Cassius al acercarse.

—Levántate.

Me quedé donde estaba, deseando que la tierra me tragara entera.

—Annaleigh —me advirtió.

Convencida de que estaba a punto de exhalar mi último suspiro, me puse de pie, estremeciéndome ante él.

—¿De verdad crees que yo maté a tus hermanas? —Me escudriñó el rostro con el peso tangible de la decepción en el semblante.

La presión en mi cabeza aumentó, como si un puño me estrujara el cerebro con los nudillos blancos, implacables. Me volví hacia un lado, presa de arcadas. Al instante, Cassius estaba junto a mí, sujetándome y recogiéndome el cabello hacia atrás. Intentó confortarme con murmullos sin sentido y me acarició la espalda describiendo formas tranquilizadoras con los dedos mientras yo vomitaba. Cuando me atreví a mirarlo a los ojos, me sentía como si hubiera estado perdida en el mar en medio de una bruma espesa, sin saber qué rumbo seguir, antes de que un viento enérgico me revelara que había tenido la costa delante de las narices desde el principio.

Conforme se me aclaraban las ideas, la confusión cedió el paso a la vergüenza. ¿Qué había hecho?

—Cassius, lo siento mucho. No… no sé qué me sucede. —Me pasé la mano por la boca, sedienta.

—Tal vez has sufrido una conmoción —musitó, palpándome el bulto que me estaba creciendo en la parte posterior de la cabeza—. Enséñame las manos.

Con mucha más ternura de la que merecía, las tomó entre las suyas y examinó los cantos hinchados y cubiertos de cortes, así como las uñas rotas de intentar arrancar el marco de la puerta.

—¿Cómo te has hecho esto?

—Creía… que me había quedado encerrada.

Leí en sus ojos que no me creía.

—¿Y no podías esperar a que alguien acudiera en tu ayuda?

Estábamos demasiado cerca el uno del otro. Se me subieron los colores a las mejillas y el pecho y bajé la vista, demasiado abochornada para mirarlo a la cara.

—He visto a mis hermanas.

—¿Camille y Lenore te han encerrado aquí?

Negué con un gesto.

Frunció el entrecejo.

—¿Las pequeñas?

Volví a negar.

—Ah.

Me clavé con fuerza los bordes irregulares de las uñas en la palma de la mano.

—¿Crees en los fantasmas?

Se quedó callado durante un rato tan largo que temí que me juzgara desquiciada, pero entonces asintió.

—Sí. Tenemos que curarte esas manos.

—¿Las manos? —repetí. Representaban el menor de mis problemas.

Pero Cassius me sacó del invernadero y tiró de mí por el pasillo antes de que yo pudiera protestar. Las velas de las paredes no estaban encendidas y reinaba el silencio en el corredor. Era como si no hubiera nadie más despierto en la casa, en Salann, en toda Arcannia.

—Hanna guarda una cajita con gasas y ungüentos en un botiquín que está en el lavadero —sugerí, pero él pasó de largo el vestíbulo sin aflojar el paso—. ¿Adónde vamos?

Se detuvo frente a la puerta que daba al jardín. Deslizó los dedos por la veta de la madera, incapaz de posar la vista en mí.

—Quiero que sepas que iba a contártelo todo a la larga, Annaleigh. Te lo juro.

Me puse en guardia de inmediato, con carne de gallina en los brazos.

—¿A contarme qué?

Abrió la puerta, por la que entró una ráfaga de viento gélido.

—Ven conmigo.

Hundí los pies en la alfombra del pasillo.

—No podemos salir con este tiempo. Moriremos congelados en cuestión de minutos.

—No estaremos minutos fuera. Pero tengo que salir.

—¿Para qué?

Cruzó la puerta hacia el exterior nevado, conmigo a remolque. Solté un grito ahogado, sin aliento, como si me atravesaran mil cuchillos glaciales. Mis pies se rebelaron, atenazados por un doloroso entumecimiento con cada paso que daba. El viento traspasaba la delgada seda de mi bata, y mi cuerpo temblaba contra el suyo mientras me arrastraba.

—¡Cassius, esto es una locura! —protesté en voz muy alta para hacerme oír por encima de las ventoleras.

—Necesito alejarme de los árboles. No podemos tener ninguna rama encima.

Al llegar a un claro, me estrechó contra sí. Me arrebujé entre sus brazos, intentando aprovechar todo el calor que desprendía, sin importarme el decoro. Con la cabeza encajada bajo su barbilla, bien arrimada a su pecho, no alcanzaba a ver qué ocurría, pero sentía como si de pronto nos rodeara una tromba de agua que nos arrojara chorros de aire y gotitas de agua helada. Notaba una presión creciente en los oídos que me mareaba. Me desplomé de rodillas, aturdida y con náuseas.

De pronto, el aire estaba a una temperatura más templada, incluso agradable, e impregnado de aroma a madreselva.

Abrí los ojos y proferí un alarido de incredulidad.

29

Estábamos en una abadía. Lúgubres piedras grises se alzaban varios pisos por encima de nosotros, formando un laberinto de columnatas y pasillos arqueados. El bosque que nos rodeaba —exuberante en su verdor— había penetrado y trepado en el interior y se había adueñado de las columnas. Por el hueco que había donde antes estaba el tejado se colaba una luz pálida y extraña. Las sombras parecían más definidas, como si hubiera dos conjuntos, uno superpuesto al otro. A juzgar por el aspecto del cielo, estaba a punto de amanecer, aunque yo sabía que en Salann era noche cerrada.

—¿Qué es este lugar? ¿Dónde estamos? —pregunté en una voz apenas más fuerte que un susurro. Sentía como si me hubieran dejado sin aire de un puñetazo, y me temblaban las manos.

Me froté los ojos, convencida de que aún dormía, tumbada frente a la puerta del invernadero. Aquello no podía ser real.

Cassius se apartó de mí y levantó la vista hacia el cielo.

—Esta es la Casa de las Siete Lunas. Estamos en la abadía de Versia.

Versia. No había una diosa más poderosa. Gobernaba sobre la noche y el firmamento nocturno, y llevaba la oscuridad a todos los reinos. Las estrellas le iban a la zaga, como piedras preciosas en un tren de terciopelo. Hasta el mismo Ponto la seguía, enfermo de amor por ella, sus olas atraídas por la belleza de su luna.

—¿En el Sagrario? No es posible. Los mortales no pueden entrar en...

Él sacudió la cabeza de inmediato.

—No, no estamos en el Sagrario, sino en la isla de Lor, en el extremo sudoriental de Arcannia. Donde mora el pueblo de las Estrellas.

—¿Por qué estamos...? ¿Cómo hemos...? ¿Cómo has...? —Me interrumpí, temerosa de estar formulando las preguntas equivocadas. Me resguardé de él en un pasaje abovedado de piedra—. ¿Qué eres?

Su mirada era sombría e inescrutable.

—Responderé a todas tus dudas, pero antes, debes confiar en mí...

¿Confiar en él?

No era buena idea.

Pero quería hacerlo.

Cassius se adentró en la abadía y me hizo señas de que lo siguiera. Justo delante de nosotros, al final de un santuario alargado, se encontraba el altar. Aunque no estaba marcado por una mesa o retablo, la pared del fondo era demasiado impresionante como para que se tratara de otra cosa.

Tres anchos arcos apuntados que se erguían desde el suelo sostenían un muro en cuya parte superior siete círculos idénticos componían un rosetón vacío. ¿Había estado provisto de vidrios alguna vez? En ese momento no enmarcaban más que una fina tajada de luna que se mantenía en perfecto equilibrio en el círculo superior derecho.

Riachuelos de un agua que parecía de azogue corrían por la piedra, como si los sillares exudaran perlas de rocío iluminadas por la luna. Se escurrían hasta una pila con forma de media luna situada detrás del altar. Sonaba como si nos hubiéramos visto transportados al corazón de una tormenta de verano.

Admiré las ventanas, hipnotizada por su impecable simetría.

—Annaleigh —me interpeló Cassius, arrancándome de mis contemplaciones. Sacó un cáliz de cristal y lo sumergió en el agua plateada—. Extiende las manos.

El líquido despedía un olor a campos de hierbabuena silvestre que me hacía cosquillas en la nariz y me provocaba ganas de estornudar. Al derramarse sobre mis nudillos hinchados, dejó regueros hormigueantes sobre mi piel, penetrando en ella y refrescándola, aunque no resultaba frío al tacto. Ni siquiera el aire cálido y húmedo impidió que un escalofrío me bajara por la espalda.

Doblé los dedos, asombrada. Los moretones se desvanecieron al tiempo que la hinchazón remitía. Las uñas rotas y agrietadas sanaron. De pronto, el dolor había desaparecido.

—Inclínate hacia delante —me indicó.

Tras llenar de nuevo la copa, vertió el agua plateada sobre el chichón que me había salido en la parte posterior de la cabeza. Conforme mi piel la absorbía, noté que los últimos restos de confusión y pánico se evaporaban. Tras devolver el cáliz a su hornacina, se internó en uno de los pasajes abovedados. Me froté el bulto menguante, sorprendida de cómo me sentía, como si aquel líquido hubiera ahuyentado una presencia espectral y solo hubiera quedado yo. Cuando Cassius regresó con un vaso de agua, me lo bebí, agradecida.

—¿Qué es? —pregunté señalando el muro de los riachuelos.

—¿Alguna vez has pedido un deseo al ver la primera estrella de la tarde?

—Claro.

—Pues Versia los recoge y luego los hace caer aquí en forma de lluvia.

Examiné el agua en busca de algún indicio de sus propiedades mágicas, pero no vi más que mi reflejo.

—Hablas como si la conocieras.

—Y así es —respondió, llevándome hacia una hilera de bancos.

Me acomodé en el asiento de piedra y me puse a juguetear con la falda de mi camisón mientras intentaba encontrarle un sentido a todo aquello. En la época en que aún no sabíamos de la existencia de la puerta del santuario de Ponto, Fisher nos contaba que en otros tiempos los dioses trataban directamente con los mortales, intervenían para dirimir disputas y ayudaban con los cultivos y las cosechas. Con el paso de los años, la mayoría de ellos se recluyó cada vez más en el Sagrario, dejando que los mortales se ocuparan de sus propios asuntos.

Por otro lado, tenía entendido que algunas deidades aún contaban con emisarios a los que encomendaban tareas. ¿Era Cassius un mensajero de Versia? Eso explicaría la vaguedad de sus explicaciones sobre su vida antes de la mañana de nuestro encuentro en Selkirk.

—¿Trabajas para ella? —pregunté sin poder evitar que se me trabara la lengua—. ¿Eres su mensajero?

Las comisuras de los ojos se le arrugaron con una sonrisa.

—No... Soy su hijo.

Me quedé boquiabierta.

—¿Su hijo? Eso te convierte en...

—Un semidiós.

Me retorcí los dedos. Era muy difícil de entender y casi imposible de creer, pero ahí estaba, sentada en la abadía consagrada a su madre. Notaba el calor del aire y el que irradiaban las piedras bajo mis pies. Su magia me había curado las manos. Nada de eso era un invento de Cassius.

—¿Por qué no me lo habías dicho antes?

Se pasó los dedos por los oscuros rizos, tirándose de las puntas.

—¿Recuerdas lo que me comentaste en el parque, durante la Remoción? ¿Que todos los hombres que conoces están interesados solo en tu posición social y tu dinero? —Asentí—. Yo también quería que me apreciaran por mi forma de ser. No por todo esto. —Alzó la mano para señalar la pared de la luna.

—¿Y por qué me lo revelas ahora?

—Has dicho que se te aparecen tus hermanas.

Apreté los puños al recordar que, cuando había abierto los ojos en la bañera, había visto no a Lenore, sino a Rosalie, mirándome desde arriba. Muy serio, Cassius posó los dedos sobre los míos con delicadeza.

—Sé que no es así.

Me dio un apretón en la mano con el que, de hecho, aplastó la última brizna de esperanza que me quedaba.

—Tenías razón en lo que me dijiste en el invernadero. No debería saber cómo se llamaban tus hermanas. Nadie habla de ellas. Pero... las he conocido... y te aseguro que no son fantasmas.

Me quedé de una pieza.

—¿Qué?

Se aclaró la garganta.

—El Sagrario se divide en varias regiones, y cada una de ellas alberga a una deidad distinta. Como muestra de devoción hacia mi madre, Ponto le construyó un palacio de labradorita en el Piélago, para que viviera con él. Fue ahí donde me crie como un extraño niño semimortal, colmado de atenciones. Sin embargo, cuando crecí y quedó patente que no poseía las mismas facultades que mis hermanastros, parte del encanto se perdió.

Se frotó la nuca.

—Debías de sentirte muy solo —dije, deseosa de mostrar empatía, pero también desesperada por saber más de mis hermanas.

—Sí. Mi madre pasaba mucho tiempo fuera, velando por todo esto. Y no había nadie más como yo. Mi única compañía eran las almas de los difuntos. —Esbozó una sonrisa—. Exploraba cada palmo del Piélago, entablaba conversación con todo aquel con el que me cruzaba y escuchaba sus relatos, hasta que un día topé con Ava. Llama mucho la atención, con su cabellera negra y su pálida tez. Me habló de su vida anterior. De sus hermanas. De ti. Más tarde llegó Octavia, con nuevas historias. Y luego Elizabeth.

Me esforcé por creer sus palabras, pese a su absoluta inverosimilitud.

—O sea que... cuando coincidimos en el puerto, ¿tú ya sabías quién era?

Movió la cabeza afirmativamente.

—Al menos, eso esperaba. Te pareces mucho a Ava. Y, al decir tu nombre, me lo confirmaste.

—¿Qué más te contaron sobre mí?

—Ava me dijo que eras más o menos de mi edad, o tal vez un poco más joven. Que te gustaba tocar el piano y correr por la finca, fingiendo que eras una capitana de mar a bordo de su barco.

Un rubor cálido se me subió a las mejillas.

—No tenía más de seis años en ese entonces.

—Elizabeth me contó lo de las tortugas marinas.

—Así que por eso lo sabías.

Tuvo la decencia de mostrarse apesadumbrado.

—Sí…, pero por la misma razón sé que no se te aparecen fantasmas. Tus hermanas están en el Piélago, felices y en paz. No están aquí atrapadas, con cuentas pendientes que saldar. No sé qué es lo que ves, pero no se trata de espectros.

—Pero esta noche he visto a Rosalie y a Ligeia… No sabes si están en el Piélago. Además, también se le han aparecido a Verity. Ha hecho unos dibujos espeluznantes de ellas. ¿Cómo explicas eso? Es demasiado joven para acordarse de Ava y de Octavia.

Se recostó contra el muro de piedra.

—Podría tratarse de otra cosa.

Reparé en la palabra que había elegido: «cosa».

Nos interrumpió la entrada en la abadía de una fila de mujeres. Llevaban largas túnicas azul claro, el color del fulgor lunar, con capuchas que les ocultaban el rostro. Eran justo una docena, y sostenían faroles de vidrio azogado. Dijes en forma de estrellas plateadas y lunas doradas pendían de sus cinturones encordelados y tintineaban como campanillas a su paso. Aunque casi todas mantenían la vista fija en el altar, una chica que cerraba la marcha, más joven que las otras integrantes del grupo, nos miró con curiosidad. En cuanto reconoció a Cassius, inclinó la cabeza en señal de veneración.

—Son las postulantes de Versia. Las hermanas de la noche. Viven en la abadía, cuidan del muro de los deseos y rinden culto a mi madre. Están a punto de celebrar el primer oficio del día. Ven. —Cassius me alejó de donde iba a tener lugar la ceremonia.

—¿Por qué siete? —inquirí, volviendo la mirada hacia las ventanas lunares cuando nos detuvimos un momento en los escalones que conducían a un patio.

—¿A qué te refieres?

—La Casa de las Siete Lunas. Siete ventanas. Supongo que cada una corresponde a una fase distinta de la luna, ¿no? —Asintió—. Pero hay ocho fases.

—No hay una ventana para la luna llena. ¿Ves cómo están dispuestas? Esas son las de los cuartos —dijo señalando—, y aquellas, las de la gibosa creciente y la gibosa menguante. La del centro… es la de la luna nueva. Durante la luna llena, las postulantes de Versia apagan todas las velas de la abadía para que el resplandor lo inunde todo desde lo alto. —Hizo un gesto en dirección al cielo abierto.

Me lo imaginé de noche, con las piedras de color gris claro bañadas por los argénteos rayos de la luna y tachonadas de brillos metálicos. ¡Cómo debían de relumbrar!

—Debe de ser digno de verse.

—Te traeré, si quieres. En ambos solsticios acuden multitudes a la abadía para celebrar la noche. Es un festejo muy parecido a la Remoción, pero en honor de Versia y el pueblo de las Estrellas. Más hacia el interior del edificio hay un muro con cientos de velas pequeñas. Cada persona coge una y formula un deseo.

—¿Y qué pasa luego?

—Avanzada la noche, todos se reúnen aquí con sus velas de los deseos. Encienden farolillos de papel y los sueltan de modo que se van flotando hacia lo alto. Resplandecen y centellean, subiendo cada vez más, hasta fundirse con el firmamento. El pueblo de las Estrellas cree que, si divisan una estrella fugaz en los meses siguientes, es señal de que su deseo pronto se cumplirá.

Mis labios se curvaron hacia arriba cuando imaginé el cielo iluminado por centenares de llamas diminutas.

—Me encantaría verlo.

—Solo falta un mes para el próximo solsticio. Debes empezar a pensar en un deseo muy importante.

Me guio a través de una serie de arcos para mostrarme el paisaje que se extendía detrás de la abadía. Una punta rocosa, escarpada y de salientes afilados, se adentraba en el mar. Más abajo, el agua era de un verde cálido punteado por blancas cabrillas. Se parecía muy poco al oscuro y profundo mar Kaleico.

—Ahí es donde libero mi farolillo, apartado del resto del grupo para no perderlo de vista. Me gusta seguirlo con la mirada durante el mayor tiempo posible. —Se volvió hacia mí con una sonrisa tímida—. Si me acompañas, puedo soltar uno para ti también. No me importaría que nuestros deseos se enredaran entre sí.

Dos farolillos girando juntos en la negrura de la noche hasta unirse a las estrellas. La imagen que esto me sugería era tan bonita que me entraron ganas de hacerlos volar en ese mismo instante. Mi deseo... ¿Cuál sería mi deseo?

Quería que el asesino fuera descubierto y que mis hermanas dejaran de morirse. Quería que el parto de Morella transcurriera sin problemas y que los gemelos nacieran sanos. Quería que Camille se casara y fundara una familia. Si yo ya no era la segunda en la línea de sucesión, averiguaría qué se suponía que debía hacer con mi vida. Contemplé el perfil de Cassius, admirando los efectos de aquella extraña luz sobre sus pómulos.

En ese momento, por encima de todo, quería que volviera a besarme.

—¿Alguna vez se han cumplido tus sueños?

De repente, su sonrisa se tiñó de inseguridad y la punta de sus orejas adquirió un tono sonrosado.

—Conocí a la chica que enseñaba a nadar a las tortugas, ¿no?

Cassius me acunó las mejillas entre las manos y me dio un beso lleno de ternura en la frente. Alcé el mentón, y posó contra mis labios los suyos, suaves y de una dulzura dolorosa. Mis dedos subieron por su pecho y se detuvieron en la nuca, enredándose con sus oscuros rizos.

—Te he imaginado durante tantos años —murmuró, dejándome un rastro de besos en el rostro—, y eres mucho más de lo que jamás podría haber soñado... Hueles a luz del sol —susurró muy cerca de mi boca.

—¿La luz del sol tiene olor? —pregunté y solté un jadeo cuando me besó en la base del cuello.

—Ya lo creo —me aseguró—. Mi vida entera ha transcurrido

bajo la claridad de la luna y las estrellas. Podría oler el sol que te corre por las venas desde el otro extremo de la habitación. El sol, el calor y la sal. Siempre la sal.

Sujetándole la cara con las manos ahuecadas, atraje su boca hacia la mía y lo hice callar. Le di un mordisco suave en el labio inferior, sorprendida de mi propia osadía. El beso se hizo más profundo y abrí la boca, dejando que mi lengua explorara hasta encontrar la suya. Tenía un sabor fresco y vigorizante, como el rocío nocturno en el jardín o el primer mordisco a una lustrosa manzana verde.

Una punzada de deseo me recorrió y me abrasó las extremidades como un relámpago. Sus brazos me rodearon la cintura y me arrimaron a él, como cuando acababa de transportarme a ese lugar.

Luchando contra todos los impulsos que dominaban mi cuerpo, me aparté e interrumpí el beso, totalmente sin aliento.

—¿Cómo hemos llegado aquí? —pregunté, desesperada por apaciguar los latidos de mi corazón, que hacían resonar el nombre de Cassius por mis venas con tanta fuerza que estaba segura de que él lo oía—. ¿Me... me has traído volando?

Con una sonora carcajada, Cassius se volvió para enseñarme la espalda.

—¿Tú ves que tenga alas?

—No sé cómo describirlo, si no. Ni siquiera te ha hecho falta atravesar una puerta.

Arqueó una ceja.

—¿Una puerta?

—Como la de la Gruta, que usamos para ir a los bailes.

Ladeó la cabeza.

—No... no te sigo.

—En Salten descubrimos una puerta. Ponto se vale de ella para viajar con rapidez por nuestro mundo. Nosotras hemos estado utilizándola para salir de la isla.

Una bandada de pájaros levantó el vuelo desde la fachada que se alzaba ante nosotros con un ruidoso batir de alas, lo que minó la intensidad de la mirada de Cassius.

—¿Cómo es esa puerta?

Bajé al patio con la sensación de haber dicho algo que no debía.

—En el altar de Ponto. Si giras su tridente, la puerta aparece..., sin más.

—¿Adónde conduce?

Me encogí de hombros.

—Adonde quieras. Tienes que concentrarte mucho en el lugar mientras entras en el pasadizo. Así fue como nos desplazamos a Pelage esa noche. —Inspiré con brusquedad, atando cabos de pronto—. ¡Y así fue como tú conseguiste llegar ahí tan deprisa y estar de vuelta en Astrea unos días después! Fuiste... volando —titubeé, aún sin saber bien cómo expresarlo.

—He estado en Salann desde que acudí para cuidar a mi padre. No sé de qué hablas.

Pestañeé.

—Me encontré contigo allí. En el castillo, con los lobos y el pueblo de la Caza.

Asintió.

—Sé dónde está Pelage, pero te aseguro que nunca he estado ahí. No era yo.

Fruncí el ceño al evocar la noche del primer baile. Una sonrisa se me dibujó en los labios al recordar la sensación de sus manos sobre mi cintura.

—No me cabe la menor duda de que eras tú. Llevabas puesto un antifaz, pero...

Entornó los ojos.

—No era yo. —Apartó la vista y echó a andar de un lado para otro sobre un mosaico del cielo nocturno. Las estrellas titilaban bajo sus pies. De pronto, giró sobre los talones—. ¡Los zapatos!

—¿Mis zapatos?

—Se me acaba de ocurrir... Habéis estado usando esa puerta para asistir a fiestas... ¡Se os han gastado los zapatos de tanto bailar!

Moví la cabeza afirmativamente.

—Al principio íbamos todas, pero para mí aquel día en Astrea con Edgar fue el último… No me quedaron ganas de bailar después eso.

—Por eso tú eras la única que llevaba calzado en condiciones en la Primera Noche.

—Sí, pero… los zapatos no tienen nada que ver con la muerte de mis hermanas.

—Ah, ¿no? —preguntó, escudriñándome el rostro—. ¿De verdad crees que el asesino es de Salten?

—Tuvo que ser alguien que estuviera en Highmoor —murmuré con tristeza—. La noche en que desaparecieron Ligeia y Rosalie estalló aquella espantosa tormenta. Nadie habría podido abandonar la isla en esas circunstancias.

—Por mar no, desde luego —dijo Cassius—. Pero ¿y si no sois las únicas en usar esa puerta?

Su razonamiento me pilló tan desprevenida que se me cortó la respiración y se me heló la sangre. No se me había pasado por la cabeza que la misma puerta que cruzábamos para visitar castillos y mansiones lejanos pudiera servir también para que otros llegaran hasta nosotras. Si cualquier persona de Arcannia podía acceder a Salten, ¿cómo iba a reducir el número de sospechosos?

La procesión de postulantes salió de la abadía y atajó por el patio, interrumpiendo nuestra conversación. Esta vez todas eran conscientes de la presencia de Cassius y le dedicaron reverencias solemnes a su paso. Él correspondió inclinando la cabeza en un breve gesto de respeto.

Demasiado nerviosa para estarme quieta, atravesé un pasaje abovedado hasta el prado de hierba alta que se extendía hacia el acantilado. Una brisa templada hacía ondear la falda del camisón a mi espalda.

—Quiero ver esa puerta —dijo Cassius, aproximándose a mí por detrás—. Y uno de esos bailes. Hay algo en ellos que no está bien. Nunca he estado en Pelage. Es posible que alguien…, algo adoptara mi rostro para acercarse a ti.

De nuevo me llamó la atención la palabra que había elegido: «algo».

—¿Crees que el asesino asistía a los bailes? —El estómago me dio un vuelco doloroso.

—Tal vez. Tal vez vio a tus hermanas ahí y... —Dejó el resto de la frase en el aire, encogiéndose de hombros.

—Pero Eulalie murió antes de que empezáramos a ir a los bailes... El asesino debía de conocerla de otro sitio.

Cassius asintió, pensativo.

—Aun así, me gustaría asistir en persona a uno de esos actos, echar un vistazo e intentar averiguar algo. Estoy seguro de que guardan alguna relación con las muertes. Entérate de si Camille piensa salir mañana por la noche. —Me rodeó la cintura con los brazos y me apoyó la barbilla en el hombro—. Desentrañaremos este misterio juntos, ¿te parece? Tú y yo. No estás sola, Annaleigh.

Una serenidad cálida y plácida se apoderó de mí. Por unos instantes, se formó un claro entre las nubes grises que se cernían sobre nosotros, pero, en vez de un cielo soleado, un cosmos oscuro en el que se arremolinaban los astros nos dedicaba guiños desde lo alto. Una estrella fugaz atravesó a toda velocidad la abertura, pero, antes de que pudiera señalársela a Cassius, sus labios descendieron sobre los míos, y me olvidé de la bóveda celeste.

30

—¿Este te parece bien? —pregunté, sacando el vestido de gala color verde mar de mi guardarropa y sosteniéndolo en alto para que Camille lo inspeccionara.

Arrugó la nariz.

—¡No! Te lo has puesto ya dos veces, sin contar la Remoción. ¡Vamos a ir a un baile en Lambent! ¡Con el pueblo de la Luz! Según Fisher, se supone que hay que elegir ropa de tonos claros para honrar a Vaipany. Si vas de verde, cantarás como una almeja.

Volví a colgar el vestido en el armario y cerré la puerta.

—Entonces no puedo ir. No tengo nada como lo que dices.

Me tomó de la mano.

—Acompáñame. —Camille me llevó a paso veloz a su habitación y se arrodilló junto a la cama. Tras extraer dos cajas enormes de debajo, me tendió una—. ¡Sorpresa!

—¿Qué es? —dije con un jadeo mientras levantaba la tapa—. ¡Oh, Camille! —Plegado en el interior, sobre un lecho de papel de seda rosa pálido, estaba el vestido más exquisito que había visto jamás—. ¿De dónde lo has sacado?

—¿Te acuerdas del baile en Bloem, con el pueblo de los Pétalos?

Por supuesto que me acordaba. Había sido la velada más fastuosa de nuestra vida. No había un solo elemento en todo el castillo que no estuviera engalanado con perlas, joyas o pan de plata.

—Le encargué a la señora Drexel unos vestidos idénticos a los que vi allí. Fui a recogerlos la noche que asistimos al espectáculo de la Remoción en Astrea. —Tragó saliva—. Justo antes de que Rosalie y Ligeia… —Cuando me miró a la cara, tenía los ojos brillantes de lágrimas contenidas.

—Es precioso —le aseguré, cogiendo el vestido y dejando que la seda rosácea se extendiera hasta el suelo. Las capas eran tan finas y vaporosas que parecían danzar solas. Sartas de perlas que castañeteaban al entrechocar entre sí adornaban los hombros y la espalda.

—¡Pruébatelo, pruébatelo! —exclamó, dejando a un lado la pena con una sonrisa forzada.

Cuando le había dicho a Camille que quería salir, se había puesto a chillar de ilusión y me había enumerado con todo detalle los bailes que se iban a celebrar. Me sorprendió que estuviera tan al corriente de todos los actos sociales, sobre todo considerando el reciente fallecimiento de nuestras hermanas, pero cada una sobrellevaba el duelo a su manera.

No tenía ningunas ganas de ir a ese baile. Solo me apetecía hacerme un ovillo en la cama —calentita, a salvo y rodeada de mis hermanas, como cuando éramos pequeñas— y dormir. Dormir a salvo de pesadillas sobre mujeres llorosas, maldiciones y asesinos. Simplemente dormir.

Sin embargo, Cassius estaba convencido de que descubriríamos algo. Si había una posibilidad, por pequeña que fuera, de que el asesino de mis hermanas estuviera allí, tenía que acudir para averiguar todo cuanto pudiera.

Camille me desabrochó la espalda del vestido, me liberó de la sarga oscura y me ayudó a ponerme la prenda nueva por encima de la cabeza. Me caía sobre el cuerpo como una tenue capa de espuma de mar. Las perlas frías me rodaron por la espalda desnuda, lo que me produjo dentera.

—¡No te mires en el espejo todavía! —me ordenó ella, mucho más emocionada que yo—. Ayúdame a ponerme el mío. Quiero ver qué aspecto tienen juntos.

Su vestido, también sin mangas, tenía un sutil escote ilusión.

La tela semitransparente que cubría la parte superior presentaba intrincados bordados de aljófar plateado y color champaña.

—Estás impresionante.

Restó importancia a mi halago con un gesto y rebuscó algo en un estuche que tenía sobre la cómoda.

—He encontrado esto entre las cosas viejas de mamá. Deberíamos lucirlo esta noche. Que todo el mundo se entere de que han llegado las hermanas de la Sal.

Me alargó una joya extraña y la hice girar entre los dedos, intentando dilucidar qué era. Se trataba del pulpo de los Thaumas. Su cuerpo, tallado en la perla más grande que había visto nunca, era un anillo. Los tentáculos formaban una pulsera de delicado oro rosa que me ciñó la muñeca cuando me la puse. Camille optó por una diadema de estrella de mar adornada con piedras preciosas y unos pendientes de lágrima de color rosa claro.

—Les he dado a las Gracias otras cosillas del joyero de mamá. Nada muy valioso, pero se han puesto contentas.

Levanté la vista de la pulsera Thaumas, alarmada.

—¿Las Gracias también irán al baile?

Ella asintió, toqueteando la parte de atrás de un pendiente.

—Claro. Deberíamos ir todas, ¿no crees?

—Lenore no —aclaré, rezando porque Camille no la hubiera presionado para que nos acompañara esta vez.

Ella sacudió la cabeza, sorbiéndose la nariz.

—Es imposible hablar con ella ahora mismo. Cuando lo intento, simplemente se queda ahí sentada, mirando algo por encima de mi hombro, como si yo no estuviera allí.

—Está llorando su pérdida.

Camille frunció los labios en un mohín.

—Ya lo sé. Lo que pasa es que… —Exhaló un suspiro brusco—. No quiero parecer insensible, pero ¿no hemos llorado bastante? Estoy harta del duelo. Solo quiero vivir sin miedo a perder a otra de vosotras.

Alcé una ceja con escepticismo.

—Si me muriera mañana, ¿me llorarías?

Puso la cara larga, afectada.

—No hagas bromas con eso. Claro que te lloraría. Pero... ¿de verdad querrías que me quedara encerrada, ataviada con tafetán negro y joyas de azabache, que dejara en suspenso otro año de mi vida solo porque la tuya ha llegado a su fin?

No lo habría querido, pero me parecía poco considerado decirlo tan poco tiempo después de la muerte de Rosalie y Ligeia.

—Vamos —dijo tomándome de la mano—. Ya hemos guardado suficientes lutos y duelos para varias vidas. ¡Esta noche solo deben preocuparnos el champán, el caviar y los bailes!

En el camino hacia la Gruta, no dejaba de mirar atrás para asegurarme de que Cassius nos seguía. Mientras bajaba por el empinado paseo del acantilado detrás de Fisher y las Gracias, una sombra salió de detrás de un bosquecillo.

Una vez dentro de la cueva, Fisher hizo girar el tridente y la pared de olas se separó en dos lentamente, dejando al descubierto el pasadizo.

—Así que vamos a Lambent —dije en voz muy alta. Me había llegado el crujido de unos guijarros procedente del paseo del acantilado, y esperaba que Cassius me oyera—. Al baile del pueblo de la Luz. Recordad que debemos pensar todas en eso mientras atravesemos el túnel.

Honor me lanzó una mirada incisiva.

—No hace falta que nos lo recuerdes. Ya sabemos cómo funciona.

—Nadie lo pone en duda —dijo Fisher mientras atravesaba la entrada con ella haciendo piruetas, y soltó una carcajada cuando empezaron a desvanecerse—. ¡Pececillo solo quiere asegurarse de que Mercy no lo olvide!

—¡No lo he olvidado! —gritó ella, corriendo por el pasadizo hasta desaparecer.

Camille y Verity fueron las siguientes en entrar. Me atreví a volver la vista hacia la Gruta vacía.

—Lambent —repetí antes de seguir a mis hermanas.

El túnel nos llevó directamente al interior del nuevo palacio.

Los muros de piedra eran mucho más claros, casi del color de una concha desteñida por el sol, y el aire, templado y seco, olía a mirra quemada y flores de loto. Yo ya echaba de menos el aroma salobre del mar.

Gotas de cera caían sobre el suelo de piedra desde las velas de las paredes. El humo de las parpadeantes llamas flotaba denso en el aire y llenaba el pasillo de una bruma gris. Volví la vista hacia la puerta que comunicaba con Highmoor, pero estaba envuelta en sombras.

Camille me dedicó una sonrisa por encima del hombro mientras hacía que Verity describiera vertiginosos círculos. El humo confería un carácter onírico al ambiente, pues ralentizaba los movimientos y revestía cada gesto de una extraña trascendencia. Parpadeé varias veces, intentando aclarar mis ideas, pero me sentía como sedada. A mi mente le costaba concentrarse.

Un gran vestíbulo se abrió ante nosotros. A la derecha se encontraba el salón de baile y, a juzgar por los sonidos de la orquesta y la cháchara, la celebración estaba en su apogeo. A la izquierda, una arquería daba a una terraza iluminada por la luna. Divisé a lo lejos las siluetas oscuras de las dunas, que tapaban parte del cielo. Estábamos a una distancia considerable de la orilla del mar.

Al otro extremo de la estancia había una fuente con surtidores de vino. Parejas con indumentaria formal de la corte departían en torno a la base circular, alargando de vez en cuando sus copas para atrapar el líquido escarlata que brotaba de una elaborada escena de batalla vaciada en bronce. En ella, tres hombres levantaban en vilo a otro que forcejeaba por liberarse. Sobre ellos volaba una aterradora figura alada que degollaba al fugitivo con una guadaña. El vino manaba de la herida del pobre desdichado.

—No miréis eso —dije, intentando desviar la atención de las Gracias de aquel sangriento retablo. El humo me ardía en los ojos y, al pestañear, advertí que me había equivocado. La estatua era de un querubín que apuntaba con una flecha a un grupo de mozuelas sentadas en el borde de la fuente. El vino fluía de las jarras que sostenían.

Me restregué los ojos para intentar volver a ver la estatua escalofriante. ¿Cómo había podido malinterpretar la realidad de ese modo? Antes de que pudiera estudiarla con más detenimiento, Camille tiró de mí hacia el pasillo.

Una pared estaba dividida en tres enormes frescos. Cada uno representaba un momento distinto de la creación del mundo. Vaipany, que se erguía imponente en el centro, hacía girar el sol que estaba materializando. A la derecha, Seland daba forma a la tierra a partir de barro y arcilla, con las manos manchadas de aquel lodo primigenio marrón. Versia, a la izquierda, flotaba a través de un campo de estrellas y planetas. Desplacé la mirada por la sala, preguntándome qué opinaría Cassius de esa imagen.

Grandes olas de seda dorada que pendían del techo convergían en una araña de luces espectacular. Unas esferas gigantescas de metal que giraban suspendidas en el aire protegían una enorme bola de fuego. Nunca había visto cosa igual.

Fisher se llevó a Verity corriendo a la pista de baile, y dos hombres jóvenes les preguntaron a Honor y Mercy si querían bailar con ellos. Camille y yo contemplamos a las parejas que evolucionaban por la sala. Estirando el cuello, oteé la multitud en busca de Cassius.

—¿Ves a ese hombre vestido todo de plateado que está junto a las columnas? —me susurró Camille. Escruté el gentío con los ojos entornados, pero no alcancé a distinguir a quién se refería—. Bailé con él anoche…, un minué y tres valses. Es un excelente compañero de baile. —Me dio unos empujoncitos hacia él.

—Pero ¿qué haces? —pregunté, pugnando por quedarme donde estaba pese a sus zarandeos.

—No está bailando. Ve a pedírselo.

Me retorcí para zafarme de ella.

—¡No pienso sacar a bailar a un hombre!

Camille suspiró.

—Qué anticuada, hija. —Dicho esto, se alejó, zambulléndose en aquel mar de personas.

Miré de nuevo la araña de luces y observé su frenesí cinético. No lograba concebir un mecanismo capaz de generar un movimiento tan fluido y, por si fuera poco, de manera que pareciera que flotaba. Algo en mi interior se puso alerta. Aquello era cosa de magia negra. .

—No creo que tengamos el placer de conocernos.

Sobresaltada, me volví. La voz pertenecía al hombre de atuendo plateado del que me había hablado Camille.

Al verlo de cerca, lo reconocí de inmediato. Tenía otra serie de dragones bordados en el terciopelo claro de su chaqueta. Los ojos hundidos, de un azul pálido, casi blanco, se deslizaron sobre mí, como los tentáculos de una medusa al cerrarse sobre su presa.

Alargó la mano, me tomó del mentón y me giró la cabeza de un lado a otro con todo descaro. Tenía los dedos demasiado largos, delgados y angulosos, por lo que me encogí ante su contacto.

—No, nunca olvidaría un rostro así, desde luego. Sería un honor para mí contar con una pareja tan guapa. ¿Vamos?

El hombre de los dragones me tendió la mano y, ante mi vacilación, me agarró de la mía y me llevó remolineándome hacia la pista de baile con encanto estudiado.

—En realidad, creo que hemos coincidido antes. Dos veces, de hecho —comenté. Necesitaba averiguar todo lo posible acerca de esa fiesta, sobre todo teniendo en cuenta que, al parecer, estaba sola. Cassius aún no había hecho acto de presencia—. Usted asistió al baile de Pelage.

—En efecto —respondió, guiándome en una complicada sucesión de pasos—. Recuerdo haber bailado con usted. ¡Es una de las hijas de Thaumas! Conozco bien a sus hermanas.

—Ah, ¿sí?

Sonrió.

—Son sin duda unas compañeras de baile de lo más encantadoras. —Me apartó de él con un giro mientras sus ojos exploraban la sala—. Pero no veo a las trillizas por aquí esta noche. —Le centellearon los dientes a modo de torva advertencia—. Espero que no les haya pasado nada.

Estuve a punto de tropezar cuando varias alarmas se dispararon dentro de mí.

—¿Por qué dice eso?

Se encogió de hombros con un gesto elegante.

—¿Qué le gustaría que dijera?

Con una rápida torsión de la muñeca, me atrajo de nuevo a sus brazos.

—No me ha preguntado dónde coincidimos por segunda vez —barboté, apartando la cara de la suya cuando realizó una maniobra para inclinarme hacia atrás y encorvarse sobre mí con la intención de aspirar mi fragancia. Me asaltó el horrible presentimiento de que se disponía a lamerme la base del cuello.

—En Astrea, claro está. La noche del espectáculo de la Remoción, si no me equivoco. La misma noche en que desaparecieron dos de sus hermanas.

Me quedé sin respiración. ¿Cómo podía saber eso?

—¿Qué hacía usted en Astrea?

Parpadeó una vez, y sus pupilas se me antojaron descomunales, como los ojos muertos e inexpresivos de un tiburón.

—Dime, Annaleigh, ¿por qué me preguntas cosas que ya sabes?

Lo aparté de un empujón.

—Jamás le he dicho cómo me llamo.

El hombre de los dragones se rio.

—No, pero ella sí. —Señaló con una inclinación de la cabeza hacia el centro de la estancia, donde Fisher se mecía adelante y atrás, con Verity de pie sobre sus zapatos.

Al enterarme de que ese desconocido había hablado con Verity, me entraron ganas de llorar.

—No te acerques a mis hermanas.

Me agarró del codo y me dio un tirón hacia sí.

—Ocupamos demasiado espacio aquí parados. Baila conmigo.

Me sujetaba con demasiada fuerza para que pudiera liberarme. Cuando iba a alzar la voz en protesta, Camille y su nuevo acompañante pasaron bailando por nuestro lado.

—Qué velada tan exquisita, ¿verdad? —me gritó.

Se me encogió el estómago al verla alejarse. ¿Por qué no percibía el peligro que yo intuía? Parecía tan despreocupada como una mariposa, revoloteando de una pareja a otra.

—Baila, Annaleigh —me acució el hombre de los dragones, haciéndome volver al presente. Me deslizó el pulgar por la parte inferior de la mandíbula y luego sobre los labios. Presa de sus brazos, me eché hacia atrás cuanto pude, pero aun así noté el calor de su aliento en la mejilla—. Baila por mí.

No me cabía duda de que ese hombre tenía algo que ver con la muerte de mis hermanas. Tenía que localizar a Cassius. Tenía que conseguir ayuda, escapar de ese salón de baile y del humo que me nublaba el pensamiento. Tenía que huir de la música. Los instrumentos tocaban a destiempo, de forma discordante, lo que me provocaba dentera y me imposibilitaba escucharla, por no hablar de bailar.

—¡Suéltame! —chillé, propinándole un empellón en el pecho con todas mis fuerzas. Cuando me di la vuelta para arrancar a correr, supuse que se oirían exclamaciones de sorpresa e inquietud, y gritos ahogados por parte de la concurrencia, pues estaba armando bastante escándalo.

Sin embargo, no hubo reacción alguna.

Me paré en seco, contemplando a las parejas en la pista.

Ninguna se había percatado de mi arrebato. Esto me recordó el episodio de las polillas. Yo las había visto, pero mi padre no. Y ahora, yo estaba viendo y oyendo cosas que una multitud que estaba en la misma habitación no veía ni oía.

Primero aquella estatua macabra, y luego esa música... Yo era la única que había notado que no sonaba bien. Giré en redondo, buscando a Cassius. ¿Es que no veía cuánto lo necesitaba?

Un joven con un reluciente chaleco dorado se interpuso en mi camino y me hizo perder el hilo de mis pensamientos.

—¿Me concede esta pieza?

Negué con la cabeza y me volví en otra dirección.

—Ya he bailado bastante.

—Pero si la fiesta no ha hecho más que empezar. —Se me plantó delante, con una agilidad sorprendente.

—Estoy cansada. Tal vez otro día.

—Solo una pieza. —Enlazó su brazo con el mío y me hizo girar.

—De verdad que preferiría...

—Vamos.

Me condujo hacia el interior de la muchedumbre con una serie de pasos que me costaba seguir. La orquesta interpretaba una mazurca alegre, y las parejas que nos rodeaban se movían con demasiada rapidez para que pudiera liberarme.

Entonces sonó la nota inicial de la siguiente melodía, estridente y desafinada. Temí que fueran a sangrarme los oídos.

—Ah, me encanta esta canción. Hermosísima señorita, ¿puedo convencerla de que baile otra pieza conmigo? Sería un gran honor.

—Me temo que ya tiene comprometido el siguiente baile —dijo una voz desde el lateral de la sala.

Me volví con la esperanza de ver a Cassius, pero se trataba de un hombre bajo y delgado que fumaba un puro. Me exhaló en la cara una extraña nube de humo color lavanda que me hizo lagrimear. Tras darle una última calada, lo aplastó con el pie y se me llevó con paso veloz.

Me enjugué los ojos para intentar aclararme la vista y poner en orden las ideas. Había algo que tenía que hacer, pero no conseguía recordar qué. Paseé la mirada por la estancia para refrescar la memoria. El salón de baile era magnífico, tan relumbrante, suntuoso y... exquisito.

El hombre de baja estatura y yo pasamos danzando junto a Camille, y su compañero propuso que cambiáramos de pareja después del vals. Accedí de buena gana. Bailé dos piezas con él antes de que un muchachito vestido todo de color azafrán y que tenía todo el aspecto de ser el niño de la casa preguntara si podía interrumpir.

Cautivada por sus impecables modales, acabé bailando tres veces con él. Contaba chistes tan graciosos que el tiempo se me pasó volando. A continuación, un hombre rubio me tocó el hombro y solicitó mi atención con tanta amabilidad que acepté su oferta durante una cuadrilla.

—¿Sabe dónde están los refrigerios? —pregunté en mitad del baile—. No estoy acostumbrada a estos calores.

Me señaló el fondo de la sala.

Sobre unas mesas bellamente dispuestas había varias filas de copas de cristal y tres tipos de ponche distintos. Un castillo en miniatura hecho con pastelitos se alzaba al lado de bandejas con carnes exóticas ahumadas, asadas y en conserva. En el centro de todo, en el lugar de honor, había una espectacular tarta de varios pisos. Con sus trece capas y las flores comestibles pintadas a mano que la rodeaban, resultaba impresionante.

Antes de que pudiera disfrutar de alguna de aquellas delicias, noté una presencia detrás de mí. Otra vez el hombre de los dragones. Estaba deslumbrante con su frac. El terciopelo, grueso y sensual, estaba cortado a medida con precisión.

—¿Me concede este baile?

Estaba a punto de asentir —lo había pasado de maravilla con él antes—, cuando algo se removió en mi interior.

¿De verdad lo había pasado bien?

Cuando parpadeé, me dio la impresión de que perdía parte de su esplendor. Reparé en una zona mal afeitada de su rostro, y sus ojos me parecieron más hundidos que hacía un momento.

Qué raro.

—Gracias, pero creo que voy a sentarme un rato.

—¡Tonterías! Es la última pieza antes de los fuegos de artificiales. Baila conmigo, Annaleigh.

Extendí la mano, dispuesta a aceptar, pero entonces reparé de nuevo en el bufé. Antes tenía sed. Me había acercado a las mesas para beber algo. Qué absurdo, olvidar una cosa así.

—Voy a servirme un vaso de ponche, pero se lo agradezco.

—¿No preferirías algo más fuerte? —Se abrió la chaqueta, revelando una petaca delgada. Tomó un trago largo antes de ofrecérmela. La rechacé con un gesto—. Ve a por tu ponche —se mofó—. Pero después bailamos.

Ese aire desdeñoso…, ese tono de voz, ronco pero cargado de superioridad y de ira contenida… Me resultaba muy familiar. De pronto recordé el tacto de su pulgar al rozarme la boca, rebosante de un deseo oscuro, y recobré la lucidez.

¿Por qué me había olvidado de eso? ¿Por qué me había olvidado de todo? No había ido ahí para alternar ni para pasarme la noche bailando. Se suponía que debía buscar información sobre la persona que quería hacerles daño a mis hermanas.

—No voy a bailar con usted —repliqué con firmeza y determinación antes de girar sobre los talones, echar una ojeada al bufé y mentalizarme para la tarea que me ocupaba.

Encontrar un vaso.

Elegir un ponche.

Incluso mientras me concentraba en seguir paso a paso este procedimiento tan sencillo, los pies se me rebelaban, ansiosos por bailar.

—¿Qué ponche te apetece, Annaleigh? —mascullé, aferrándome al momento presente.

Al final me decidí por el rosa. Decenas de fresas glaseadas flotaban en él. Como hacía meses que no las probábamos, desde la llegada del frío, me parecían de lo más tentadoras.

No, aquello no tenía nada de tentador. No era más que un ponche.

Bebí un buen sorbo y de inmediato lo escupí. Tenía un intenso saber metálico, como si hubiera una docena de floretes de cobre sumergidos en el líquido.

Una semilla de fresa se me quedó atascada entre los dientes, tan adentro que todos mis intentos por desencajarla con la lengua, como correspondía a una dama, fueron infructuosos. Conseguí desprenderla con una furtiva pasada de la uña.

Mi intención era tirarla a un lado sin más, pero era mucho más grande de lo que debía ser una semilla de fresa. Me la acerqué a los ojos para inspeccionarla.

Era una escama de pescado.

Froté la pequeña lámina plateada entre los dedos, desconcertada. ¿Cómo diablos había ido a parar una escama de pescado a un cuenco de ponche en una fiesta? Cuando me volví para notificar la contaminación a algún camarero, me quedé helada. Los vistosos objetos flotantes que había confundido con fresas en realidad no eran frutas. Lo que cabeceaba en la superficie del ponche eran trozos mal cortados de marisco, un auténtico revoltijo de cebo.

El ponche estaba hecho con sangre.

Se me revolvió el estómago, amenazando arrojar hasta el último bocado de mi cena. Los pasteles y las bandejas habían desaparecido, y en su lugar había restos de pescados despedazados. Una cola por aquí, una aleta dorsal por allá. El mantel de raso amarillo estaba empapado de rojo en torno a esos trozos de carne. Unos tentáculos largos y viscosos colgaban por el borde de la mesa y descendían en espiral hasta el suelo.

El hedor me hizo arrugar la nariz. Ese marisco no estaba fresco. Era de hacía semanas y se había estropeado. Mientras tanto, la gente pululaba alrededor sin inmutarse. ¿Cómo podían seguir bailando ante semejante bestialidad?

De repente lo comprendí. Yo era la única que lo veía. Los horrores de esa noche solo resultaban visibles para mí. Aunque había cientos de invitados, nadie más que yo percibía aquel mundo tal como era.

¿Cómo podía ser? ¿Cómo era posible todo aquello?

«Solo hay una respuesta lógica», susurró una vocecilla siniestra en mi mente.

Sacudí la cabeza como para espantar un mosquito molesto.

«Nada de esto es real —insistió—. Nadie más lo ve porque en realidad no hay nada que ver. Has perdido el juicio, mi querida muchacha».

No, esa no era la razón. Eso no era posible.

No estaba loca.

Tenía que haber otra explicación.

«¿O no?».

Moviendo la cabeza de un lado a otro, escruté la sala de nuevo en busca de Camille y las Gracias. Había llegado el momento de marcharnos. Nos iríamos de aquel espantoso y maligno lugar, y entonces...

Proferí un grito que solo yo podía oír.

Donde antes estaba la tarta, ahora había una gran fuente. Una tortuga marina —la más grande que había visto nunca— yacía sobre un lecho de anguilas muertas. Su enorme caparazón estaba abollado, rajado y triturado. No había tenido una muerte plácida. Los ojos se me llenaron de lágrimas.

Reuní el valor para acercarme despacio a la orgullosa bestia. Era enorme y bastante vieja, a juzgar por su aspecto. Tenía el lomo salpicado de percebes, y las aletas surcadas de cicatrices de batalla. Alargué el brazo para deslizar los dedos a lo largo de las señales, pero me quedé paralizada cuando la cabeza de la tortuga se movió.

¿Estaba viva? Era inconcebible que hubiera sobrevivido a las heridas que le habían infligido, pero ahí estaba de nuevo: un espasmo apenas perceptible de la cabeza. Le froté la aleta para que supiera que no se encontraba sola. Aunque sin duda estaba dolorida, asustada y probablemente moribunda, quería hacerle comprender que alguien la quería y se compadecía de ella.

Meneó la cabeza hacia mi mano, y me atreví a fantasear con salvarla. Mis hermanas y yo podíamos coger la fuente y llevárnosla corriendo a Highmoor. Una vez allí, llenaría el estanque del invernadero con agua salada. La tortuga podría vivir ahí hasta recuperarse lo suficiente para volver al mar.

La cabeza dio otra sacudida, y me incliné sobre ella. Quería ser lo primero que viera si estaba a punto de abrir los ojos. Cuando el pico se rebulló, se me aceleró el pulso de la expectación.

Los párpados de la tortuga se abrieron de golpe, y una hilera de gusanos blancos cayó de la cuenca. Empezaron a desparramarse desde la cabeza del pobre quelonio sobre la fuente. Tenía el cuerpo repleto de ellos, a punto de reventar.

Aparté la vista, convencida de que iba a sufrir unas náuseas terribles, y corrí hacia el hombre de los dragones, que me observaba con mirada lasciva. Me asió de los brazos para impedir que me desplomara.

—Qué, ¿disfrutando de los refrigerios? —preguntó.

Su tono de despreocupación contrastaba tanto con lo que acaba de ver que concebí la esperanza de que aquel amasijo sanguinolento hubiera sido solo una ilusión, como la de la fuente del vino. Al volverme, esperaba ver la tarta y los bonitos cuencos de ponche, pero la cruenta escena seguía allí, esparcida sobre las mesas en un bufé pavoroso.

—Me siento débil —confesé, mareada por el humo—. ¿Podría usted localizar a mis hermanas o a Fisher? ¿Y a Camille?

Mis rodillas cedieron, y él me tendió en el suelo, sujetándome la nuca con la mano. El salón se oscurecía y se aclaraba. El hombre de los dragones se agachó sobre mí, con gotas de sudor escurriéndole por el rostro.

Le pasé los dedos por la mejilla. Acabaron ennegrecidos y grasientos.

La Mujer Llorosa.

—Baila conmigo —me susurró al oído.

Mi estómago se convulsionó, amenazando con perder el control, así que hice un esfuerzo por alejarme de aquel perverso espectro. Sentía el suelo pegajoso mientras andaba a cuatro patas. Pegajoso y movedizo.

Los gusanos empezaron a derramarse de la fuente de la tortuga sobre la pista de baile, retorciéndose al ritmo de la alegre melodía que tocaba la orquesta. Una espesa capa de cuerpecillos repugnantes cubría el suelo. Eran miles. Se arrastraban sobre mí, se colaban en los zapatos y bajo la falda, hasta que al final abrí la boca y solté un alarido.

31

—¡Annaleigh!

Desde el fondo de mi inconsciencia oí unos gritos lejanos. Solo quería quedarme donde estaba, sumida en la oscuridad profunda y silenciosa, pero alguien no paraba de llamarme a voces cada vez más apremiantes. Mi hombro dio una sacudida hacia atrás, como si alguien lo hubiera empujado.

—¡Annaleigh, tienes que despertar! —Otro empujón—. ¡Rápido!

Volví en mí con un jadeo, aturullada. Tenía la boca seca, y un desagradable sabor agrio y metálico me recubría la lengua. Entorné los párpados por el brillo de los apliques de mi alcoba.

—¿Qué hora es? —le pregunté a Hanna entre dientes, incorporándome y lista para levantarme de la cama.

Pero no estaba en la cama.

Y no era Hanna quien me había despertado.

—¡Cassius! ¿Qué haces en mi habitación? Papá pedirá tu cabeza como te encuentre aquí. —Parpadeando con fuerza, me protegí de la luz con las manos. ¿Por qué parecía estar tan iluminado el cuarto?

De rodillas junto a mí, me aferraba por los hombros, clavándome los dedos.

—Mírame —me exigió, empujándome las manos hacia atrás. Me tomó de la barbilla y me obligó a mirarlo a los ojos. Tenía el rostro cadavérico y la frente brillante de sudor. Parecía aterrorizado.

—Suéltame. Me haces daño. —Me liberé de su férreo agarre. Al instante, él apartó las manos con brusquedad.

—¿Estás despierta?

—¿A ti qué te parece? ¿Por qué estás aquí?

Me levanté apoyándome en los brazos. ¿Me había caído de la cama mientras dormía? ¿O por alguna razón me había vencido el sueño en el suelo después del baile? Me dolía todo el cuerpo y, cuando di un paso hacia mi tocador, me subió una punzada desde el pie.

Cuando me levanté el dobladillo del vestido —¿por qué no llevaba camisón?—, torcí el gesto. Tenía los pies en carne viva, con ampollas y magulladuras. Era fundamental que consiguiéramos zapatos nuevos antes de ir a bailar de nuevo.

Se me heló la sangre cuando me acometieron los recuerdos con la fuerza de una ola alimentada por una tempestad.

El baile.

La masacre sangrienta sobre las mesas de los refrigerios.

La Mujer Llorosa.

Con un leve grito, me dejé caer en una silla. La Mujer Llorosa había estado en el baile. No en mis sueños, sino de verdad, junto a mí, aprisionándome las muñecas con sus delgados dedos. Cerré los ojos, pugnando por recordar qué había ocurrido después de que la viera.

Me había desmayado. Pero ¿qué había sucedido luego?

—¿Has ayudado a cargar conmigo después de que me desvaneciera? ¿Me has traído de vuelta? —Una oscura mirada de incomprensión asomó a los azules ojos de Cassius—. ¿Estabas ahí cuando he perdido el conocimiento en la fiesta?

Apretó los labios mientras elegía sus palabras con cuidado.

—Annaleigh, no hubo ninguna fiesta.

De repente sentí que la temperatura descendía varios grados, y tuve que reprimir una oleada de escalofríos.

—¿Tú no asististe? No fui capaz de encontrarte ahí. ¿Estaba cerrada la puerta cuando llegaste a la Gruta?

Cassius se postró de hinojos junto a mi silla y me tomó la mano entre las suyas.

—No había puerta alguna que atravesar. Te has pasado toda la noche en tu habitación.

Contuve el cosquilleo de una carcajada que amenazaba con escapar.

—Eso es absurdo. Estuve en Lambent. Puedo contarte lo que quieras del castillo. Estuve ahí, al igual que Camille y las Gracias, y… bailé. ¡Fíjate en mis pies!

Tras echar un vistazo al raído bajo de mi vestido y a las ampollas de mis talones, asintió despacio.

Su silencio me enfureció.

—Si no hubo fiesta, ¿cómo explicas esto? Si no fuiste, porque te quedaste dormido, porque se te olvidó o por lo que sea, ten al menos la decencia de decirlo, Cassius. Sé que estuve ahí. Estuvimos todos. ¡Menos tú!

Se levantó con la mandíbula tensa y me tendió la mano.

—Creo que deberías acompañarme.

—¿Por qué?

—Por favor, Annaleigh. Tienes que verlo por ti misma.

Vacilante y recelosa, salí al pasillo tras él. El brillo de las lámparas de la pared estaba ajustado al mínimo, de modo que apenas alumbraba los retratos colgados en las paredes. Nunca me había fijado en cómo les titilaban los ojos a mis hermanas, que parecían haber cobrado vida y nos seguían con miradas enigmáticas.

Nos detuvimos frente a la habitación de Camille. Su puerta estaba entreabierta.

—¿Qué es lo que quieres que vea?

Señaló el cuarto con un movimiento de la cabeza.

—Entra.

La alcoba estaba a oscuras, y me disponía a dar media vuelta para no interrumpir el descanso de Camille, cuando la vi. Me quedé boquiabierta, como si me hubiera despabilado de repente al recibir un jarro de agua helada.

Estaba bailando.

En medio del dormitorio.

Sin pareja, pero tampoco sola del todo.

Sus brazos estaban extendidos en una posición en la que parecían descansar sobre un compañero invisible. La cola de seda de su vestido se arrastraba tras ella como un fantasma mientras daba vueltas por la habitación. Tenía los ojos apretados y una sonrisa beatífica en los labios. ¿Estaba dormida?

—¡Camille! ¿Qué haces? ¿A qué viene…?

Me volví de nuevo hacia Cassius para ver si él entendía lo que estaba pasando. Su boca cerrada formaba una línea severa.

—¿Qué hace? —musité.

—Está bailando.

—Pero ¿con quién? Camille…

Alargó los brazos para detenerme.

—No te acerques a ella. Si está sonámbula, despertarla de forma brusca podría ser peligroso para las dos. —Se frotó una marca roja que le atravesaba la mejilla. ¿Le había pegado yo?—. ¿Sabes si había sufrido ya algún episodio?

Negué con un gesto.

—Nunca.

Ante nuestros ojos, Camille ejecutó una serie de pasos complicados. No jugaba a bailar como cuando éramos niñas y hacíamos girar nuestras faldas hasta quedarnos sin resuello de la risa.

Se inclinó hacia atrás, impulsada por un hombre que no estaba ahí. Arqueó tanto la espalda que las plumas de su pinza para el cabello rozaron el suelo. Con un movimiento imposible, levantó la pierna derecha, y se quedó en esta dolorosa postura haciendo equilibrio sobre el tercio anterior del pie izquierdo. Si hubiera estado en brazos de un apuesto acompañante, la pose habría resultado espectacular. Pero sin nadie que sostuviera su peso, presentaba un aspecto anómalo.

Sobrenatural.

Como de una persona poseída.

Cassius me tiró de la manga en dirección al pasillo. Lo seguí de mala gana, pues no quería dejar a Camille sola en ese estado.

Se pasó los dedos por el pelo.

—¿Dónde están las habitaciones de las pequeñas?

Arrugué el entrecejo.

—Al final del pasillo.

—Muéstramelas, por favor.

—Ese es el cuarto de Mercy —dije señalando la puerta cerrada a nuestra izquierda. Yo iba lanzando miradas atrás, convencida de que en cualquier momento Camille aparecería deslizándose en pos de nosotros con su espeluznante *pas de deux*.

—Tal vez deberías entrar tú.

Llevé la mano al pomo, sintiendo un pinchazo de inquietud bajo las costillas. ¿Qué estaba a punto de descubrir?

Las cortinas de Mercy estaban cerradas, por lo que al principio apenas distinguía nada en la penumbra. De pronto, una figura blanca atravesó fugazmente los rayos de luz que se colaban desde el pasillo. Salté hacia atrás y choqué con Cassius.

Mercy bailaba dormida, al igual que Camille.

La observé durante un minuto antes de cruzar corriendo el pasillo hasta el dormitorio de Honor. Estaba realizando una bonita cabriola con los párpados cerrados y la boca abierta.

Me acerqué con sigilo al cuarto de Verity, con los ojos llameantes de lágrimas contenidas. Abrí la puerta con manos temblorosas y esperé a que se me acostumbrara la vista.

Como Verity le tenía miedo a la oscuridad, siempre dejaba las cortinas entreabiertas para que se filtrara un poco de luz de luna. Todo parecía tranquilo en la alcoba, así que entré de puntillas, rezando porque estuviera cómoda y a salvo en la cama. Cassius se quedó en el umbral, con la silueta recortada contra el resplandor de las lámparas de gas del pasillo.

Cuando descorrí las colgaduras del dosel, me entraron ganas de llorar. La cama estaba vacía y sin deshacer.

—Annaleigh —murmuró Cassius cuando una figura pequeña pasó junto a mí.

Verity estaba bailando un vals, con una gracia y una soltura que nunca había visto en ella cuando estaba despierta. Me tumbé sobre el colchón para evitar que topara conmigo. Cuando atravesó un haz de luna, se volvió hacia mí y me sonrió.

Tenía los ojos abiertos. Abiertos y negros como boca de lobo. Lágrimas oscuras y aceitosas manaban de ellos.

—¿Le importa si interrumpo? —preguntó, pero no era la voz de Verity, sino la del ser de mis pesadillas, que de alguna manera había sometido a mi hermana a su voluntad.

—¿Verity? —También empezaron a correrme las lágrimas por el rostro. ¿Qué le había pasado a mi hermanita?

Cassius ajustó el regulador del gas al máximo. Justo antes de que las llamas de los apliques se avivaran, aquella cosa que no era Verity giró con brusquedad y lo fulminó con la mirada, pero en cuanto la habitación se iluminó, la cara de la Mujer Llorosa desapareció y solo quedó mi hermana menor.

Se desplomó en el suelo como una marioneta a la que le hubieran cortado los hilos, hecha una maraña de brazos, piernas y tul.

—¡Verity! —aullé, abalanzándome hacia ella. Acuné su cuerpecito contra el mío, atragantada por el llanto, hasta que de repente abrió los ojos. Al advertir que no eran negros, sino verdes, solté un sollozo de alivio y la estreché con tanta fuerza como me atreví.

—¿Qué haces aquí, Annaleigh? —preguntó con voz pastosa y áspera.

Como la mía cuando Cassius me había despertado.

—¿Estás bien? ¿Cómo te encuentras? —inquirí acariciándole los rizos, ansiosa por comprobar que de verdad se trataba de ella.

—Quiero seguir durmiendo —balbució, amodorrada. Se le cerraban los párpados.

—¡No!

Le di unas palmaditas en las mejillas para mantenerla despierta, pero ella se me arrimó al cuello y se rindió de nuevo al sueño.

—¿Qué está sucediendo? —pregunté mirando a Cassius—. ¿Qué les pasa a mis hermanas?

—Creo que podría ser... —Hizo una pausa antes de salir al pasillo—. ¿Has oído eso?

Ladeé la cabeza hacia la puerta, aguzando el oído. Me pareció percibir una serie de golpecitos, pero sonaban amortiguados, demasiado lejanos para identificar su origen.

—¿El vestíbulo principal? —aventuré.

—Enseguida vuelvo —dijo él, y se marchó.

Me quedé sentada en medio de la alcoba de Verity, abrazándola contra mi pecho. Me aterraba soltarla, pues temía que se irguiera y comenzara a bailar de nuevo. Anhelaba mantenerla a salvo, acurrucada contra mí, pero conforme transcurrían los minutos, empezó a pesarme, a ejercer una presión incómoda sobre los huesos de mi cadera y a revolverse, inquieta, mientras dormía. Me levanté con dificultad y llevé su cuerpo en volandas hasta la cama.

La tapé con la colcha hasta la barbilla y contemplé como le subía y bajaba el pecho. Sus ojos danzaban bajo los párpados. Se la veía tan a gusto que costaba imaginar que hacía solo unos momentos estaba bailando el vals por la habitación, con el rostro usurpado por aquella cosa.

Los golpecitos cedieron el paso a gritos ininteligibles, y oí unas pisadas que subían las escaleras a la carrera. Alguien debía de requerir la atención de mi padre.

Me encaminé hacia la puerta con lentitud. No quería quitarle ojo a Verity, pero tampoco perderme la oportunidad de averiguar la causa de aquel alboroto. Me llegaron las palabrotas de mi padre mezcladas con el retumbo de sus pasos en el hueco de la escalera.

—¡Papá! —grité hacia el largo pasillo—. ¿Qué sucede?

—¡Y encima has despertado a toda la casa! —bramó, reprendiendo a Roland. Los dos iban ataviados con ropa para dormir—. Vuelve a la cama, hija. No es más que un mensajero.

¿Un mensajero a aquellas horas de la noche?

Le eché un vistazo por encima del hombro a Verity, que aún dormía apaciblemente. Tras bajar la intensidad de las lámparas de pared —no quería que ella despertara en una oscuridad absoluta—, salí a toda prisa y pasé como una exhalación entre las puertas de mis hermanas. Si seguían retorciéndose y haciendo piruetas con sus parejas fantasma, no quería saberlo.

Cuando llegué al vestíbulo, me encontré una multitud de cocineros, lacayos, doncellas y mozos de cuadra aglomerada en torno a un marinero de aspecto andrajoso. Estaba calado hasta los huesos. A pesar de la manta de lana que le cubría los hombros, tiritaba, aterido por el frío de la noche. Desplazó la vista por la sala, desesperado, hasta que localizó a mi padre.

—¡Milord! —exclamó—. He de comunicarle una muy mala noticia. Un barco ha naufragado cerca de la costa norte de Hesperus. Han muerto muchos hombres. Están intentando rescatar el cargamento, pero el clíper está haciendo agua a gran velocidad. ¡Necesitamos ayuda!

Mientras los presentes prorrumpían en gritos ahogados de consternación, papá dio un paso al frente.

—¿Y has perdido todo ese tiempo viniendo hasta aquí? Silas tiene que encender la baliza de socorro. Los hombres de Selkirk y Astrea acudirán en vuestro auxilio.

—Lo hemos intentado primero en Hesperus, milord, pero algo no va bien allí. Por eso ha encallado el clíper. El faro estaba apagado. ¡La Vieja Maude se ha quedado a oscuras!

32

—Nuestra principal prioridad es llegar al lugar del naufragio —dijo mi padre, caminando de un lado a otro frente a la gran chimenea de su estudio. El emblema familiar colgaba encima de la repisa. Los ojos del pulpo de Thaumas relucían a la luz de las velas, como si nuestro apuro le resultara divertido.

Cassius, Roland, el marinero y yo estábamos sentados en sillas dispersas por la habitación. Grandes mapas y cartas de navegación, sujetos por las esquinas con pisapapeles en forma de ancla, recubrían el escritorio de papá.

—Debemos salvar todas las vidas (y mercancías) que podamos. —Papá le dirigió una inclinación de cabeza a Roland—. Despierta a todos los hombres sanos de que dispongamos y zarpad de inmediato hacia el Rusalka. —Miró por la ventana situada detrás de la mesa para estudiar la veleta instalada sobre el hastial inferior—. Por lo menos tenemos los vientos a nuestro favor. —Dio unos golpecitos en el punto del plano en que, según el marinero, el barco había chocado contra unos escollos—. Si se mantienen, sin duda tardaréis menos de dos horas en llegar.

Con un taconazo, Roland se marchó, seguido por el marinero.

—Papá, ¿y la Vieja Maude? —pregunté—. ¿No deberíamos enviar a alguien a comprobar que Silas está bien? No recuerdo que el faro se haya apagado jamás.

Se hundió en su asiento, con la mirada fija en las crepitantes llamas mientras se frotaba los círculos oscuros bajo los ojos.

—No entiendo qué está pasando. Primero Eulalie, después las chicas, y ahora esto. Es casi como si... —Sacudió la cabeza como para espantar los pensamientos lúgubres. Me miró desconcertado, como si se fijara de verdad en mí por primera vez esa noche—. ¿Qué llevas puesto, Annaleigh?

—Pues... —Se me apagó la voz, ya que no era capaz de darle una respuesta coherente.

Le restó importancia con un gesto.

—Da igual. Hay que poner de nuevo en funcionamiento a la Vieja Maude. Despertaré a Fisher. Debe regresar allí y ocuparse de que la linterna vuelva a alumbrar.

Mi pensamiento voló hacia las habitaciones de mis hermanas, en el piso de arriba. Fisher había asistido al baile con nosotras. ¿Estaría bailando en su cuarto también?

—Papá..., hay otra cosa que debo decirte —comencé, pero Cassius movió la cabeza para advertirme que no siguiera.

—Ya tiene usted bastantes problemas, señor —dijo—. Deje que vaya yo a despertarlo.

—Sería muy amable por tu parte. Debería ir a ver cómo se encuentra Morella. Se ha puesto muy nerviosa cuando Roland nos ha arrancado del sueño. Gracias a los dos.

Lo miré mientras se encaminaba hacia el vestíbulo, con la espalda bajo el peso con que tenía que cargar.

—¿Dónde está la habitación de Fisher? —inquirió Cassius, devolviendo mi atención a la tarea que nos ocupaba.

—En el primer piso, justo encima de las cocinas de las dependencias de la servidumbre.

Cuando subíamos las escaleras a toda prisa, nos apartamos para dejar pasar a Roland, que descendía ruidosamente al frente de un grupo de lacayos de ojos soñolientos.

—¿Dices que estuvo en el baile con vosotras?

Asentí, guiándolo por el pasillo en penumbra. Las blancas paredes estaban desnudas, y las puertas eran lisas, con pomos de latón. Yo había estado una vez en el dormitorio de Fisher, cuando éramos niños. Hanna le había propinado un sopapo cuando se había enterado.

—¿Lo encontraremos en el mismo estado que a Camille y las demás?

—No lo sé —respondió Cassius—. Para serte sincero, ya no sé qué esperar esta noche.

—¿Estaba yo igual? —pregunté, deteniéndome frente a la habitación de Fisher. No quería imaginarme girando y contorsionándome en poses como las que había visto adoptar a mis hermanas. Me entraban ganas de llorar solo de pensar que la Mujer Llorosa me había obligado de alguna manera a hacerlo.

—Pues sí —confirmó entre dientes—. Creía que se trataba de una broma de pésimo gusto, pero cuando atravesaste un rayo de luna, vi tu rostro...

—¿Tenía los ojos totalmente negros? —pregunté con voz débil y tensa.

—Tal vez se debió a un efecto de las sombras... Pero fue horrible, Annaleigh. Parecía que... en cierto modo no estabas ahí. Me asustaba mucho la idea de haberte perdido.

Lo tomé de la mano y me la llevé a los labios.

—Estoy aquí. Sigo siendo tuya.

Sus labios se curvaron en una sombra de sonrisa.

—¿Mía? ¿De verdad?

—Toda tuya —prometí, besándole de nuevo los dedos.

Me atrajo hacia sí y me plantó un beso en la frente. Yo anhelaba quedarme ahí, envuelta en el calor y la seguridad de sus brazos, pero no había tiempo que perder. La Vieja Maude debía volver a brillar.

Con una exhalación temblorosa, me aparté de Cassius.

—Me da mucho miedo abrir esta puerta.

—Ya lo hago yo —dijo, girando el pomo y empujando la puerta. Tras un instante de vacilación, entró.

—¿Cassius? —lo llamé cuando el silencio se tornó ensordecedor. Me incliné hacia el interior desde la puerta y escruté la oscuridad con los ojos entornados. Alcancé a distinguir una cama baja y estrecha con una colcha bien remetida bajo el colchón, así como una mesa pequeña y una silla. La ropa de Fisher colgaba de una serie de ganchos en la pared. Pero no había rastro de Fisher.

—No está aquí.

—¿Lo habrá despertado Roland?

—Lo habríamos visto bajar las escaleras con los demás —dijo Cassius asomándose al pasillo.

—A lo mejor ha oído el barullo y ha bajado antes —aventuré, pensando en voz alta.

Me retiré de la cara unos mechones que se habían soltado del recogido enrollado que me había hecho. Aquello no tenía pies ni cabeza. ¿Cómo había pasado de estar despierta a experimentar pesadillas tan espantosas?

—¿Crees que está en la Gruta? Quizá bajó ahí para ir al baile y...

—No hubo baile —repitió Cassius con firmeza—. No está en la Gruta. Como no bajabas, fui a echar una ojeada. Estaba desierta. —Suspiró—. Hay mil lugares donde podría estar ahora mismo, pero no tenemos tiempo para investigar. El faro debe volver a arder cuanto antes.

—Tal vez yo pueda encenderlo.

Esto pareció sorprenderlo.

—¿Tú?

—Mi padre me llevaba a menudo a visitar la Vieja Maude cuando era niña. Creo que recuerdo todo lo que me enseñó Silas.

—Ponte ropa de abrigo y reúnete conmigo en el jardín, en la zona donde no hay árboles. Date prisa.

Arqueé las cejas. Me había dado la misma indicación la noche que me había llevado a la Casa de las Siete Lunas.

—Partiremos hacia Hesperus.

33

Oí el romper de las olas incluso antes de percatarme de que ya no estábamos en Salten.

Poco acostumbrada a la velocidad a la que viajaba Cassius, me aferré a él unos momentos, hasta recuperar la sensación de equilibrio. Al abrir los ojos, divisé la Vieja Maude, con su vistosa espiral blanca y negra opacada por una capa de hielo y con centenares de carámbanos colgando de las barandillas. A la tenue luz de las estrellas, semejaban dientes helados.

Presentaba un aspecto de lo más extraño sin el haz que iluminaba el cielo nocturno, una carcasa silenciosa que contemplaba Salann desde lo alto, con ojos ciegos e inertes. Nunca había visto la isla tan oscura. La luna estaba baja en el firmamento, pero unos jirones oscuros de nubes se deslizaban veloces por delante de ella.

Habíamos ido a parar al extremo oriental de la isla, lejos de la Vieja Maude y de la casita de Silas. Eché a andar por el angosto sendero, alerta por si avistaba al farero. Él nunca habría dejado que se apagara la linterna. Algo terrible debía de haber ocurrido.

Más abajo, a una distancia considerable, estaba la costa, una playa de arena negra cubierta con varias volutas de nieve. Como había pasado tantas horas en la isla cuando era niña, la conocía como la palma de mi mano. A pesar de la ansiedad y el agotamiento que me oprimían el pecho, se me alegró el corazón al ver las rocas y peñascos que me eran tan familiares.

Al doblar un recodo, nos encontramos cerca del acantilado del faro.

—Madre mía —murmuró Cassius al ver el inmenso océano que se extendía ante nosotros.

Sonreí, complacida de que la vista lo impresionara. Las olas batían contra la base del precipicio sobre el que se alzaba la Vieja Maude, y el aire estaba impregnado de sal y del fragor del mar. Las crestas blancas tachonaban el agua hasta donde alcanzaba la vista, y en el horizonte empezaba a formarse un denso muro de nubes. Los relámpagos danzaban entre ellas, lo que anunciaba una tempestad monstruosa. Volvería a nevar en Salten antes del amanecer.

Cassius giró en un círculo lento, estudiando la orografía de la isla y admirando la enorme estructura que se erguía ante nosotros.

—¿Qué es?

Seguí la dirección de su mirada hasta la parte superior del faro.

—Un pararrayos. Atrae hacia sí los relámpagos para proteger el resto de la estructura.

—Me parece que esta noche se le acumulará el trabajo. Es raro que caigan tantos rayos en una tormenta de nieve, ¿no? —Entrecerró los ojos a causa del ululante viento.

Más abajo se hallaba la casa de Silas. Todas las ventanas, estrechas y de gruesos cristales para resistir las fuertes rachas procedentes del mar Kaleico, estaban a oscuras.

—La llave debe de estar dentro —dije, incapaz de despegar la vista de aquellas ventanas. Tenía la sensación de que algo en su interior nos miraba a su vez. Me arrebujé bien en el chal—. Silas suele dejarla en un gancho en la cocina.

Entramos en la cabaña por la puerta lateral y nos quedamos en el vestíbulo. Unas grandes botas de pescador pendían de unas largas escarpias sobre un felpudo para la lluvia, y un grueso sobretodo, que en otro tiempo había sido negro pero ahora estaba manchado de sal, colgaba del brazo superior de un perchero.

—Él no habría salido de casa sin eso —murmuré, palpando

la lana deshilachada del pesado abrigo—. ¡Silas! —llamé en voz muy alta—. Soy Annaleigh Thaumas. ¿Estás aquí?

Nos quedamos callados, pero no se oía más que el viento que arreciaba en el exterior y rodeaba el edificio con un aullido grave.

—Dices que la llave está en la cocina, ¿no? —preguntó Cassius, animándome con señas a adentrarme en la casa.

En el centro del pequeño salón, sobre una mesa, había un quinqué. Me hurgué los bolsillos en busca de una caja de cerillas. Traté de imaginarme a Fisher y Silas sentados al amor del fuego en aquellos sillones raídos, turnándose para cuidar del faro. ¿Jugaban a las cartas para matar el tiempo? ¿Cantaban, se contaban relatos estrafalarios? La mecha prendió, y su cálido resplandor disipó parte de las inquietantes tinieblas de la noche.

Provistos de esta luz, encontramos enseguida la anilla con llaves de hierro colgada cerca de la puerta trasera. Cuando la retiré del gancho, se oyó un crujido por encima de nosotros, como si alguien hubiera pisado una tabla del suelo desigual.

—¡Silas! —grité—. ¿Eres tú? —Me volví hacia Cassius—. Deberíamos subir a echar una ojeada. ¿Y si se encuentra mal?

—Ya voy yo —se ofreció, y de inmediato localizó las desvencijadas escaleras que conducían al piso de arriba—. Tú quédate aquí.

Negué con un gesto mientras sonaba otro chirrido.

—Silas me conoce. Debería ir yo también.

Cassius me pasó el quinqué y empuñó un atizador que estaba al lado de la chimenea. Lo balanceó cerca del suelo, sopesándolo.

—Por lo menos deja que yo vaya delante. Por si acaso.

—¿Por si acaso qué? —pregunté mientras subíamos la escalera con sigilo.

—Por si acaso no es Silas —susurró.

Resistí el embate del miedo cuando llegamos a los últimos escalones.

En la planta superior había tres habitaciones. Todas las puertas estaban cerradas. Cassius abrió la más cercana con el codo. Era el dormitorio de Fisher. No había nadie.

La siguiente correspondía al despacho de Silas, que estaba

abarrotado de libros y cuadernos de cuentas. Había un viejo globo terráqueo bajo una ventana entreabierta. Cuando entraba una ráfaga, la esfera giraba, chirriando mientras daba vueltas en torno a su oxidado eje. Esperaba que ese fuera el ruido que habíamos oído abajo.

La última habitación era la alcoba de Silas. Era de una desnudez casi espartana, salvo por los libros apilados en el suelo. Las sencillas cortinas de algodón estaban abiertas, y la ventana ofrecía una vista espectacular de la Vieja Maude. Justo al otro lado de la habitación había una ancha cama de latón.

—Ay, Silas —musité al descubrir la forma inerte bajo la colcha de color azul marino y blanco.

Estaba recostado sobre una almohada, con un libro abierto sobre el pecho. Se apreciaba una expresión tan plácida en su rostro curtido y arrugado que bien habría podido estar durmiendo. Sin embargo, no se movía, y se respiraba en el aire un olor acre que nos hacía arrugar la nariz. Seguramente se había arrastrado hasta la cama hacía un día, poco más o menos, tras pasarse una larga noche ocupándose de la llama del faro, y ya no se había despertado.

Miré a la Vieja Maude a través de la ventana. Parecía estar contemplando la escena, llena de impotencia por no poder ayudar a su viejo amigo. Esperaba que su adorado faro fuera lo último que él había visto antes de cerrar los ojos. Los míos se me arrasaron en lágrimas al recordar su sonrisa torcida y sus carcajadas ásperas como ladridos.

Cassius intentó tomarle el pulso con un gesto rápido antes de taparle la cara con la colcha. Salimos de puntillas del cuarto y cerramos la puerta con cuidado, como para no perturbar su sueño.

—Tendremos que avisar al Alto Navegante para que venga al alba —dije cuando volvimos a la planta baja. Tenía la voz trémula y empañada de tristeza—. Y también a Fisher, claro está.

—Lamento que se haya ido, Annaleigh —dijo Cassius dándome un suave apretón en el hombro—, pero tengo la impresión de que llevó una vida larga y buena.

—Parece que no sufrió, ¿verdad?

Me enjugó las lágrimas de la mejilla y me atrajo hacia sí.

—Estoy seguro de que no.

—La Vieja Maude debió de quedarse sin queroseno, y por eso se apagó la linterna. —Me llevé la mano al bolsillo para palpar las llaves.

—¿Sabes cómo llenar el depósito?

Asentí.

—Silas siempre me pedía que cargara con el cubo de combustible escaleras arriba. Decía que las rodillas jóvenes podían hacerlo en la mitad de tiempo y con la mitad de esfuerzo.

—Pues más vale que nos demos prisa. Cuando nos alcance la tormenta, no podré llevarnos de vuelta a Highmoor.

Me cubrí de nuevo la cabeza con el chal y até las puntas para que no me lo arrancara el viento.

—¿No puedes viajar durante los temporales?

—Cuando hay relámpagos, no. Se vuelve demasiado impredecible.

—En ese caso, no perdamos más tiempo. —Cerré los dedos en torno al pomo de la puerta, preparada para correr hasta el cobertizo de herramientas. Silas guardaba ahí bidones llenos de queroseno—. ¿Listo?

Salimos a un viento aún más gélido que silbaba por la isla y nos arrojaba copos de nieve a los ojos. Después de utilizar la llave para abrir la puerta, encontré un viejo cubo de estaño y lo llené hasta tres cuartos de su capacidad. El penetrante olor a queroseno me ardía en la nariz.

—¿No hará falta más? Ya lo subiré yo. No te preocupes por el peso —dijo Cassius.

—No cabe más en el depósito —dije, cerrando el tapón del bidón—. Esto bastará para mantener la llama encendida durante unos días, al menos hasta que regrese Fisher. Andando.

Avanzamos hacia la Vieja Maude, con cuidado de evitar las placas de hielo dispersas sobre los escalones del acantilado. Me detuve un momento en el umbral para quitarme unos granos de arena que se me habían metido en el ojo. Una racha de viento pasó a toda velocidad junto al faro y cerró la puerta con gran estrépito. Al sobresaltarme, se me cayó el quinqué. La pantalla reventó, y las voraces llamas se extendieron sobre el combustible derramado. Tras un estallido de luz, quedamos sumidos en la oscuridad más absoluta.

—¡Lo siento mucho! —exclamé, extendiendo el brazo para tocar a Cassius—. La puerta me ha golpeado y...

—No pasa nada —dijo, localizando mi mano y dándole un reconfortante apretón—. Me imagino que habrá otra lámpara en la cabaña, ¿no?

—No hay tiempo. La tempestad está demasiado próxima. Hay un farol en mitad de las escaleras. Subiré a encenderlo. Quédate aquí para que no se vierta el combustible.

La débil luz de las estrellas se colaba en el faro a través de las ventanas de la galería situada en lo alto. Apenas alcanzaba a vislumbrar el pasamanos de la escalera de caracol. Me agarré a él y tanteé con el pie hasta encontrar el primer peldaño, repetí el proceso con el segundo, y luego con los siguientes.

Sin despegar la mano de la barandilla para ascender con seguridad por aquel tenebroso vacío y con la otra mano contra la pared de piedra, busqué el farol a tientas.

Había subido unos veinte escalones cuando algo me rozó el cabello en una caricia fantasmal que me hizo pararme en seco.

—Baila conmigo —me susurró una voz al oído.

—¿Cassius? —grité. ¿Había decidido acompañarme en vez de esperar a que le llevara la lámpara?

—¿Sí? —dijo su voz desde abajo, en el centro del hueco.

Asiéndome del barandal, agité la otra mano en la oscuridad, convencida de que toparía con el cuerpo de otra persona —o cosa— y se me escaparía un chillido. Sin embargo, no había nada más que el aire frío y húmedo.

—Baila conmigo —repitió la voz, suplicante.

—¿Has... has oído eso? —pregunté, pugnando por no alterar la voz.

—No oigo nada con este viento —respondió—. ¿Quieres que suba?

Cuando mis dedos entraron en contacto con el pequeño globo de vidrio, me entraron ganas de llorar de alivio. Forcejeé con la portezuela del farol hasta abrirla y encontré la mecha en el interior. Justo antes de encender una cerilla raspándola contra la pared, tuve el terrible presentimiento de que, cuando lo hiciera, la Mujer Llorosa estaría ahí, delante de mí. Me imaginé que, presa del sobresalto, rodaba por los peldaños de metal hasta acabar hecha un amasijo de extremidades rotas y ensangrentadas.

Pero estaba sola y, cuando la llama cobró vida, un suave brillo alumbró el hueco de la escalera. Cassius me miraba desde abajo, cubo en mano.

—¿Estás bien? —preguntó, sorteando los cristales del farol roto.

Asentí.

—Por un momento, la imaginación me ha jugado una mala pasada.

Comenzó a ascender la escalera en espiral, cargado con el queroseno.

—No me extraña, después de todo lo que ha pasado esta noche. ¿Adónde llevo esto?

Señalé hacia arriba, donde la escalera, siempre girando, se estrechaba por la parte superior, como las apretadas estrías en torno a una concha marina.

—Hasta la sala de control del faro. Ahí se encuentra la base de la linterna.

Dejó el cubo en el suelo un momento para enjugarse la frente.

—Ve tú delante. Yo te sigo.

Tras depositar el farol sobre la mesa de la sala de control, eché un vistazo al depósito de la linterna. Estaba vacío.

—Tenemos que subir el émbolo con la manivela antes de echar el queroseno —expliqué, haciendo girar el manubrio. Una vez alzado el cilindro, le indiqué a Cassius que vertiera el combustible y lo bajara de nuevo—. El émbolo empuja el queroseno a través de esta cañería —añadí, mostrándole el tubo de cobre que ascendía hasta el quemador que estaba en la sala de la galería—. A medida que la mecha quema el aceite, el depósito lo va reponiendo.

—Hasta que se acaba —concluyó Cassius, dejando el cubo en el suelo.

—Exacto. Ahora solo tenemos que encender el quemador para que el faro vuelva a funcionar.

Cassius estudió la tormenta a través de una de las ventanas.

—Me parece que tenemos el tiempo justo.

—Quédate aquí por si hace falta bajar el émbolo de nuevo para que fluya el queroseno —le pedí, dejándole el farol antes de subir las escaleras.

Aunque la galería era un caos de sombras, conseguí llegar hasta la linterna y el fanal. Con los dedos envueltos en la falda —para evitar que la grasa de mi piel ocasionara que el vidrio se calentara de forma irregular y saltara en pedazos—, deslicé la placa hacia un lado y encendí la mecha. Chisporroteó un poco hasta que prendió, parpadeante, alimentada por el queroseno impulsado desde abajo. Una vez que la llama ardía a su altura máxima y de forma estable, volví a colocar el cristal en su sitio y examiné los espejos giratorios. Funcionaban mediante un sistema de péndulos, como un reloj de pie.

—¿La cosa pinta bien? —preguntó Cassius desde abajo. La llama de la linterna despedía la luz justa para que alcanzara a verlo a través de la trampilla del suelo.

Me arrodillé y señalé el agujero.

—¿Ves esas cadenas que tienes al lado? Iza las pesas hasta arriba y luego dale la vuelta al fiador. Eso pondrá en marcha los espejos, que proyectarán el haz de luz.

Escrutando la penumbra con los ojos entornados, lo observé trabajar, comprobando la mecha cada pocos segundos para asegurarme de que ardía con fuerza. Incliné uno de los cristales, y al instante me cegó el resplandor que inundaba la habitación, multiplicado por el juego de espejos.

—¡Funciona! —exclamé frotándome los ojos. Decenas de lucecitas de colores vivos se movían por mi campo visual, impidiéndome ver con claridad. Oí que Cassius ascendía por los escalones para contemplar nuestra obra—. Ten cuidado con el fulgor —le advertí. Si Silas estuviera aquí, se habría caído de espaldas de la risa por mi error de novata.

—¿Annaleigh?

Percibí el deje de preocupación en la voz de Cassius. Entrecerrando los párpados, a duras penas conseguí vislumbrar su silueta en las escaleras. Estrellas diminutas danzaban en torno a él.

—Annaleigh, ven conmigo.

—¿Qué? ¿Por qué?

Estaba mirando algo que había detrás de mí, acurrucado junto a mis tobillos. Cuando me volví, un alarido me desgarró el pecho y partió el mundo en dos.

Ahí, en el suelo, con el cuerpo retorcido por el *rigor mortis* y ennegrecido por la descomposición, estaba Fisher.

34

Mis rodillas impactaron contra las tablas de madera del suelo cuando me vine abajo. Intenté taparme la boca, pero no conseguí frenar el torrente de gritos guturales y ahogados. Fisher tenía el cuello horriblemente dislocado hacia un lado y las articulaciones dobladas en ángulos antinaturales. Sus ojos lechosos me miraban con fijeza desde las cuencas hundidas. Aunque sabía que no podían verme, parecían implorarme que lo liberara.

—¿Fisher? —sollocé, arrastrándome hacia el cadáver. Alargué las trémulas manos, ansiosa por ayudarlo de alguna manera, pero las retiré enseguida. Ya nada podía hacerse por él. Llevaba muerto mucho tiempo. El hedor a carne putrefacta me impregnaba la lengua y la garganta, asfixiándome. El vómito me subió a la boca y me di la vuelta para escupirlo—. No lo entiendo —gemí.

Al instante, Cassius se encontraba a mi lado, abrazándome, apartándome del cuerpo corrompido de mi amigo de la infancia.

—Lo he visto hace cinco horas. ¿Cómo es posible?

De las tinieblas surgió una risita grave que parecía proceder del propio Fisher. Aumentó de intensidad hasta transformarse en una carcajada triunfal. Cassius me obligó a ponerme de pie y a colocarme a su espalda mientras él, en actitud vigilante, se sacaba de la bota un puñal oculto.

—¿Quién anda ahí? —preguntó en tono imperioso, apuntando do el arma al cadáver—. Muéstrate.

Una ondulación imposible recorrió el pecho de Fisher, y

el brazo que tenía encima cayó al suelo, laxo, con un golpe seco.

—¿Fisher? —jadeé, deseando creer que, por obra de algún prodigio, seguía con vida.

El brazo se contrajo mientras sus piernas luchaban por levantar del suelo la parte inferior de su cuerpo. Como no dejaba de resbalar, lo intentaron de nuevo, poniendo a prueba su fuerza. Con un movimiento espasmódico, el otro brazo acabó debajo de él, de modo que parecía un cangrejo panza arriba pugnando por enderezarse. El torso giraba y se contorsionaba, entre los crujidos, estallidos y chasquidos de los músculos y tendones al adoptar posiciones dolorosas.

Un gemido bajo y lastimero me brotó del pecho mientras me encogía detrás de Cassius, aferrándole los costados con los dedos, como anclándome a él. Él era real. Estaba ahí. Todo lo demás parecía algo salido de una pesadilla siniestra de la que estaba a punto de despertar.

Fisher se irguió, sosteniéndose sobre unas piernas demasiado podridas para soportar su peso. Tenía las rodillas muy arqueadas, y su espalda, encorvada, convulsa y enorme. Nos contempló unos instantes con una mirada fría e inexpresiva antes de romper a toser.

Una flema espesa y viscosa le salió a borbotones de la boca, salpicando el suelo con lo que parecían grandes gotas de alquitrán. La fuerza de los espasmos le agitaba todo el cuerpo en su esfuerzo por expulsar lo que fuera que tenía alojado en lo más profundo de la garganta. Cuando los labios empezaron a desplegarse hacia atrás, como rollos de corteza desprendiéndose de un árbol, apreté el rostro contra Cassius, conteniendo las ganas de devolver. No quería ver lo que fuera que estaba a punto de ocurrir.

Sin embargo, no podía dejar de oír los jadeos y gruñidos que emitía mi amigo indudablemente muerto mientras sufría arcadas y batallaba con el objeto extraño. Con un estallido húmedo, algo se rompió y cayó al suelo. Eché una ojeada por encima del hombro de Cassius, incapaz de resistir la tentación de mirar.

El cuerpo de Fisher yacía abierto en canal, entre miembros y trozos esparcidos por una truculenta explosión. En medio de aquella escena infernal se alzaba una figura, con la espalda vuelta hacia nosotros. Cubierta de vísceras, giraba el cuello de un lado para otro, estirando los músculos, disfrutando de su repentina libertad después de estar recluida en un espacio tan reducido.

Se volvió despacio, inspeccionando el entorno. Al vernos, en su oscura boca se dibujó una sonrisa, pese a las lágrimas aceitosas que le rodaban por el rostro.

Posó en mí sus pavorosos ojos negros.

—¿Bailas conmigo?

—¿Kosamaras? —jadeó Cassius.

—Hola, sobrino —respondió la Mujer Llorosa, mirándolo con los párpados entornados.

Esto me dejó alarmada y boquiabierta.

—¿Conoces a esta... cosa?

—Es mi tía. —Cassius bajó el puñal, atando cabos que para mí seguían estando sueltos—. Las fiestas, los bailes... ¿Tú estabas detrás de todo eso?

La luz titilante confería una expresión enloquecida a los ojos de la Mujer Llorosa.

—En efecto, así es. Tal vez sea mi mejor obra hasta la fecha. Aunque aún no está finalizada, claro. —Ladeó la cabeza para mirar por detrás de él, donde estaba yo—. Espero que no te hayas encariñado demasiado con esta. Es la siguiente en mi lista.

—¿Lista? —repetí—. Cassius, ¿qué ocurre aquí?

Hasta la última fibra de mi ser me exigía a gritos que me largara, que bajara corriendo las escaleras y saliera al frío para alejarme de ese ser y ponerme a salvo. Pero ¿dónde estaría a salvo? En esa isla no, y seguramente tampoco en Highmoor. Además, dado el rápido avance de la tormenta, hasta el mar resultaría peligroso. Lo cierto era que no tenía adónde ir.

—Kosamaras —musité, repitiendo el nombre por el que él la había llamado. Ya lo había oído antes. Desenterré mis recuerdos de lo que me habían enseñado sobre el canon de los dioses cuando era niña y los repasé hasta que me vino a la memoria: Kosamaras era la hermanastra de Versia, no una diosa en sentido estricto, pero sí, sin duda, una inmortal—. Precursora de la Locura.

Se pasó la lengua por las aguzadas puntas de los dientes.

—Y de las Pesadillas —agregó—. Todo el mundo se olvida de las pesadillas. No debería molestarme, lo sé, pero en realidad son lo que más me gusta. —Extendió las manos a los lados para señalar los restos destrozados de Fisher—. Se me dan tan bien...

—¿Por qué estás aquí? —inquirió Cassius.

Ella soltó una risita chirriante nacida en lo más hondo de su garganta, como el canto de una cigarra que buscaba otra con la que aparearse.

—Porque me han invocado, querido muchacho. ¿Por qué si no?

—¿Quién?

—Sabes que no puedo decírtelo, sobrino de mi corazón. —Pasó por su lado con aire indiferente, y yo estuve a punto de tropezar con la falda al intentar apartarme de ella. Me acorraló contra la vidriera y arrimó su cuerpo al mío. Estaba sorprendentemente frío, por lo que se me erizó la piel de los brazos—. Hemos pasado unos cuantos buenos momentos, ¿no, niña Thaumas? Siempre fuiste mi pareja favorita. Me acarició la mejilla y me deslizó los dedos por la parte inferior de la mandíbula.

—¿Los bailes? —Cada centímetro de mi cuerpo ansiaba liberarse de su contacto, pero ella era más fuerte de lo que parecía, y su mano me aprisionaba la muñeca como un grillete—. ¿Las fiestas no eran reales? ¿Ninguna?

Kosamaras se rio, encantada.

—¡Por fin empiezas a encajar las piezas! —Se volvió de nuevo hacia Cassius—. ¿Sabes? En honor a la verdad, he de decir que me costaba mucho más subyugar a tu novieta que a la mayoría de sus hermanas. El muchacho tenía que ponerle algo en la bebida siempre, lo justo para dejarla fuera de combate y que soñara. En el vino, el té, el champán o lo que fuera. —Me devolvió su atención—. Pero siempre conseguía que acabaras bailando.

—¿Le pedías a Fisher que me drogara?

Me giró la cara de una bofetada y se acercó con paso errante a la linterna, como una polilla atraída por una llama.

—¿Él? —preguntó, volviéndose de nuevo hacia los despojos de Fisher—. Nunca ha sido él. No del todo. Hace semanas que no es más que un saco de carne chamuscada. Yo —continuó, alargando la palabra para darse importancia— lo controlaba todo.

—No es posible. Lo he visto con vida hace solo...

—¡Has visto lo que querías ver! —espetó, sin el menor rastro de regocijo en la voz. Las venas que formaban oscuras telarañas bajo sus ojos se le hincharon de rabia, y un nuevo torrente de lágrimas le corrió en cascada por las mejillas y goteó generosamente sobre el suelo—. Todo lo que has visto, todo lo que has hecho, es lo que yo quería que vieras e hicieras. —Dirigió una mirada vacilante a Cassius—. Bueno, casi todo.

Un relámpago destelló cerca de la Vieja Maude e impactó en los acantilados, muchos metros por debajo de nosotros. Yo estaba al borde del llanto. La tempestad había llegado, y nos quedaríamos atrapados en Hesperus hasta que amainara.

—Así que hacías bailar a las chicas —dijo Cassius. No supe si había reparado en el rayo, pues su voz no lo reflejó.

Advertí que aún sujetaba el puñal en la mano que colgaba laxa a su costado, y por un momento acaricié la idea de arrebatárselo para hundírselo en el pecho a Kosamaras. Sin embargo, un pedacito de metal no le infligiría ni un arañazo a un ser inmortal, y me estremecí solo de pensar qué me haría si se enfurecía.

—Tu estratagema para subyugarlas me parece impresionante. Muy elaborada. Sin embargo, no entiendo tu objetivo. ¿Para qué las enviabas a castillos suntuosos a bailar ataviadas con hermosos vestidos? Ese no es tu estilo.

Kosamaras pasó por encima del tobillo de Fisher para mirar por la ventana. Al darle un golpecito con el dedo, dejó una mancha sanguinolenta en el cristal.

—Sé lo que pretendes, sobrino. Tirarme de la lengua para que hable más de la cuenta. —Se encogió de hombros—. Pero nadie os creerá a ninguno de los dos, ¿verdad? No mientras yo domine sus mentes. —Tarareando un bonito vals, se puso a bailar en torno a los pedazos de Fisher—. Lo reconozco, la complejidad del plan formaba parte de su atractivo. Controlar las visiones de ocho muchachas a la vez sin que ninguna de ellas se lo oliera... constituía un reto al que no pude resistirme. Además, todas eran tan soñadoras, tan inclinadas a embelesarse... Parecía el tema perfecto. Las cautivé con baratijas y oropeles y luego dejé que su propia locura tomara las riendas.

Otro destello fugaz, mucho más intenso que el haz de la Vieja Maude, iluminó el cielo.

—Ya hay dos que se han matado bailando —prosiguió ella, en un tono de orgullo—. Salieron al frío como unas dementes, girando y girando, hasta que quedaron convertidas en dos témpanos de hielo. —Se volvió de golpe hacia nosotros—. En cuanto a esta... Le falta poco, muy poco, Cassius. No me sorprendería que se quitara la vida cualquier día de estos. Es imposible tener pesadillas como las mías todas las noches sin desmoronarse. Deberías haber visto cómo la hice retorcerse. ¿Te gustó la tortuga, chica Thaumas? La creé especialmente para ti.

—¿Qué tortuga? —inquirió Cassius, volviéndose de nuevo hacia mí, con los ojos llenos de preocupación.

—Mataste a Rosalie y a Ligeia —murmuré, ignorando su pregunta, y me vino a la memoria aquel espantoso día en que corría por el bosque, con esperanzas de encontrarlas vivas—. La tercera serie de pisadas era tuya.

—En rigor, suyas —repuso Kosamaras, señalando a Fisher—. Llevo mucho tiempo dentro de él.

Se me agolpaban los pensamientos en la cabeza, arremolinándose cada vez más deprisa mientras se desenfocaban y aclaraban, reclamando mi atención. Sin embargo, estas palabras los acallaron de golpe.

—¿Cuánto tiempo? —pregunté con una voz firme que no reflejaba en absoluto cómo me sentía—. ¿Cuánto llevas haciéndonos esto?

—Annaleigh —me advirtió Cassius, alargando el brazo hacia mí para que no continuara.

—No, tengo derecho a saberlo. Dices que nos provocabas visiones. ¿Fue eso lo que vio Elizabeth? Todos creíamos que tenía un punto de locura, pero... ¿eras tú? ¿Utilizaste a Fisher para que despeñara a Eulalie? ¿Para que tirara a Octavia de la escalera? ¿Cuándo dejó de ser mi amigo para convertirse en esa cosa? —Señalé el pútrido montón de partes del cuerpo—. ¿Cuántas de mis hermanas han muerto por tu culpa?

—Los mortales sois tan ridículos, con vuestras acusaciones y vuestra patética autosuficiencia... ¿Quién te crees que eres para pedirme explicaciones?

—¡Contéstame!

Achicó los ojos, quieta y pensativa, antes de difuminarse en un temblor entrecortado y borroso. Al instante la tenía encima, y con los muslos moteados apoyados sobre mi pecho. Me apretó la base del cuello con las rodillas, impidiéndome respirar. Aunque era más pequeña que yo, su peso me aplastaba contra el suelo de madera con tal fuerza que temí que los huesos se me hicieran añicos. Cuando se agachó sobre mí, dos polillas gigantes —como las que había visto aquella noche en la galería— salieron arrastrándose de la línea de nacimiento de su pelo. Caminaron por su frente antes de lanzarse hacia mí con las patas dobladas como ganchos para agarrarse de mi cabello. Unas alas enmohecidas me rozaron, y noté que una lengua en espiral se desenrollaba y me lamía la mejilla.

—Solo dos —siseó—. Por el momento. —Soltó un resoplido burlón—. Además del relojerillo ese.

Cassius alzó de nuevo el puñal.

—Suéltala, Kosamaras.

Ella lo miró de arriba abajo y se rio, al tiempo que más lágrimas le resbalaban por el rostro.

—Tal vez remate a esta ahora, sobre todo en vista de que sabe tanto. —Me aferró con más fuerza, y solté un quejido mientras la habitación parpadeaba, alternando entre luz y oscuridad.

—¡Por favor! —suplicó Cassius con voz trémula, contorsionándose de angustia—. Esta joven lo significa todo para mí. Pídeme lo que quieras, y será tuyo.

Cuando mis costillas estaban a punto de quebrarse, ella se levantó de encima de mí y se encaminó con paso decidido al otro extremo de la habitación como si no se hubiera alterado en ningún momento. Me esforcé por incorporarme, resollando. Cassius se abalanzó hacia mí y comprobó mis latidos mientras me acariciaba el pelo y me susurraba palabras tranquilizadoras. Intuí la presión de sus labios en mi frente, pero en realidad no sentí nada. Había perdido toda sensibilidad.

—Ahórrate tus ofrecimientos. No conseguirás salvarla. Esta historia no tiene un final feliz para vosotros. Y menos aún para ti —dijo, dedicándome un guiño.

—Se lo contaré todo a mis hermanas. Se enterarán de que deben evitar...

—¿Evitar qué? ¿Dormir? ¿Soñar? Esa etapa ya ha quedado atrás, chica Thaumas. Ahora que estoy aquí —se me acercó ejecutando una pirueta y me dio unos golpecitos en la frente con el dedo—, no me hace falta que durmáis ni que soñéis. Voy con vosotras a todas partes.

Contemplé horrorizada cómo se le desprendía la piel, dejando marcas de sangre en todo lo que tocaba, incluida yo.

Cassius le apartó la mano de una palmada.

—¿Quién te ha invocado? ¿Quién es el causante de todo esto?

Un trueno estremeció la isla y sacudió con furia los cristales de la galería. La llama de la linterna parpadeó, arrastrada a una danza macabra por la corriente. Esto ocasionó que las sombras de la habitación se alargaran amenazadoras en torno a nosotros antes de retroceder de nuevo hacia los bordes.

—El hombre de los dragones —murmuré—. Sé quién te invocó —dije elevando el tono—. El hombre del dragón de tres cabezas.

Cassius palideció y volvió rápidamente la mirada hacia Kosamaras.

—¿Un dragón de tres cabezas? ¿Un truhan? ¿Es eso cierto?

Noté que los negros ojos de aquel ser se posaban en mí y me examinaban con renovado interés.

—Tu novieta ve más de lo que yo creía. Él cometió una imprudencia al asistir a los bailes.

—¿Quién? —exigió saber Cassius—. Dilo en voz alta.

—Viscardi —ronqueó Kosamaras, alargando el sonido de la ese y la erre con una articulación vibrante. Otro trueno retumbó sobre nosotros como para subrayar su respuesta.

—Eso es imposible. Los Thaumas jamás tratarían con él.

Ella desplegó una sonrisa de una amplitud antinatural.

—Eso demuestra lo poco que sabes, sobrino. ¿Crees que todos los miembros de esa familia son personas íntegras, pilares de la comunidad? Alguien necesitaba a Viscardi. Alguien lo invocó.

—Haz que pare, Kosamaras. Sé que tienes influencia sobre él. Si alguien puede frenarlo, eres tú.

Echó la cabeza hacia atrás con una risotada.

—El pacto más emocionante del que he formado parte, ¿y crees que voy a romperlo solo porque tú me lo pidas con educación? No. —Hizo una pausa, oyendo algún sonido que a nosotros nos resultaba inaudible—. Dejaré en paz a la chica...

—Gracias, Kosamaras —empezó a decir Cassius.

—... solo por esta noche —continuó—. Pero al amanecer, todas las promesas quedan anuladas. —Se volvió hacia mí con la boca pintada de negro por las lágrimas que le caían de los ojos—. Vamos a divertirnos mucho, tú y yo. Pero mucho mucho. Por el momento, adiós, querida Annaleigh. Sueña conmigo, ¿de acuerdo? —Me tocó la nariz antes de liberarme—. Pásalo bien jugando con tu tesorito mientras puedas, sobrino.

—Por favor, Kosamaras, debe de haber alguna manera de convencerte de que pongas fin a todo esto —dijo Cassius, acercándose a su tía con las manos en ademán implorante—. Algo que desees.

La sonrisa de ella se tornó aviesa y punzante.

—¿Sabes qué? Hay algo que deseo ahora mismo. Deseo bailar con la menor, la pequeña... ¿cómo se llama? ¿Paciencia? ¿Prudencia? ¿Caridad? —Le centellearon los afilados dientes, como los de un lobo a punto de abatirse sobre su presa—. Verity. Hace mucho que la visito. Su cabecita absorbe con avidez todo lo que meto en ella…, fiestas, bailes, fantasmas…

Se me aceleró el pulso.

—Tú estás detrás de sus visiones.

—De todas y cada una —aseveró radiante—. Si supieras las cosas que le he enseñado… Ni tienes ni idea de los gritos que pega. —Le brillaron los ojos mientras imaginaba nuevos horrores—. Daos prisa en regresar a Highmoor, si queréis llegar a tiempo para verlo.

—¡No! —chillé, abalanzándome sobre ella, pero, con el estallido de un trueno, Kosamaras desapareció.

35

Estaba atravesando la sala de control, a punto de bajar corriendo por la escalera de caracol y salir a la tormenta, cuando me percaté de que estaba sola.

—¿Cassius?

Oí sus pisadas regulares y contundentes en los escalones. Cuando por fin llegó, tenía el rostro pálido y gris.

—No puedo llevarte de regreso ahora. —Como para confirmar sus palabras, el destello blanco de un rayo parpadeó en el cielo—. Es demasiado arriesgado. Podría pasar algo...

—¡Ya está pasando algo! Has oído lo que ha dicho: va a por Verity. No puedo quedarme aquí y dejar que ocurra sin más. —Un sollozo se abrió paso por mi garganta, desesperado por salir. Apreté los puños. No podía sucumbir al llanto en ese momento. Tenía que actuar, hacer algo—. ¡Hay un barco! Iré por mis propios medios.

—¿En medio de esta tempestad? No lo conseguirás. Annaleigh... —Me agarró del hombro.

—¡No! —grité, girando en redondo—. He perdido a demasiados seres queridos esta noche. Silas, Fisher... No puedo quedarme aquí, de brazos cruzados, esperando a que ella agregue a Verity a esa lista. Eso acabaría conmigo.

—Y Kosamaras cuenta con ello —replicó Cassius en voz muy alta para que lo oyera por encima del fragor de la tormenta—. Sabe que te ha sacado de quicio. Quiere que cometas una estupidez.

El sollozo volvió a subir y esta vez me brotó de la garganta.

—¿Por qué? ¿Por qué está comportándose así? ¡Nunca le hemos hecho nada!

—No os ataca por motivos personales. Viscardi suele utilizarla para obligar a otros a cumplir su parte del trato. Le atrae el dramatismo, y Kosamaras nunca decepciona. —Suspiró—. Ella es Precursora de la Locura, creadora de tantas ilusiones engañosas y realidades deformadas que sus desdichadas víctimas se quitan la vida solo para poner fin al tormento.

Se me escapó una risa amarga y vacía antes de que pudiera reprimirla.

—Es lo que va a intentar hacerles a mis hermanas. Tengo que impedírselo.

—Ya encontraremos la manera. —Cassius se echó el cabello hacia atrás—. Sé que es difícil, pero debemos olvidarnos de Kosamaras por un momento. Ella no es más que una marioneta. Viscardi es quien maneja los hilos. Hay que averiguar con quién cerró el trato.

—¿Y luego qué? ¿Pedirle con buenos modos que lo invalide?

Desvió la vista.

—No exactamente… Podríamos meternos en una situación muy peligrosa, Annaleigh.

Me asaltaron recuerdos del cuerpo destrozado de Fisher, las miradas silenciosas de Lenore, las piruetas de Verity en su habitación, con los ojos negros de Kosamaras.

—Ya lo estamos… —Me froté las sienes, tratando de pensar con claridad—. Supongo que no se puede matar a un truhan, ¿verdad?

—No, son inmortales, pero… —Juntó las cejas—. Si el que llegó a un acuerdo con él falleciera antes de que el trato se consumara…, este quedaría sin efecto. Viscardi no puede cumplir su parte si su socio está muerto.

—Y otra persona habría muerto —mascullé, levantando la mirada hacia el techo. Sobre nuestras cabezas, la luz de la Vieja Maude destellaba una y otra vez con precisión milimétrica.

Adoraba ese resplandor desde mi primer viaje a Hesperus.

Camille y Eulalie se habían aburrido al cabo de unos minutos y habían preguntado, con un alboroto considerable, por qué el faro no hacía algo más emocionante. Se esperaban bengalas o fuegos artificiales, algo espectacular y aparatoso. No apreciaban la belleza sencilla de algo que funcionaba con eficiencia discreta y llevaba a cabo la función para la que lo habían construido, ni más ni menos.

Pero yo sí.

Respiré hondo.

—¿Y si yo misma llego a un acuerdo con Viscardi? Evitaría que esto sucediera, y nadie más tendría que morir.

Esto pareció horrorizarlo.

—Ni se te ocurra.

—Cassius, quizá sea la única forma de poner fin a esto antes de que haya más víctimas. No puedo perder a otra de mis hermanas.

—Y yo no puedo perderte a ti —dijo él, con los ojos brillantes como estrellas.

Lágrimas ardientes me rodaron por las mejillas.

—Debe de haber algo que pueda ofrecerle, algo que no haga daño a nadie.

Negó con la cabeza.

—Eso es lo que creen todos los que lo invocan. Cada uno de ellos piensa que será quien consiga burlarlo, idear el trato perfecto. Nunca ha ocurrido. Viscardi siempre va un paso por delante.

Se sentó en el escalón superior, dejando un hueco a su lado para mí.

—Me crie oyendo hablar de sus pactos. A Ponto le gusta invitar a Viscardi al Piélago. Nadie lo divierte tanto como los truhanes. Todas sus historias eran terribles. Viscardi siempre se las arregla para introducir una vuelta de tuerca, alguna astucia con el fin de perjudicar a alguien. Le refirió el caso de un par de hermanas que se habían prendado del mismo hombre. Cuando este se enamoró de la más joven, la mayor, desconsolada, invocó a Viscardi.

Me acomodé junto a él.

—Me cuesta imaginar que alguien esté tan ansioso por conseguir algo como para invocar a un truhan.

—Cuando ciertas clases de personas caen en la desesperación, están dispuestas a todo.

Unos truenos, ensordecedores y desbocados, acentuaron sus palabras. La violencia de la tempestad aumentaba aún más, y yo tenía ganas de aullar también. Intenté no pensar en lo que estaría sucediendo en Highmoor durante nuestra ausencia, para no volverme loca. Me volví hacia Cassius y fijé los ojos en él.

—¿Qué pasó con las hermanas?

—Viscardi apareció y escuchó la petición de la hermana mayor. Le aseguró que estaría encantado de concederle su deseo más anhelado, pero que necesitaba una cosa insignificante a cambio. Un pequeño recuerdo de nada. Quería algo que perteneciera a su hermana. Algo que ella valorara mucho.

Parecía de lo más sencillo, una condición sin importancia. Si yo hubiera sido la hermana más joven, ¿qué habría querido quitarme Viscardi? ¿Uno de los collares de mamá? ¿Mi cinta para el pelo favorita? ¿Qué valoraba mucho?

Me vino a la mente una imagen de Verity, durmiendo a salvo y calentita. Camille y yo estábamos sentadas al piano, estorbándonos la una a la otra mientras ensayábamos a trompicones una nueva pieza, riéndonos cada vez que tocábamos una nota equivocada. Las trillizas, las Gracias...

Una fría serpiente de angustia reptó por mi interior hasta enrollarse en la boca del estómago.

—Ella no aceptó, ¿o sí?

Cassius asintió despacio, sabedor de que yo ya había adivinado el desenlace.

—La mayor se prometió con el hombre y acabó casándose con él, tal y como estipulaba el acuerdo. Se organizó una boda preciosa, y a los vecinos del pueblo les parecía que la novia estaba muy guapa. Sin embargo, una vez frente al altar, cuando el hombre terminaba de pronunciar sus votos, se presentó Viscardi para exigir su pago. «¿Pago?», exclamó la novia, avergonzada por aquella interrupción. «Mi hermana está ahí», señaló.

«Y encima lleva sus preciadas peinetas. Quítaselas y déjame en paz».

Lo así del brazo para que no prosiguiera con el relato. Era demasiado terrible para imaginarlo, y yo intuía que el final sería incluso peor. La nieve arremetía contra las ventanas, repiqueteando en los cristales. Alcé la vista, pues de pronto temí que el hombre del dragón estuviera en la galería, mirando hacia dentro, suplicando que lo dejáramos entrar.

Me froté los brazos para intentar aplacar los escalofríos que me recorrían.

—Me parece increíble que algún conocido mío se haya rebajado a negociar con él.

—A lo mejor ha sido por venganza. Una negociación en aras de la justicia. ¿Sabes si alguien tenía alguna desavenencia con tu padre? ¿Un miembro de la corte? ¿Un criado, tal vez?

—Papá nunca mencionó que tuviera problemas con nadie. Siempre ha tratado muy bien a todos, con gran generosidad —respondí sin necesidad de pensarlo mucho.

Pero no era del todo cierto. Recordaba la expresión aterrorizada del zapatero Gerver al verse insultado y humillado en su propia tienda, los arranques de furia de mi padre ante el menor contratiempo en los astilleros, la rabia con que le había arrojado la licorera de brandi a un mayordomo durante la Remoción.

La Remoción...

—¿Va todo bien? —preguntó—. Estás muy pálida.

—El tío Sterland. —Mis labios se torcieron al articular estas traicioneras palabras.

Inspiró con brusquedad al reconocer el nombre.

—El que se suponía que iba a casarse con tu tía Evangeline... Dijiste que ella falleció... ¿cómo?

Asentí con tristeza.

—Papá y ella eran mellizos. Evangeline había nacido la primera, por lo que le habría correspondido el título de duquesa y lo habría heredado todo.

—¿Y qué sucedió? —me animó a continuar Cassius con suavidad.

—El padre de Sterland fue un almirante muy respetado de la armada del rey y uno de los aliados más próximos a mi abuelo. Cuando pereció en el mar, invitaron a Sterland y a su madre a alojarse en Highmoor.

Fuera, el viento ululaba con un sonido bajo y gutural, como el llanto de una mujer.

—Los tres eran inseparables de niños. Ya más crecidos, Evangeline y Sterland se hicieron novios. Cuando los chicos se marcharon a estudiar en la academia naval, mi tía se pasó meses llorando. Le rogó a su padre que los hiciera regresar. Se negaba a comer y se puso demacrada y enferma. El abuelo solo logró apaciguarla prometiéndole que la dejaría casarse con Sterland cuando se hubiera graduado y que él ya no tendría que irse de Highmoor nunca más.

Cassius aspiró de forma audible.

—Supongo que eso no le sentó muy bien a tu padre.

Me quedé callada unos instantes.

—Circulan... historias. O más bien rumores. Nunca les he concedido el menor crédito, pero si Sterland los cree... —Me apreté la mano contra el estómago encogido, presa de las náuseas—. Aunque lo dudo mucho.

—Cuéntame qué ocurrió, Annaleigh.

Contemplé el oscuro mar que nos rodeaba a través de las vidrieras. La línea quebrada de un rayo impactó en un árbol que crecía en una pared del acantilado y lo partió en pedazos.

—Sin perder un segundo, el abuelo comenzó a preparar a Sterland como futuro consorte de Evangeline. Le mandaba largas cartas y libros que exponían en detalle la historia familiar y lo ponía al día sobre la política y la industria naviera de Vasa. Según tengo entendido, Sterland se burlaba sin piedad de papá con este motivo y le decía en broma que toda la fortuna y el honor de los Thaumas pronto serían suyos. —Una racha de viento levantó una fina nube de nieve. Por un momento, el pasado se representó ante mis ojos en aquella neblina, como si estuviera viendo una ópera en el teatro—. Los chicos regresaron a casa para celebrar la Remoción, y Evangeline estaba feliz de que el trío se hubiera vuelto a reunir. Quería que aquellos diez días fueran como los viejos tiempos, con meriendas en el laberinto, excursiones a Astrea, juegos de escondite en el bosque… Sin embargo, una fuerte tormenta se desencadenó de improviso. Según mi padre, volvió a Highmoor a toda prisa. Más tarde llegó Sterland, con la esperanza de que Evangeline estuviera con él… Tardaron días en encontrar su cuerpo.

—De modo que Ortun se convirtió en el heredero, y Sterland lo perdió todo.

Moví la cabeza afirmativamente.

—Sé que esto arroja sospechas sobre mi padre, pero él jamás le habría hecho daño a Evangeline.

Cassius me frotó los brazos.

—Que sea culpable o no es irrelevante, si Sterland cree que sí…

El sentimiento de culpa me provocaba un malestar físico, y una parte de mí quería protestar. Ese hombre era como un tío para mí. Incluso si quería perjudicar a mi padre, ¿cómo iba a sacrificarnos a mis hermanas y a mí? ¿Y con qué objeto? ¿Qué esperaba conseguir con ello?

Pero entonces me vino a la memoria aquella ira silenciosa que le había ensombrecido la mirada durante la Primera Noche, la amargura que rezumaba como una bolsa de té al enturbiar el agua transparente. Recordé el odio que bullía justo por debajo de la superficie mientras bromeaba acerca de resolver el misterio de los zapatos y reclamar aquello que le correspondía.

—Tenemos que decírselo a mi padre —susurré. Lo tomé de las manos, suplicante, con la cara empapada en lágrimas—. Cassius, sé que es peligroso, pero, por favor…, llévame de regreso a Highmoor.

Como mofándose de mí, un relámpago brilló muy cerca de la Vieja Maude y, una fracción de segundo después, los dos nos sobresaltamos cuando el trueno nos retumbó en el pecho.

—Jamás lo conseguiríamos bajo este temporal.

Ríos de lágrimas me corrían por el rostro. Las contuve, desesperada por encontrar una manera de escapar de esa pesadilla.

Nunca me había sentido tan indefensa. Cassius me rodeó con los brazos y me acunó con ternura, dejando que gritara y llorara. Cuando estampé el puño contra las escaleras de metal, deseosa de infligir un daño como el que Kosamaras nos había hecho a nosotras, no intentó impedírmelo. Me abrazó hasta que se me pasó el arrebato y el agotamiento se apoderó de mí.

Siguió alisándome el cabello, deslizando los dedos con delicadeza entre los enredados mechones. Acurrucada contra él, me relajé y se me cerraron los párpados.

—¿Annaleigh? —Su voz sonó cálida y suave junto a mi oído.

Desperté con un respingo. ¿Me había quedado dormida?

—Creo que lo peor de la tormenta ha pasado. Deberíamos intentar regresar a Highmoor antes de que llegue a Salten.

Asentí con aire cansado y lo seguí escaleras arriba. Protegiéndome la vista del amasijo oscuro del rincón, abrí la puerta de vidrio. Nos apresuramos a salir y cerrar antes de que las gélidas ráfagas apagaran la linterna del faro.

Cassius estudió el cielo durante un buen rato antes de tenderme la mano. Iba a acercarme a él, pero vacilé unos instantes.

—¿Qué vamos a hacer?

—Antes de nada, hay que advertir a tus hermanas respecto a los bailes. Aunque no podamos evitar que duerman, tienen que saber que no pueden fiarse de nada de lo que vean. Y también debemos informar a tu padre de todo.

—¿Y Sterland? —pregunté, disgustada por no lograr disimular el miedo en la voz.

Apretó las mandíbulas.

—Dejaremos que se explique, por supuesto, pero, llegado el caso…, solo habrá una manera de anular el trato. —Se llevó la mano al puñal y cerró los dedos en torno al mango—. Ya me encargaré yo.

—Cassius, no puedo pedirte que…

—Y no me lo has pedido. —Pese a que sonrió, sus ojos mantenían una expresión sombría y de una tristeza indescriptible.

Avancé un paso, lo abracé y lo estreché con fuerza contra mí.

Quería darle las gracias, expresarle lo mucho que significaba para mí que estuviera allí, dispuesto a luchar conmigo en una batalla que no era la suya. Quería decirle que me había enamorado de él, profunda y perdidamente, pero antes de que pudiera abrir la boca, desaparecimos, dejando a la Vieja Maude en medio de un remolino de nieve y sal.

36

Cuando abrí los ojos, Highmoor se alzaba ante nosotros como un monolito lóbrego y vigilante. Sin embargo, no parecía el hogar que yo conocía y amaba, sino más bien una bestia a punto de devorarme.

Nos materializamos en el extremo más alejado del laberinto de setos en el momento en que el viento arreciaba. Me resultaba desconcertante ver que se aproximaba desde la lejanía una tormenta en cuyo corazón acababa de estar. Los nubarrones se arremolinaban mientras la tempestad acumulaba fuerzas sobre el mar Kaleico. Cuando por fin azotara Salten, sería mucho mucho peor.

La preocupación me corroía las entrañas. ¿Nos creería alguien? La historia parecía de lo más descabellada. De no haber sido testigo de lo ocurrido, jamás me habría parecido posible. Me incliné hacia el calor de Cassius, deseando que bastara para arreglar las cosas.

—Lo que le has dicho a Kosamaras, en lo alto del faro, sobre mí... ¿iba en serio?

—Tú eres mi mundo —declaró Cassius con solemnidad, sin el menor titubeo.

—Y tú el mío —respondí.

Alargó el brazo para pasarme los dedos por los rizos y reunir una oscura masa de ellos entre las manos antes de darme un beso suave en la frente. Solo uno. Me reconfortó y me hizo sentir protegida y valorada.

—Vamos a superar todo. Tú y yo. Juntos.

Respiré hondo para serenarme.

—Pues entonces entremos.

Me parecía que había pasado toda una vida desde la época en que a mis hermanas y a mí nos encantaba contemplar las tormentas que se avecinaban desde el salón Azul. Nos arrellanábamos en los sofás con una taza de té o cacao, arropadas en mantas y risas. Aunque aquellos días habían quedado muy atrás, tal vez se habían reunido ahí por la fuerza de la costumbre.

Se me revolvía el estómago con cada paso. Tenía los nervios a flor de piel, sensibles al menor movimiento que se produjera en torno a nosotros. Cuando una doncella abrió la puerta del armario de la ropa blanca, por poco me dio un infarto.

En el momento en que entramos en la sala, todos alzaron la vista. Por un momento, la estancia se me figuró abarrotada, pues incluso mis hermanas fallecidas tiempo atrás se encontraban allí. Ava, en un rincón, tenía la mano en el moteado pecho, y las trillizas volvían a estar juntas, aunque Lenore no parecía consciente de que compartía el diván con sus hermanas congeladas. Parpadeé varias veces para disipar las visiones inducidas por Kosamaras.

—¡Gracias a Ponto! —exclamó papá, atravesando la habitación con tres grandes zancadas para abrazarme. A su espalda, Sterland, sentado en la punta de un sofá, se puso rígido—. ¿Dónde te habías metido? ¡Estábamos muy preocupados! —Sus ojos buscaron algo detrás de mí—. Pero ¿dónde está Verity?

Conté a las hermanas que me quedaban: Camille en una butaca cerca del fuego; Lenore, en el diván; Mercy y Honor en el suelo, con un libro ilustrado entre las dos.

—No te entiendo. Verity no estaba con nosotros.

—Cuando hemos subido a verla porque no bajaba a desayunar, su alcoba estaba vacía, al igual que la tuya. Hemos pensado que te la habías llevado tú. ¿Dónde has estado?

Experimenté una oleada de náusea al imaginar el cuerpecito de mi hermana tendido sobre la nieve, otra víctima de los pactos de Viscardi y la subyugación de Kosamaras.

Camille emitió un débil gemido de espanto surgido de las profundidades de su garganta.

—Ay, Annaleigh, ¿qué has hecho?

Se oyeron varios gritos ahogados por toda la estancia, y Camille se inclinó hacia delante, con una mirada encendida y acusadora.

Sentí como si el suelo hubiera desaparecido bajo mis pies.

—¿De qué hablas?

—¿Dónde está? ¿Qué le has hecho a Verity?

—¡No le he hecho nada! He estado en Hesperus, encendiendo de nuevo la linterna de la Vieja Maude. Silas falleció mientras dormía... Y Fisher...

El desconcierto endureció el semblante de mi padre.

—Fisher murió hace semanas, Annaleigh.

—No... Es decir, sí, pero no lo sabíamos hasta...

—¿Que no lo sabíamos? —repitió Camille—. Acaeció un accidente en Hesperus. Uno de los bidones de queroseno estalló... Asistimos a su funeral. ¿No te acuerdas? Te pasaste llorando todo el camino hasta allí.

—Y el de vuelta también —añadió Mercy.

—¿Qué? —Oía sus palabras, entendía su significado por separado, pero así juntas, enlazadas para formular una acusación, era como si me hablaran en un idioma desconocido.

Y entonces sonó una risa.

Comenzó en un rincón de la habitación, y fue aumentando en intensidad y profundidad hasta que las carcajadas resonaron en la bóveda de la sala, que amenazaba con desmoronarse. Sin embargo, nadie más levantó la vista. Me volví hacia Cassius con una súplica muda, pero se limitó a encogerse de hombros. Él tampoco lo oía.

—¡Kosamaras está detrás de todo! ¡Ha distorsionado vuestros recuerdos..., los de todos vosotros!

Papá y Camille intercambiaron miradas incómodas.

—Eso no tiene sentido, Annaleigh. ¿Qué estaría haciendo aquí una precursora?

Cerré los puños, con ganas de prorrumpir en chillidos. ¿Cómo era posible que no se dieran cuenta?

—Está manipulando vuestra memoria. Ese funeral no se celebró. Fisher se había quedado aquí desde el baile de las trillizas.

—Annaleigh, sabes que eso no es verdad. —Camille se levantó—. Llevas semanas comportándote de un modo extraño, primero con Eulalie, y luego montaste esa escena en la plaza del mercado con Edgar. Yo supuse que descubrir ambos cuerpos había sido una experiencia terrible para ti. Luego desaparecieron Rosalie y Ligeia..., y también las encontraste tú. Y yo intenté desterrar de mi mente las especulaciones, las conjeturas. Traté de convencerme de que eras incapaz de hacerle daño a una de nosotras, de que nos querías demasiado para eso. Pero ahora, Verity... Annaleigh, ¿cómo has podido?

La miré boquiabierta.

—No es posible que creas eso. No estás viendo las cosas con claridad.

Camille se me acercó, intimidándome con cada paso.

—Has estado culpando a la maldición, pero tú eres la culpable desde el principio, ¿verdad?

Yo quería huir, pero estaba paralizada, demasiado estupefacta para reaccionar. Aunque sabía que Kosamaras estaba jugando con Camille, sus palabras me herían en lo más hondo.

—Pero ¿qué estás diciendo?

—Creo que siempre has querido ser la heredera. Heredar Highmoor, heredarlo todo.

—¡Camille! —vociferé—. ¡Sabes que eso no es verdad! ¡Jamás haría algo que os perjudicara, y menos aún a Verity! Matarla no me ayudaría en absoluto a heredar Highmoor. ¿No te das cuenta de lo demencial que parece tu teoría?

—Demencial —convino—. ¿Has visto alguna polilla últimamente?

De inmediato, dirigí la vista hacia papá. Era el único que sabía lo que había ocurrido aquella noche en la galería.

—¡Roland! —gritó Camille, llamando al ayuda de cámara.

—No está. Ha acudido al lugar del naufragio —dije—. Todos los lacayos han ido a...

Me interrumpí cuando Roland hizo acto de presencia. Se detuvo en el umbral, con las cejas arqueadas, aguardando instrucciones.

—Tú no estás aquí de verdad —murmuré—. Es imposible.

Noté que los ojos de mis familiares se posaban en mí, miradas que iban de la compasión al horror, tan opresivas que me impedían respirar.

Todo empezó a darme vueltas a gran velocidad, y caí de rodillas. Los colores se desvanecieron, dejando solo tonos de gris, para luego volver de repente, más vivos y saturados que nunca. Cerré los ojos con fuerza para protegerlos de aquella luminosidad, y una parte recóndita de mi mente supo exactamente lo que estaba a punto de ocurrir.

Roland me sacaría a rastras de la sala y me encerraría. Cassius no conseguiría impedírselo. Anunciarían su intención de llevarme a Astrea para que me juzgaran, pero Camille no permitiría que la asesina de sus hermanas saliera indemne de Highmoor, y menos aún con una precursora llenándole la cabeza de mentiras.

¿Me envenenaría la comida Camille? ¿Lo dispondría todo de modo que pareciera que yo misma me había ahorcado con las sábanas? Kosamaras tacharía mi nombre de su lista, un paso más cerca de su criminal objetivo.

La luz de las velas reveló los rastros de unos regueros aceitosos en el rostro de Camille. Aunque eran muy tenues, me bastó para comprobar que Kosamaras estaba haciendo de las suyas, alterando sus recuerdos.

Sin pensar, agarré el puñal de Cassius, di media vuelta y lo blandí hacia Sterland.

—¡Annaleigh, no! —gritó Cassius a mi espalda, pero no flaqueé.

—Baja eso, Annaleigh —me ordenó mi padre, acercándose desde el lado.

—Él es el responsable —repliqué, sin dejar de apuntar a Sterland con el arma—. Él selló el pacto.

A Sterland se le enrojeció el rostro.

—¿Qué? ¿De qué hablas?

Intentando dominar el temblor de mis manos, desplacé la

vista a lo largo del puñal hasta clavarla en el viejo amigo de mi padre.

—¡Díselo! Cuéntales a todos lo de Viscardi y el trato. Explícales que las fiestas y los bailes no eran reales. ¡Háblales del acuerdo al que llegaste!

—¿Acuerdo? ¿Qué acuerdo? ¡Annaleigh, te has vuelto loca! —Miró en derredor, tal vez buscando un arma.

—Estás castigando a papá por haber heredado el ducado, por robártelo todo.

Se le descolgó la mandíbula de la sorpresa.

—¿Qué? Yo nunca haría...

—Sterland, ¿es eso cierto? —preguntó mi padre con los ojos desorbitados—. ¿Crees que yo maté a Evangeline? ¿A mi propia hermana? ¿Solo por un título?

—Claro que no —contestó Sterland. Alzó las manos cuando di un paso hacia él, agitando el puñal en el aire—. Reconozco que alguna vez se me ha pasado por la cabeza, pero en el fondo, nunca... Ortun, no sé de qué habla la chica. Nunca he cerrado un trato..., desde luego no con un truhan.

—¡Papá, haz algo! —Honor o Mercy (como no le quitaba ojo a Sterland, no pude comprobar cuál de las dos) soltó un sollozo ahogado.

Una idea surgió en mi mente y empezó a calar en mi conciencia como agua de lluvia en la tierra. Aunque parecía evidente que Kosamaras pretendía aprovechar las acusaciones de Camille para conseguir que me mataran, quizá estaba generando toda aquella confusión para que yo atacara a Sterland primero.

Lo que implicaría que él no había cerrado el trato...

¿O tal vez ella sabía que yo llegaría a esa conclusión y desistiría de matarlo, con lo que el negociador quedaría a salvo?

¿Y si, peor aún, estaba metiéndome esos pensamientos en la cabeza en ese mismo instante, con la intención de sobrecargarme hasta que explotara? Me palpitaban las sienes mientras mi cerebro barajaba demasiadas posibilidades. ¿Cómo sabría cuál era la correcta?

—Annaleigh, dame ese cuchillo, ¿quieres? —dijo papá, aproximándose despacio, con las manos levantadas en ademán de súplica—. Estás disgustada, por razones obvias. Has pasado por mucho en las últimas semanas. Hablemos, y seguro que se nos ocurre una solución.

—No. Sterland tiene que morir antes de que el acuerdo se lleve a término. Es la única manera de arreglarlo. Díselo, Cassius.

Eché un vistazo por encima del hombro. Necesitaba su apoyo. La situación empezaba a írseme de las manos. Sin embargo, cuando dirigí la mirada hacia la puerta, él no estaba.

Se me escapó un quejido de perplejidad. Me apresuré a salir al pasillo, pero no lo vi por ninguna parte.

—¿Cassius? —Cuando entré de nuevo en la estancia, la escudriñé con mayor detenimiento—. ¿Adónde ha ido?

Camille frunció el entrecejo, con la confusión nublándole el semblante.

—¿Quién?

37

—Cassius. —Me volví hacia mis hermanas—. Él os lo explicará todo, Camille. No le he hecho nada a Verity, os lo aseguro...

—¿De quién hablas, Annaleigh? —inquirió Camille en un tono tranquilo y mesurado, como si estuviera hablando con una trastornada. El brillo de aprensión en sus ojos me dio que pensar. Me miraba como si estuviera trastornada de verdad.

—Cassius... Cassius Corum. El hijo del capitán Corum.

—El capitán Corum murió.

—Ya lo sé. Su hijo ocupó su lugar en la Remoción. ¿Cómo es que no recordáis nada de esto? —Pese a mis intentos por contenerme, mi voz subía de tono a medida que hablaba, hasta rayar peligrosamente en la histeria.

—Es como volver a vivir todo lo ocurrido con Elizabeth —murmuró mi padre. Tenía el rostro lívido. Nunca lo había visto tan avejentado. Le dedicó a Sterland una mirada de cansada resignación—. Lo siento mucho, viejo amigo. ¿Podrías dejarme un momento a solas con Annaleigh?

Sterland se apartó poco a poco del sillón tras darle una palmadita en la espalda a papá con actitud de pesarosa condolencia.

—Por supuesto, faltaría más. Asuntos familiares y demás. —Sus ojos, transidos de pena, se detuvieron en mí—. Si hay algo que pueda hacer para ayudar...

Mi padre le dio las gracias y le indicó con un gesto que podía retirarse.

—¿Vas a dejarlo marchar sin más? —pregunté al verlo abandonar la sala como un hombre libre—. Papá, él...

—Sterland no es el problema. —Su semblante expresaba todo lo que sus palabras callaban.

—¿Y yo sí? —dije horrorizada—. ¿Yo?

—Nadie más ve personas que no existen.

Dejé caer el puñal, que repiqueteó en el suelo mientras la habitación se difuminaba y se aclaraba. Tenía que tratarse de un error. No había otra explicación posible. Cassius era real. Yo había estado con él. Toda la noche. Él me había contado todo lo relacionado con Viscardi y el trato. Lo de Kosamaras y sus juegos.

Sus juegos...

«Ella es Precursora de la Locura, creadora de tantas ilusiones engañosas y realidades deformadas que sus desdichadas víctimas se quitan la vida solo para poner fin al tormento».

Con sus palabras resonándome en los oídos, caí de rodillas, tiritando de forma incontrolable. ¿Kosamaras me había inducido a imaginar a Cassius? ¿Era lo bastante poderosa para crear a toda una persona de la nada? Habíamos mantenido tantas conversaciones, compartido tantos besos... Me vino a la memoria la expresión en sus ojos cuando me había dicho que yo era su preferida. Aún sentía el tacto de sus manos en mi cuerpo. Eso no podía conseguirse de manera artificial, ¿o sí? Él era real. Tenía que serlo.

Recordaba haber hablado de él con mis hermanas. Ellas también lo habían visto..., ¡yo no era la única! Sin embargo, en cuanto concebí este pensamiento triunfal, se me escurrió entre los dedos, como si hubiera intentado aferrarme a las mareas cambiantes.

Rosalie y Ligeia habían hablado con él. Ambas estaban muertas, no podían dar fe de que él existía.

—¡Honor! ¡Mercy! Vosotras estuvisteis con él en aquella taberna en Astrea. Os pidió unos zumos de manzana. —Se quedaron mirándome, sin comprender—. El día que Edgar..., el día que fuimos a buscar unas zapatillas para sustituir los zapatos de hadas...

Mientras hablaba, vislumbré un destello de jade. El desconcierto más absoluto se adueñó de mí cuando me levanté la falda y contemplé mis zapatos de hadas, enteros e intactos. Estaban tan flamantes como el día que los habíamos sacado de la caja. Me apresuré a taparlos de nuevo, deseando no haberme fijado en ellos.

—Camille, sé que tú lo has visto. ¡Estuvo sentado junto a ti durante la cena de la Remoción! Estuvo en el baile de Pelage...

—Sacudí la cabeza, intentando ahuyentar ese pensamiento. Los bailes habían sido una ilusión, y Cassius no había asistido a ellos.

La verdad me golpeó con la fuerza de un ancla al caer sobre el fondo marino.

No me había encontrado con Cassius en el baile de Pelage, por muy real que me hubiera parecido su presencia.

Lo había visto ahí por obra y gracia de Kosamaras.

Ahí y en todas partes.

Despacio y tras solicitar la aprobación de papá con la mirada, Camille cruzó la sala y se arrodilló a mi lado. Me frotó la espalda con movimientos circulares suaves, como los que habría usado para tranquilizar a un caballo enloquecido de miedo por una tormenta.

—¿Te refieres al baile de las trillizas? Annaleigh, ahí no había nadie llamado Cassius.

—No, en ese baile no. Y deja de repetir mi nombre así.

—¿Así cómo?

Le aparté el brazo con brusquedad.

—Como si hubiera perdido el juicio. Como si intentaras apaciguar a una loca.

—Nadie piensa que estés loca, Annaleigh —aseguró papá—. Simplemente estamos preocupados por ti.

—Y por Verity —terció Honor.

Me volví rápidamente hacia ella, con un gruñido elevándose por mi garganta.

—¡Ya te he dicho que no estaba conmigo!

Camille se mordisqueó el labio inferior, con los ojos brillantes de lágrimas que empezaban a aflorar.

—¿Y no estaba con... el tal... Cassius?

Una intensa punzada de miedo me traspasó el estómago.

—¿Cómo puedes creer que yo sería capaz de tocarle un pelo a Verity? ¡Es absurdo! ¡Sabes que nunca le haría daño!

—Estoy seguro de que hay una explicación para todo esto —dijo papá, recogiendo el puñal del suelo. Una vez en sus manos, resultó evidente que no era más que un cuchillo para untar, pillado unas horas antes, durante el desayuno. El recuerdo me vino a la mente, claro y nítido. Me veía a mí misma cogiéndolo del bufé y escondiéndomelo en la falda.

—No —murmuré, contemplando el pequeño objeto de latón—. No, no, no, no. —Me hice un ovillo, con los brazos sobre la cabeza, intentando encajar las piezas—. ¿Qué me pasa?

La risa siniestra volvió a estallar en un rincón de la estancia. Camille me miraba, con el rostro lleno de inquietud. Saltaba a la vista que no había oído nada. Tan repentina como antes, esta vez procedía de la derecha. No me hizo falta echar un vistazo para saber que Kosamaras no estaría ahí. Las carcajadas continuaron, cada vez más cerca de mí, hasta que comprendí que habían estado en mi mente desde el primer momento, fundiéndose con mi cerebro hasta acabar con mi cordura.

Me golpeé en la sien para expulsar a aquel intruso tan poco grato, pero solo conseguí redoblar las risotadas. Me asesté otro manotazo, y luego otro, con más fuerza. Una parte de mí se percató de que mi padre y Camille habían corrido a sujetarme las manos para intentar parar los golpes, pero no podía contenerme. Cuando me inmovilizaron los brazos tras la espalda, me eché hacia delante con violencia para tratar de estamparme la cabeza contra el suelo. Si conseguía abrirme una brecha, aunque fuera pequeñita, la voz escaparía por ahí y me dejaría en paz.

Un fuerte estrépito me distrajo por unos instantes de mi arrebato. Un jarrón de porcelana que estaba en una librería había estallado en cientos de trozos afilados que se dispersaron por el suelo.

Me alivió tanto ver que todos volvían la cabeza hacia el ruido que solté un sollozo.

Un busto de mármol de Ponto se deslizó hasta el borde de un estante más alto, empujado por manos invisibles. Tras quedar unos instantes en equilibrio precario, como para asegurarse de que todos lo miraban, se precipitó en el vacío.

Chillando, Honor y Mercy se alejaron a toda prisa de los fragmentos. Ambas iban descalzas, pues se habían negado en redondo a andar por casa con las botas de marinero que papá les había proporcionado, y rompieron a llorar cuando las aguzadas esquirlas se les clavaron en los pies.

Como un eco de sus lamentos, nos llegó de arriba un alarido prolongado. Se me erizó el vello de la nuca mientras la voz se tornaba más aguda hasta acabar en un gemido sordo.

—¿Y ahora qué? —gruñó papá.

Lenore irguió la espalda, sentada en el borde del diván. Por primera vez desde la mañana en que habían desaparecido Rosalie y Ligeia, su mirada parecía fresca y despierta. Señaló al techo.

Otro grito desgarró el aire.

—Morella —dijo Mercy, siguiendo con la vista la dirección del dedo de Lenore.

Como un puñetazo en el estómago, este nombre desterró de mi mente los pensamientos obsesivos... y esa horrísona risa.

—Los gemelos.

—Quedaos aquí. Todas —ordenó papá. Los aullidos de Morella aumentaron de intensidad, inundando la casa como un tsunami, empapándolo todo de dolor y sufrimiento.

—¿Con ella?

Me volví hacia las Gracias que quedaban. Me tenían miedo. Las lágrimas me escocieron los ojos al verlas encogerse de espanto ante mi mirada.

—¿Mercy?

—Papá, por favor, no nos dejes —gimoteó abriendo los brazos, claramente con la esperanza de que él la aupara y se la llevara de aquí.

Con un quejido de impaciencia, el hombre volvió sobre sus pasos, se puso de hinojos junto a Mercy y Honor, y las abrazó.

Me agarré los dedos y los retorcí de forma dolorosa, demasiado avergonzada para mirar a mis hermanas a la cara. Las había asustado. Creían de verdad que le había hecho algo malo a Verity.

Se me entrecortó la respiración.

La noche de las polillas, el fantasma de Eulalie me había acusado de asesinarla. Yo lo había atribuido a una simple pesadilla, a un episodio de sonambulismo que había acabado muy mal.

Pero ¿y si no había sido así?

¿Y si Kosamaras me había utilizado para tirar a Eulalie por el acantilado... y a Edgar por la ventana del taller? Obviamente yo no estaba con Cassius en el momento de su muerte.

Pero no. Yo nunca les habría hecho daño a mis hermanas, en ninguna circunstancia. No era más que un efecto de la subyugación.

¿O tal vez no?

Si Kosamaras poseía la facultad de devolver la vida a los muertos, hacer aparecer decenas de bailes a partir de la nada e inducirme a creer en una persona que no existía, me estremecía solo de imaginar qué otras sorpresas podía tenerme preparadas.

¿Qué le había hecho a mi hermanita?

Papá interrumpió el abrazo.

—Morella me necesita, y yo necesito que seáis valientes en estos momentos. —Les plantó un beso en la frente, a una detrás de otra—. Mis valerosas marineritas. Camille..., es probable que requiera tu ayuda.

Ella palideció.

—Pero no sé nada de partos. Annaleigh es quien la cuida, la que ha hablado con la partera. Ella asistió a mamá en sus alumbramientos.

Tras mirarme de arriba abajo, él suspiró.

—No pienso llevarla arriba en ese estado.

Me sentó fatal que hablara de mí como si no estuviera en condiciones de ser incluida en la conversación. Al reparar en el cuchillo para untar que tenía en la mano, supuse que tal vez no le faltaba razón.

Abrí la boca e hice un esfuerzo por hablar sin que se me alterara la voz.

—La partera dejó un libro en su última visita. Tiene ilustraciones. Seguro que os servirán de guía a Camille y a ti. Son muy detalladas.

Una oleada de alivio se reflejó en el semblante de papá.

—Gracias, Annaleigh. ¿Puedes traérnoslo?

Sintiéndome como una marioneta, zarandeada y manejada contra mi voluntad, me dirigí hacia la estantería de la que había caído la estatua. Saqué el grueso volumen y deslicé la mano sobre la desgastada cubierta.

Al acercarme de nuevo hacia mi padre, rodeé los restos de porcelana y mármol, y de pronto me quedé paralizada. Trazada en el polvo por un dedo invisible, había una palabra.

«EXISTO».

Mercy y Honor eran las únicas dos personas que habían estado cerca de los destrozos, pero habían echado a correr en cuando se había desplomado el busto. No les había dado tiempo de escribir eso. Un tenue rayo de esperanza me iluminó el corazón. ¿Se las había ingeniado Cassius de alguna manera para dejar ese mensaje? La cabeza me dio vueltas al caer en la cuenta de que era igual de posible que lo hubiera escrito Kosamaras, con la intención de hacerme enloquecer de incertidumbre.

—¿Annaleigh? —me apremió papá.

Volví a bajar la vista al suelo antes de entregarle el libro, convencida de que las palabras habrían desaparecido, de que solo estaban en mi mente, como todo lo demás. Pero seguían ahí.

—Papá, hay algo que deberías ver...

Un nuevo alarido hendió el aire.

—Ahora no —dijo, y salió a toda prisa de la sala con Camille.

El candente resplandor de un rayo surcó el cielo, seguido unos segundos después por un estampido estruendoso. Aunque me retumbó en el pecho y me dejó sin aliento, ni siquiera ese trueno consiguió ahogar los ruidos procedentes de la tercera planta.

—Alguien debería ir a buscar a la partera. —Honor se acercó a la ventana y observó otro relámpago—. ¿Creéis que es posible con este temporal?

—Ya voy yo —me ofrecí. Sabía que era una empresa descabellada, pero estaba desesperada por demostrarles a mis hermanas que no era el monstruo en que ellas creían que me había convertido—. Cogeré el esquife o el bote de remos si hace demasiado viento.

Antes de que nadie pudiera disuadirme, el reloj dorado resbaló de la repisa de la chimenea y se estampó contra el suelo, donde quedó reducido a un montón de piezas y engranajes. En la otra punta de la habitación, el piano cobró vida, desgranando una serie de notas de sonido discordante y metálico a medida que las teclas se pulsaban por sí solas. Era como si alguien caminara sobre el teclado de marfil dando fuertes pisotones. Nuestro *poltergeist* había regresado.

Aullando, Mercy salió pitando de la sala, con Honor pisándole los talones. Lenore me miró en silencio, visiblemente preocupada.

—Deberías ir tras ellas —le dije—. Es probable que entren corriendo en la habitación de Morella, y más vale que no vean nada de lo que está pasando allí.

Ella se mordió el labio y asintió.

—Lenore —añadí cuando llegó a la puerta—. ¿De verdad no te acuerdas de Cassius? —Movió la cabeza de un lado para otro—. ¿Y qué me dices de las fiestas y los bailes? ¿Me los he inventado también? Tú estuviste conmigo en casi todos.

Abrió la boca, al parecer para negarlo, pero se quedó callada. Sacudió la cabeza una, dos veces, como para despejársela. Por primera vez desde el funeral, habló:

—Sí que recuerdo haber bailado, pero...

Un trueno, y luego un par de chillidos estridentes, interrumpieron el hilo de su razonamiento.

—Vete. Yo me quedaré aquí, te lo prometo.

Dio media vuelta y se lanzó a la carrera por el pasillo, en pos de las niñas.

Un relámpago relumbró peligrosamente cerca de la ventana, y el retumbo subsiguiente fue tan fuerte que me agaché, tapándome las orejas. Los cristales vibraron contra sus marcos. ¿Había impactado el rayo en la casa?

Un alarido como de otro mundo llegó de arriba. Me asaltaron recuerdos de los partos de mamá, pero era demasiado pronto para Morella, ¿no? Incluso si hubiera concebido a los gemelos antes de casarse con papá, como sospechaba Camille, solo estaría de seis meses.

Eché a andar de un lado a otro por la sala, sintiéndome como un animal enjaulado.

Los gritos de angustia de Morella sonaban cada vez más fuertes y me taladraban la mente tanto como las risas de Kosamaras. ¿Los gemelos formaban parte del trato? ¿Y Morella? ¿Cuántas personas estaban condenadas a morir ese día?

Un grito largo y estentóreo atronó la casa antes de ceder el paso a una calma inquietante. La tormenta continuaba con toda su furia, entre los destellos de los rayos y el fragor de los truenos, pero en el tercer piso solo reinaba el silencio. Me atreví a salir al pasillo y agucé el oído, esperando percibir llantos de bebé.

Solo el silencio.

Luego, la voz de Camille.

—¿Annaleigh? ¡Annaleigh, te necesitamos ahora mismo!

38

Al irrumpir en la alcoba, choqué contra un muro de aire que hedía a hierro. Las sábanas eran un pavoroso amasijo de sangre y vísceras. Los bebés habían llegado.

Morella yacía recostada sobre una pila de almohadas, aunque costaba distinguir si dormitaba o estaba inconsciente. Por un momento temí que hubiera muerto, pero incluso desde el otro lado de la habitación, vi como le subía y bajaba el pecho. Papá estaba arrodillado junto al lecho, sosteniendo las manos de ella entre las suyas mientras susurraba una oración.

—¿Los gemelos? —pregunté tontamente, impresionada por el silencio que imperaba en el aposento.

Camille se volvió, mostrándome un bulto envuelto en paños. Creía que recularía ante mí, como Honor y Mercy. Tenía el rostro arrasado en lágrimas, y comprendí que había acertado en mis cálculos: era demasiado pronto.

Sin mediar palabra, me tendió el bebé. Al echar un vistazo a lo que cubrían las manchadas mantillas, vi una carita preciosa, con los ojos cerrados. Jamás se abrirían. Era un niño. El único hijo varón de papá. Nacido muerto.

—¿Qué ha pasado? —pregunté en voz baja. No había otro bulto en la habitación. El niño había sido el primero. Morella necesitaba reposar todo lo posible si iba a dar a luz a otra criatura ese día infernal.

Tras dirigir una mirada inquieta a la cama, Camille me indicó por señas que saliera al pasillo. No soportaba la idea de dejar solo a mi hermano, aunque fuera tan pequeño y estuviese muerto, así que decidí llevármelo. Le froté la espalda, deseando poder devolverlo a la vida.

—Ella ya estaba de parto cuando hemos llegado. Decía que las contracciones eran rápidas y de una intensidad terrible. Se encontraba bien durante el desayuno, pero luego... No paraba de sangrar. Yo no sabía si eso era normal. Me imagino que no.

—Se echó hacia atrás un mechón con la muñeca. Nunca la había visto tan cansada—. Ha empezado a empujar, y el niño ha salido entre una profusión de fluidos y más sangre. Papá lo ha cogido y... la criatura no emitía sonido alguno. Ha probado a darle una palmada en la espalda, pero el bebé no se ha despertado. No puedo volver a enfrentarme a eso, al menos sola. Sé que no estás del todo bien ahora mismo, Annaleigh, pero necesito que lo estés. Necesito a mi hermana. —Reprimió un sollozo.

—Ay, Camille. —La estreché entre mis brazos, sin importarme que tuviera la ropa ensangrentada, sin que me importaran sus acusaciones o el pacto. Me invadió un enorme alivio cuando ella correspondió a mi abrazo.

—¿Qué le está sucediendo a nuestra familia? —Apenas oí la pregunta, pues ella tenía el rostro contra mi cuello—. ¿Qué era eso que decías ahí abajo sobre un trato?

—Cassius... —Ella se apartó con brusquedad y se me apagó la voz al ver el brillo de nerviosismo en sus ojos—. Creo que alguien en esta casa cerró un trato con Viscardi, uno de los truhanes. Pensaba que tal vez había sido papá, para poder tener los gemelos. Luego, sospeché de Sterland. Pero ya no sé qué creer.

—¿Eso te lo contó Cassius? —inquirió en tono escéptico, pero no hiriente.

Se me escapó una carcajada breve que me supo a café amargo y demasiado cargado.

—Me contó muchas cosas, pero ¿qué es real y qué no? ¿Estamos aquí de verdad, manteniendo esta conversación? ¿Y él? —Alcé el bebé por encima del hombro—. ¿Está muerto de verdad, o es solo una ilusión?

—¿Una ilusión? —repitió—. No entiendo qué quieres decir.

Claro que está muerto. Tócale el pecho. No le late el corazón. Escúchale los pulmones. Nunca han respirado.

—Pero eso podría ser lo que ella quiere que percibamos.

Camille dio un pisotón en el suelo, con la paciencia agotada.

—¿Quién es ella? ¿De qué hablas?

—Kosamaras —respondí, describiendo círculos sobre la minúscula espalda de mi hermano con la mano—. Puede hacernos ver lo que ella quiera. Hasta el hijo de un capitán que nadie más recuerda.

—Ay, Annaleigh. —Me posó la mano en el hombro, con la voz llena de comprensión—. Pero ¿por qué habría de estar aquí? ¿Qué hemos hecho para enfurecerla? —Notaba que estaba dispuesta a escuchar, ansiosa por creerme, pero no sabía si en el fondo se fiaba de mis palabras o si sencillamente le resultaba más fácil pensar eso que admitir que su hermana era una asesina.

—Está al servicio de Viscardi. Atormentarnos formaba parte de su acuerdo.

Alzó la vista para mirarme a los ojos con fatigada resignación.

—Verity ha muerto, ¿verdad?

—No lo sé. —De improviso, las lágrimas fluyeron a borbotones. Sentía la garganta obstruida y congestionada. Kosamaras había conseguido raptarla de alguna manera, y yo no había estado ahí para impedírselo. Ya nunca volvería a ver su sonrisa torcida ni sus alegres ojos verdes mirándome—. Creo que sí.

Camille soltó un sollozo y se mordió el dorso de la mano para ahogarlo. La abracé de nuevo, sosteniendo a nuestro hermanastro entre nosotras.

Nos interrumpieron unos gemidos procedentes de la habitación de Morella.

—Debe de haberse despertado. ¿Crees que el otro gemelo saldrá hoy?

Ya había habido demasiadas muertes. No podía perder también a uno de ellos.

—Entremos y averigüémoslo.

—¡Oh, Annaleigh, estás aquí! —Morella me tendió las manos, animándome a acercarme.

Mi padre se volvió hacia Camille.

—¿Estás segura de que es buena idea?

Tras reflexionar unos instantes, ella asintió, y él me dejó pasar, a regañadientes.

—¿Cómo te encuentras? ¿Has tenido más contracciones?

—Menos intensas que las de antes. —Tenía los labios pálidos (casi tanto como el color original de las sábanas), en carne viva, agrietados y cortados de tanto gritar.

Reparé en Hanna, que estaba quieta en un rincón. Parecía haber envejecido una década desde la última vez que la vi, y me pregunté de nuevo si todos recordaban la muerte de Fisher menos yo. Esas ojeras de cansancio ¿eran consecuencia del duelo, o bien otra ilusión creada por Kosamaras?

—Hanna, ¿puedes traer agua, por favor? Y ropa de cama limpia. Varios juegos. —Acto seguido, me dirigí a papá—: ¿Le consigues un camisón nuevo? —Me subí a la cama, evitando en la medida de lo posible los charcos de sangre—. Vamos a lavarte un poco, ¿de acuerdo, Morella?

Ella se echó hacia atrás, cerrando los párpados.

—No te molestes. Creo que me muero.

—No es verdad —repuse con más seguridad de la que sentía—. Cuéntame qué ha pasado.

—¿Has visto a tu hermano? —Rompió a llorar de nuevo—. Estaba descansando después del desayuno cuando noté una fuerte punzada, justo aquí —dijo señalándose un costado—. Fue como si algo me desgarrara por dentro. Luego, sentí que se derramaba mucha agua. O tal vez era sangre. Cuando pensaba que el dolor no podía ser peor, empeoró. Ahí... ahí abajo. Casi no recuerdo qué pasó después. Pero Ortun... —Los sollozos le convulsionaban el cuerpo.

—Estas cosas pasan a veces. Papá lo sabe.

Un trueno que retumbó sobre Highmoor nos arrebató el aliento del pecho. Era imposible que la partera llegara a Salten a tiempo.

Cuando Hanna regresó con sábanas limpias, mi padre levantó a Morella en brazos con ternura y la llevó al baño. Camille se ofreció a ayudar a lavarla y vestirla mientras Hanna y yo lidiábamos con la ropa de cama.

—Quemadlas —indiqué, contemplando las sábanas ensangrentadas, con restos de flujos, hebras negras adheridas como brea. Resultaría imposible limpiarlas—. Y que alguien le caliente un poco de caldo. Lo necesitará para recuperar fuerzas.

Hanna echó una ojeada al diván sobre el que yo había depositado con cuidado a mi hermanito, entre suaves cojines.

—¿Qué hacemos con…? —No fue capaz de terminar la frase.

A decir verdad, no sabía qué responderle. Tarde o temprano habría que celebrar en la cripta un funeral en condiciones. Cuando su cuerpecito fuera devuelto a la Sal, ¿sabría encontrar a sus otras hermanas? Sin duda ellas serían buenas y cariñosas con él.

—Yo me ocuparé de él —se prestó papá, que en aquel momento volvía a entrar en la habitación. Acostó a Morella y la arropó con las sábanas limpias—. Me ocuparé de mi hijo.

Su mujer estalló de nuevo en lágrimas cuando Hanna y él salieron del aposento.

—Me cogerá odio —aseveró con labios trémulos. La tomé de la mano, que también le temblaba.

—Te quiere —repetí—. Debes tranquilizarte. Tienes que pensar en el otro bebé.

Sacudió la cabeza con tal brusquedad que se le desbarató la trenza que Camille acababa de hacerle.

—No. No. No pienso pasar por eso otra vez. No puedo alumbrar a otro niño muerto.

Le posé la mano sobre el vientre para intentar percibir algún movimiento por parte del otro gemelo. Con el corazón encogido, iba desplazando los dedos, rezándole a Ponto por detectar alguna señal de vida. En el momento en que me aparté, su barriga dio un salto, pues el bebé en su interior había realizado un movimiento violento, como diciendo «Sigo aquí, no os olvidéis de mí».

Ella hizo una mueca.

—¿Lo ves? El otro niño está vivito y coleando. ¡Y por lo visto es muy fuerte! —Intenté reírme con la esperanza de que me devolviera la sonrisa, pero se dio la vuelta de espaldas a mí.

—No puedo —lloriqueó.

Camille, sentada en el borde de la cama, se rebulló, claramente incómoda con la espera. Me miró enarcando una ceja, como preguntándome qué debíamos hacer. Al recordar la bandeja con lociones y aceites, me dirigí hacia la cómoda.

—¿Qué te parece si Camille y yo te damos una friega en los pies? —propuse, cogiendo el pequeño frasco de aceite de lavanda. Eso la relajaría y, con un poco de suerte, taparía en parte los olores infectos que impregnaban la habitación. Respirar por la boca solo ayudaba hasta cierto punto. Notaba el sabor de la sangre en el aire, como si unas monedas de cobre me pesaran sobre la lengua.

Nos arrodillamos a los lados de las piernas de Morella. Tras verterme unas gotas del líquido plateado en la palma de la mano, le enseñé a Camille a frotarle los arcos de los pies con una presión creciente.

Morella soltó un quejido cuando una contracción leve le tensó el abdomen. Siguió llorando después de que se le pasara. Su histeria fue en aumento, turgente y fétida como una gran pústula, a punto de reventar y bañarnos a todas en su veneno. Su obsesión con el dolor y el sufrimiento que habían acompañado el primer alumbramiento acabaría por hacerla enloquecer. Había que distraerla.

—Qué bien huele esto, ¿a que sí?

Cerró el puño, arrebujando la sábana entre los dedos crispados, antes de alisarla y estirarla hasta que la tela empezó a deshilacharse y rasgarse.

—¿Te recuerda los campos de lavanda que había cerca de tu casa?

Ya había mencionado antes los prados con flores. Quizá, si conseguía que hablara de su infancia, se calmaría y dejaría de someter al bebé que aún vivía a tanta tensión.

Otra contracción llegó y pasó, y ella frunció el ceño.

—¿Mi casa? No, no había lavanda en las montañas.

Yo arrugué el entrecejo a mi vez, aunque ella no me veía. Tenía los ojos cerrados en previsión de la siguiente oleada de dolor.

—Creía que vivías en la llanura.

Negó con un gesto.

—No. Me crie cerca de una de las cimas más escarpadas de aquellas montañas. Pero a las afueras de mi pueblo crecían unas flores preciosas, rojo escarlata, como rubíes brillantes. Despiden un aroma de lo más agradable. Es difícil de describir, pero imposible de olvidar. Las echo mucho de menos. —Se le desencajaron las facciones mientras se ponía rígida de nuevo. Cuando el calambre remitió, abrió los ojos—. Tengo una en mi tocador, aquella florecilla de cristal. —Sacó el labio inferior con nostalgia—. Pero esta no huele.

Camille se levantó de la cama para ir a buscarla.

—Qué bonita —comentó mientras se la pasaba a Morella para que se concentrara en ella—. Es como un geranio exótico.

Esto despertó un recuerdo vago en mí. Ya había oído antes algo acerca de unas florecitas rojas. Algo que me había dicho Cassius...

Los montes Cardanios. La flor de nixcalima y el pueblo de los Huesos...

La tierra de Viscardi.

Morella sufrió otra contracción, más fuerte y prolongada que las anteriores. Dejó caer el pequeño bibelot sobre el colchón mientras se doblaba en dos a causa del dolor.

Cuando su respiración volvió a la normalidad, recogí la esfera de cristal, pensativa.

—Apuesto a que, cuando termine todo esto, papá te conseguirá un ramo de esas flores, el más grande que hayas visto jamás. ¡Seguro que llena la casa de ellas!

Esbozó una sonrisa lánguida, desprovista de energía.

—Solo se dan en los alrededores de esa aldea. Está tan lejos de Salten que no llegarían aquí en condiciones.

Todo esto me recordaba demasiado al pueblo de los Huesos. Sin duda una seguidora de Viscardi no tendría el menor escrúpulo en negociar un acuerdo con él. Hundí los dedos en la planta de su pie y froté a conciencia. Antes había sacado conclusiones precipitadas sobre Sterland. No quería volver a cometer ese error.

—Qué lástima. Son nixcalimas, ¿verdad?

Se quedó paralizada al oír el nombre de las flores.

—¿Has oído hablar de ellas?

Me atreví a mirarla a los ojos y entonces tiré a matar.

—No tenía idea de que fueras de los montes Cardanios. Nunca hablas de ellos.

Camille puso cara de extrañeza, pues ignoraba que Morella estaba a punto de delatarse.

—Me dijiste que te habías criado cerca de Foresia, en las llanuras.

Desorbitó los ojos al verse pillada en un renuncio.

—Me mudé ahí… más tarde. Cuando me convertí en partera.

—En institutriz —le recordé. Su artimaña estaba quedando al descubierto, desembrollándose como el hilo de una madeja—. Según papá, eras institutriz.

Se colocó un mechón detrás de la oreja. Estaba reluciente de sudor. Ya volvía a tener empapado el camisón cuando se encogió, presa de otra contracción. Aunque mis instintos me pedían a gritos que la ayudara, que aliviara su dolor, me levanté del lecho, haciendo caso omiso de ellos. Cuando la convulsión cesó, se tumbó de nuevo sobre las almohadas y fingió dormir.

—¿Cómo pudiste…?

Mantuvo los párpados cerrados.

Camille se quedó boquiabierta.

—¿Fuiste tú? ¿Tú cerraste el trato? —Había atado cabos.

Morella abrió los ojos poco a poco.

—En realidad no os acordáis de mí, ¿verdad?

Hablaba en voz débil y seca, como el susurro de las hojas. Parecía que no le quedaba mucho tiempo en este mundo.

—Sabía que las pequeñas no me recordarían, pero me preocupabais vosotras dos.

—¿Recordarte? —preguntó Camille, mirándola con nuevos ojos—. ¿De qué?

—Fui una de las parteras que asistieron a vuestra madre en el nacimiento de Verity.

Fruncí el entrecejo, repasando recuerdos borrosos de unas mujeres de blanco que habían invadido Highmoor durante el último embarazo de mamá. Papá no había escatimado en gastos, pues, según decía, quería que ella contara con los mejores cuidados. Había tantas parteras y sanadores que me era imposible acordarme de todos.

—Era mucho más joven —musitó ella—. Evidentemente. Nunca viví en las llanuras ni trabajé como institutriz. Vuestro padre y yo nos lo inventamos todo. Nací en los montes Cardanios y me enviaron a la capital para que estudiara partería, como mi madre y mi abuela. —Respiró hondo—. ¿Me dais un poco de agua, por favor?

Camille iba a coger la jarra que reposaba sobre la mesilla de noche, pero alargué el brazo para impedírselo.

—Cuando termines tu relato.

Morella suspiró, frotándose la frente.

—Ah, ¿qué más da a estas alturas? Moriré esta noche de todos modos. Más vale que alguien se entere de la verdad. —Se volvió hacia la ventana, moviendo los ojos de un lado a otro como si contemplara su historia representada ante ella en el escenario de un teatro—. Nunca había visto el mar, ni una casa tan bonita como Highmoor. Me pasé mi primera tarde aquí soñando con convertirme algún día en señora de una finca como esta… Cuando advertí que Ortun se fijaba en mí, decidí que ese día llegaría pronto.

Se me escapó una sonora carcajada.

—Mientes. Papá sentía devoción por mi madre. Jamás la habría traicionado.

—No seas tan ingenua. Yo sabía que me deseaba. Lo notaba en el modo en que me miraba. —Desplegó una sonrisa tan amplia que el labio inferior se le abrió y comenzó a sangrarle al tiempo que un relámpago, implacable como una puñalada, centelleaba al otro lado de la ventana.

Camille soltó un gruñido de repugnancia.

Los párpados de Morella se agitaron antes de cerrarse.

—Después de nacer Verity, vuestra madre quedó muy débil, agotada y sin fuerzas. Habiendo dado a luz a doce hijas..., a nadie le sorprendió mucho cuando murió...

Oír la confesión tácita de Morella me heló la sangre. Arrugó la frente cuando la acometió otra contracción. Una vez que se le pasó, se atrevió a alzar la vista hacia la mirada glacial de mis ojos.

—Fue un acto de compasión, Annaleigh, te lo aseguro. Ella estaba sufriendo. Sufría lo indecible. Le eché un poco de cicuta en la medicina de la noche, y falleció mientras dormía, sin enterarse de nada.

—¿Asesinaste a mamá? —inquirió Camille, con el gesto torcido de rabia. Empuñó un atizador de hierro que estaba junto a la chimenea y la amenazó con él—. ¡Maldita zorra!

—No fue una mala muerte —jadeó ella—. No sufrió.

—¿Y se supone que debemos estarte agradecidas por eso? —Camille le descargó un golpe en las piernas con el atizador, no lo bastante fuerte para romperle un hueso, pero sí para dejarle un feo verdugón. Con un alarido, Morella se arrastró para ponerse fuera del alcance de la barra.

Alargué la mano hacia Camille.

—Deja que termine. Es importante que la escuchemos hasta el final. Mataste a mamá. ¿Y luego qué?

—Annaleigh —imploró—. No fue un asesinato. Ella se iba a morir de todos modos. Yo solo... contribuí a ello.

Apreté los dientes, intentando contener la rabia.

—Y. Después. Qué.

—Tras la muerte de Cecilia, nos dejaron marchar. Aunque mi madre me rogó que volviera a casa, me quedé en la capital. Un día me encontré con Ortun, que había viajado ahí por asuntos de la corte y... estaba tan perdido sin Cecilia, tan necesitado de consuelo y cariño... que lo ayudé a superar el dolor de la única manera que sabía. —Sonrió, y su semblante se relajó por unos instantes mientras revivía aquellos recuerdos—. Esa semana, Ortun me mandaba a buscar todas las noches... Una vez que regresó aquí, me escribía ponderando lo mucho que me añoraba y anhelaba mi presencia. —Cerró los ojos de nuevo—. Y, como una ternera ingenua, yo le creí.

Otra contracción. Otro trueno estrepitoso.

—La situación continuó igual durante meses. Noches de felicidad seguidas por semanas de espera. En público, él tenía que guardar luto por Cecilia. Solo tenía que esperar un año. Un añito de nada. —Tragó saliva—. Pasaron cinco. Cada vez que moría una de vuestras hermanas, Ortun tenía que volver a iniciar el proceso de duelo desde cero. Me pedía paciencia y me prometía que después podríamos estar juntos, pero... no debería haberme fiado de él. —Morella hizo una pausa, con el rostro de un rojo encendido y empapado en sudor—. Una noche, cuando regresaba a casa después de un parto, vi a vuestro padre. No sabía que estaba en la ciudad. No me había escrito ni había enviado a alguien a buscarme. —Se echó hacia atrás un mechón húmedo, respirando con dificultad—. Iba del brazo de una mujer. Una jovencita, en realidad.

Se retorció de dolor, pero no supe distinguir si por una contracción o por los recuerdos de aquella noche.

—Me abalancé hacia él, maldiciendo y vociferando, montando toda una escena. —Jadeó y dejó escapar un quejido profundo—. Agua, por favor.

Camille le apuntó al cuello con el atizador, y ella echó la cabeza hacia atrás, asustada.

—Sigue hablando.

—Me pegó. Delante de su putita nueva. Ni siquiera le importó que ella lo viera. Me insultó, me gritó, me humilló. Me llamó estúpida por haber creído que una persona como él se casaría con una desgraciada como yo. No tenía títulos ni riquezas. Yo solo era... yo. —Las lágrimas le corrían sin freno por la cara.

A pesar de los horrores que había confesado en aquel terrible momento en que había oído mis propias palabras salir de su boca, me entraron deseos de consolarla. Le había hecho daño mi padre, un hombre que afirmaba que la amaba.

Un estampido que atronó justo encima de nuestras cabezas me devolvió a la realidad. Aunque parecía imposible, la tarde se torné aún más oscura, y la tormenta estaba a punto de desgarrar el cielo en mil pedazos.

—Me dejó ahí, tirada en la calle, como si nunca le hubiera importado. —Soltó un sollozo entrecortado—. Pero, incluso después de eso..., yo seguía queriéndolo.

Un lamento brotó desde lo más hondo del vientre de Morella. Agitó las piernas con tanta fuerza que me dio la impresión de que había más de dos debajo de las sábanas. La vista se me fue hacia el pulpo de los Thaumas que adornaba la parte superior del dosel. Sus ojos parecían haber cobrado vida con un brillo de repulsa y la observaban entornados, juzgándola, tras haber escuchado su relato. Sus tentáculos, que descendían enroscados en torno a los pilares de la cama, hierro forjado contra caoba oscura, parecían alargarse para impartir castigo. La plata reflejaba los relámpagos del exterior, mientras el viento arreciaba y pasaba junto a las ventanas, aullando en tonos cambiantes.

—Así que invocaste a Viscardi —concluí—. ¿Lo invocaste para que forzara a papá a enamorarse de ti?

Morella asintió.

—Y para me hiciera concebir un varón. Si me quedaba embarazada, Ortun tendría que casarse conmigo. Después de todo lo que había hecho por él..., era lo mínimo que merecía. Cuando regresé a Highmoor, advertí que Eulalie no me quitaba ojo. Empezaba a acordarse. Entonces, aquella espantosa noche..., se encaró conmigo y amenazó con contárselo a todos. No... no podía permitir que lo estropeara todo.

La figura oscura que Edgar había divisado en el acantilado.

—¿Tú mataste a Eulalie?

Clavó sus ojos febriles en los míos, como suplicándome comprensión.

—No estaba dispuesta a guardar el secreto.

Retrocedí como si hubiera recibido un puñetazo en el estómago. Había entablado amistad con esa mujer, cuando ella había estado matando a los miembros de mi familia con tan pocos remordimientos como quien tacha artículos de una lista. Una bruma rojiza me nubló la visión, y se me aceleró el pulso. La rabia me corría por las venas, desde el corazón hasta la yema de los dedos. Le arrebaté el atizador a Camille y dirigí la punta hacia la garganta de Morella.

—Nos utilizaste como moneda de cambio para tener un hijo.

Se arrastró hacia la cabecera, huyendo del gancho metálico.

—Y no sirvió de nada. Mi hijo está muerto, y yo también lo estaré antes de que acabe la noche.

—Me alegro —espetó Camille.

Un trueno restalló sobre nosotras, y Morella rompió a reír, sujetándose la barriga ante la acometida de una nueva contracción. De pronto se oyó un barullo de voces y gritos procedente del final del pasillo.

—Ve a ver qué pasa —dije, sin dejar de apuntar a Morella con el hierro—. Yo me quedo con ella.

Morella miró como Camille salía de la habitación antes de posar de nuevo la vista en mí.

—Annaleigh, tienes que creerme. No quería que murieras. Bueno..., al principio sí, antes de conocerte. Quería que Ortun pagara por el modo en que me había tratado, pero luego... Has sido tan amable conmigo... Cuidaste de mí, te hiciste amiga mía. Yo no sabía que Viscardi recurriría a la precursora para cobrarse la deuda, de verdad que no. Por eso te di a leer ese libro..., para que no durmieras por las noches. Para que no soñaras con... esa cosa.

Guardé silencio.

El dolor le arrancó un sonido débil, parecido a un maullido.

—No puedo seguir con esto. No puedo —gimió, entre chasquidos de los omóplatos. Proyectó la mandíbula inferior y se hincó los dientes en el labio superior—. Puedes hacerlo, ¿sabes? Adelante, hazlo.

—¿Que haga qué?

Los ojos se le pusieron vidriosos con un brillo de locura.

—Remátame. Sé que lo estás deseando. Tú también lo sabes.

—No es verdad.

—Solo tienes que alzar ese atizador y golpearme en la cabeza. Entonces todo habrá terminado.

Retrocedí, apartándome del lecho, y eché un vistazo al pasillo, donde el griterío había aumentado. Los criados pasaban corriendo con cubos de agua y toallas. Salía humo de una habitación del fondo.

—Hazlo, Annaleigh —exclamó—. Reviéntame la cabeza. Sácame los sesos de un golpe. Yo maté a tu madre. Maté a tus hermanas. Véngate y acaba conmigo. —Un aullido espeluznante le brotó de la boca, y en su camisón apareció una mancha roja y húmeda que empezó a extenderse sobre sus muslos—. ¡Por favor!

—Me da igual lo que te pase a ti, pero no voy a matar a mi hermano.

Escupió una salva de risotadas entre los dientes expuestos, fragmentos de metralla afilados y crueles que rebotaban en las paredes.

—Niña estúpida —gruñó, poniéndose en cuclillas y empujando, cada vez con más ahínco, a pesar de las contracciones y el dolor, para expulsar al bebé. Con una voz baja y chirriante, como la de una plancha de metal al deslizarse por una pendiente, añadió—: Este no es hijo de tu padre.

El estómago me dio un vuelco.

—¿Cómo?

Boqueaba por falta de aire.

—De alguna manera teníamos que cerrar el trato Viscardi y yo… Una vez acordado, Ortun cayó a mis pies, implorándome que lo perdonara, que le concediera otra oportunidad, que le permitiera volver a mi lecho. Y yo accedí. Dejé que los dos se acostaran en él. Y luego… dejé que me poseyeran.

Sus gruñidos cedieron el paso a un alarido angustioso cuando una forma oscura surgió de su interior y se derramó sobre la cama en una maraña de extremidades y alas membranosas y negruzcas. Mis ojos no conseguían enfocar los detalles, distinguir las figuras que se agitaban en el aire. Unas fauces demasiado grandes y con demasiados dientes se abrieron y emitieron un vigoroso vagido.

No era un bebé. Era un monstruo.

39

Camille irrumpió en la habitación, con el rostro enrojecido y manchado de hollín.

—Ha caído un rayo en el tejado. ¡El tercer piso está en llamas! ¡Tenemos que largarnos! —Se detuvo de golpe al ver la masa que se contorsionaba sobre la cama.

La criatura se dio la vuelta, dejando al descubierto la alada espalda, y agarró su cordón umbilical. Tiró de él, y a Morella se le escapó un chillido de dolor. El monstruo se llevó el cordón a la boca y, seccionándolo de un mordisco, se liberó. Me volví hacia un lado, incapaz de contener el vómito.

Camille me agarró del brazo y tiró de mí hacia la puerta. Los sirvientes que pasaban corriendo nos gritaban que nos diéramos prisa en bajar. El incendio estaba descontrolado. Teníamos que salir cuanto antes.

—¡Esperad, no os vayáis! —nos llamó Morella con voz aguda y aflautada. Por un breve instante, el velo de locura desapareció de sus ojos y ella volvía a ser nuestra madrastra—. ¡No puedo bajar las escaleras sin ayuda! No me dejaréis morir abrasada, ¿verdad?

Me planté en el umbral, frenando la carrera de Camille hacia las escaleras.

—No podemos abandonarla aquí, sin más.

Ella soltó un bufido de exasperación.

—¡Eso es justo lo que ella nos haría a nosotras!

Morella pugnaba por desenredar de las sábanas sus piernas

ensangrentadas. Ladeó la cabeza, escuchando algo que no alcanzábamos a oír. Desde el salón contiguo llegó el sonido sordo de unas pisadas. Se me secó la boca, y la araña negra del miedo me clavó los colmillos en lo más profundo del estómago.

Viscardi había llegado.

Camille me dio otro tirón de brazo.

—¡No podemos quedarnos aquí! ¡El fuego se ha extendido ya al pasillo!

La puerta del salón se abrió de improviso con un chirrido, y nos paramos en seco. Una silueta oscura que me resultaba familiar apareció recortada contra el humo y las llamas. Sus rizos plateados sobresalían en todas direcciones, ondeando como serpientes.

Cuando pasó frente a la chimenea con paso decidido, como un rey cruzando la sala del trono, proyectó una sombra sobre la pared del fondo. Se perfiló con claridad un enorme dragón de tres cabezas con cuernos, con las alas desplegadas en actitud fiera y mostrando los dientes.

Morella derramó nuevas lágrimas ante él.

—Milord, no lo entiendo. Mi hijo ha nacido muerto. ¡Me has traicionado!

Con elegancia fluida, él alzó un dedo y lo meneó de un lado a otro.

—Mi dulce Morella —dijo con una voz untuosa como la miel, melodiosa y modulada—. ¿Esa es forma de saludarme?

—¡Me mentiste!

Con un destello tembloroso y veloz, Viscardi se situó frente a ella, irguiéndose imponente como una gárgola salida del infierno. En la pared, su sombra de dragón adoptó una postura amenazante, doblándose y entrechocando las mandíbulas, con Morella retorciéndose debajo.

—¡Yo. Nunca. Miento! —rugió.

—¡Mi hijo ha muerto!

Él negó con un gesto.

—Nuestro hijo vive.

—El de Ortun ha fallecido. ¡Me juraste que tendría un hijo! Me juraste…

Él alzó la mano para acallar sus protestas.

—Te juré que tendrías un hijo varón, y lo has tenido. ¿Acaso el cuerpecito que tu marido se ha llevado de aquí no era un perfecto dechado de masculinidad? —El semblante se le endureció al tiempo que entornaba los párpados—. La próxima vez que invoques al dios de los tratos, recuerda que debes pedirle exactamente lo que quieres.

—¡Eso hice! —aulló ella.

Viscardi sacudió la cabeza, con los ojos ocultos en las sombras.

—Me diste toda clase de detalles sobre lo que querías, el marido, la casa, el hijo que ilusamente creías que lo heredaría todo, pero olvidaste especificar que debía nacer vivo. —Alargó el brazo para acariciarle la mejilla y deslizó un alargado pulgar por sus labios—. Pero piénsalo bien, cariño mío. Tu hijo le proporcionó al nuestro todo el sustento que necesitará para el largo trayecto a casa.

Recogió de entre las sábanas al monstruo, que no paraba de berrear, y contempló su carita provista de colmillos. La expresión de Viscardi se suavizó, teñida de ternura. El hombre incluso comenzó a arrullar con gorgoritos a la criatura mientras esta intentaba morderle el dedo.

—¡No! —gritó Morella, esforzándose por ponerse de pie sobre el inestable colchón—. ¡No! Yo te he dado un hijo. Tú te llevaste a dos de las chicas Thaumas. El acuerdo ya no es válido. ¡Quiero romper el trato!

Viscardi se volvió con rapidez hacia ella, con su hijo acunado en el brazo.

—¿Romper el trato? ¿Quién te crees que eres para desdecirte de un juramento?

—No quiero saber nada de ese juramento. Me has arrebatado a mi hijo; ¡te quedas sin las otras chicas!

Con fuego danzándole en la mirada, el truhan se pasó la lengua bífida por los dientes y estudió a la mujer menuda que tenía delante. Detrás de ellos, en la pared, los dragones se empinaron, embriagados por la sed de sangre.

—No puedes esperar que el trato quede sin efecto solo porque tú así lo declares. Ya sabes cuál es el precio que te pido. Lo único que aceptaré como pago.

Morella dejó escapar una exhalación trémula y asintió, con el rostro ensombrecido de resignación. Dirigió la vista por encima del hombro de Viscardi hacia mí.

—No le cuentes nada de esto a tu padre. Dile... dile que lo amaba. Que siempre lo he amado.

El truhan se volvió de nuevo hacia nosotras, con una sonrisa dolorosa en los tensos labios —demasiado finos para merecer este nombre, en realidad—, y nos guiñó el ojo. A continuación, con uno de aquellos extraños movimientos borrosos, se echó sobre Morella, transformado de pronto en algo mucho más poderoso que un hombre. Alas, escamas y espolones hendían el aire en una orgía de confusión.

En medio aquel caos se oyeron gritos que, por un atroz momento, me recordaron los sonidos que salían de su boca cuando la había sorprendido con papá. Sin embargo, el placer duró poco, y los gemidos de éxtasis pronto se convirtieron en gritos de dolor. Estos, a su vez, se convirtieron en alaridos. Y los alaridos cedieron el paso al silencio.

Camille se tapó la boca para ahogar sus propios gritos cuando vislumbramos la pálida curva de una costilla que asomaba por entre la ropa de cama. Morella, que procedía del pueblo de los Huesos, estaba quedando reducida a un montón de ellos.

Viscardi, que volvía a ser un hombre, dirigió su atención hacia nosotras, con una admiración sensual en los llameantes ojos.

—Vosotras dos habéis sido mis parejas de baile preferidas —dijo, paseando la ardiente mirada por nuestro cuerpo como si nos considerara tierra quemada—. La bellísima Annaleigh y mi querida Camille... Lo bien que podríamos pasarlo juntos... No tenéis más que pedirlo.

Apretando las mandíbulas, Camille avanzó un paso.

—¿Hasta dónde llega tu poder, truhan? ¿Podrías cambiar el rumbo de los acontecimientos? ¿Modificar el pasado?

—¡Camille, no! —exclamé, intuyendo lo que se disponía a hacer. La agarré de los brazos para apartarla del dios sonriente.

—¡Podría devolvernos a nuestras hermanas! —siseó—. ¡Y también a mamá!

—Pero ¿a qué precio?

—Podría —respondió Viscardi, elevando la voz para hacerse oír por encima de nuestra discusión—. Podría hacer todo eso y más. —La lengua viperina salió culebreando de su boca sanguinolenta, incitante—. Y hasta es posible que el acuerdo os resulte placentero y todo.

Sacudí la cabeza.

—¡Jamás!

Fijó en mí sus ojos relampagueantes y ardorosos.

—¿Estás preocupada por lo que le ha pasado a Morella? Te entiendo perfectamente, Annaleigh. Pero tú no eres tan necia como para cometer los mismos errores que ella. Eres bastante más inteligente, además de mucho más… arrebatadora.

Mis pies empezaron a acercarse poco a poco, en principio controlados por mí, pero cuando intenté detenerme, continuaron avanzando. Viscardi me arrastraba hacia sí del mismo modo que un rape atrae a su presa con su hipnótico y oscilante filamento pescador.

Me rozó la mejilla con los dedos, acariciando la piel con una delicadeza seductora que yo no podía resistir. No fue sino hasta que acurruqué el rostro en su palma cuando me percaté de que la tenía manchada de sangre de Morella.

—¡Annaleigh, no! —gritó Camille, asiéndome de la mano y tirando de mí para librarme del trance y de las garras de Viscardi. Me estrechó con fuerza, como para anclarme a la tierra.

Viscardi suspiró, y una nube de azufre se elevó desde sus labios, pero acto seguido se encogió de hombros y nos dedicó una prolongada reverencia.

—Como queráis. —Tras recoger a su lloriqueante vástago en brazos, desapareció acompañado por el estruendo de un trueno.

Camille y yo nos miramos a los ojos, respirando a bocanadas

aquel aire impregnado de humo, mientras asimilábamos todos los sucesos de ese nefasto día.

¿De verdad había terminado? Yo había imaginado que me sentiría distinta, menos marcada. Debía de haber algún indicio de que el acuerdo había quedado invalidado..., pero no percibía nada.

Un grito procedente del pasillo nos trajo de vuelta al presente. El incendio ardía sin control por todo Highmoor. Si no escapábamos de inmediato, tal vez no tendríamos otra oportunidad.

Salimos a toda prisa al corredor al tiempo que una viga del techo, tan al rojo vivo como los ojos de Viscardi, se hacía astillas contra el suelo, prendiendo fuego a la alfombra. Las llamas anaranjadas lamían el papel pintado y, con un fogonazo repentino, un retrato al óleo de Eulalie y Elizabeth quedó reducido a cenizas.

—¡La escalera de atrás! —Tuve que gritar para que Camille me oyera por encima del crepitar del fuego.

—El segundo piso ya está ardiendo —dijo ella cuando llegamos al descansillo—. ¿Dónde están las Gracias?

—Estaban en la planta baja, con Lenore. —Recé porque no hubieran cometido la imprudencia de subir.

El fuego se propagaba con rapidez mientras bajábamos las escaleras a toda prisa. Era como un monstruoso puño color naranja que intentaba aplastarnos. Salimos corriendo al jardín, medio asfixiadas a causa del humo. La tempestad que bramaba sobre Salten nos arrojaba a los ojos copos de nieve que cortaban como cuchillas. Debía de hacer frío, pero el incendio irradiaba tanto calor que no corríamos el menor peligro de congelarnos.

La gente se había arracimado en torno a la fuente para calentarse y reconfortarse unos a otros. Se me escapó un sollozo de alivio cuando divisé a Lenore, Honor y Mercy, apiñadas bajo una manta.

—¿Camille? ¡Annaleigh! —exclamó Hanna al vernos—. ¡Gracias a Ponto! La escalera principal ya estaba en llamas cuando queríamos subir a buscarlas. Tenía mucho miedo de haberlas perdido a las dos. —Nos estrechó en un abrazo tan fuerte que dolía—. ¿Han visto a Fisher?

Me quedé mirándola como una tonta.

—¡Fisher! —gritó, como si simplemente no la hubiera oído bien—. No lo encontraba cuando se ha declarado el incendio. ¿Se marchó con Roland y los demás al lugar del naufragio? ¿Lo vio usted entonces? ¡No sé dónde está! —Lágrimas ardientes le resbalaban por el rostro.

Me pasé los dedos por las mejillas, manchándomelas de hollín y desterrando los restos de la subyugación de Kosamaras.

Lo ocurrido en el salón Azul un rato antes había sido mentira, otro de los trucos de la precursora. No había habido ningún accidente, ni tampoco un funeral. Yo era la única que sabía que Fisher ya estaba muerto. Había perecido antes de llegar al baile de las trillizas.

Lenore se apartó de la fuente para acercarse a nosotras. Tenía los ojos arrasados en lágrimas que reflejaban el fuego, lo que me recordó los iris llameantes de Viscardi.

—¿Y papá? ¿Por qué no está con vosotras?

Hanna soltó otro lamento.

—Después de ayudar a salir a las pequeñas, ha vuelto a entrar corriendo, a por lady Thaumas, según ha dicho. Ustedes estaban arriba con ella… —Se interrumpió al reparar en nuestro silencio—. ¿No lo han visto?

Camille y yo nos miramos. Ella sacudió la cabeza, con los ojos llorosos.

—No lo hemos visto desde que se ha llevado al bebé… Desde que se ha dirigido hacia la planta baja.

—Debemos ir en su busca. —Hanna nos soltó para pedir ayuda a otros criados. Al echar un vistazo con los párpados entrecerrados por la nieve, advertí que no había muchos. Faltaban Roland y varios de los lacayos, así como Regnard y Sterland.

La agarré de la manga.

—Las escaleras de atrás ya estaban ardiendo cuando hemos bajado. Él no estaba ahí.

Como para confirmar mis palabras, nos llegó un estrépito

acompañado de un rumor sordo procedente de las entrañas de Highmoor. Una sección del suelo se había hundido bajo el peso del maderamen carbonizado. Honor y Mercy prorrumpieron en chillidos, y Hanna se echó a llorar de nuevo.

Rodeé a Camille con los brazos, intentando inmunizarme contra sus sollozos. Nadie tenía que enterarse de lo que había sucedido en realidad esa noche. Nos abrazamos con una feroz actitud protectora mientras contemplábamos cómo ardía Highmoor.

40

A medida que la tarde avanzaba hacia el ocaso, más criados escapaban de la casa, aglomerándose frente a las puertas traseras y abriéndose camino hasta el jardín. Camille se reunió con las chicas junto a la fuente y se acurrucó con ellas para consolarlas. Me hizo señas para que me juntara yo también, pero no podía estarme quieta. Iba de un grupo a otro, llevando la cuenta de los que habían conseguido salir y los que faltaban.

No quedaba un solo criado hombre ahí. El Rusalka había encallado de verdad, y todos habían ido a prestar auxilio. Ver a Sterland y a Roland en el salón Azul había sido otro efecto de la subyugación.

Conforme las llamas descendían por el ala, los cristales de las ventanas empezaron a reventar por el calor, y los vidrios rotos caían como una lluvia aviesa. Algo en el interior estalló —sin duda depósitos de vino o queroseno—, lo que liberó una bola de fuego que rodó por los escalones y se arrojó contra un banco de nieve.

No se trataba de un objeto impulsado por la explosión..., ¡sino de una persona!

Horrorizada, corrí hasta el cuerpo y le tiré puñados de nieve hasta sofocar las llamas.

Con dedos temblorosos, le di la vuelta y vi no a una persona, sino a dos.

Verity me contemplaba, con la carita colorada y tiznada, pero al parecer sin haber sufrido daños graves.

—¡Annaleigh! —Se arrojó a mis brazos con lágrimas deslizándose por las renegridas mejillas—. ¡Annaleigh, estás viva! —Se volvió hacia la otra figura, que yacía inmóvil sobre la nieve—. ¿Se encuentra bien Cassius?

Examiné aquel montón de ropa chamuscada, intentando distinguir la forma que había debajo.

—¿Qué has dicho?

—¿Está bien? —Al retirar un trozo de tela, dejó al descubierto su rostro.

Se me paró el corazón. Era Cassius. Era él de verdad. Verity lo veía, y yo notaba su cuerpo bajo la punta de los dedos. Kosamaras nos había subyugado para que nos olvidáramos de él.

—¿Cassius?

Verity le dio empujoncitos en las piernas para provocar una reacción.

—Ha sido horrible, Annaleigh. Esta mañana me he despertado y nadie podía verme ni oírme. Era como si no existiera. Me he pasado el día siguiendo a Mercy y a Honor de un lado a otro, pero ni se enteraban de que estaba ahí. Cuando estalló la tormenta, me quedé dormida en el salón Azul. Al despertar, había fuego por todas partes. ¡Pero entonces ha venido Cassius, y él sí que me veía! Él me ha sacado de ahí. ¡Me ha salvado del fuego!

Me incliné sobre el cuerpo ennegrecido.

—¿Cassius? —Lo sacudí con suavidad hasta que volvió en sí.

Abrió los ojos, pero no conseguía enfocar la vista. Los tenía inyectados en sangre a causa de la humareda. ¿Lo había dejado ciego el incendio?

—¿Me ves?

Le besé la palma de la mano, cubierta de ampollas.

—Sí, te veo, te veo.

Tosió.

—Te he escrito ese mensaje en el polvo… No quería que creyeras que estabas sola… ¿Cómo se encuentra ella? ¿Verity está bien? —Se le quebró la voz, pues tenía la garganta muy irritada por haber respirado vapores tóxicos.

—Está a salvo, justo a mi lado.

Verity le pasó la manita por el maltrecho rostro, y él sonrió.

—Me has salvado la vida, Cassius.

Este cerró los párpados unos instantes.

—Bien. Eso está bien. —Me buscó la mano a tientas, con la piel de los dedos burbujeante debido a las ampollas chamuscadas—. No fue Sterland, ¿verdad?

Sacudí la cabeza.

—No te preocupes por eso. Tienes que ahorrar fuerzas. El trato se ha roto. Ya estamos todos libres de peligro. Eso es lo que importa.

Intentó sonreír, aunque resultaba evidente que le costaba.

—No todos.

Las lágrimas me corrían por la cara y le mojaban la suya.

—¡Ni se te ocurra rendirte! Has salido de la casa, y la tormenta pasará pronto. ¡Mandaremos a buscar a tu madre! En su abadía está ese muro de los deseos… Todo saldrá bien.

Alzó la mano para frenarme.

—¿Me llevas hacia el interior del jardín, por favor, donde no haya árboles? Quiero ver las estrellas.

Verity y yo alzamos la mirada hacia los nubarrones. Era del todo imposible que Cassius viera estrellas esa noche.

—Está lloviendo a mares, amor mío. Quédate aquí y descansa.

Por un instante, se le iluminaron los ojos y volvió a ser el Cassius que yo conocía y amaba.

—¿Has dicho «amor»?

Le besé la mejilla con la mayor delicadeza de que fui capaz.

—Eso es justo lo que he dicho.

—Pues entonces sácame de debajo de las ramas, Annaleigh.

Asistida por Verity, lo levanté con sumo cuidado y lo ayudé a apartarse más de la casa y de las copas de los robles que tapaban el cielo.

Una violenta tos le sacudió el pecho cuando lo recostamos en el suelo. Unas gotitas de sangre le salpicaron los labios, y me entraron ganas de aullar. No era así como se suponía que debía terminar la historia. En las novelas de Eulalie, los villanos siempre acababan vencidos, y los amantes sanos y salvos, listos para iniciar una vida juntos.

—Cassius, ¿no hay alguna manera de parar esto? Invocar a tu madre, por ejemplo, y...

Me aferró la mano, negando con un movimiento apenas perceptible de la cabeza.

—Ay, mi querida Annaleigh. ¿Te acuerdas de cuando liberaste a las tortugas? Hay cosas que no se pueden retener. —Me acarició la mejilla, y mis lágrimas se deslizaron sobre sus dedos—. Sé valiente. Sé fuerte. Mi corazón siempre será tuyo.

Tosió de nuevo, y su mano cayó laxa sobre la nieve.

—¡No! —grité, y, sollozando, Verity me echó los brazos al cuello. Me mecí adelante y atrás, estrechándola muy fuerte contra mí aunque procurando no hacerle daño. El olor a humo que despedían su ropa y su cabello me quemaba la nariz y me anclaba al atroz momento presente. Ansiaba pegar puñetazos y patadas en el suelo, arrancarme del pecho el corazón, destrozado e inservible.

No podía creer que él ya no estuviera.

Aguardé con la esperanza de oír las perversas risotadas de Kosamaras, pero aquello no era uno de sus trucos. La subyugación había dejado de obrar efecto, y Cassius había muerto.

La nieve se arremolinaba mientras la noche cedía el paso a la mañana, acumulándose sobre nosotros, sobre Cassius, hasta que quedó cubierto por un manto blanco. Al oír nuestros gritos, mis hermanas se apiñaron en torno a nosotras y nos fundimos en un abrazo, infundiéndonos calor y seguridad unas a otras, las últimas Thaumas.

Cuando por fin escampó y el sol se elevó sobre la humeante fachada de Highmoor, Camille se puso de pie y desplazó la vista sobre los restos de su finca. Mantenía el cuerpo erguido y rígido, intentando mostrar aplomo, pero le temblaban los hombros.

Me levanté ayudándome de las manos. Sabía que ella necesitaba consuelo, a alguien que la tomara de la mano y afrontara aquel desafío a su lado. Pero yo tenía que ver a Cassius por última vez. Quería despedirme mientras él siguiera siendo solo mío. No un semidiós, no el hijo de Versia: solo mío.

Sin embargo, cuando miré atrás, el cuerpo ya no estaba allí.

Removí la nieve, apartándola con las manos, escarbando, pero él había desaparecido, se había esfumado como si jamás hubiera existido.

Pero existía. Verity lo había visto. Ella estaba arrimada a mí, vivita y coleando, gracias a él.

Volví a alzar la vista al cielo. ¿Lo había transportado Versia de alguna manera hasta su palacio de labradorita, a su Sagrario? Me vinieron ganas de correr hasta la entrada de la Gruta y viajar a la Casa de las Siete Lunas para pedirle explicaciones, pero me contuve. No había entrada alguna. Nunca la había habido. No tenía manera de ponerme en contacto con ella, y jamás sabría la verdad.

Una parte considerable del ala este se derrumbó, provocando un temblor en el jardín y gritos ahogados entre la multitud.

—Y ahora ¿qué hacemos? —preguntó Lenore—. ¿Adónde iremos?

Los ojos de Camille, rosados y llorosos, recorrieron el ruinoso edificio.

—No iremos a ninguna parte. Somos el pueblo de la Sal. Estamos atados a esta tierra, a estos mares. El fuego no puede obligarnos a marchar. —Giró en redondo, desplazando la mirada por cada una de nosotras, las seis hermanas Thaumas que quedábamos—. Vamos a reconstruir este lugar.

Siete meses después

—¡Sujetadlos bien, no los soltéis todavía!

—¡Pero si yo ya he pensado mi deseo! ¡No quiero que se me olvide! —exclamó Verity, dando saltitos de impaciencia sobre uno y otro pie.

—¡Yo tampoco! —Honor tenía agarrado solo con la punta de los dedos el farolillo de papel, que amenazaba con soltarse.

—¡Tenéis que esperar a que encendamos el mío y el de Annaleigh! —espetó Mercy—. ¡Solo queréis que vuestro deseo llegue antes que los de las demás!

Una brisa veraniega danzaba a nuestro alrededor, trayendo consigo un aroma a algas y sal, y por unos instantes la mecha de Mercy se resistía a prender. Se apagó con un chisporroteo una vez, y luego otra. Cuando por fin se iluminó, el farolillo se llenó de aire caliente, y se lo entregué. Me apresuré a encender el mío antes de que a las Gracias se les agotara la paciencia.

—Está bien. ¿Ya tenemos todas un deseo? —Mis hermanas asintieron enérgicamente, con el alegre resplandor de las llamas reflejado en los ojos—. Pues vamos a soltarlos, a la de tres. Uno..., dos y...

—¡Tres! —gritamos a la vez, y abrimos los dedos.

Los pequeños faroles blancos se elevaron despacio hacia el cielo, girando y dando vueltas unos alrededor de otros, ejecutando un ballet luminoso. Subieron más y más hasta confundirse con las estrellas.

¿Estaría Versia contemplándonos desde lo alto en esa hermosa y despejada noche de solsticio de verano? Desde nuestra atalaya en la Vieja Maude, el firmamento se antojaba de una infinitud vertiginosa, una eternidad centelleante. Los astros brillaban con un grado adicional de intensidad, como si ellos también lo supieran.

Se me formó un nudo en la garganta al pensar en mi deseo. Quería que Cassius estuviera a mi lado en aquella noche estival tan exquisitamente perfecta. Los momentos así estaban hechos para compartirse, recordarse y ser objeto de conversaciones en los años venideros. Los cielos como aquel existían para que la gente se besara debajo de ellos.

—¿Qué habéis deseado? —inquirió Honor.

Verity sacudió la cabeza.

—¡Si lo decimos, no se hará realidad!

Con un suspiro, Honor volvió el rostro hacia arriba.

—¿Cuánto creéis que tardan los deseos en cumplirse?

Me encogí de hombros.

—No lo sé. Esa es parte de la gracia, ¿no os parece? Cada vez que vemos una estrella fugaz, podemos alegrarnos porque sabemos que se está cumpliendo el deseo de alguien.

Seguimos observando los farolillos hasta que ya no era posible distinguirlos de los luceros.

—Espero que mi deseo sea el primero en hacerse realidad —declaró Honor, con una cierta desconsideración.

Mercy se quedó boquiabierta.

—¡No, el mío!

—Es hora de irse a la cama —anuncié antes de que se armara una trifulca.

Refunfuñando lo mínimo, las Gracias entraron de nuevo en la galería, aún impregnada de un fuerte olor a pintura, y bajaron la escalera de caracol que discurría por el interior del faro. Regresamos en fila a casa, nuestra pequeña cabaña en el acantilado, y las Gracias se prepararon para acostarse. Una vez que les conté un cuento y les estampé un beso en la frente, se quedaron dormidas con la rapidez propia de su edad, y yo me dispuse a cumplir con mi cometido de farera.

Después de aquella infausta noche en Highmoor —y a medida que mis hermanas evocaban fragmentos de los falsos recuerdos sembrados por Kosamaras—, quedó de manifiesto que la Vieja Maude necesitaría un nuevo farero cuanto antes. Camille, en su calidad de duquesa de Salann, me dio su aprobación de inmediato y me pidió que me llevara a las Gracias conmigo. Con todas las obras de reconstrucción que estaban llevándose a cabo en Highmoor, creo que se sintió aliviada al quitárselas de encima mientras asumía las responsabilidades de su nuevo título.

Ahora que había vuelto el buen tiempo, Lenore iba a vernos a menudo, acompañada por Hanna, y nos llevaba unas cestas con manjares de casa. Con cada visita, la angustia iba desapareciendo poco a poco de su mirada, y ella parecía cada vez menos ensimismada. En su última estancia, nos comunicó sus intenciones de marcharse de Highmoor una vez que finalizara la restauración. Le habría gustado quedarse para ayudar a Camille, pero se sentía abrumada por el peso de los recuerdos. No sabía adónde iría, pero le ilusionaba la idea de conocer otros lugares de Arcannia.

Yo la entendía. Aunque siempre le profesaría cariño al hogar en el que me había criado, me alegraba de haberme alejado de él. Pese a que a menudo el trabajo era arduo en Hesperus, sentía que tenía un propósito en la vida y despertaba contenta cada mañana. Solía imaginarme que Cassius trabajaba conmigo, acarreando el aceite para la llama, vigilando los barcos y las mareas. Su ausencia se hacía notar y me llenaba de un dolor profundo como nunca había experimentado. Sabía que lo añoraría durante el resto de mi vida.

Mientras regresaba andando a la Vieja Maude, una brisa amistosa jugueteaba con mi trenza, invitándome a desviarme del camino. Era una noche demasiado bonita para volver a estar bajo techo tan pronto. Durante nuestro paseo de la tarde, habíamos avistado varios nidos de tortuga marina, grandes montículos de una anchura similar a la estatura de Verity. Mientras los mirábamos, la arena que los coronaba empezó a moverse. Las crías pronto estarían listas para adentrarse en el mar.

Mis pasos me llevaron hasta la playa negra, donde me quité los zapatos con sendas patadas al aire. Las tibias olas me lamían los pies descalzos y tiraban del fino lino de mi vestido, como para atraerme hacia aguas más profundas. Tierra adentro, las cigarras chirriaban en los árboles, compitiendo con los suaves y rítmicos besos del oleaje en la orilla. Cerré los ojos y me empapé de la placidez de la noche. El aire salobre del mar me inundaba la nariz, los pulmones, todo mi ser, y yo lo aspiraba con avidez, sintiéndome completamente en paz.

Un ruido en el agua me arrancó de mis ensoñaciones, y abrí los ojos justo a tiempo para ver una estrella fugaz surcar la oscura bóveda celeste. Sonriendo, la seguí con la mirada en su veloz descenso hacia el horizonte. Alguna persona afortunada estaba a punto de ver cumplido su deseo. Al oír otro chapaleo, me volví, esperando descubrir un pequeño ejército de crías de tortuga reptando hacia la playa y entregándose a las olas.

Me quedé helada al vislumbrar una figura alta con el agua hasta los tobillos y unos rizos rebeldes que reflejaban la plateada luz de las estrellas.

Cassius.

Todas las fibras de mi ser desearon que se tratara verdaderamente de él y no de una fantasía que me obnubilaba la vista además del corazón. No era él. No podía ser él.

Pero parecía tan real...

Oí el chillido de una gaviota en lo alto y, por un momento, me dio la impresión de que el brillo de los astros aumentaba hasta llenar el cielo de un resplandor sobrenatural. Una chispa de esperanza se encendió en mi interior y comenzó a arder con fuerza. ¿Había recibido Versia mi deseo? ¿Era esa estrella fugaz para mí?

—¿Cassius? —me atreví a susurrar, casi convencida de que estaba soñando.

«No te despiertes...».

Cuando se movió para adentrarse en el agua, se me cortó la respiración en la garganta. No iba a llegar hasta mí. Abriría la boca, pero yo jamás oiría sus palabras. Despertaría en la sala de control de la Vieja Maude, sola, una vez más. El corazón se me encogió, preparándose para el doloroso desencanto que me esperaba.

«No te despiertes…».

Con una sonrisa que nació en sus relucientes ojos, Cassius me atrajo hacia sí y me envolvió en un estrecho abrazo. Asombrada, deslicé las manos por sus brazos. Estaban cubiertos de una piel imposiblemente tersa, sin rastro de quemaduras.

Era un sueño. No había otra explicación posible.

Entonces me acarició la mejilla con el pulgar. Una dicha ardiente le iluminaba la mirada, y sus labios se entreabrieron, a punto de decir algo.

«¡No te despiertes!».

Como no me despertaba, alcé las manos y le rocé la parte de atrás del cuello con la punta de los dedos, notando el tacto de sus rizos. Emitiendo un gemido de placer, me besó de forma apasionada. Sentí la suavidad de sus labios contra los míos mientras sus brazos me apretaban fuerte para que el beso fuera más íntimo, el dolor más dulce.

—Sabes a Sal —susurró.

—¿Esto está ocurriendo de verdad? —jadeé—. ¿Estás aquí realmente?

Cassius asintió.

—Estoy aquí realmente.

—¿Durante cuánto tiempo?

Su sonrisa se ensanchó.

—Todo el tiempo que tú quieras.

Con los dedos temblorosos, le acuné el rostro, alzando la vista para mirarlo a los ojos. Quería memorizar cada detalle de ese milagro que estaba obrándose delante de mí.

—¿En serio? —Asintió—. ¿Cómo es posible?

—De todos los sueños formulados esta noche, el tuyo era casi el más ferviente, el más esperanzador. —Sonrió de nuevo—. El segundo más fácil de conceder.

Nos llegó un coro de chapoteos desde la playa. Al volvernos, vimos a una docena de tortugas marinas que entraban bamboleándose en el mar y nadaban hacia aguas abiertas. Una de ellas me rozó la pierna y me dio una palmadita amistosa en el tobillo con la aleta antes de aventurarse hacia aquella desconocida inmensidad azul.

—¿Casi? —pregunté, levantando los ojos hacia el cielo nocturno. La luz de las estrellas llovía en torno a nosotros, y no me imaginaba un momento más perfecto que el que estaba viviendo, cobijada entre los luceros y la sal con el hombre al que amaba, formado a partes iguales por ambas cosas.

—Solo había un deseo más ferviente que el tuyo —murmuró antes de que sus labios descendieran de nuevo—. El mío.

Agradecimientos

Poco después de que naciera mi hija, me embarqué en la escritura de *Casa de sal y lágrimas*. Hacer malabarismos con una libreta y un boli, por un lado, y un bebé despatarrado y adorable, por otro, tal vez no parezca la mejor manera de crear una historia, pero el corazón se me enternece al recordar esas plácidas tardes en su habitación. Grace, te estoy muy agradecida por tu paciencia y por acompañarme en cada paso de este viaje, desde que garabateé las primeras palabras hasta que me ayudaste a echar mi contrato en el buzón entre exclamaciones de «¡Bien, bien!». Contemplar como crece tu amor por los libros, las máquinas de escribir y los pósits rosas es una de las cosas que más disfruto en la vida. Estoy muy orgullosa de ser tu mamá.

Sarah Landis, gracias por haber visto algo especial en mí y en mis palabras, así como por saber qué narices hacer con ellas. Eres increíble, y tengo mucha suerte de que seas mi agente.

Siento una enorme oleada de gratitud hacia Wendy Loggia, Audrey Ingerson, Alison Impey, Noreen Herits, Candy Gianetti y todo el personal de Delacorte Press por el tiempo y atención que han dedicado a este libro. Wendy, sigo soltando grititos de ilusión y me alegro un montón de que mi libro haya caído en tus competentes manos. ¡Zapatos de hadas para todas!

Quiero dar las gracias a Jason Huebinger y #PitDark por este torbellino de emociones. Nunca habría imaginado que un simple tuit pudiera cambiar el mundo, pero desde luego cambió el mío.

A todos mis queridos familiares y amigos, lectores beta y

colegas de la agencia: Jonathan Ealy, Sarah Squire, Sona Amro-yan, Charlene Honeycutt, Maxine Gurr, Susan Booker, Scott Kennedy, Kaylan Brakora, Jenni Bagwell, Jeannie Hilderbrand, Kate Costello, Peter Diseth, Jeni Chappelle, Jennie K. Brown, Jessica Rubinkowski, Shelby Mahurin, Ron Walters, Meredith Tate y Julie Abe: ¡sois el mejor grupo de compañeros de viaje que habría podido desear! Vuestro apoyo y vuestras risas lo son todo para mí. ¡Gracias!

Deseo expresar todo mi cariño y gratitud a Jessica Hahn, que me enseñó todo lo que sé sobre la historia de la moda y los diseños. Estoy en deuda contigo por todos esos esplendorosos vestidos de gala.

Hannah Whitten, magnífica criatura: ¡creo que has leído este libro casi tantas veces como yo! No me vería capaz de dedicarme a esto sin ti…, y además, no quiero. ¡Eres increíble, y soy muy afortunada de tenerte como compañera crítica y amiga!

A mi hermana Tara Whipkey: llevas tanto tiempo leyendo mis relatos como yo escribiéndolos. Gracias por esas tardes de correteos alrededor de la cabaña de troncos, cuando imaginábamos que éramos sirenas o los Chicos del Vagón de Carga, por hablar de mis personajes como si fueran personas de verdad y por ser la mejor hermana que una chica podría desear. ¡Me llenas de alegría, y te quiero a rabiar!

Paul, tú eres el apoyo que nunca me falla. Gracias por creer en mí, por prepararme un delicioso desayuno cada mañana y por no creerme nunca cuando te digo que podemos ir a una librería «solo a mirar». Es una enorme bendición para mí tenerte como esposo y mejor amigo.

Este libro no existiría sin mis padres Cyndi y Bob Whipkey, que enriquecieron mi infancia con la Mona Margie, Ana de las Tejas Verdes y todas las chicas del Club de las Canguro. Gracias por las excursiones a la biblioteca, por los montones de pilas y linternas con las que leía debajo de las sábanas, y por no decirme jamás que mis sueños eran demasiado ambiciosos o absurdos. Os quiero muchísimo.

«Para viajar lejos no hay mejor nave que un libro».

EMILY DICKINSON

Gracias por tu lectura de este libro.

En **penguinlibros.club** encontrarás las mejores recomendaciones de lectura.

Únete a nuestra comunidad y viaja con nosotros.

penguinlibros.club